Taylor Jenk

Carrie Soto is back

De comeback van Carrie Soto

Vertaald uit het Engels
door Marja Borg

Ambo|Anthos
Amsterdam

MIX
Papier | Ondersteunt verantwoord bosbeheer
FSC® C083411

Eerste druk februari 2023
Tweede druk maart 2023

ISBN 978 90 263 6170 8

Oorspronkelijke titel *Carrie Soto is Back*
Oorspronkelijke uitgever Penguin Random House
Omslagontwerp Margo Togni, op basis van het ontwerp van Henry Petrides
Omslagillustratie © Katleho Seisa / Getty Images en Shutterstock
Foto auteur © Scott Witter

Verspreiding voor België:
Veen Bosch & Keuning uitgevers nv, Antwerpen

Voor Brad Mendelsohn, die voor mij nog het dichtst in de buurt komt van wat een coach is

Chan tegen Cortez

US Open

September, 1994

MIJN HELE LEVEN STAAT OF VALT MET DE UITSLAG VAN DEZE PARTIJ.

Mijn vader, Javier, en ik zitten op de eerste rij in het midden bij Flushing Meadows, waar we de zijlijnen bijna kunnen raken. De lijnrechters staan met hun handen op de rug aan weerszijden van de baan. Recht voor ons bevindt zich de umpire; hoog op zijn stoel steekt hij boven het publiek uit. De ballenmeisjes zitten gehurkt, klaar om het op een rennen te kunnen zetten.

Dit is de derde set. De eerste was voor Nicki Chan, en Ingrid Cortez heeft met veel pijn en moeite de tweede gewonnen. De laatste set zal bepalen wie de winnaar wordt.

Mijn vader en ik zien, samen met de twintigduizend anderen in het stadion, hoe Nicki Chan naar de baseline loopt. Ze buigt door haar knieën en zoekt haar evenwicht. Dan komt ze omhoog op haar tenen, gooit de bal in de lucht en stuurt met een snelle beweging van haar pols een vernietigende servicebal met ruim tweehonderd kilometer per uur in de richting van Ingrid Cortez' backhand.

Cortez pareert hem met een verbazingwekkende kracht. De bal valt net binnen de lijn. Nicki weet hem niet te halen. Punt voor Cortez.

Ik sluit mijn ogen en zucht.

'*Cuidado*. De camera's houden onze reactie in de gaten,' zegt mijn vader met zijn kiezen op elkaar. Hij draagt een van zijn vele panamahoeden, waar zijn krullerige zilveren haar aan de achterkant onder vandaan kruipt.

'Pap, iederéén houdt onze reactie in de gaten.'

Nicki Chan heeft dit jaar al twee grand slams gewonnen: de Australian Open en Roland-Garros. Als ze deze partij wint, zal ze mijn record van twintig grandslamstitels evenaren. Ik heb dat record behaald in 1987, toen ik Wimbledon voor de negende keer won en daarmee de grootste tennisspeelster aller tijden werd.

Nicki heeft met haar geheel eigen manier van spelen – brutaal en luidruchtig, bijna alleen spelend vanaf de baseline, met een ongelooflijke kracht in haar services en groundstrokes – het vrouwentennis van de afgelopen vijf jaar gedomineerd. Maar toen ze eind jaren tachtig begon in de WTA vond ik haar een onopvallende tegenstander. Misschien goed op gravel, maar op haar eigen gras in Wimbledon kon ik haar moeiteloos verslaan.

Er veranderden dingen nadat ik was gestopt in 1989. Nicki won in een alarmerend tempo de ene na de andere grand slam. En nu zit ze me op de hielen.

Met gespannen kaken kijk ik naar haar.

Mijn vader kijkt op zijn beurt naar mij met een onbewogen gezicht. 'Ik wil alleen maar zeggen dat de fotografen je in beeld proberen te brengen als je boos wordt of haar uitjouwt.'

Ik draag een zwart mouwloos shirtje en jeans. Een Oliver Peoples-zonnebril met schildpadmontuur op mijn neus. Mijn haar heb ik los. Zelf vind ik dat ik er op bijna zevenendertigjarige leeftijd nog net zo goed uitzie als altijd. Dus van mij mogen de fotografen hun gang gaan.

'Wat zei ik altijd tegen je bij juniorentoernooien?'

'Hou je gezicht in de plooi.'

'*Exacto, hija.*'

Ingrid Cortez is een Spaanse tennisster van zeventien die bijna iedereen heeft verrast met haar snelle stijging op de ranglijsten. Haar stijl lijkt wel wat op die van Nicki – krachtig, luidruchtig – maar ze maakt meer gebruik van de hoeken. Ze is ook verrassend emotioneel op de baan. Ze schreeuwt met zichtbaar plezier wanneer ze een ace langs Nicki mept.

'Weet je, misschien roept Cortez haar wel een halt toe,' zeg ik.

Mijn vader schudt zijn hoofd. '*Lo dudo*.' Hij beweegt nauwelijks zijn lippen wanneer hij praat en mijdt met zijn blik expres de camera's. Ik weet nu al dat mijn vader morgenvroeg de krant openslaat en meteen op zoek gaat naar foto's van hem. Er zal een glimlach om zijn lippen verschijnen wanneer hij ziet dat hij nog steeds bijzonder aantrekkelijk is. Hoewel hij eerder dit jaar is afgevallen vanwege de chemokuren die hij moest ondergaan, is hij nu kankervrij. Zijn lichaam heeft zich volledig hersteld. Hij maakt een gezonde indruk.

Omdat de zon recht in zijn gezicht schijnt, geef ik hem een tube zonnebrandcrème. Hij knijpt zijn ogen samen en schudt zijn hoofd, alsof het voor ons allebei een belediging is.

'Cortez heeft haar set mooi gewonnen,' zegt hij. 'Maar Nicki spaart haar krachten voor de derde set.'

Mijn bloed begint sneller te stromen. Nicki scoort drie punten op rij en wint de game. Het staat nu 3-3 in de derde set.

Mijn vader kijkt me aan en neemt zijn bril even af zodat ik zijn ogen kan zien. '*Entonces*, wat ga jij doen?' vraagt hij.

Ik wend mijn blik af. 'Ik weet het niet.'

Hij zet zijn bril weer op en kijkt naar de baan met een kort knikje naar mij. 'Nou, als je niks doet, is dat wat je doet. Niks.'

'*Sí, papá*. Ik weet het.'

Nicki serveert in de hoek. Cortez rent naar voren en probeert de bal te pakken voordat hij hoogte maakt, maar hij belandt in het net.

Ik kijk naar mijn vader. Hij fronst.

In de spelersbox zit de coach van Cortez voorovergebogen met zijn gezicht in zijn handen.

Nicki heeft geen coach. Ze is ongeveer drie jaar geleden vertrokken bij haar laatste en heeft sindsdien zes grand slams gewonnen zonder hulp van wie dan ook.

Mijn vader maakt veel grapjes over spelers zonder coaches, maar over Nicki houdt hij zijn mond.

Cortez staat voorovergebogen. Met haar hand op haar heup probeert ze op adem te komen. Nicki kent geen medelijden. Ze vuurt een volgende service op haar af. Cortez begint te rennen, maar mist.

Nicki glimlacht.

Ik ken die lach. Ik ken dit soort momenten.

Met het volgende punt wint Nicki de game.

'Shit,' zeg ik wanneer ze van baan wisselen.

Mijn vader trekt zijn wenkbrauwen op. 'Cortez stort altijd in als ze achter komt. En Nicki weet dat.'

'Nicki is krachtig,' zeg ik. 'Maar ze past zich ook altijd heel goed aan. Als je tegen haar speelt, speel je tegen iemand die jouw zwakheden weet uit te buiten.'

Mijn vader knikt.

'Iedere speler heeft een zwakke plek,' zeg ik. 'En Nicki weet die altijd te vinden.'

'Ja.'

'Wat is de hare?'

Mijn vader verbijt een lachje. Hij neemt een slok van zijn drankje.

'Wat?' vraag ik.

'Niks,' zegt hij.

'Ik heb nog niets besloten.'

'Oké.'

Beide speelsters lopen de baan weer op.

'Nicki is alleen een beetje traag,' zeg ik met een blik op haar terwijl ze naar de baseline loopt. 'Ze is heel krachtig, maar niet snel – niet in haar voetenwerk en niet bij het maken van keuzes. Ze is niet zo snel als Cortez, zelfs vandaag niet. Maar vooral niet zo snel als Moretti, Antonovich, zelfs niet als Perez.'

'Of jij,' zegt mijn vader. 'Er loopt in het circuit niemand rond die zo snel is als jij altijd was. Niet alleen met je voeten, maar met je hoofd *también*.'

Ik knik.

Hij gaat verder. 'Ik heb het over positie innemen, de bal vroeg uit de lucht pakken, de snelheid eruit halen zodat Nicki hem niet met al die kracht van haar kan terugslaan. Niet zoals jij dat kon.'

'Ik zou wel een antwoord op die kracht moeten vinden,' zeg ik tegen hem. 'En dan ook nog mijn snelheid behouden.'

'Dat zal niet eenvoudig zijn.'

'Niet op mijn leeftijd en met mijn knieën,' zeg ik. 'Ik kan niet meer zo hoog in de lucht komen als vroeger.'

'*Es verdad*,' zegt mijn vader. 'Je zult alles moeten geven wat je in je hebt.'

'Als ik het zou doen,' zeg ik.

Mijn vader rolt met zijn ogen, maar plakt dan snel een neplachje op zijn gezicht.

Ik begin te lachen. 'Echt, wie kan het nou schelen als je een keertje fronsend op een foto staat?'

'Ik bemoei me niet met jouw zaken, en jij niet met de mijne,' zegt mijn vader. 'Begrepen, *hija*?'

Ik moet weer lachen. '*Sí*, *papá*, ik heb het begrepen.'

Nicki pakt ook de volgende game. Nog eentje en dan is het voorbij. Dan heeft ze mijn record geëvenaard.

Het bloed klopt me in mijn slapen als ik me dat voorstel. Cortez zal Nicki Chan niet weten tegen te houden, niet vandaag. En ik zit hier op de tribune. Ik zit hier vast en moet toezien hoe Nicki alles van me afpakt waar ik zo hard voor heb gewerkt.

'Wie zal me dan coachen?' vraag ik. 'Jij?'

Mijn vader kijkt me niet aan, maar ik zie zijn schouders verstijven. Hij haalt diep adem en kiest zijn woorden zorgvuldig. 'Dat is aan jou. Die beslissing kan ik niet nemen.'

'Wat dan? Moet ik Lars soms bellen?'

'Je moet doen wat je wilt, *pichona*,' zegt hij. 'Zo werkt dat als je volwassen bent.'

Hij wil dat ik hem smeek. En terecht.

Cortez rent zich de longen uit het lijf. Maar ze is moe. Dat zie je aan haar trillende benen wanneer ze stilstaat. Het is 30-love.

Shit.

Ik laat mijn blik over de toeschouwers glijden. Mensen buigen zich naar voren; sommigen trommelen met hun vingers. Iedereen lijkt wat sneller te ademen. Ik kan me alleen maar voorstellen wat de sportverslaggevers nu zeggen.

De mensen om ons heen kijken steels naar mijn vader en mij in afwachting van mijn reactie. Ik begin me opgesloten te voelen.

'Als ik het doe...' zeg ik zacht. 'Wil ik jou als coach. Dat wil ik alleen maar zeggen, pap.'

Hij kijkt me aan terwijl Cortez een punt pakt van Nicki. De menigte houdt haar adem in, zich ervan bewust dat er dadelijk geschiedenis zal worden geschreven. Misschien zou ik net zo zijn als zij als het niet mijn geschiedenis was die hier op het spel stond.

'Zeker weten, *hija*? Ik ben niet meer de man die ik was. Ik heb niet meer hetzelfde... uithoudingsvermogen.'

'Dan kunnen we elkaar de hand geven,' zeg ik. 'Je zult iemand coachen die ook haar beste tijd heeft gehad.'

Het staat inmiddels 40-15. Nicki staat op het punt de partij te winnen.

'Ik zal de beste tennisspeelster aller tijden coachen,' zegt mijn vader. Hij pakt mijn hand. Hoewel ik tegen de veertig loop, lijkt mijn hand op de een of andere manier nog steeds heel klein in de zijne. En net zoals vroeger voelt hij warm en ruw en sterk aan. Wanneer hij me een kneepje geeft, voel ik me heel klein – alsof ik altijd een kind zal blijven en hij deze reus, voor wie ik mijn hoofd omhoog moet houden om hem te kunnen aankijken.

Nicki serveert. Ik hap naar adem.

'Dus je doet het?' vraag ik.

Cortez retourneert de bal.

'We zouden weleens heel erg op onze smoel kunnen gaan,' ga ik verder. 'En dan ziet iedereen dat het de Houwdegen niet meer lukt. Dat zouden ze te gek vinden. Ik zou niet alleen mijn record bezoedelen maar alles wat ik heb bereikt. Misschien verknallen we daarmee alles wel.'

Nicki slaat een groundstroke.

Mijn vader schudt zijn hoofd. 'We kunnen niet alles verknallen. Want er is meer dan tennis, *pichona*.'

Ik weet niet of ik het wel met hem eens ben.

Cortez weet de bal terug te slaan.

'Maar we zouden harder moeten werken dan ooit tevoren,' zeg ik. 'Denk je dat je dat aankunt?'

'Ik zou het een enorme eer vinden,' zegt mijn vader. Ik zie dat hij tranen in zijn ogen krijgt en dwing mezelf hem te blijven aankijken. Hij pakt mijn hand wat steviger beet. 'Ik zal als een gelukkig man sterven, *pichona*, als ik jou nog een keer zou kunnen coachen.'

Ik probeer de brok in mijn keel niet te voelen. 'Nou, dan is het dus besloten,' zeg ik.

Er verschijnt een lach op mijn vaders gezicht.

Nicki slaat een lob. De bal maakt een trage hoge boog door de lucht. Het stadion volgt zijn vlucht, eerst omhoog en dan naar beneden.

'Nou, dat is dan het einde van mijn pensioen,' zeg ik.

Het lijkt erop dat de bal uit gaat. Als dat zo is, is Cortez even gered.

Mijn vader slaat zijn arm om me heen en trekt me stevig tegen zich aan. Ik krijg bijna geen lucht. Hij fluistert in mijn oor: 'Er is niets wat me trotser zou maken, *cielo*.' Hij laat me los.

De bal valt, net binnen de achterlijn. In stilte kijken de toeschouwers toe terwijl hij hoog en snel op stuitert. Cortez is al naar achteren gelopen in de overtuiging dat het een lange bal zou worden, en nu is het te laat. Ze kan niet op tijd terug zijn. Ze werpt zich naar voren, maar mist.

Een seconde lang blijft het doodstil, en dan begint het publiek te juichen.

Nicki Chan heeft de US Open gewonnen.

Cortez laat zich op de grond vallen. Nicki steekt haar vuisten in de lucht.

Mijn vader en ik glimlachen. We zijn er klaar voor.

De eerste keer

1955-1965

MIJN VADER WAS OP ZIJN ZEVENENTWINTIGSTE VANUIT BUENOS AIres naar de V.S. verhuisd. In Argentinië was hij een toptennisser geweest, met dertien kampioenschappen in de elf jaar dat zijn carrière duurde. Hij werd 'Javier el Jaguar' genoemd. Hij was elegant maar dodelijk.

Zoals hij echter zelf zei, had hij zijn knieën geweld aangedaan. Zijn sprongen waren te hoog en hij landde niet altijd zoals het hoorde. Toen hij tegen de dertig liep, wist hij dat zijn knieën het niet lang meer zouden uithouden. Hij stopte in 1953, iets waar hij niet met me over kon praten zonder gespannen te raken en uiteindelijk de kamer te verlaten. Vlak daarna vatte hij het plan op om naar de Verenigde Staten te gaan.

In Miami kreeg hij een baan bij een chique tennisclub als 'hitter', iemand die de hele dag beschikbaar was voor leden die een partijtje wilden spelen. Het was een baan die normaal gesproken werd vervuld door studenten die zomervakantie hadden, maar hij deed het met dezelfde ambitie als waarmee hij wedstrijden speelde. Zoals hij zelf zei tegen veel leden van die eerste club: 'Ik zou niet weten hoe ik moest tennissen zonder er mijn ziel en zaligheid in te leggen.'

Het duurde niet lang voordat mensen hem om privélessen vroegen. Hij stond bekend om zijn aandacht voor de juiste houding, zijn hoge verwachtingen en het feit dat je, als je naar *el Jaguar* luisterde, waarschijnlijk partijen zou gaan winnen.

Al binnen een paar jaar kreeg hij aanbiedingen van clubs uit het hele land om er als tennisleraar te komen werken. En zo belandde hij op de Palm Tennis Club in Los Angeles, waar hij mijn moeder Alicia leerde kennen. Ze was danseres en onderwees de wals en de foxtrot aan de clubleden.

Mijn moeder was lang en leek nog langer door de hoge hakken die ze altijd droeg. Ze liep expres langzaam en keek mensen altijd recht in de ogen. Het was moeilijk om haar aan het lachen te krijgen, maar wanneer ze eenmaal lachte, deed ze dat zo luid dat je het door de muren heen kon horen.

Op hun eerste afspraakje zei ze tegen mijn vader dat hij aan tunnelvisie leed wanneer het om tennis ging. 'Daar zul je toch een keer vanaf moeten, Javier. Anders word je nooit een compleet mens.'

Mijn vader zei dat ze niet goed snik was. Tennis maakte hem juist compleet.

Haar reactie was: 'O, nog koppig ook dus.'

Toch maakte hij de volgende dag aan het eind van een van haar lessen zijn opwachting met een bos rode rozen. Ze pakte ze aan en zei dankjewel, maar het viel hem op dat ze er niet aan rook voordat ze ze neerlegde. Mijn vader, die nog maar aan heel weinig vrouwen bloemen had gegeven, bekroop het gevoel dat mijn moeder al van tientallen hoopvolle mannen bloemen had gekregen.

'Wil je me de tango leren?' vroeg hij.

Ze wierp hem een zijdelingse blik toe. Ze geloofde geen seconde dat deze Argentijn niet wist hoe je de tango danste, al was het maar een beetje. Toch legde ze een hand op zijn schouder, hield haar andere in de lucht en zei: 'Vooruit dan maar.' Hij pakte haar hand en ze leerde hem hoe hij haar over de dansvloer moest leiden.

Mijn vader zegt dat hij zijn ogen niet van haar af kon houden, dat het verbazingwekkend makkelijk was om met haar door de zaal te zwieren.

Toen de dans was afgelopen, gaf mijn vader haar een knikje en zij glimlachte naar hem en zei nogal ongeduldig: 'Javier, dit is het moment waarop je me moet kussen.'

Binnen een paar maanden wist hij haar over te halen om er met hem vandoor te gaan. Hij zei tegen haar dat hij grootse dromen voor hen beiden koesterde. En mijn moeder zei tegen hem dat zijn dromen alleen van hem waren. Zij had buiten hem niet zoveel nodig.

Die avond vertelde mijn moeder hem dat ze zwanger was; ze zat bij hem op schoot in hun appartement in Santa Monica en vroeg of hij kon voelen dat hij het gewicht van twee mensen droeg. Met tranen in zijn ogen keek hij haar lachend aan. En toen zei hij dat hij gewoon wist dat ik een jongen was en dat ik dubbel zo goed als tennisser zou worden als hij was geweest.

Toen ik nog een baby was, zette mijn vader een kinderstoel naast de baan zodat ik naar hem kon kijken wanneer hij speelde. Hij zegt dat mijn hoofd heen en weer schoot terwijl ik de bal volgde. Volgens hem kwam mijn moeder soms langs en dan haalde ze me uit mijn stoel en zette me in de schaduw of probeerde me wat te eten te geven, maar dan huilde ik tot ze me weer naar de baan bracht.

Mijn vader vertelt altijd met veel plezier over de keer dat hij me voor het eerst een racket in de hand stopte, toen ik nog maar een peuter was. Hij gooide zacht een bal naar me toe en hij zweert dat ik op die beslissende dag uithaalde en contact maakte met de bal.

Hij rende met mij op zijn schouders terug naar huis om het mijn moeder te vertellen. Ze glimlachte naar hem en ging verder met het eten.

'Snap je wel wat ik zeg?' wilde hij weten.

Mijn moeder lachte. 'Je bedoelt dat onze dochter tennis leuk vindt? Natuurlijk vindt ze tennis leuk – het is het enige wat je haar hebt laten zien.'

'Dat is net zoiets als zeggen dat Achilles een groot krijgsheer was omdat hij leefde tijdens een oorlog. Achilles was een groot krijgsheer omdat hij was voorbestemd om dat te zijn.'

'Aha. Dus Carolina is Achilles?' vroeg mijn moeder met een glimlach. 'En wat maakt dat van jou, een god?'

Mijn vader wuifde haar woorden weg. 'Ze is voorbestemd,' herhaalde hij. 'Dat is zo duidelijk als wat. Met jouw soepelheid en mijn kracht kan ze de grootste tennisster ooit worden. Er zullen verhalen over haar verteld worden.'

Mijn moeder rolde met haar ogen terwijl ze het eten op tafel zette. 'Ik heb liever dat ze aardig en gelukkig wordt.'

'Alicia,' zei mijn vader. Hij ging achter haar staan en sloeg zijn armen om haar heen. 'Over dat soort dingen worden nooit verhalen verteld.'

Ik herinner me niet dat me is verteld dat mijn moeder was gestorven. En haar begrafenis herinner ik me ook niet, hoewel mijn vader zegt dat ik erbij was. Volgens hem was mijn moeder soep aan het koken en toen ze tot de ontdekking kwam dat de tomatenpuree op was, trok ze haar schoenen aan en liet mij bij hem achter in de garage waar hij de olie in de auto aan het verversen was.

Toen ze niet thuiskwam, belde hij aan bij de buren en vroeg of ze op me konden passen terwijl hij op zoek ging naar mijn moeder.

Een paar straten verderop zag hij de ambulance en de schrik sloeg hem om het hart. Mijn moeder was op weg naar huis aangereden door een auto toen ze de straat overstak.

Nadat mijn moeder was begraven, wilde mijn vader hun slaapkamer niet meer in. Hij ging in de woonkamer slapen en bewaarde zijn kleren in een wasmand naast de tv. Dat ging maanden zo. Wanneer ik een nachtmerrie had, stapte ik uit mijn bed en liep regelrecht naar de bank. Daar lag hij altijd, met de tv nog aan – statisch geruis terwijl hij sliep.

En toen, op een dag, stroomde licht de gang in. Hun slaapkamerdeur stond open, het stof dat zich had verzameld op de deurklink was weg, en alle spullen van mijn moeder zaten in kartonnen dozen. Haar jurken, haar hoge hakken, haar kettingen, haar ringen. Zelfs haar haarspelden. Er kwam iemand om alles op te halen. En dat was dat.

Er was bijna niets van haar over. Vrijwel niets wat eraan herinnerde dat ze ooit geleefd had. Alleen een paar foto's die ik in de bovenste la van mijn vader vond. Ik pakte mijn lievelingsfoto eruit en verstopte hem onder mijn kussen. Ik was bang dat die anders binnenkort ook zou verdwijnen.

Een tijdje daarna begon mijn vader me verhalen over mijn moeder te vertellen. Hij zei dan dat ze wilde dat ik gelukkig werd. Dat ze een goede, eerlijke vrouw was. Maar hij moest huilen wanneer hij die verhalen vertelde en stopte er algauw weer mee.

Tot op de dag van vandaag heb ik slechts één vage herinnering aan mijn moeder. Ik weet niet goed wat echt is en wat ik zelf heb aangevuld in de loop der tijd.

In mijn hoofd zie ik haar achter het fornuis in de keuken staan. Ze draagt een kastanjebruine jurk met een dessin, iets als stippen of kleine bloemetjes. Ik weet dat ze dik, krullend haar had. Mijn vader roept me ergens vanuit het huis. Hij gebruikt de naam die hij toen voor me had: *guerrerita*. Maar dan schudt mijn moeder haar hoofd en zegt: 'Laat je geen strijder noemen door hem – je bent een koningin.'

Meestal ben ik ervan overtuigd dat dit echt is gebeurd. Maar soms lijkt het me zonneklaar dat het hele voorval een droom is geweest.

Wat ik me wel herinner is de leegte die ze achterliet. In het huis hing het constante gevoel dat er ooit nog iemand had gewoond.

Maar nu waren alleen mijn vader en ik er nog.

In mijn eerste concrete herinneringen ben ik jong maar toch al boos. Boos om de vragen die de andere meisjes me stellen: 'Waar is je moeder?' 'Waarom wordt je haar nooit geborsteld?' Boos wanneer de juf steeds herhaalt dat ik Engels moet spreken zonder het accent van mijn vader. Boos als me gezegd wordt dat ik aardiger moet zijn tijdens de pauzes, terwijl ik alleen maar hardloopwedstrijdjes wil houden met de andere kinderen of wil kijken wie het hoogste kan op de schommel.

Ik vermoedde dat het een probleem was dat ik altijd won. Maar ik begreep met de beste wil ter wereld niet waarom de andere kinderen dan minder met me wilden spelen in plaats van meer.

Die vroege herinneringen aan hoe ik vriendschap probeerde te sluiten met de anderen, gaan allemaal vergezeld van dezelfde steek van verwarring: ik doe iets fout, maar ik weet niet wat.

Wanneer de school uitging keek ik naar de andere kinderen die hun wachtende moeders begroetten. Mijn klasgenoten vertelden hun moeder hoe het was geweest, straalden bij de kneepjes die ze bij de auto van hun moeder kregen en veegden de kus van hun moeder van hun wang.

Ik had er uren naar kunnen kijken. Wat zouden ze na school nog meer met hun moeder doen? Gingen ze een ijsje halen? Gingen ze van die leuke etuis kopen die sommige kinderen hadden? Of van die haarbanden?

Terwijl ze wegreden begon ik plichtmatig aan mijn wandeling naar de openbare tennisbanen, twee straten verderop, waar mijn vader op me wachtte.

Ik ben opgegroeid op de baan. Na school op de openbare tennisbanen en in de zomer en in het weekend op de banen van de countryclub. Ik ben opgegroeid in een tennisrokje en met een paardenstaart. Ik ben opgegroeid in de schaduw naast de zijlijn, wachtend tot mijn vader klaar was met zijn les.

Hij doemde dreigend op bij het net. Zijn services waren altijd vloeiend, zijn slagen soepel. Zijn tegenstander, of wie hij ook lesgaf, maakte vergeleken met hem altijd een chaotische indruk. Mijn vader was heer en meester op de baan.

Achteraf snap ik dat hij zich bijna mijn hele jeugd eenzaam en gestrest moet hebben gevoeld. Hij was een alleenstaande vader, een weduwnaar, in een land dat niet zijn moederland was. Hij had niemand die hem steunde. Ik zie nu heel scherp dat mijn vader waarschijnlijk zo gespannen was dat hij elk moment had kunnen breken.

Maar al waren zijn dagen zwaar en zijn nachten rusteloos, hij wist dat steeds beter voor me te verbergen. De tijd die ik met hem doorbracht, voelde als een geschenk dat andere kinderen niet kregen. Anders dan bij hen had mijn tijd een doel; mijn vader en ik werkten samen aan iets belangrijks. Ik zou de beste worden.

Iedere dag na school, wanneer mijn vader eindelijk klaar was met zijn betaalde lessen, draaide hij zich naar me om en zei: '*Vamos. Los fundamentos.*' En dan pakte ik mijn racket en liep de baan op.

'Game, set, match: waarom zeggen we dat zo?' wilde mijn vader dan weten.

'Omdat iedere keer dat je speelt een game is. En je moet de meeste games winnen om de set te winnen. En je moet de meeste sets winnen om de match te winnen,' lepelde ik op.

'In een game is het eerste punt...'

'Vijftien. Dan dertig. Dan veertig. Dan heb je de game gewonnen. Maar je moet met twee punten verschil winnen.'

'En als het gelijkstaat, dus 15-15 of 30-30, hoe noemen we dat?'

'15-all en 30-all.'

'Oké. En 40-40?'

'Dat heet deuce. En na deuce krijg óf jij 'advantage' óf je tegenspeler. Dat hangt ervan af wie het punt haalt.'

'En hoe win je dan?'

'Als je op voordeel staat? Dan moet je het volgende punt winnen om de game binnen te halen. En je moet zes games winnen om winnaar van de set te zijn, maar ook dan moet je met twee punten verschil winnen. Je kunt nooit met 6-5 winnen.'

'En een match?'

'Vrouwen spelen drie sets, mannen vaak vijf.'

'En wat betekent love?'

'Dat betekent niks.'

'Nou, het betekent nul.'

'Precies, je hebt dan geen punten. Love betekent niets.'

Wanneer ik alle antwoorden goed had kreeg ik een klopje op mijn schouder. En dan gingen we trainen.

Er bestaan veel trainers die naar vernieuwingen zoeken, maar dat was niet de stijl van mijn vader. Hij geloofde in de schoonheid en eenvoud van iets doen op de manier waarop het altijd was gedaan, maar dan beter dan iemand ooit had gedaan. 'Als ik me net zo goed had gehouden aan de juiste houding als jij nu, *hijita*,' zei hij, 'dan zou ik nu nog steeds proftennisser zijn.' Dat was een van de weinige keren dat hij iets zei waarvan ik vermoedde dat het niet waar was. Zelfs toen begreep ik al dat er maar weinig mensen zijn die na hun dertigste nog professioneel tennis spelen.

'*Bueno, papá*,' zei ik terwijl we aan onze oefeningen begonnen.

Mijn hele kindertijd bestond uit oefeningen. Oefening na oefening na oefening. Service, groundstroke, voetenwerk, volley. Service, groundstroke, voetenwerk, volley. Steeds opnieuw. De hele zomer, na school, in het weekend. Mijn vader en ik. Altijd samen. Ons kleine team van twee. Trotse trainer en getalenteerde leerling.

Ik vond het heerlijk dat je elk onderdeel van het spel op een foute en een goede manier kon voeren. Er was altijd iets concreets om naar te streven.

'*De nuevo*,' zei mijn vader dan, terwijl ik voor de vijftigste keer probeerde om mijn vlakke service te verbeteren. 'Ik wil dat allebei je armen op hetzelfde moment en met dezelfde snelheid omhooggaan.'

'*De nuevo*,' zei hij, een volwassen man die op zijn hurken moest gaan zitten om me in de ogen te kijken toen ik nog tot aan zijn heupen kwam. 'Bij een pinpointpositie moet je je achterste voet naar voren brengen voordat je de bal raakt.'

'*De nuevo*,' zei hij glimlachend. 'Bewaar die spin maar voor de tweede opslag, *hijita*. Begrepen?'

En iedere keer, of ik nu vijf, zes, zeven of acht was, kreeg hij hetzelfde antwoord. '*Sí, papá.*' *Sí, papá. Sí, papá. Sí, papá.*'

Na verloop van tijd begon mijn vader zijn '*de nuevo*' af te wisselen met '*excelente*'.

Ik streefde er iedere dag naar om een '*excelente*' te horen. Ik droomde erover. Ik lag 's nachts in bed onder mijn Linus en Lucy-laken naar mijn ingelijste foto van Rod Laver (waar ik mijn vader om had gesmeekt) te staren en probeerde me de juiste houdingen in te prenten.

Het duurde niet lang voordat mijn slagen krachtig waren, mijn volleys scherp en mijn services dodelijk. Ik was een achtjarig kind dat vanaf de baseline kon opslaan en dan een pak melk kon raken, en dat honderd keer achter elkaar.

Mensen die langs de baan liepen vonden zichzelf heel leuk als ze me de kleine Billie Jean King noemden, alsof ik dat niet tien keer per dag te horen kreeg.

Na een tijdje begon mijn vader het over strategie te hebben. 'Veel spelers winnen de games die ze serveren,' zei hij. 'Leg me uit waarom.'

'Omdat de service de enige keer is dat een speler de controle over de bal heeft.'

'En wat nog meer?'

'Als je goed serveert, heb je de controle over de service en over de return. En zelfs over de rally.'

'*Exacto*. De game winnen die je serveert, ligt aan de basis van je strategie.'

'*Bueno, entiendo*.'

'Maar de meeste mensen richten al hun energie op de opslag. Zij zijn zo bezig met de perfectionering van hun opslag dat ze het belangrijkste vergeten.'

'De return.'

'*Exacto*. Je opslag is je verdediging, maar je kunt games winnen met een goede return. Als je al je games binnenhaalt en je tegenstander de zijne, wie wint de set dan?'

'Degene die als eerste de servicegame van de ander doorbreekt.'

'*Exacto*. Je hoeft dat maar één keer te doen en als je dan al je eigen games weet te behouden, dan win je de set.'

'Dus ik moet zowel goed kunnen opslaan als retourneren.'

'Je moet alle onderdelen beheersen,' zei hij. 'Je moet fantastisch kunnen serveren, volleyen, slaan en retourneren. Oké, dan gaan we nu spelen.'

Hij won altijd, elke dag opnieuw. Maar ik bleef het proberen. Iedere partij weer, iedere avond na schooltijd, soms twee keer in het weekend.

Tot op een bewolkte middag in januari, toen het net iets te fris was. De hele dag had de Zuid-Californische lucht gedreigd dat te doen wat hij bijna nooit doet.

We stonden gelijk in de eerste set en ik pareerde twee opslagen achter elkaar door de bal met mijn forehand zo snel schuin over de baan te jagen dat mijn vader hem niet kon halen.

Voor het eerst in mijn jonge leven brak ik zijn service.

'*Excelente*,' zei hij met zijn armen in de lucht. Hij rende mijn helft van de baan op, tilde me op en draaide een rondje met me.

'Het is me gelukt!' zei ik. 'Ik heb je gebroken!'

'Inderdaad,' zei hij. 'Inderdaad.'

Ongeveer twee minuten nadat ik de set had gewonnen, scheurde de lucht open en begon het te stortregenen. Mijn vader hield zijn jas boven mijn hoofd terwijl we naar de auto renden.

Toen we zaten en de portieren hadden gesloten keek ik naar hem. Hij straalde helemaal, al zat hij ook te bibberen van de kou. '*Excelente, pichoncita*,' zei hij. Hij kneep even in mijn hand. '*Muy pero muy bien*.' Nog steeds glimlachend startte hij de auto en reed achteruit het parkeerterrein af.

Vanaf die keer wilde ik zijn service minstens één keer per dag breken, hoewel ik nog steeds geen partij van hem won. Maar het breken lukte.

Na afloop van iedere training reden mijn vader en ik naar huis met twee doggybags uit het restaurant van de club, die ik warm hield op mijn schoot. Ik keek naar de grote huizen waar we langsreden op weg naar ons appartement.

Nadat mijn vader de auto tot stilstand had gebracht, zei hij voordat we uitstapten altijd: 'We hebben het goed gedaan vandaag. Maar wat moeten we morgen nog beter doen?'

Ik lepelde het lijstje op dat ik onderweg had gemaakt. 'Mijn voetenwerk moet sneller. En ik moet mijn pols vlak houden.' Of: 'Ik moet erop letten dat ik niet te ver naar achteren loop voordat ik de dropvolley raak.'

Iedere avond voegde hij er iets aan toe waar ik zelf niet aan had gedacht. 'En je moet naar de bal blijven kijken, niet naar je racket.' 'Je moet je forehandgroundstroke langer volgen met je racket.'

Iedere avond knikte ik. Natuurlijk. Waarom had ik daar zelf niet aan gedacht?

En dan gingen we naar binnen en aten voor de tv. Meestal keken we alleen naar het journaal, maar de zeldzame keren dat we van hem naar *The Lucy Show* mochten kijken, waren een feestje voor me. Hij in zijn leunstoel, ik op de bank, elk met een dienblad op schoot. Hij lachte dan zo hard. En daarom lachte ik ook.

Later, nadat ik mijn tanden had gepoetst en mijn pyjama had aangetrokken, gaf mijn vader me een kus op mijn voorhoofd en zei: 'Welterusten, mijn Achilles, de grootste tennisstrijder ooit.'

Zodra de lamp uit was, pakte ik de foto van mijn moeder die ik in mijn vaders ladekast had gevonden, onder mijn kussen vandaan.

Op de foto ligt mijn moeder in een hangmat in onze achtertuin met mij in haar armen en lacht ze naar de camera. Boven ons een sinaasappelboom. Ik slaap in haar armen, haar kin rust op mijn hoofd, haar hand ligt op mijn rug. Ze heeft lange zachte krullen. Ik streek altijd met mijn vinger over de foto, over haar jurk, van haar schouders tot haar voeten.

Ik hield de foto even tegen mijn borst en stopte hem dan weer terug onder mijn kussen en viel in slaap.

Op een avond, toen ik ongeveer acht was, lag de foto er niet.

Ik gooide mijn kussen op de grond. Ik stapte uit bed en zette het matras op zijn kant. Hoe kon ik zoiets belangrijks nu zijn kwijtgeraakt? Ik begon te krijsen. De tranen stroomden over mijn wangen.

Mijn vader kwam mijn kamer in en zag me daar zitten met een rood hoofd, betraande wangen en mijn hele kamer overhoop. Kalmpjes legde hij het matras weer op bed en nam me in zijn armen.

'*Pichoncita*,' zei hij. '*No te preocupés*. De foto is er nog. Ik heb hem weer in mijn la gelegd. Het wordt tijd dat je ophoudt er iedere avond naar te kijken.'

'Maar ik wil er iedere avond naar kijken.'

Hij schudde zijn hoofd en hield me nog wat steviger vast. '*Cariño*, denk er maar niet meer aan. Zo'n grote last kun je nog niet dragen.'

1966

TEGEN DE TIJD DAT IK NEGEN WERD, HAD IK ALLE KINDEREN VAN mijn leeftijd op de club verslagen, en daarom haalde mijn vader er de zoon bij van een van de volwassenen die hij lesgaf, een jongen van dertien die Chris heette.

'Ik snap niet dat ze je hier laten spelen,' zei Chris tegen me. 'Je bent geen lid.' We stonden bij het net te wachten tot we konden beginnen. Onze vaders praatten en lachten nog even met elkaar.

'Jij ook niet,' zei ik.

'Mijn vader wel. Maar jouw vader wérkt hier. Jouw vader werkt voor óns.'

Onze vaders kwamen onze kant uit lopen en Chris slaakte een kreun. 'Effe snel dan. Ik heb helemaal geen zin om tegen een meisje van zeven te spelen.'

Ik keek hem even aan en voelde mijn schouders verstrakken. 'Ik ben negen, stomkop.'

Chris nam me met grote ogen op, maar zei niets meer. Ik heb al vroeg ontdekt dat de meeste klootzakken geen weerwoord hebben.

'Oké, jongens, drie sets,' zei mijn vader.

Chris serveerde als eerste en ik was er klaar voor. Hij gooide de bal in de lucht en sloeg hem in een trage bocht. Ik knalde hem terug, schuin over de baan. Punt voor mij. Love-15.

Chris serveerde opnieuw. Ik sloeg de bal langs hem heen. Love-30.

Bij de volgende bal deed ik alsof ik moest gapen. Love-40.

'Game voor Carrie,' zei mijn vader.

Chris werd een beetje rood. Ik wist niet of het van woede of uit gêne was. Ik lachte naar hem.

De rest van de partij was snel voorbij.

Bij mijn laatste service tikte ik de bal over het net. Ik nam niet eens meer de moeite om hem snelheid te geven of een topspin te doen. Toch sloeg hij hem over de lijn.

'Je kunt echt totaal niet tennissen,' zei ik tegen hem terwijl ik hem een hand gaf.

'Carolina!' riep mijn vader.

'Sorry, maar dat is gewoon zo.' Ik keek Chris aan. 'Echt.'

Ik zag dat Chris een blik op zijn vader naast de baan wierp. Zijn vader schudde zijn hoofd en doofde zijn sigaret. Hij rolde met zijn ogen.

Ik herinner me nog dat ik dacht: en daarom moet je trainen, Chris.

Toen we de baan afliepen, legde mijn vader zijn hand op mijn schouder en zei: 'Dat was me wat.'

'Ik hoefde niet eens mijn best te doen,' zei ik op weg naar de kleedkamers.

'Nee, dat liet je duidelijk merken. Je was ronduit gemeen.'

'Waarom zou ik aardig tegen hem moeten doen? Hij zei dat ik een kind van zeven was.'

'Mensen zullen nog heel veel tegen je gaan zeggen,' zei hij. 'Mensen zeggen altijd van alles over mensen als wij.'

'Omdat we hier geen lid zijn?' Ik legde mijn spullen neer.

Mijn vader bleef ook staan. 'Omdat we winnaars zijn. Zorg ervoor dat je niet gefrustreerd raakt, Carolina. Laat wat anderen zeggen niet bepalen hoe je over jezelf denkt.'

Ik keek hem aan.

'Als ik zeg dat je haar paars is, betekent dat dan dat het paars is?' vroeg hij.

'Nee, het is bruin.'

'Betekent dat dat je mij moet bewijzen dat het bruin is?'

Ik schudde mijn hoofd. 'Nee, dat kun je toch zelf zien?'

'Ooit zul je een van de beste speelsters ter wereld zijn, *cariño*. Dat is net zo waar als je bruine haar. Je hoeft het ze niet te bewijzen. Je hoeft het alleen maar te zijn.'

Ik dacht even na.

'De volgende keer dat je tegen iemand als Chris speelt, verwacht ik toch een mooie partij van je. Begrijp je wat ik zeg?'

Ik knikte. '*Está bien*.'

'Net zoals we niet huilen als we verliezen, gaan we ook niet naast onze schoenen lopen als we winnen.'

'*Bueno, entiendo*.'

'Je begrijpt toch dat je niet tegen je tegenstander speelt?'

Ik keek hem onzeker aan. Toch wilde ik dat hij wist dat ik alles begreep wat ik zou moeten begrijpen, want het voelde als een onverdraaglijk verraad aan onze missie om ergens van in verwarring te raken.

'Iedere keer dat je die baan op gaat, moet je een betere partij spelen dan de partij ervoor. Heb je vandaag je beste partij gespeeld?'

'Nee,' antwoordde ik.

'De volgende keer wil ik dat je jezelf verslaat. Je moet iedere dag de dag ervoor verslaan.'

Ik ging op een bankje zitten en dacht na over zijn woorden. Wat mijn vader voor ogen stond, was een ontzettend zware opgave. Maar nu het zaadje van die gedachte in mijn hoofd was geplant, moest ik de uitdaging aangaan. Ik kon niet doen alsof ik van niets wist.

'*Entiendo*,' zei ik.

'Pak je spullen. We gaan naar het strand.'

'Nee papa,' zei ik. 'Alsjeblieft niet. Kunnen we niet gewoon naar huis gaan? Of zullen we anders ergens een ijsje gaan halen? Een meisje uit mijn klas vertelde me over een zaak waar ze lekker wafelijs hebben. Daar wil ik weleens naartoe.'

Hij lachte. 'Jouw benen worden heus niet sterker van wafelijsjes. Dat kunnen we alleen maar bereiken door...'

Fronsend maakte ik zijn zin af. 'Door over het zand te rennen.'
'*Sí*. Door over het zand te rennen. *Entonces, vamos*.'

1968

TOEN IK IN TWEE JAAR TIJD ONGEVEER IEDER KIND IN DE STAD HAD verslagen, werden we gebeld door Lars Van de Berg, een van de beroemdste juniorentrainers in Amerika.

In Laguna Beach coachte hij een meisje van veertien, Mary-Louise Bryant. Mary-Louise had al een paar kampioenschappen voor junioren op haar naam staan. En dat jaar had ze de halve finale van Junior Wimbledon bereikt.

'Lars belde omdat iedereen in L.A. het over je heeft,' zei mijn vader toen we over de snelweg naar Laguna Beach reden. Ik droeg een wit tennisrokje en een wit poloshirt, met een crèmekleurig vestje erover. Ik had ook nieuwe sokken aan en spiksplinternieuwe oogverblindend witte tennisschoenen.

Mijn vader had de hele outfit een week daarvoor voor me gekocht. Hij had alles gewassen en die ochtend voor me klaargelegd. Toen ik de ruches aan het broekje voor onder mijn rok zag, keek ik hem even aan in de hoop dat het een grap was. Maar aan zijn gezicht te zien was het geen grap en dus trok ik het aan.

'Hij doet alsof het een vriendschappelijk potje is,' vervolgde mijn vader. 'Maar hij wil gewoon zien of je een bedreiging vormt voor Mary-Louise.'

Er deden al verhalen de ronde over mijn toekomst. Ik wist dat ik binnenkort serieuze toernooien zou gaan spelen, net zoals sommige andere kinderen weten dat ze gaan studeren. En ik had de indruk dat mijn vader in stilte probeerde uit te vogelen hoe hij dat kon betalen, net zoals bij een studie.

Ik zat te wriemelen op mijn stoel, want mijn shirt kriebelde in mijn nek. 'Maar vorm ik dan een bedreiging voor Mary-Louise?' vroeg ik.

'Ja,' zei mijn vader.

Ik draaide het raampje open en keek naar de Stille Oceaan die langs vloog.

'Ik wil dat je nadenkt over je plan van aanpak,' zei mijn vader. 'Mary-Louise is drie jaar ouder, dus je moet ervan uitgaan dat ze langer en sterker is, en misschien ook zelfverzekerder. Wat voor invloed heeft dat op je plan? Je hebt vijf minuten.'

'Oké,' zei ik.

Mijn vader zette de radio wat harder en richtte zijn aandacht op de weg. Het verkeer voor ons begon langzamer te rijden en het duurde niet lang voordat we moesten stoppen. Ik keek uit het raampje naar de kinderen die op het strand aan het spelen waren. Ik zag twee meisjes van mijn leeftijd die een zandkasteel bouwden.

De afstand tussen mij en die meisjes – het soort meisjes met wie ik op school zat – had altijd al groot geleken, maar nu leek hij niet meer te overbruggen.

Een halve seconde later begonnen we weer te rijden en ik vroeg me af waarom iemand iets van zand zou willen bouwen, iets wat morgen weer verdwenen zou zijn, zodat aan niets meer te zien was dat je zo je best had gedaan.

'*Bueno, contame,*' zei mijn vader. 'Wat is je plan?'

'Als ze sterker is dan ik, dan moet ik haar zo veel mogelijk naar het net zien te lokken en gebruikmaken van mijn hoeken. En ze zal waarschijnlijk behoorlijk zelfverzekerd zijn, dus dan moet ik haar meteen in het begin al opjagen. Als ik ervoor kan zorgen dat ze zich gaat afvragen of ze soms verslagen zal worden door een kind van elf, dan zal dat kind van elf haar verslaan.'

'*Muy bien.*' Mijn vader gaf me een high five. 'Mijn Achilles. De grootse aller Grieken.'

Ik wist een lachje te bedwingen.

Mary-Louise won de toss en koos ervoor om als eerste te serveren.

Ik stond op de achterlijn en sloeg met mijn vlakke hand op de strakke snaren van mijn racket. Ik draaide het racket een paar keer om in mijn hand.

Ik keek naar mijn nieuwe schoenen en zag dat er een vlek op de voorkant zat. Ik bukte me om hem eraf te vegen.

Mijn vader en Lars zaten op de bank. Lars was een lange man met rossig haar en een glimlach die niet echt zijn ogen bereikte. Hij had mijn vader aan Mary-Louise voorgesteld als 'de Jaguar' op een toon die me dwarszat.

Mary-Louise stond aan de andere kant van de baan in een witte tennisrok en een wit shirt, met een bijpassende haarband in haar haar. Toen ze zich iets uitrekte, zag ik hoe lang en slungelig ze was; ze had een hoekig en verfijnd gezicht. Misschien kwam het door de volmaakte plooien in haar rok of door de nonchalante manier waarmee ze haar houten Dunlop Maxply Fort-racket vasthield, maar ik wist gewoon dat we, ook al stonden we dan samen op deze baan, de rest van elkaars wereld niet zouden herkennen.

Ze glimlachte naar me, en het schoot door me heen dat ze weleens het mooiste meisje kon zijn dat ik ooit had gezien.

Over mijn eigen uiterlijk koesterde ik geen enkele illusie. Ik was stevig, met brede schouders, en mijn kuiten en onderarmen waren dikker dan die van de andere meisjes in mijn klas. Enkele populaire meisjes – de meisjes met strikken in hun haar en vestjes over hun jurken, de meisjes die in de pauze achterna werden gezeten door de jongens – scholden me de laatste tijd uit wanneer de docent het niet merkte.

Toen ik op een ochtend de klas in liep, fluisterde Christina Williams hard tegen Diane Richards: 'Daar heb je haar. Boem, boem, boem.' Alsof het gewicht van mijn stappen het lokaal deed schudden.

De hele klas lachte.

'Ik heb tenminste geen twee voor rekenen gekregen, loser,' zei ik terwijl ik ging zitten.

Ook daar moest de klas om lachen. Maar toen begon Christina te huilen. De docent zag het en riep ons naar voren.

Toen haar werd gevraagd wat er was gebeurd, begon Christina nog harder te huilen en ontkende ze dat ze me had gepest. Ik erkende met opgeheven hoofd dat ik haar een loser had genoemd.

Op de een of andere manier ging de lafaard vrijuit en werd ik naar de directeur gestuurd, die mijn vader belde. Hij haalde me op en nam me mee naar huis.

Nadat hij mijn kant van het verhaal had gehoord, gaf hij me een standje en wilde toen dat ik in de spiegel keek. Hij zei dat ik mooi was. '*Pichona, sos hermosa.*'

Ik zocht op mijn gezicht naar een glimp van waar hij het over had. Ik had de olijfkleurige huid en groene ogen van mijn moeder. Ik had mijn vaders haarkleur. Maar mijn lichaam, mijn gelaatstrekken... ik zag niet waar die vandaan kwamen. Ik wilde krullen zoals mijn moeder en vader die allebei hadden, ik wilde mijn moeders lengte, haar smalle polsen, haar volmaakte neus. Ik had niets daarvan.

'Ik lijk totaal niet op mama,' zei ik na een tijdje. Zij was ontegenzeggelijk mooi geweest, haar gezicht was haar rijkdom.

'Jawel,' zei hij. 'Je bent net zo sterk als zij.'

Ik liet mijn blik over mijn brede schouders glijden, over mijn sterke armen. Gelukkig hoefde ik niet mooi te zijn. Mijn lichaam was erop gemaakt om oorlogen te voeren.

En gelukkig maar ook, want ik stond op het punt mijn lichaam aan te wenden om de mooie Mary-Louise Bryant te verpletteren.

Mary-Louise gooide de bal in de lucht en sloeg hem toen strak het net over. Terwijl ik naar de bal toe rende, dacht ik dat ik hem maar het beste zo snel mogelijk kon onderscheppen. Maar terwijl ik op weg ging, zag ik Mary-Louise ook naar het net lopen. Ze dacht dat ik niet de kracht bezat om haar harde service terug te slaan en daarom raakte ik op het allerlaatste moment pas de bal, zodat zij haar return moest afraffelen en in het net sloeg.

Het eerste punt was voor mij. Love-15.

Ik keek naar mijn vader terwijl ik terugliep naar de achterlijn. Zowel hij als Lars keek naar me, Lars met grote ogen. Mijn vader probeerde een glimlach te verbijten.

Ik ging iets door mijn knieën en wachtte op haar tweede opslag. Mary-Louise had inmiddels een strak gezicht. Plotseling kwam de bal over het net, als een zweepslag. Ik had er geen antwoord op.

15-all.

Opslag na opslag werd ik overvallen.

30-15.

40-15.

En toen had ze haar eerste game binnen.

Ik keek weer naar mijn vader en zag een frons op zijn voorhoofd. Ik had geen idee wat hij dacht.

Nu was het mijn beurt om te serveren. Ik legde iedere bal precies op de plek waar ik hem wilde hebben. Ik wist al een paar slagen van tevoren waar de bal naartoe moest. Ik liet haar alle hoeken van de baan zien. Maar steeds wist ze te retourneren. Onze lange rally's eindigden steevast in haar voordeel.

Ik bleef alert. Ik wist al haar ballen te raken. Maar hoe goed mijn slagen ook waren, het maakte niet uit.

Ze won de eerste set met 7-5.

Ik was nu al uitgeput. Mijn vader gaf me zonder iets te zeggen een handdoek. Ik haalde diep adem. Ik mocht niet verliezen; dat was geen optie.

Toen ik haar dat eerste punt afpakte, dacht ik dat ze daardoor wel van slag zou raken. Maar ze was er juist scherper door geworden. Ik had haar een reden gegeven om haar beste beentje voor te zetten.

Ik moest iets verzinnen om te voorkomen dat ze nog meer winners sloeg. Ik moest proberen om alleen nog maar aces te slaan, steeds weer. Het was riskant; ik zou dubbele fouten kunnen slaan. Maar het leek mijn enige kans.

Mijn eerste service was hard en de bal stuiterde hoog op. Ze dook eropaf en sloeg hem uit. 15-love.

Ik deed het nog een keer. 30-love.

Ik wierp een blik op mijn vader toen ik de bal ging oprapen en zag een klein lachje over zijn gezicht kruipen.

Ik serveerde opnieuw, maar deze keer sloeg ik de bal dicht bij de middenlijn. Hij schoot langs haar heen. 40-love.

Ik had haar. Ik voelde een tinteling van mijn hoofd over mijn rug schieten. Ik voelde de ruimte tussen mijn gewrichten, de vloeibaarheid van mijn spieren. Ik voelde mijn botten bruisen.

Ik serveerde laag en snel. Ze reageerde met een spin die ik als van nature begréép. Ik wist waar de bal heen zou gaan, hoe hij zou stuiteren. Ik sloeg terug met alle kracht die in mijn schouder zat. Haar return ging over de achterlijn.

Ik won de set. Het stond nu 1-1 en het ging erom wie de derde set zou winnen.

Na Mary-Louise' eerste service renden we over de baan voor het punt, maar de rally eindigde ermee dat ze de bal zo strak en laag langs me heen sloeg dat ik hem niet kon halen. Ik had zin om te gillen toen ik de bal langs mijn racket zag suizen. Maar ik wist dat mijn vader dat niet goed zou vinden.

Dat heb je met zo'n bruisend gevoel; het kan je net zo snel verlaten als het is gekomen.

Mary-Louise had de touwtjes weer in handen. Ze doorbrak mijn service en behield die van haarzelf. Ik rende naar iedere bal. Ik rende me de benen uit het lijf. Maar het was niet genoeg.

Toen ze het laatste punt had gewonnen, liet ik me op mijn knieën vallen. Ik had het gevoel dat de wereld verging. Ik ging liggen en sloot mijn ogen.

Toen ik ze weer opende, stonden Mary-Louise en Lars kalmpjes bij de bank te praten en mijn vader stond boven me met uitgestoken hand.

Mijn vader had een warm gezicht met donkere krullen eromheen. Hij had lange wimpers, volle wenkbrauwen en zachtbruine ogen. Ik durfde er nauwelijks in te kijken.

'*Vámonos*,' zei hij. 'We gaan.'

Ik stond op en keek naar Mary-Louise. Ik wist wat ik moest doen. Ik moest alleen de kracht nog vinden om het te doen.

Ik liep naar haar toe. 'Goed gespeeld,' zei ik. Terwijl ik het zei, hoorde ik dat ik niet klonk als mezelf. Mijn stem was hard en koeltjes; de andere tonen ervan lagen op dat moment buiten mijn bereik. Ik gaf haar een hand en ze lachte.

'Carrie,' zei ze. 'Ik heb in tijden niet zo'n lastige partij gespeeld.'

'Het is aardig dat je dat zegt,' zei ik. 'Maar je hebt wel gewonnen.'

'Maar toch,' zei ze. 'Ik had jou nooit kunnen verslaan toen ik elf was.'

'Dank je,' zei ik. Ze wist ongetwijfeld dat voor mij alleen maar telde dat ik had verloren.

Mijn vader en ik pakten onze spullen en liepen naar de auto. Ik ritste mijn racket in zijn hoes, gooide hem op de achterbank en ging voorin zitten.

Toen mijn vader instapte, zat ik naar het handschoenenvakje te staren en probeerde niet te gaan huilen.

'*Hablemos*,' zei hij.

'Je had me niet tegen haar moeten laten spelen.' Mijn stem brak.

Mijn vader schudde zijn hoofd. '*Ni lo intendes*,' zei hij. 'Dat is niet de les die je hieruit moet trekken. Probeer het nog een keer.'

'Ik haat tennis.' Ik trapte tegen het handschoenenvak.

'Haal je voeten van het dashboard. Je hoort beter te weten.'

Ik deed mijn ogen dicht en probeerde te ademen. Toen ik mijn ogen weer opende, durfde ik mijn vader niet aan te kijken. Ik keek door de voorruit en zag aan de overkant van de straat een vrouw haar huis uit komen om de post uit de brievenbus te halen. Ik vroeg me af of zij ook zo'n rotdag had. Maar misschien leek haar leven wel in niets op het mijne. Misschien voelde ze al die druk niet, kende ze niet dat gevoel dat je leven afhing van hoe goed je ergens in was. Droeg zij ook die last met zich mee van alles willen winnen wat je doet? Of leefde ze nergens voor?

Ik wierp een blik op mijn vader, maar hij bleef voor zich uit kijken. Dat was het moment waarop ik vermoedde dat ik hem uiteindelijk toch had teleurgesteld, dat ik had laten zien dat ik zijn vertrouwen niet verdiende.

'Ben je klaar?' vroeg hij toen hij me aankeek. 'Met al die hysterie?'

'Wil je... me nog steeds trainen?'

Mijn vaders gezicht vertrok, maar wat dat precies te betekenen had, begreep ik niet. Hij schudde zijn hoofd en veegde met zijn duim mijn tranen van mijn wang. '*Cariño*, hoe kun je dat nu vragen?' Hij dwong me hem aan te kijken. 'Ik ben er nog nooit zo trots op geweest dat ik je vader en coach ben.'

'Hoe kan dat nou?'

'Ik weet dat je het erg vindt dat je hebt verloren.'

'Ja, ik heb verloren, dus ben ik een loser.'

Hij schudde zijn hoofd, nog steeds glimlachend. 'Goh, wat lijk je toch veel op mij, *hija*. Maar luister naar me, alsjeblieft. Ik heb me zo gefocust op jou leren hoe je moet winnen dat ik je niet heb geleerd dat iedereen weleens een partij verliest.'

'Ik ben niet iedereen. Ik zou toch de grootste zijn?'

Hij knikte. 'Dat zul je ook zijn. Dat is vandaag bewezen. Je hebt de beste partij van je leven tot nu toe gespeeld.'

Ik keek hem aan.

'Heb je ooit eerder zoveel groundstrokes precies voor de achterlijn geslagen?' vroeg hij.

'Nee,' zei ik.

'Heb je ooit eerder drie aces achter elkaar geslagen zoals je vandaag hebt gedaan?'

Ik begon met mijn voet te tikken terwijl ik naar hem luisterde. 'Nee,' zei ik. 'Mijn eerste service was vandaag fantastisch.'

'Je was flink op dreef, *cariño*,' zei hij. 'Je hebt bijna iedere bal gehaald.'

'Ja, maar de helft van de tijd sloeg ik dan in het net.'

'Omdat je nog niet bent waar je ooit zult zijn.'

Al iets minder op mijn hoede keek ik hem weer aan.

'Iedere partij die je speelt, zal je een stapje dichter brengen bij de grootse tennisster die je ooit zult zijn. Zo ben je niet geboren. Je bent geboren om die persoon te wórden. En daarom moet je iedere keer dat je de baan op loopt van jezelf winnen. En niet om je tegenstander te verslaan...'

'Maar om meer mezelf te worden,' vulde ik hem aan.

'Je begint het te snappen,' zei hij. 'Je hebt nog nooit zo goed gespeeld als vandaag.'

'En jij bent blij,' zei ik. 'Om mij. Omdat ik fantastisch speelde.'

'Omdat je béter speelde dan ooit.'

'En ik zal iedere dag weer beter spelen. Tot ik op een dag de grootste ben.'

'Tot je je potentieel volledig hebt benut. Daar gaat het om. We stoppen pas als jij op je allerbest bent,' zei hij. 'We zullen geen pauzes nemen tot het zover is. *Algún día*.'

'Want dan zal ik de persoon zijn die ik al vanaf mijn geboorte moet worden.'

'*Exacto*.'

Mijn vader startte de auto. Voordat hij de straat op reed, keek hij me nog een keer aan. 'Je moet je echt nooit meer afvragen of ik jou nog wel wil trainen. Nooit. *Nunca*.'

Ik lachte en knikte. Ik dacht dat ik perfect begreep wat hij me probeerde te zeggen.

Een paar minuten later, op weg naar huis, zei ik: 'Omdat het vandaag goed ging, zat ik te denken aan wat ik heb gedaan. Dat werkte, weet je.'

Mijn vader knikte. '*Contame*.'

Ik vertelde hem over de strategieën die ik had toegepast en over een paar beslissingen op het allerlaatste moment. En toen ook nog de laatste. '*También*, vlak voor de partij heb ik mijn schoenen schoongeveegd.'

Mijn vader trok zijn wenkbrauwen op.

'Volgens mij brengt dat geluk. Je weet wel, van die dingen die sommige profs ook doen.

Mijn vader glimlachte. '*Me encanta*.'

'Ja,' zei ik. 'En ik denk echt dat het me zal helpen. Ik word gewoon steeds beter. Tot ik op een dag zelf prof zal worden.'

1971-1975

OP MIJN DERTIENDE BEGON IK MEE TE DOEN AAN JEUGDTOERnooien. Iedereen, behalve mijn vader en ik, was geschokt toen ik dat jaar de SoCal Junior Championships won en als een komeet de ranglijst bestormde.

De eerste keer dat ik meedeed aan Junior Wimbledon wist ik de kwartfinales te bereiken. Het jaar daarop de finale. Al snel ontdekten mijn vader en ik dat ik weliswaar fantastisch was op een harde ondergrond en me ook op gravel goed redde, maar dat ik op gras iedereen de baas was. Het winnen van Junior Wimbledon veranderde van een droom in een doel.

Het al fanatieke trainingsschema van mijn vader werd door hem nog een tandje hoger gezet. We deden aan zo veel mogelijk toernooien mee, zonder rekening te houden met school. We vlogen het hele land door.

Het viel me ook op dat mijn vader twee keer zoveel leerlingen aannam wanneer we thuis waren. Soms kwam hij heel laat maar bijzonder monter thuis, iets wat ik niet goed begreep.

Eerst dacht ik dat hij misschien een vriendin had. Maar op een avond biechtte hij me na lang aandringen van mijn kant op dat hij voor geld tegen de rijken op de club speelde. Hij haalde honderden dollars per avond binnen.

Toen ik vroeg waarom hij dat deed, zei hij dat het hem scherp hield.

Maar ik wist hoe duur het was om grasbanen te huren, hoe duur de vluchten naar New York en Londen waren en hoeveel entreegeld de toernooien vroegen.

Toen ik hem de keer erna zag weggaan om een partij te spelen, volgde ik hem tot op ons stoepje en riep hem, terwijl hij het autoportier opende. 'Weet je wel zeker dat dit een goed idee is?'

Hij keek me aan. 'Ik heb nog nooit iets zo zeker geweten.'

Ik haalde diep adem. 'Ik wil met school stoppen en al mijn tijd aan tennis besteden.'

De Virginia Slims-toernooien bleken een goudmijn te zijn voor vrouwen die prof werden. Ik was inmiddels goed genoeg om aan de belangrijkste speelschema's te kunnen meedoen. En dan hoefde hij niet meer te proberen geld van mensen af te troggelen.

'Nog niet,' zei hij. Maar ik zag zijn mondhoeken omhooggaan. En de rest van de zin, die onuitgesproken bleef, kon ik gewoon voelen: nog niet, maar al wel heel gauw.

Als ik niet aan een toernooi meedeed, was ik vanaf acht uur 's ochtends tot vroeg in de middag op de baan te vinden.

Van ongeveer drie tot vijf had ik pauze en kreeg ik bijles van iemand die mijn vader in het telefoonboek had gevonden. Daarna bespraken mijn vader en ik ongeveer een uur lang strategieën, wat soms doorging onder het avondeten.

Als ik geen huiswerk had, had ik daarna een uurtje of zo tijd voor mezelf en dan ging ik om tien uur naar bed zodat ik om halfzes weer kon opstaan om te gaan hardlopen, te ontbijten en strategieën te bestuderen voordat ik om acht uur weer op de baan stond.

In de lente van 1973, toen ik vijftien was, vestigden we ons tijdelijk in Saddlebrook, in Florida, zodat ik iedere dag op hun grasbanen kon spelen om alle slagen die ik tot mijn beschikking had te vervolmaken als voorbereiding op mijn derde Junior Wimbledon in juli dat jaar.

In Saddlebrook leerde ik Marco kennen.

Mijn vader had een tennisster in de arm genomen om me te helpen met mijn returns. Elena was bijna twintig en beschikte over een ongelooflijk harde opslag. Wanneer we samen speelden vroeg ik me vaak af waarom ze niet aan de rest van haar spel werkte om ook prof te kunnen worden. Maar daar leek ze totaal geen belangstelling voor te hebben. Iets wat me behoorlijk verbijsterde.

Elena kwam gewoon iedere dag die ongelooflijke services slaan die me dwongen sneller dan ooit te denken, en ging daarna weer weg.

Nadat we een paar weken samen hadden getraind, kwam haar broer Marco langs.

Marco was zestien en boomlang, dus je kon hem onmogelijk over het hoofd zien als hij bij het groene gaashekwerk stond te wachten tot Elena klaar was. Tegen het eind van onze training betrapte ik mezelf erop dat ik even naar hem staarde. Toen hij mijn blik ving, wendde ik snel mijn blik af.

Maar na die keer kwam hij vaker kijken.

Ik wist niet hoe verliefdheid precies voelde, wat het betekende als je je zo onweerstaanbaar aangetrokken voelde tot iemand, maar de derde keer dat Marco langskwam, werd ik ineens een beetje duizelig, iets wat me nog nooit was overkomen.

Wekenlang kwam Marco steeds vroeger om op Elena te wachten. Soms voelde ik dat hij naar me keek en dan kostte het me de grootst mogelijke moeite om me op mijn spel te concentreren.

Ik dwong mezelf om niet te kijken naar Marco met zijn volmaakt rechte schouders, zijn donkerbruine haar, zijn licht getuite lippen en naar de manier waarop hij nonchalant tegen het hek leunde. Ik probeerde me niet voor te stellen hoe zijn handen zouden aanvoelen op mijn rug.

'Blijf naar de bal kijken, Carrie!' zei mijn vader op een middag. 'Vooruit!' Hij schudde zijn hoofd. De moed zonk me in de schoenen, maar ik herstelde me en eindigde sterk.

Toen het erop zat, ging mijn vader een baan voor de volgende keer reserveren en terwijl Elena haar spullen inpakte, kwam Marco de baan op en sprak me aan.

'Hoi,' zei hij.

'Hoi.'

'Ik ben Marco.'

'Carrie.'

'Dat weet ik,' zei hij glimlachend. 'Iedereen hier lijkt te weten wie je bent.'

Elena hing haar tas over haar schouder en gebaarde dat ze weg wilde. Marco zei dat ze bij de auto op hem moest wachten en wendde zich toen weer tot mij. 'Ik wilde je al een tijdje aanspreken, maar je vader is er altijd bij.'

'O.' Heel even dacht ik dat hij me mee uit wilde vragen en mijn bloed begon zo snel te stromen dat ik bang was dat ik zou flauwvallen.

Wat moest ik zeggen als hij dat vroeg?

Mijn vader had me eerder die week gezegd dat hij dubbele trainingen zou plannen voor mijn backhand en inside-out forehand. En ik was ook nog eens gezakt voor het proefexamen dat mijn bijlesleraar me een week eerder had laten doen. Ik had mijn vader beloofd het hele weekend te studeren. Toch werd de wens dat hij me mee uit zou vragen steeds groter. Mijn buik knapte er bijna van uit elkaar.

'Ja, dus...' zei hij, maar hij maakte zijn zin niet af. Ik keek hem aan en wilde wanhopig graag weten wat hij dacht. Ik voelde iets zwaars, een loden gevoel in mijn heupen. Ik wist niet eens wat het was dat ik van hem wilde, maar ik voelde dat ik er heel erg naar verlangde.

In plaats van nog iets te zeggen legde Marco zijn hand tegen het hek en verkleinde de afstand tussen ons. Ik keek naar zijn lippen terwijl hij zijn mond naar me toe bewoog. Toen hij me eindelijk kuste, aarzelde ik niet. Ik kuste hem terug met mijn hele lichaam, duwde me tegen hem aan, wilde hem met iedere centimeter van mijn huid aanraken.

Zijn lippen waren zacht en zijn handen voelden warm aan terwijl hij ze vanaf mijn schouders naar beneden liet glijden.

Ik hield mijn hoofd naar achteren toen zijn mond naar mijn hals ging en ik kreunde zacht; ik vergat alles om me heen behalve deze jongen en zijn handen en hoe ze aanvoelden.

Maar ineens hoorden we voetstappen en wisten we dat mijn vader terugkwam. Marco liet me los.

Het was bijna net zo snel voorbij als het was begonnen. Marco fluisterde: 'Ik zie je,' en liep weg. Mijn vader pakte zijn racket, ging aan de andere kant van de baan staan en riep welke shots hij wilde doen.

Ik sloeg de bal net als anders, maar vanbinnen gloeide ik omdat ik voor het eerst een echt geheimpje had. Het was alsof je de voordeur opendeed om frisse lucht door het huis te laten stromen.

Een maand lang was Marco er iedere dag na de training. En wanneer Elena en mijn vader niet in de buurt waren, kuste hij me in een hoek van de baan. Ik schaamde me om mijn eigen verlangens, om hoe graag ik hem wilde voelen, om hoe vaak ik aan hem dacht wanneer hij er niet was.

Mijn behoefte aan zijn aanrakingen, mijn honger naar zijn lichaam, was onverzadigbaar. Het voelde precies hetzelfde als de honger om te winnen. Het gevoel dat er in mij een onvervulbaar gat zat. Er zouden nooit genoeg partijen zijn om te winnen. Er zou nooit genoeg van Marco zijn.

En het kwam niet van één kant. Hij leek mij ook nodig te hebben. Ik merkte dat aan de gehaaste manier waarop hij me vastpakte, de blik in zijn ogen wanneer ik weg moest. Ik voelde me voor misschien wel de eerste keer in mijn leven helemaal gloeien en glanzen, puur vanwege de wetenschap dat iemand me wilde.

Ik kan me nog steeds verbazen over met hoeveel Marco en ik wegkwamen, over hoever we gingen die lente in Florida, in die korte tijd die we tot onze beschikking hadden. Uiteindelijk belandden we op de achterbank van de oude auto van zijn ouders, die achter op het parkeerterrein stond.

Marco opende een geheel nieuwe wereld voor me, allemaal nieuwe dingen die mijn lichaam kon doen. En ik werd er volledig door opgeslokt. Ik kon mijn lichaam de hele dag pijnigen, mijn spieren zo vermoeien dat mijn hele lichaam zwaar aanvoelde. Maar dan, in een paar minuten, wist Marco alle ledematen te vervullen met lichtheid en mijn borstkas met lucht.

'Ben jij mijn vriendje?' vroeg ik hem op een middag in juni, terwijl ik mijn shirt naar beneden trok en mijn haar fatsoeneerde. Over twee weken zou Junior Wimbledon al beginnen.

'Ik geloof van niet,' zei hij. 'We doen verder niks samen of zo.'

'Nou, misschien kunnen we dat na het toernooi gaan doen. Dat is over een paar weken en als het erop zit, kan ik mijn vader proberen over te halen weer hiernaartoe te komen.'

'Ik wil niet dat je alleen voor mij terugkomt,' zei Marco terwijl hij me kuste. Toen hij zich losmaakte, glimlachte hij. Ik was dol op zijn glimlach; hij had van die kleine kuiltjes in zijn wangen die je alleen van dichtbij kon zien.

'Maar als we elkaar nou leuk vinden...'

'Natuurlijk,' zei hij. 'Maar het is oké zoals het nu gaat. Dat we allebei onze eigen dingen kunnen doen en ook... dit.' Hij kuste mijn hals en ik voelde dat ik weer mijn ogen sloot, me opnieuw aan hem wilde geven.

Wat ik over Marco buiten onze tijd samen wist, was in nevelen gehuld. Hij haalde gemiddelde cijfers op school en deed niet aan sport. Zijn vader en moeder vroegen nooit waar hij was. Het enige wat hij deed was gitaarspelen en met zijn bandje oefenen in de garage van zijn ouders. Ik kon me nauwelijks een voorstelling maken van zijn wereld, en toch deed ik niet anders dan dat proberen.

Ik vond het fijn dat hij zoveel praatte zonder echt iets te zeggen. Dat hij bijna niets serieus nam. Dat niets echt belangrijk voor hem leek. Soms stelde ik me voor dat ik met hem ergens anders was dan in die auto. Ik zag voor me dat ik tegenover hem zat in een restaurant en dat hij dan mijn hand pakte. Zodat andere mensen konden zien dat hij mij had uitgekozen. 'Ik bedoel alleen maar dat we er wel iets op kunnen vinden als we dat zouden willen,' zei ik.

'Maar jij hebt helemaal geen tijd om met mij naar een feest te gaan of iets anders te doen wat ik leuk vind. Voor jou telt alleen tennis.'

'Helemaal niet, voor mij telt alleen winnen. En daar werk ik hard voor.'

'Precies,' zei hij. 'Dus laten we gewoon doorgaan met wat we doen.'

Hoewel zijn reactie me niet beviel, zat ik de volgende middag toch weer met hem op de achterbank van die auto, met een lach op mijn gezicht.

Misschien zouden Marco en ik wel nooit samen uit eten gaan. Misschien was ik gewoon niet het soort meisje dat iemands vriendin werd. Misschien was ik het soort meisje dat je kuste wanneer er niemand keek en meer niet. Als dat zo was, prima. Ik zou mezelf niet vernederen door meer te eisen dan dat. Maar dat betekende niet dat ik de rest niet mocht hebben, dat mijn lichaam niet verdiende wat Marco me kon geven.

Toen we uit Saddlebrook vertrokken om naar Londen te gaan, wist ik dat ik Marco waarschijnlijk nooit meer zou zien. Toch huilde ik niet. Terwijl ik het vliegtuig boven de wolken uit zag komen, bedacht ik dat er wel andere Marco's zouden komen, dat Marco's niet zo moeilijk te vinden waren nu ik wist dat ik er alleen maar naar hoefde te zoeken.

Maar toen het vliegtuig zijn juiste hoogte had bereikt, wierp ik een blik op mijn vader, die met de stewardess praatte. Ik wist niet meer goed wie hij was. Ik bleef naar zijn gezicht staren en probeerde te begrijpen waarom hij me ineens zo vreemd voorkwam.

Er zat een gat tussen ons dat er eerder nooit was geweest, een kloof waarvoor geen brug bestond.

Weken later won ik Junior Wimbledon. En daarna nog drie jeugdtoernooien. Ik werd omschreven als 'het volgende tennisfenomeen'.

Mijn vader knipte de koppen uit de sportkranten, met teksten als NIEUWKOMER CARRIE SOTO LIJKT ONSTUITBAAR. Hij stopte ze in lijstjes en hing die in mijn slaapkamer. Toen er een artikel verscheen met als kop IS DE AANPAK VAN JAVIER SOTO DE TOEKOMST VAN HET VROUWENTENNIS? hing hij dat op de ijskast.

Onze telefoon begon zo vaak te rinkelen dat we een antwoordapparaat moesten aanschaffen. Journalisten wilden interviews; een racketbedrijf wilde me sponsoren.

En er was ook nog een vertegenwoordigster van de Virginia Slimstour. In haar bericht opperde ze dat het tijd voor me werd om aan seniorentoernooien mee te gaan doen.

Mijn vader en ik keken elkaar aan.
Mijn moment was aangebroken.

1975-1976

OP DE OCHTEND VAN MIJN EERSTE PARTIJ VAN DE VIRGINIA SLIMS-tour, hield mijn vader een peptalk tegen me voordat ik de kleedkamer in ging. 'Je mag best praten en grapjes maken met de andere speelsters als het niet anders kan,' zei hij, 'maar vergeet niet dat ze geen vriendinnen zijn, maar...'

'Vijanden.'

'Tegenstanders,' zei hij.

'Precies hetzelfde.'

'En we hebben het er al over gehad dat iedereen je in de gaten zal houden, zal willen weten of je echt zo goed bent als ze zeggen. Gewoon niet op letten. Je moet gewoon goed zijn, niet proberen om dat te bewijzen.'

'*Bueno, entiendo.*'

Net toen ik me omdraaide om de kleedkamer in te gaan, ging de deur open. Hij knalde tegen mijn schouder. Paulina Stepanova kwam naar buiten zetten.

Paulina was achttien, ruim een meter tachtig lang en ze had blond haar en armen als kanonnen – ze was uit het niets opgedoken. Ze kwam uit de buurt van Moskou en was het soort tegenstander dat ik niet had verwacht. Ze deed nog maar twee maanden mee aan de tour en had nu al de finale van de Australian Open weten te bereiken.

Toen ze langs me heen liep, keurde ze me nauwelijks een blik waardig.

'*Izvinite menya*, ik had je niet gezien. Je bent zo klein.'

Ik schonk haar een strak lachje en zei tegen mijn vader: 'Ik wil haar met de grond gelijkmaken.'

Tijdens mijn eerste jaar in de tour wist ik een paar belangrijke titels in de wacht te slepen en ik werd al snel prof en verdiende duizenden dollars. Ik moest het opnemen tegen enkele van de grootste namen uit het tennis, vrouwen tegen wie ik jarenlang had opgekeken, zoals Amparo Pereira en speelsters die lang buiten mijn bereik waren geweest, zoals Mary-Louise Bryant. Maar de kranten hadden het voornamelijk over Stepanova.

STEPANOVA DE STERKE DOMINEERT HET VELD. PAULINA BETREEDT DE BAAN ONDER OORVERDOVEND APPLAUS.

In het openbaar hield ik mijn gezicht in de plooi, maar na afloop, in de hotels en tijdens de lange vluchten, uitte ik mijn ongenoegen.

'Ze loopt me voor de voeten,' zei ik tegen mijn vader.

'Het is jouw eerste jaar in de tour,' zei hij. 'Je krijgt niet meteen alles wat je wilt. Hou je koest en blijf trainen. Je komt er wel.'

Ik deed wat hij zei. Ik deed álles wat hij zei. Extra trainingen, geen vrije zondagen, opnames van de partijen van mijn tegenstanders bestuderen. Ik keek naar Mary-Louise Bryant tegen Tanya McLeod, naar Olga Zeman tegen Amparo Pereira. Ik bekeek beelden van Stepanova tegen iedereen. Zelfs tegen mij.

En mijn vader en ik pasten mijn spel aan. Ik leerde dat ik bij Stepanova de bal eerder uit de lucht moest pakken, dat ik tegen Mary-Louise moest vertragen, bij Tanya McLeod vanuit de startblokken meteen moest toeslaan en dat ik Pereira kwaad moest zien te krijgen.

In het jaar 1975 steeg ik gestaag op de ranglijst.

61ste

59ste

30ste

18de

16de

12de

11de

In de herfst van dat jaar kreeg ik eindelijk de kans om tegen Stepanova om een titel te spelen toen we allebei de finale van de Thunderbird Classic bereikten. Ik had haar nog nooit verslagen in een belangrijk toernooi. Maar in de derde set was ik ineens heel zeker van mijn zaak; ik zat vol energie en voelde ook weer dat vertrouwde gezoem in mijn botten.

Toen het 6-6 stond, volgde er een tiebreak. Ik liet niet los. Het werd 12-12 en ik merkte dat ze langzamer werd. Ze sloeg een dubbele fout en vervolgens sloeg ik een ace.

Het was voorbij. Ik had gewonnen.

Na afloop, tijdens mijn persconferentie, werd bevestigd dat ik met mijn overwinning officieel doorgebroken was tot in de top tien. Ik was zeventien jaar en de nummer tien van de wereld. Ik glimlachte toen ik het hoorde. Een van de journalisten merkte op: 'We zien je niet vaak glimlachen. Dat zou je echt vaker moeten doen.' Ik vertrok mijn mond meteen weer tot een smalle streep.

Aan Stepanova werd na de partij gevraagd: 'Jij en Carrie Soto lijken goed aan elkaar gewaagd. Ben je het daarmee eens?'

Ze reageerde niet meteen, maar toen boog ze zich naar de microfoon toe en zei: 'Vanochtend kreeg ik ineens pijn aan mijn schouder. Ik heb door de pijn heen gespeeld, maar het had toch invloed. Carrie had anders nooit van me gewonnen. Ze kan echt niet van me winnen als ik op mijn best ben.'

'Meent ze dat echt?' vroeg ik aan mijn vader toen ik het op tv zag. 'Ze had helemaal niets! Wat een zeikwijf!'

Mijn vader vond dat ik haar moest negeren, en dat probeerde ik ook.

Aan het eind van het jaar was ik de nummer vier. Stepanova was de nummer drie.

Voor een interview met *SportsPages* werd aan Paulina gevraagd hoe ze het vond dat 'Soto tegen Stepanova' gedenkwaardige partijen begon op te leveren. We hadden dat jaar twee keer tegen elkaar gespeeld in de finale van een grand slam, en ook een aantal keer op andere toernooien overal ter wereld. Sportverslaggevers noemden het inmiddels 'de Koude Oorlog'.

'Carrie Soto, ja, daar wordt op het ogenblik veel over gepraat,' zei Stepanova. 'Maar ze mag wel een paar kilo afvallen als ze van me wil winnen als ik geen blessures heb. Ik noem haar niet echt een geduchte tegenstander.'

Toen ik dat las, legde ik het tijdschrift neer en gaf een schop tegen de prullenbak in mijn hotelsuite. Hij knalde tegen een muur waar hij een deuk achterliet.

Mijn vader schudde zijn hoofd. 'Beheers je, *hija*. Je strijdt niet tegen haar. Je strijdt tegen jezelf.'

'Ik strijd wel tegen haar,' zei ik. 'En ik verlies.'

'Dit wordt een lange strijd,' zei mijn vader toen we in 1976 terugvlogen uit Australië waar ik in de halve finale had verloren van Stepanova tijdens de Australian Open, die zij verdomme ook nog eens won.

'Ik heb genoeg van de lange strijd,' zei ik. De stewardessen hadden ons het ontbijt gebracht en mijn vader had het zijne met smaak verorberd. Dat van mij bleef onaangeroerd. 'Iedere keer dat ik tegen haar speel, moet ik winnen,' zei ik.

'Op dit moment speelt ze beter dan jij,' zei hij. 'Maar jij kunt veel meer. Dat is je geheim, dat je meer potentieel hebt. We komen er wel uit.'

Met een ruk trok ik het schermpje van het raampje omhoog. 'Ik wil geen potentieel. Ik wil nu weleens winnen.'

Hoewel ik achttien was, legde mijn vader zacht zijn hand op mijn schouder en zei: 'Wij zijn Soto's. Wij schreeuwen niet en we krijgen geen woedebuien als we niet goed genoeg zijn. Wat doen we wel?'

'We zorgen dat we beter worden,' zei ik terwijl ik mijn blik van hem afwendde en uit het raampje keek. Heel even wist ik niet meer uit welk land we kwamen en waar we naartoe gingen. Ik keek naar beneden en het drong tot me door dat we boven de Stille Oceaan vlogen.

'*Bien*,' zei hij.

Een paar seconden later keek ik hem weer aan. 'Mijn service weet ik wel goed te houden tegen haar. De helft van de tijd heeft ze een tiebreak nodig om te winnen.'

'*Es cierto*,' zei mijn vader zonder zijn blik van zijn tijdschrift te nemen.

'Maar ze is sterker dan ik,' vervolgde ik. 'Het kost me soms moeite om de snelheid uit haar ballen te halen. Ik kies de verkeerde shots.'

Hij zei niets.

'Je zei dat ik de grootste tennisspeelster van een generatie zou worden. Je zei dat ik moest toe groeien naar wie ik zal worden. Wat moeten we nu doen? Heb jij een idee?'

Hij sloeg zijn blad dicht en keek me aan. '*Dame un minuto*. Ik moet even denken.'

Hij stond op, strekte zijn rug en begon door het gangpad te lopen. Maar ineens was hij terug. 'Je slice.'

'Mijn slice.'

'Laten we die verbeteren, scherper maken, kogelwerend. Dan pak je haar op haar sterkste punt. We maken jouw slice dodelijk en dan...' hij knikte, 'is ze er geweest.'

Maandenlang oefenden mijn vader en ik op mijn slice. We veranderden hem in mijn allerbeste slag. Urenlang trainden we samen om hem te perfectioneren. Mijn hoek was vernietigend. En ik wist hoe en wanneer ik hem moest toepassen.

Amparo Pereira viel bijna om toen ik hem gebruikte. Tanya McLeod maakte geen enkele kans meer tegen me. Die zomer liet Olga Zeman zich huilend op haar knieën vallen toen ik haar versloeg zonder ook maar een set te verliezen. Na die partij vroeg een verslaggever me op camera of ik ook een tip had voor de tegenstandsters die me niet meer konden bijbenen.

'Wil je dat echt weten? Leer beter tennissen.'

Dat stukje werd in elk sportprogramma in het hele land afgespeeld. En iedere keer schudde mijn vader zijn hoofd. 'Dat was niet nodig, Carolina.'

'Maar ik heb dat toch ook gedaan?' bracht ik hem in herinnering. 'Waarom kan niemand tegen de waarheid?'

'Ze noemen je nu al Kille Carrie,' beklaagde mijn vader zich een keer.

Niemand hield van mijn stijl, maar tegen mijn resultaten was niets in te brengen. Niemand wist hoe het beste tegenstand kon worden geboden tegen mijn slice. En het waren niet alleen McLeod, Pereira en Zeman die ik versloeg.

Stepanova ging ten onder. Ik had haar met mijn slice uitgeschakeld tijdens de halve finale op Wimbledon. En twee dagen daarna won ik mijn eerste grand slam door Mary-Louise Bryant in de finale te verslaan.

Mijn eerste Wimbledon-trofee.

De dag na mijn winst sliep ik voor het eerst sinds tijden tot acht uur 's ochtends. Toen ik wakker werd hoorde ik de tv in de woonkamer van de suite waar mijn vader zich verkneukelde over het moment waar we allebei zo hard voor hadden gewerkt.

'Dit zou weleens het begin van een fantastische Wimbledon-carrière kunnen zijn,' hoorde ik de verslaggever zeggen toen ik uit bed stapte. 'Carrie Soto's slice blijkt inderdaad een dodelijk wapen te zijn waarmee ze gisteren haar landgenote Mary-Louise Bryant ten val heeft gebracht. Maar wat misschien nog belangrijker is, is dat ze er haar meest geduchte rivale Paulina Stepanova mee op de knieën heeft gekregen in de halve finale.'

'Maar Brent,' zei een andere commentator, 'Paulina heeft op camera gezegd dat ze last had van haar enkel.'

Ik beende de kamer in en zette de tv uit.

US Open 1976.

Stepanova en ik stonden in de halve finale.

De eerste set wist ik eenvoudig te pakken. In de tweede werd het 5-4 en toen hoefde ik alleen nog de volgende game te behouden om Stepanova uit te schakelen zonder een set te verliezen.

Mijn ace belandde precies op de lijn. Stepanova stampvoette. Ze liep naar de umpire en appelleerde, maar het punt bleef staan. Mijn punt.

Stepanova liep hoofdschuddend terug naar de achterlijn. Toen fans boe begonnen te roepen om haar te steunen, legde ze een hand op haar borst en pruilde, alsof ze het slachtoffer was van een verkeerde beslissing.

Ik negeerde haar en serveerde opnieuw. De bal belandde weer op de lijn en stuiterde hoog op.

Stepanova stoof erop af en strekte zich zo ver mogelijk uit. Ze wist de bal te raken, maar kwam toen op de zijkant van haar voet neer, die het begaf onder haar gewicht en kantelde.

Tegen de tijd dat ik de bal terugsloeg, zat ze ineengedoken op de grond. Een verzorger kwam de baan op rennen. Hij hielp haar overeind en ze hinkte naar de zijkant. Ze noemden het een medische time-out.

Ik ging zitten en depte mijn voorhoofd. Ik at een banaan. Ik dronk wat water. Al snel kwam er een official naar me toe.

'Miss Stepanova vraagt of u het ermee eens bent dat het spel even wordt stilgelegd.'

'Wat?'

'Haar team wil graag wat meer tijd krijgen om haar enkel te verbinden en de blessure te bekijken.'

'Het spel stilleggen?' Ik nam nog een slok water. 'Nee, absoluut niet. Als de rollen waren omgedraaid, zou ze dat voor mij echt in geen duizend jaar doen.'

De man liep naar Stepanova om het haar te vertellen. Ik keek naar mijn vader in de box. Ik zag aan hem dat hij precies wist wat me was gevraagd. Hij gaf me een knikje.

Toen we weer de baan op liepen, keek Stepanova me kwaad aan. Ik begreep er werkelijk niets van. Waar meende ze het recht vandaan te halen om boos op me te zijn?

'Als je echt iets hebt, kun je misschien beter helemaal stoppen,' zei ik. 'Want tegen journalisten zeg je altijd dat ik je alleen maar versla als je geblesseerd bent.'

'Ik peins er niet over,' beet ze me toe.

'Je kunt het echt niet uitstaan dat ik beter ben dan jij, hè?'

Ze lachte. 'Hoe kun je nu beter dan ik zijn als ik in de ranking altijd boven je sta, *druzhok*?'

Het publiek juichte voor haar. Ze zwaaide naar de tribunes terwijl ze hinkend naar de baseline liep.

Ze was briljant. Ze wist dat ze deze partij zou verliezen, maar nu had ze tenminste het publiek achter zich. Op de een of andere manier had ze moreel gezien van me gewonnen door te insinueren dat ik misbruik maakte van haar blessure.

Ze had me in de val gelokt.

Fuck it, dacht ik. Als ze per se wilde spelen, dan was ze dus bereid met die enkel te spelen. En dan kon ze het krijgen.

Ik stuurde een knallende service helemaal rechts in de hoek, zodat ze moest rennen om hem te halen. Toen het haar lukte om terug te slaan, stuurde ik de bal naar de andere kant. Ik zag dat ze er hinkend naartoe liep. Aan haar vertrokken gezicht was af te lezen dat ze pijn had. Het punt was voor mij.

Ik kon me voorstellen hoe het voelde; ik voelde het bijna zelf. De gevoeligheid van haar enkel, de pijnscheut die door haar heen ging als ze op die enkel moest draaien, de wetenschap dat hij elk moment weer kon dubbelklappen.

Hoe dan ook, het was matchpoint.

Voordat Stepanova terughobbelde naar de baseline, kwam ze even naar het net toe en zei: 'Dit is de enige manier waarop je van me kunt winnen. Dus ik hoop dat je ervan geniet.'

'Je weet toch wel dat ik je helemaal afmaak, hè?' Ik deed geen moeite om zacht te praten. De camera's waren op ons gericht; de umpire keek naar ons. 'Ik zal ervoor zorgen dat je zo hard moet rennen op die enkel dat hij doormidden breekt.'

Het hart klopte me in de keel. Ik liep naar de baseline. Ik haalde diep adem. En toen serveerde ik de bal, zo snel als een kogel, recht naar die klotepoten van haar.

Ze sprong opzij en viel op de grond. Ze was in tranen.

'Game, set and match. Soto.'

De helft van het publiek juichte en de andere helft joelde me harder dan ooit tevoren uit.

Tijdens het interview na afloop vroeg een van de journalisten me of het me geen rotgevoel gaf dat ik naar Stepanova's enkel had geslagen. Ik boog me naar de microfoon toe en zei: 'Nee.'

Het werd zo stil in het zaaltje dat ik mijn eigen hartslag kon horen.

De volgende ochtend, onder de kop DE KOUDSTE OORLOG, noemde een van de journalisten me 'de Houwdegen'. Binnen een paar dagen was dat mijn bijnaam geworden.

23 januari, 1979

OP MIJN TWINTIGSTE HAD IK VIER GRANDSLAMTITELS OP ZAK. TWEE gewonnen op Wimbledon, een bij de US Open, en ik had Stepanova verslagen in de finale van de Australian Open in een gevecht dat bijna drie uur duurde, een van de langste en best bekeken partijen in de geschiedenis van het tennis.

Op de sportpagina's ging het alleen maar over onze rivaliteit. DE KOUDE OORLOG WORDT VOORTGEZET OP DE BAAN. SOTO WINT SLAMS, MAAR STEPANOVA PAKT MEER TITELS. STEPANOVA TEGEN SOTO ONTAARDT IN LONDEN IN EEN GEMENE STRIJD. Toch behield ze in de ranking van het eind van het jaar de eerste plaats.

De rivaliteit tussen ons kreeg zoveel aandacht – en deed het zo goed op tv – dat ook mijn vader beroemd werd. De camera's waren dol op de aantrekkelijke Javier Soto. De kranten drukten foto's af van 'de Jaguar' die trots in de spelersbox zat. Onder een ervan stond: 'De man van wie Carrie Soto alles heeft geleerd.'

In 1978 publiceerde hij een boek, *Beautiful Fundamentals*, dat op de bestsellerlijsten belandde en al snel een belangrijk lesboek voor tennis werd. Er was zelfs een periode dat hij een vaste gast werd in de *Johnny Carson*-show.

De mensen waren dol op hem. En hij genoot ervan. Hij leek tevreden over wat we samen hadden gedaan, hadden bereikt. Zijn dromen waren uitgekomen.

De mijne niet.

'Ik zou op nummer één moeten staan,' zei ik tegen hem toen we lunchten op een tennisclub in Florida. Ik had net Stepanova verslagen in Houston in de finale van een Avon-kampioenschap. 'Ik heb dat nu wel verdiend.'

'Laten we alsjeblieft gewoon van ons eten genieten,' zei mijn vader.

'Ik wil het record hebben van de speelster die de meeste grand slams ooit heeft gewonnen.' Ik ging steeds harder praten. 'En dat kan pas als ik haar iedere keer dat we tegen elkaar spelen versla!'

'*Hija*...' zei mijn vader, een zachte waarschuwing. Hij hield vast aan zijn overtuiging dat ik op of buiten de baan nooit een scène zou moeten trappen. En ik deed echt mijn best, maar het kostte me veel moeite. Het resultaat was dat de sportverslaggevers me steeds vaker 'stijf' en 'robotachtig' begonnen te noemen.

Ik had in sportbladen al vaak opiniestukken gelezen over Carrie Soto die 'zich meer als een machine dan als een vrouw gedraagt', of dingen als 'de Houwdegen lijkt nooit echt van haar overwinningen te genieten'. Andere speelsters op toernooien zeiden in interviews dat ik niet erg aardig was. Alsof ik vriendschap zou moeten sluiten met de vrouwen met wie ik week in week uit strijd leverde.

Op luchthavens las ik roddelbladen en steeds als mijn naam werd genoemd, werd er wel een of andere rotopmerking gemaakt over dat ik niet vaak genoeg lachte.

Echt, het is niet te tellen hoe vaak ik, als ik een tijdschrift doorbladerde, iemand tegenkwam die me op papier afkraakte. Ik gaf zo'n blad dan aan mijn vader om het niet verder te hoeven lezen. Maar vijf minuten later pakte ik het terug om mezelf nog meer te kwellen.

Hoe goed ik ook was op de baan, ik was nooit goed genoeg voor het publiek.

Het was niet voldoende dat ik bijna volmaakt tennis speelde. Ik moest daarbij ook nog eens charmant zijn. En dat zonder dat het leek alsof ik daar moeite voor moest doen.

Want niemand mocht denken dat ik mijn best deed om aardig

gevonden te worden. Niemand mocht vermoeden dat ik misschien wel naar goedkeuring hengelde. Ik zag hoe ze schreven over een speelster als Tanya McLeod, hoezeer ze haar minachtten omdat ze zo haar best deed om schattig gevonden te worden. Ik minachtte haar daar ook om.

Maar geef toe, dan balanceer je wel op een heel dun koord.

En dat koord werd steeds dunner naarmate ik succesvoller werd.

Het was in orde om te winnen zolang ik maar deed alsof ik verbaasd was dat ik won en mijn overwinning toeschreef aan geluk, aan toeval. Ik moest nooit laten merken dat ik per se wilde winnen, of nog erger, dat ik dacht dat ik het verdiende om te winnen. En ik zou nooit, echt nooit, mogen toegeven dat ik van mening was dat mijn tegenstandsters lang niet zo goed waren als ik.

Het gros van de commentatoren wilde een vrouw die tranen in haar ogen kreeg uit dankbaarheid, alsof ze haar winst aan hen had te danken, alsof ze hun alles wat ze had verschuldigd was.

Ik weet niet of ik het ooit in me heb gehad om dat gedrag te kunnen vertonen, maar toen ik twintig was, was het in elk geval totaal verdwenen.

En dat kwam me duur te staan.

Toen ik een grandslamkampioene was en de nummer twee van de wereld, had ik veel minder sponsordeals dan de andere speelsters uit de top tien. Ik had ook geen echte vriendinnen, niet in het circuit en niet daarbuiten.

En hoewel ik met veel mannen naar bed ging, was mijn langste relatie die met een acteur met wie ik een paar keer naar het Chateau Marmont was geweest wanneer hij draaide in L.A.

Hij was een enorme tennisfan. Hij was erbij geweest toen ik het jaar daarvoor Wimbledon won. Misschien dacht ik daarom wel dat hij me echt leuk vond. Maar na een paar weken belde hij me ineens niet meer, zomaar.

Ik hield mezelf voor dat hij mijn nummer kwijt was. Ik spoorde zijn agent op en probeerde een bericht bij hem achter te laten, maar uit de ongemakkelijke stilte die viel, maakte ik op dat hij mijn nummer helemaal niet kwijt was.

Dus kon ik verdomme maar beter nummer één worden! Verder had ik toch niets.

'Stepanova is lang niet zo goed als ik, pap,' zei ik. 'En toch weet ze meer titels in de wacht te slepen en staat ze aan het eind van ieder jaar weer boven me op de ranglijst.'

'Soms sta jij weken achter elkaar op nummer één,' zei hij. 'Dat zij aan het eind van het jaar bovenaan de ranglijst staat, zegt niet zoveel.'

'Jou misschien niet, maar mij wel!'

Mijn vader legde zijn vork neer en keek me aan terwijl ik verderging.

'Als ik aan het eind van het jaar niet de nummer één ben, betekent dat dat ik niet de goede toernooien heb gewonnen en dat ik daarom nog niet de grootste ben.'

Mijn vader fronste. '*Como quieras*, Carolina.'

'We moeten nog harder werken,' zei ik. 'Wij allebei. We moeten nog vaker de baan op. Jij moet in die trukendoos van je kijken en met iets komen wat ik niet zie. Stepanova is sneller geworden om mij te kunnen bijhouden. Is dat je niet opgevallen?'

'*Hija*, jij bent precies zo geworden als we wilden. En de tijd zal uitwijzen dat jij beter speelt,' zei hij. 'Stepanova draait hooguit nog een paar jaar mee. Ze is bezig haar schouder te verwoesten. En dan zul jij regeren, langer dan zij ooit heeft gedaan.'

'Als ik alleen maar de nummer één word nadat zij is gestopt, ben ik niet de grootste. Dan blijft zij dat.'

'Maar jij zult meer titels achter je naam hebben.'

'Ik wil dat nu! We hebben een plan nodig.'

Mijn vader schoof zijn bord weg. '*Hija*, ik weet niet hoeveel beter je nog kunt worden.'

'Hoe bedoel je?'

'Ik denk dat ik je een slechte dienst heb bewezen,' zei mijn vader na een tijdje terwijl hij me recht aankeek. 'Ik heb je al zo jong verteld dat je de allergrootste kon worden. Maar ik heb je nooit uitgelegd dat het erom gaat om naar voortreffelijkheid te streven, en niet om de statistieken.'

'Wat?'

'Ik wil alleen maar zeggen dat ik toen je klein was van die... grote woorden in de mond nam. Maar Carrie, er bestaat niet zoiets als dé grootste. Zo zit tennis niet in elkaar. Zo zit de wereld niet in elkaar.'

'Ik laat me niet door jou beledigen. Dan ga ik weg.'

'Hoezo beledig ik je? Ik zeg alleen maar dat gewoon niet is vast te stellen wie de grootste aller tijden is. Jij bent nu helemaal gefocust op rankings. Maar hoe zit het met de speler die de meeste titels vergaart tijdens zijn of haar hele carrière? Is dat de grootste? Of degene die de snelste service ooit heeft geslagen? Of degene die het meest heeft verdiend? Ik wil alleen dat je even nadenkt en je verwachtingen bijstelt.'

'Pardon?' Ik stond op. 'Mijn verwachtingen bijstellen?'

'Carrie,' zei mijn vader heel kalm maar met nadruk. 'Luister alsjeblieft naar me.'

'Nee.' Ik stak mijn handen op. 'Stop met die vriendelijke toon alsof je aardig tegen me bent. Want dat ben je niet. Zolang er op de wereld nog iemand rondloopt die net zo goed is als ik, of beter, wil dat zeggen dat ik mijn doel nog niet heb bereikt. Als jij iemand wil coachen die tevreden is met de tweede plaats, dan moet je maar iemand anders gaan coachen.'

Ik smeet mijn servet neer en liep het restaurant uit, en vervolgens door de lobby naar het parkeerterrein. Ik was nog steeds woedend toen mijn vader me bij mijn auto inhaalde.

'Carolina, hou op. Je hoeft toch niet zo'n scène te trappen?'

'Heb jij wel enig idee hoe moeilijk het is?' schreeuwde ik. Het was schokkend om mezelf zo hard te horen brullen. 'Dat je alles geeft wat je in je hebt en er nog steeds naast grijpt? Dat je dag in, dag uit de top niet weet te halen en dat er dan ook nog van je wordt verwacht dat je blijft lachen? Misschien mag ik van jou op de baan geen scène trappen, pap, maar hier doe ik het wel. Dat is het minste wat je me kunt geven. Laat het me in godsnaam een keer uitschreeuwen, al is het maar eens in mijn leven!'

Er verzamelden zich mensen op het parkeerterrein en ik merkte aan alles dat ze wisten wie ik was. Dat ze wisten wie mijn vader was. Dat ze precies wisten waar ze getuige van waren.

'Wat staan jullie daar te kijken! Ga verder met jullie eigen treurige leventjes!' bulderde ik. Daarna stapte ik in mijn cabriolet en reed weg.

Eenmaal in mijn hotelsuite ging ik op de bank zitten en pakte de telefoon van het bijzettafeltje. Ik zette hem voor me neer en keek er even naar voordat ik de hoorn pakte en een nummer draaide.

'Hallo?'

'Hoi, je spreekt met Carrie.' Mijn hart bonkte in mijn keel; ik voelde dat ik bloosde. Ik hield de deur in de gaten, in de wetenschap dat mijn vader elk moment kon binnenkomen.

'De Houwdegen! Eindelijk!' zei Lars Van de Berg. 'Ik heb ontelbaar veel berichten ingesproken.'

Hij was steeds meer gaan bellen nadat de carrière van Mary-Louise tot stilstand was gekomen.

'Ja, nou,' zei ik. 'Het was nogal ingewikkeld om terug te bellen.'

'Ja, dat snap ik.'

'Ik ben de nummer twee van de wereld,' zei ik. Ik klemde de hoorn vast tussen mijn oor en schouder en plantte mijn ellebogen op mijn knieën. 'Ik zou de nummer één moeten zijn.'

'Dat vind ik ook,' zei Lars.

'Javier denkt dat nummer twee zijn al een hele prestatie is en dat ik trots zou moeten zijn,' zei ik.

'Tja, hij is je vader. Ik heb drie kinderen en ik wil heel graag dat ze gelukkig worden,' zei Lars. 'En soms denk ik weleens dat de beste zijn totaal het tegengestelde is van gelukkig zijn.'

'Ja,' zei ik. 'Precies.' Ik stond op en liep met het toestel het balkon op. Ik keek naar de palmen die zwaaiden in de wind. Er stond een stevige bries en ik was er blij om, ondanks de winterse kilte in Florida.

'Carrie, luister. Ik ben een van de beste coaches in het vrouwentennis, dat weet je. Dat weet iedereen sinds ik Chrissy Salvos acht titels heb bezorgd in 1962. Wat Mary-Louise en ik samen hebben bereikt is gezien haar talent echt spectaculair. Maar ze haalt niet het niveau dat ik wil.'

'Als jij nu bij haar weg zou gaan, zou dat het einde van haar carrière bespoedigen,' zei ik.

'Misschien. Maar dat is niet iets waar jij je druk om hoeft te maken.'

'Zij zou zich er wel druk om maken als het om mij ging. Zij zou rekening houden met mijn gevoelens.'

'Ja.' Hij slaakte een zucht. 'Inderdaad. En dan vraagt ze zich nog af waarom ze nooit echt alles uit zichzelf heeft weten te halen. Luister, ik heb nog nooit een speler gecoacht die zo'n natuurtalent is als jij. Wij als coaches kunnen alleen maar excelleren met de volmaakte speler. Ik zal nooit weten wat ik in me heb tot ik de kans krijg om iemand te begeleiden die zo goed is als jij. Ik heb jou nodig om mijn beste werk te kunen laten zien. Ik ben een keramist. En jij bent het mooiste stuk klei waarmee ik ooit zou kunnen werken. Dat zag ik al in 1968, toen je voor het eerst tegen Mary-Louise speelde. En ik zal je nu vertellen wat ik toen al tegen je vader zei. Dat hij ervoor heeft gezorgd dat je je vaardigheden kon aanscherpen, maar dat ik nog meer voor je kan doen.'

Met een blik op de deur van de suite vroeg ik: 'Wat kun jij wat mijn vader niet heeft gedaan?'

'Ben je eraan toe dat gesprek nu te voeren?'

Ik keek naar de mensen die beneden over straat wandelden. Naar de auto's die wegreden bij de stoeprand en zich tussen het verkeer begaven. Naar het gezin dat stond te kletsen bij het voetgangersstoplicht, wachtend tot het op groen zou springen.

'Het is de enige reden waarom ik je heb gebeld,' zei ik.

'Nou,' begon hij. 'De kloof tussen de speelster die je nu bent en de speelster die je wilt worden –'

'Ik wil de beste speelster ter wereld worden,' onderbrak ik hem.

'Die kloof is niet groot. We hebben het over die doorslaggevende halve procent verbetering. En die is niet te vinden in jouw strategie. Die zit in de nanoseconde tussen de bal halen en hem de baan over slaan. In de minieme verandering van de hoek waarmee je slaat. Het komt op de details aan. De dingen die we aan jouw spel zullen veranderen, zullen nauwelijks zichtbaar zijn. Niemand zal het aan je kunnen zien, maar Stepanova zal het voelen. Iedere keer dat ze van je verliest in de komende tien jaar.'

Het bloed klopte in mijn slapen; mijn hoofd was knalrood. 'Oké,' zei ik. 'En hoe doen we dat?'

'Doe je aan crosstraining?'

'Ik loop hard en ik doe aan conditietraining.'

Lars lachte. 'Dat is niet voldoende. Wat één ding betreft heeft Stepanova gelijk: je zult minstens een paar kilo kwijt moeten zien te raken. Ik wil dat je sprintjes trekt, dat je je spieren gaat trainen, dat je gaat gewichtheffen. Je moet kunnen springen om de hoge ballen te halen. Dat doe je bijna nooit; naar mijn mening is dat een zwakte in je spel. Ik wil zien wat er gebeurt als je op de baan de lucht in springt. Als je de lobs van Stepanova onderschept. Daar zullen we mee beginnen en dan zien we verder wel.'

'Nee.' Ik schudde mijn hoofd. 'Als we dit doen, dan moet ik nu van je weten of je denkt dat ik haar met de grond gelijk kan maken. Dat ik de nummer één kan worden.'

'Als ik je coach ben en je eindigt niet als de nummer één in de ranking,' zei hij, 'dan zal ik mezelf vervloeken.'

Er kwam een schild om me heen, een harde rand. 'Oké. Ik zal je binnenkort bellen om het er nog wat langer over te hebben. Maar hou dit voorlopig voor je.'

Toen ik de suite weer in kwam, stond mijn vader bij de salontafel. Hij staarde me aan met tranen in zijn ogen. Zo had ik hem nog nooit meegemaakt.

'Wat heb je gedaan?' vroeg hij zacht. Zijn stem was niet meer dan een fluistering en brak toen hij de woorden uitsprak. 'Carolina.'

'Ik heb niets aan een coach die niet net zo ambitieus is als ikzelf,' zei ik. Mijn stem klonk krachtig en helder, hoewel ik hem niet in de ogen kon kijken.

'Je begrijpt me niet als je denkt dat dat zo is,' zei hij. '*Y lo sabés.*'

'Dat weet ik niet!' zei ik.

'*Cariño*, al vanaf het moment waarop je een racket in je hand hield, heb ik je gezegd dat je het in je hebt om heel groot te worden,' zei mijn vader. 'Ik zou niet weten hoeveel meer ambitie een vader voor zijn kind kan hebben.'

'Je zei dat je dacht dat ik gemaakt was om de allergrootste te worden,' zei ik. 'Maar nu ineens moet ik tevreden zijn met wat ik heb. Tevreden zijn met de een-na-beste te zijn.'

'Dat heb ik niet gezegd. Ik zei dat je al heel groots was. Dat je alles hebt bereikt waar ik van droomde.'

'Waarom? Omdat je nu genoeg boeken hebt verkocht?'

Zijn mond viel open. 'Hoe kun je dat nu zeggen?'

Ik reageerde niet. Hij wist het al. Als een coach klei nodig had, dan was dit wat mijn vader van me had gemaakt.

'Als ik je zie spelen, zie ik perfectie,' zei hij. 'Ik zie de speelster waarvan ik altijd al heb geweten dat je die in je had. Dus wees blij. Met wat je hebt bereikt, met wie je bent geworden. En streef niet zoiets na als per se de nummer één willen worden.'

'Maar waarom zou ik nu moeten stoppen met streven, papa? Je hebt me opgevoed met het idee dat ik de allerbeste moest worden. En dat betekent de nummer één. En dat ben ik niet. Waarom verander je de regels?'

Mijn vader liet zich op de stoel zakken die naast hem stond.

Maar ik kon niet gaan zitten. 'Wees ten minste eerlijk tegen me,' vervolgde ik hoofdschuddend. '*Decime la verdad, papá.*' Achter mijn ogen brandden tranen. 'Denk je soms dat ik het niet kan? Denk je soms dat het me niet zal lukken om haar van die eerste plek te meppen?'

Hij sloot zijn ogen en zuchtte.

Ik keek naar hem en veegde de traan weg die over mijn wang biggelde. 'Heb je het na al die tijd opgegeven?'

Hij deed zijn ogen niet open. Hij reageerde niet.

'*Respondeme*,' zei ik. '*Creés que puedo hacerlo?*'

Hij wierp zijn handen in de lucht. 'Waarom luister je niet naar wat ik je probeer te vertellen, Carolina?'

Ik ging vlak voor hem staan. Mijn ademhaling vertraagde; mijn mondhoeken gingen naar beneden. 'Denk je dat ik haar kan verslaan, papa?' vroeg ik. 'Ja of nee.'

Eindelijk keek hij me aan, en ik zweer dat mijn hart al brak voordat hij het had gezegd. 'Ik weet het niet.'

Ik sloot mijn ogen en probeerde te blijven staan, hoewel mijn knieën knikten. Ik ging even zitten, maar stond meteen weer op. '*Te podés ir,*' zei ik. Ik stoof naar de deur van mijn kamer en opende hem. '*Andate de acá!*' zei ik tegen hem.

'Carolina,' zei mijn vader.

'Weg hier,' zei ik. 'We zijn uitgepraat.'

'Carolina, ik ben je vader.'

'Ik praat tegen je als mijn coach,' zei ik. 'Ga weg.'

Mijn vader stond op, met hangende schouders. Zijn oogleden, ineens zwaar, vielen bijna dicht. Met voorovergebogen hoofd zei hij, terwijl hij de gang op liep: '*Te amo, hija.*'

Ik sloot de deur achter hem.

De volgende ochtend ging ik alleen naar de baan. Mijn vader vloog later die dag terug naar L.A.

1979-1982

VLAK DAARNA BEGON IK ZES DAGEN PER WEEK TE TRAINEN MET Lars, zelfs op wedstrijddagen. Binnen drie maanden was ik anderhalve kilo vet kwijt en had daarvoor een pond spiermassa teruggekregen, voornamelijk in mijn armen en schouders.

Mijn service werd krachtiger. Ik kon een halve seconde sneller rennen. Mijn slagen werden harder.

Maar vooral mijn sprongkracht verbeterde. Lars wist me hoger in de lucht te krijgen dan ooit. Ineens waren mijn opslagen scherper, haalde ik de ballen sneller uit de lucht en retourneerde ik slagen die bijna niet te retourneren waren. Ik had sinds het werken aan mijn slice niet meer zo'n grote verbetering in mijn spel gezien. Het werd bijna onmogelijk om een bal langs me heen te krijgen.

Tegen september had ik Stepanova verslagen in Rome en in Parijs en was ik op Wimbledon verder gekomen dan zij.

Op de ochtend van de eerste ronde van de US Open betrad ik als tweede geplaatste de kleedkamer. Ik wist dat als ik tegen Stepanova moest, dat pas in de finale zou zijn. In de kleedkamer zaten allemaal speelsters met elkaar te kletsen. Ik keek niemand aan.

Suze Carter, een zeventienjarige speelster die nieuw was in het circuit, kwam naar me toe. 'Ik hoop dat je wint,' zei ze. 'Iedereen zegt dat als jij de beker wint, Stepanova haar positie als eerste op de ranglijst nooit meer kan behouden.'

Ines Dell'oro, een volleyspeelster die al een paar jaar meedraaide, legde haar hand op Suzes schouder. 'Doe geen moeite. De Houwdegen praat niet met ons. Wij zijn beneden haar stand.'

Ik keek Suze aan. 'Dank je,' zei ik.

En toen keek ik Ines aan. 'Ik sta op nummer twee. En jij op... wat is het? Dertig of zo? Dus in dit geval: ja, jij bent inderdaad beneden mijn stand.'

Zoals voorspeld ontmoetten Stepanova en ik elkaar in de finale.

En hoewel de ranglijst pas aan het eind van het jaar werd opgesteld wisten we allebei wat er op het spel stond. Deze partij zou beslissen wie dit jaar de nummer één werd.

En in twee uur en tien minuten tijd won ik de partij en het kampioenschap.

Toen ik na het applaus en de uitreiking van de beker terugliep naar de kleedkamer, zag ik Lars grijnzend in de tunnel staan. 'Prachtig, Soto! Goed in de lucht, precies zoals ik je heb geleerd,' zei hij. 'En aan het eind van het jaar sta jij op nummer één.' Hij sloeg me op mijn rug en verdween om met de journalisten te gaan praten.

Ik liep niet door naar de kleedkamer, maar bleef onbeweeglijk staan. Ik wachtte tot ik het gevoel zou krijgen dat ik me altijd had voorgesteld, ik wachtte op de omhelzing van iemand die me zou zeggen dat ik de vijand had verslagen zoals de Grieken de Trojanen hadden verslagen...

Maar dat gebeurde natuurlijk niet.

Die herfst versloeg ik Stepanova tijdens de US Indoor, de Thunderbird Classic en de Porsche Grand Prix. Omdat ze tijdens de Emeron Lion Cup last had van haar schouder versloeg ik haar daar zonder ook maar een set te verliezen.

In december – na dertig weken onafgebroken op nummer één te hebben gestaan – vloog ik naar Melbourne. De Australian Open begon op kerstavond. Over nog geen week zou de ranglijst bekend worden gemaakt.

Die avond, in mijn hotelkamer, luisterend naar de kerstmuziek op de straat beneden, pakte ik eindelijk de telefoon om mijn vader te bellen. Het was bijna elf maanden geleden dat we elkaar voor het laatst hadden gesproken.

'Hallo?'

Zijn stem, ooit zo'n dagelijkse aanwezigheid dat het was alsof het de mijne was, was verdwenen uit mijn leven. Ik had verwacht dat hij me nu vreemd in de oren zou klinken, maar in plaats daarvan voelde hij compleet vertrouwd, alsof er niets was veranderd.

'*Hola, papá. Feliz Navidad.*'

Het bleef stil aan de andere kant van de lijn en even vroeg ik me af of hij soms had opgehangen.

'*Feliz Navidad, cariño*. Ik ben zo ongelooflijk trots op je.'

Ik slikte moeizaam en wist mijn tranen niet in te houden. Hij zei niets terwijl ik op adem probeerde te komen.

'*Pichona*, je moet weten dat ik, wat er ook gebeurt, altijd trots op je ben. Ik kijk altijd naar je.'

'Ik mis je,' zei ik.

Mijn vader lachte. 'Denk je dat ik zo'n leuke tijd achter de rug heb?'

Ik droogde mijn tranen.

'Maar je doet het fantastisch,' zei hij. 'Dus ga zo door. Blijf vechten voor wat je wilt. Zoals je altijd al hebt gedaan. En ik ben er voor je.'

Ik eindigde het jaar als de nummer één op de ranglijst. Toen het officieel was, plopte ik in mijn eentje in mijn hotelkamer een fles champagne open. Maar daarna kon ik me er niet toe zetten om een glas in te schenken voor slechts één persoon.

Na de Australian Open vloog ik naar mijn vader. Toen hij de deur opendeed, hield hij twee glazen Dom Pérignon in zijn handen. Ik omhelsde hem en dronk het glas nog bij de deur meteen leeg.

Later pakte ik mijn koffers uit in zijn logeerkamer. Mijn vader legde twee steaks op de grill. En we probeerden een nieuwe manier te vinden om met elkaar te praten.

Zou ik hem vragen waarom er in de badkamer een damesscheermesje en een extra tandenborstel lagen? Zou hij me vragen naar de foto's die recentelijk in de roddelbladen verschenen waren van mij voor hotels met steeds een andere man?

Maar ons gesprek ging niet verder dan: 'Het lijkt deze winter natter dan anders, hè?' En: 'O, drink je nu Fresca in plaats van gingerale?'

Maar op mijn tweede dag bij hem, kwam hij de logeerkamer in en vroeg of ik zin had om mee te gaan om een wafelijsje te kopen.

'Een wafelijsje?' zei ik. 'Waar heb je het over?'

'Weet je dan niet meer dat je als kind altijd om een wafelijsje of een ijscoupe bedelde?'

'Dat... klinkt niet echt zoals ik.'

Zuchtend pakte mijn vader zijn autosleutel. 'Kom nou maar mee, *por favor, hija.*'

Ik keek op mijn horloge. 'Maar ik moet zo trainen.'

'Het kost je hooguit een halfuurtje,' zei hij. 'Een halfuurtje kun je toch wel missen?'

Die middag zat ik op de voorbank van mijn vaders nieuwe Mercedes een wafelijsje te eten terwijl we naar de mensen keken die langsliepen. 'Lekker,' zei ik.

Hij knikte. 'Sorry dat je er vroeger nooit eentje van me mocht hebben.'

'Het geeft niet,' zei ik. 'Ik ben er beter van geworden.'

Aan zijn gezicht zag ik dat hij niet goed wist of dat wel waar was, en ik dacht: en daarom ben je mijn coach niet meer, papa.

Toch was er daarna iets opengebroken tussen ons. We gingen samen naar de bioscoop. Ik kocht een nieuwe panamahoed voor hem. Hij gaf me zijn oude schaakbord: 'Omdat je altijd vier zetten vooruit moet denken.'

Op mijn laatste dag bij hem voordat ik weer naar een toernooi zou afreizen, was ik mijn spullen aan het inpakken toen mijn vader de slaapkamer in kwam. 'Ik wil je iets zeggen,' zei hij terwijl ik al mijn Adidas-schoenen verzamelde. Adidas was mijn grootste sponsor, na Wilson-rackets, en ik had samen met hen een schoenenlijn ontworpen: de Carrie Soto Break Points. Hoewel ik niet zo populair was als Stepanova of McLeod, had ik zo mijn fans. Als je naar mijn partijen keek, kreeg je altijd een mooie show te zien. En dat was af te lezen aan mijn groeiende publiek – en dus mijn sponsordeals.

'Oké.'

'Je komt steeds hoger op de baan als je de lobs van Stepanova onderschept.'

'Ja, dat weet ik.' Ik stopte met pakken en keek hem aan. 'En het werkt. Ik versla haar nu iedere keer.'

'Maar je komt te hard op je voeten terecht. Misschien is dat tijdens het gravelseizoen niet zo'n probleem, maar nu komt het seizoen van de hardcourtbanen eraan...'

'Er is niks mis met hoe ik neerkom.'

'Geloof me, ik weet waar ik het over heb. Je moet je been meer buigen wanneer je landt. Ik maak me zorgen om je knie en –'

'Volgens Lars gaat het goed zo. Zonder die extra hoogte zou ik nooit –'

'Ik wil het met jou niet over Lars hebben,' zei mijn vader.

'En ik wil het met jou niet over mijn spel hebben!'

'*Está bien*,' zei hij. Hij liep mijn kamer uit.

Begin jaren tachtig belden we elkaar elke dag wanneer ik weg was. En we hadden het over dingen waar we het nog nooit over hadden gehad.

Eindelijk vertelde hij me over mijn moeder, zei hij dat hij haar nog steeds miste. Ik zei tegen hem dat ik altijd aan haar dacht wanneer het rustig om me heen was. Hij vertelde me over de dingen die ze voor me had gewild.

'Ze heeft tennis nooit echt erg belangrijk gevonden,' zei hij een keer toen ik in Rome was voor de Italian Open. 'Ze vond geluk belangrijker.'

Ik lachte. 'Winnen maakt me gelukkig.'

'Precies, *pichona*, dat heb ik haar ook duidelijk proberen te maken. Maar ze was lang niet zo competitief als jij en ik. Ze leefde meer in het moment. En ze had zo'n open geest, ze stond niet snel met haar oordeel klaar. Al dat daten van jou zou ze waarschijnlijk prima hebben gevonden. Maar *cariño*, ik weet niet of ik het wel leuk vind, al die foto's in de bladen van jou en je... aanbidders.'

Ik zuchtte. 'Ik heb gewoon lol. Meer niet.'

Ik wist niet hoe ik mijn vader moest vertellen dat je die mannen geen aanbidders kon noemen, dat ze me zelden nog eens belden. Maar ik liet hem in de waan dat ik degene was die ervoor koos om hen maar één keer te zien, en niet andersom.

Ik was de Houwdegen. Ik was kil. Ik was een machine. Natuurlijk, veel van die mannen waren geïntrigeerd door de pure kracht van mijn lichaam. Maar ik was niet de vrouw die mannen aan hun moeders willen voorstellen.

Ik bracht mezelf steeds in herinnering dat ik niet in alle bullshit moest trappen die ze uitkraamden. Over dat ze me zo bewonderden, dat ik heel anders was dan vrouwen die ze kenden. Vaak was er sprake van samen op vakantie gaan, het idee om in Zuid-Frankrijk een jacht te huren, gesprekken over een denkbeeldige toekomst samen. Ik wist dat ik de beloften, die ze heel terloops deden, moest negeren, beloften waarvan ik zo wanhopig graag wilde dat in elk geval een van hen zich eraan zou houden.

'Misschien kun je iemand vinden die goed voor je is,' zei mijn vader. 'Iemand voor meer dan één date.'

'Zo simpel is dat niet, papa. Het is niet dat...' Ik wilde het gesprek beëindigen, maar tegelijkertijd wilde ik iemand, wie dan ook, vertellen over mijn groeiende angst, een angst die aanvoelde alsof hij de binnenkant van mijn buik zou kunnen aantasten: de angst dat niemand me wilde.

'Je kiest gewoon de verkeerde mannen uit, zoals die Bowe Huntley, die krijsende malloot met wie je laatst gefotografeerd bent toen je een hotel uit kwam. Hij is de nummer twee in de ATP en schreeuwt tegen de umpire? Dat is niet het soort mannen dat je moet daten.'

'Maar wie dan wel?'

'Die Brandon Randall is een goeie.'

Brandon Randall was de nummer één van de ATP. Hij werd 'de aardige gozer van het tennis' genoemd.

'*Sí, claro, papá*,' zei ik. 'Ik zou heel graag eens uitgaan met Brandon

Randall. Maar hij is getrouwd. Met Nina Riva, een bikinimodel.'

'Een dochter van Mick Riva?' zei mijn vader. 'Ik kan die vent niet uitstaan. O. Nou, iemand zoals Brandon dan. Een aardige vent. Zoek alsjeblieft een aardige vent.'

1983

BRANDON RANDALL WAS INDERDAAD GETROUWD EN HIJ WAS NIET zo'n aardige vent als mijn vader dacht.

Dat weet ik omdat ik in Parijs na de finale van Roland-Garros in 1983 meeging naar zijn hotelkamer.

Ik had Roland-Garros nog nooit gewonnen. Het is een gravelbaan, de moeilijkste ondergrond voor een snelle service- en volleyspeelster zoals ik. Vele groten zijn er niet in geslaagd om die titel tijdens hun carrière op hun naam te schrijven.

Maar toen versloeg ik Renee Levy dat jaar in de finale en op dat moment werd ik bevangen door een adembenemende vreugde, want ik wist dat ik een van de weinigen was die alle grand slams had weten te winnen.

In het weekend dat we allebei de titel wonnen kwamen Brandon en ik elkaar tegen in de lift. Toen we stopten op zijn verdieping, liep hij de lift uit maar legde zijn hand op de deur om te voorkomen dat hij dichtging. Hij keek me aan en vroeg: 'Heb je zin om een cocktail te komen drinken in mijn kamer? Om het te vieren?'

Ik probeerde aan zijn gezicht te zien wat hij wilde, wat hij echt vroeg. Ik wist het niet precies. Toch zei ik ja.

Terwijl hij een cocktail maakte, vertelde hij me dat zijn huwelijk met Nina in zwaar weer verkeerde. 'Ze snapt me niet,' zei hij. 'Maar ik heb de indruk dat jij me wel snapt.'

Ik schaam me nu voor hoe weinig origineel het allemaal was.

De volgende ochtend, terwijl we onder de sneeuwwitte lakens lagen, zei Brandon tegen me dat hij dacht dat ik weleens de enige persoon ter wereld zou kunnen zijn die hem het gevoel kon geven dat hij niet meer zo eenzaam was.

'Ik vertel de mensen om me heen over de druk die ik voel, hoe depressief ik soms ben. Maar ze begrijpen me niet. En ik kan mezelf wel voor mijn kop slaan, want het lijkt ineens zo duidelijk: wie anders dan jij, mijn gelijke, zou me ooit echt kunnen begrijpen?'

Het was arrogant van hem om ons gelijken te noemen. Ik had beduidend meer grand slams gewonnen dan hij. Toch zei ik er niets van.

In zijn bed, met de zon die door de grote ramen naar binnen scheen, bekroop me het gevoel dat het misschien toch niet mijn lot was om alleen te blijven. Misschien was ik het soort vrouw dat zo apart, zo buitengewoon was dat ik alleen een relatie kon aangaan met iemand als Brandon, iemand die net zo gedreven was als ik.

Ik was bang dat het bij een onenightstand zou blijven. Maar Brandon bleef bellen. Hij bleef bellen! De intimiteit tussen ons leek steeds groter te worden, als een ballon die zich met lucht vult.

Er was een moment, ergens te midden van al die geheime afspraakjes en titels winnen en allebei nummer één worden op Wimbledon, dat het voelde als het lot. Ik kon terugkijken op mijn geschiedenis met mannen en dan zien dat iedere man een dominosteentje was geweest dat moest vallen om uiteindelijk bij dit uit te komen.

In de maanden dat we samen waren, was ik eindelijk van iemand. En dat voelde net zo goed als ik me had voorgesteld.

In de zomer van 1983 maakte ik Paulina Stepanova iedere keer dat we tegen elkaar speelden met de grond gelijk. Haar schouder, ooit alleen maar een smoes, ging steeds harder achteruit. Ze was dertig plaatsen gezakt op de ranglijst.

Vlak voor de US Open kondigde ze aan dat ze stopte. De gedachte dat de vrouw die ooit mijn grootste tegenstandster was geweest, zou eindigen als een voetnoot schokte me.

Toen Stepanova ermee stopte, had ze slechts negen grand slams gewonnen. Ik al twaalf. En nu was ze er klaar mee.

De ochtend na haar verklaring bestelde Brandon ontbijt op bed. Nadat het was gebracht, feliciteerde hij me met het feit dat ik Stepanova voor eens en altijd ten val had gebracht.

'Het is voorbij,' zei hij. 'Geen strijd meer tussen jullie. En wie de winnaar is is wel duidelijk.'

Ik sloeg mijn handen voor mijn gezicht en probeerde mijn grijns te verbergen.

Hij kuste me en ik dacht: ik heb alles.

Als de eerste de beste stomkop.

Eind juli werden we betrapt. Vlak daarna ging hij bij Nina weg en heel augustus ging het nergens anders over in de roddelbladen. En pas toen drong tot me door hoe wreed het allemaal van me was.

Het stond op de covers van alle bladen in de schappen bij de kassa's: LOVE-LOVE: BRANDON EN CARRIE BEGINNEN LIEFDESNESTJE IN HET BEVERLEY HILLS HOTEL; NINA RIVA BLIJFT GEBROKEN ACHTER NADAT HOUWDEGEN CARRIE EEN DOLK IN HAAR HART HEEFT GESTOKEN.

Toch maakte ik het niet uit.

Ook niet toen de paparazzi ons begonnen te volgen of toen *NowThis* een foto publiceerde van een huilende Nina voor een supermarkt in Malibu. Zelfs niet toen hij terug wilde naar haar en ze hem afwees. Hij kwam met hangende pootjes bij me terug en ook toen bleef ik bij hem. Ik was al te ver heen. Ik wilde wanhopig graag geloven dat ik de ware had gevonden.

En na dat alles was hij degene die het uitmaakte en me in december verliet voor een andere vrouw.

Het kostte me enige tijd om mezelf weer bij elkaar te rapen. Maar zelfs toen kon ik de haat van de fans op de tribunes niet negeren. De koppen werden nog erger. Met dingen als: CARRIE SOTO: EENZAAM AAN DE TOP. En misschien wel de ergste kop: WIE KAN ER VAN EEN HOUWDEGEN HOUDEN?

Ik was wel gewend dat mensen me niet mochten, maar ik was niet voorbereid op de paparazzi die me bestormden als ik een restaurant uit kwam en die losjes dingen vroegen als: 'Wat vind je ervan dat de meeste mensen je een hoer noemen?'

Buiten droeg ik zonnebrillen en honkbalpetjes. Ik sloeg op de vlucht voor iedereen met een camera. Ik keek tijdens mijn partijen nauwelijks naar de tribunes. Sportsade verbande me uit hun reclames; de kaartverkoop voor toernooien daalde en ze zeiden dat het mijn schuld was.

Ik voelde duizend dingen tegelijk.

Maar één ding voelde ik het sterkst: het was verkeerd geweest om de zwakke kanten van mijn hart aan Brandon te tonen, hoe voorzichtig ook. Zo stom zou ik nooit meer zijn.

1984-1989

ER WAREN VEEL MENSEN DIE ME HAATTEN IN 1984. MAAR IK HIELD me gedeisd en pakte drie grand slams. Ik stond meer weken op nummer één dan een speelster ooit was gelukt. En ik ontdekte dat mensen voorzichtig van mening veranderen als je wint. Ik leek ook iets van hun genegenheid te hebben teruggewonnen.

In 1985 pakte ik Wimbledon voor de derde keer op rij. In 1986 won ik zowel Wimbledon als de US Open.

Toen ik in 1987 aan Wimbledon begon, was ik negenentwintig. Het publiek kwam om te zien of ik mijn twintigste grandslamtitel zou winnen en daarmee het record zou breken voor de meeste slamtitels ooit behaald door een enkelspeelster. In de kranten werd geschreven dat ik nu toch wel aan het einde van mijn carrière was aanbeland.

Ik won de finale zonder een set te verliezen. En daar had je het dan. Mijn wereldrecord.

Nog geen dertig en ik was niet alleen groot. Ik was de gróótste. Aller tijden.

Terwijl ik op de baan stond en keek naar de officials die met de schaal naar me toe kwamen lopen, flitste mijn hele carrière voor mijn geestesoog langs.

De oefeningen met mijn vader toen ik klein was. Spelen tegen Mary-Louise Bryant. Juniorenwedstrijden winnen, meedoen met de lotingen.

De ranglijsten beklimmen, mijn slice verbeteren, die sprong onder de knie krijgen, Stepanova voorgoed verslaan. Dominantie.

Ik had meer gewonnen dan wie dan ook. De meeste grandslamtitels. Langer dan wie dan ook op één. De meeste enkelspeltitels, de meeste aces in de loop van een carrière. Aan het eind van een jaar vaker op één geëindigd dan wie dan ook. De bestbetaalde sportvrouw aller tijden.

Ik was de Carrie Soto van wie ik altijd al had geweten dat ik haar in me had.

Ik nam de prijs in ontvangst zoals ik alle andere in ontvangst had genomen: met een stoïcijns gezicht en een kort toespraakje. Maar toen ik deze keer zwaaiend de baan verliet, hinkte ik.

Ik werd gek van de pijn in mijn linkerknie. Mijn knie was vaak de hele dag pijnlijk en gevoelig. Als ik hem te ver doorboog of er te veel gewicht op bracht, voelde ik pijnscheuten. Ik kreeg cortisoneninjecties, maar die hielpen niet echt. En hoewel ik de pijn tot nu toe met pure wilskracht had doorstaan, besefte ik dat ik dat niet lang meer zou volhouden.

'*Hija*,' zei mijn vader door de telefoon. 'Je moet geopereerd worden.'

'Hou op,' zei ik afgemeten.

Maar ik wist dat hij gelijk had. Voor de US Open was mijn knie er zo slecht aan toe dat ik injecties tegen de pijn kreeg, en toch verloor ik in de halve finale van Suze Carter. Aan het begin van het jaar daarop moest ik me terugtrekken uit de Australian Open.

Ik nam een tijdje vrij, maar toen ik terugkwam kreeg ik geen voet meer aan de grond. In 1988 wist ik geen enkele titel te behalen.

Vlak voor het begin van Wimbledon in 1989 sprak Lars me toe in de sportzaal van een hotel in Londen.

'Het is voorbij, Carrie,' zei hij. 'Ik heb alles gedaan wat ik kan. Jij hebt bereikt wat je kon bereiken.'

'Het is niet voorbij. Ik moet alleen...' Ik keek naar de grond en toen weer naar hem, bereid toe te geven wat ik heel lang had ontkend. 'Ik moet die operatie laten doen. Dan kan ik terugkomen.'

'Terugkomen om nog meer te verliezen? Iedereen laten zien dat de koningin dood is?'

Ik kromp ineen. 'De koningin is niet dood,' zei ik.

Lars schudde zijn hoofd. 'Carrie, je lichaam, je vaardigheden, die hebben altijd een uiterste houdbaarheidsdatum gehad. En dat moment is nu. Je bent eenendertig. Het is tijd.'

'Dat weet ik niet, hoor. Misschien. Maar misschien ook niet.'

'Jawel.'

Ik keek hem aan en begreep ineens wat er gebeurde. 'Je hebt al een andere speelster klaarstaan,' zei ik. 'Je hebt je besluit al genomen.'

'Daar gaat het niet om. Je lichaam is op, Carrie,' zei hij. 'Ik heb geen zin om te moeten afwachten welke minder dan volmaakte versie van jou na die operaties tevoorschijn komt. Die interesseert me niet.'

'Ik kan best terugkomen. Misschien ligt het beste gedeelte van mijn carrière nog wel voor me.'

'Niet als je in de dertig bent,' zei hij. 'Ik ga je geen stroop om de mond smeren. Als je wilt doorgaan na Wimbledon dan is het zonder mij als coach.' Hij stond op en vertrok.

Ik bleef in de muffe koude sportzaal zitten en staarde naar een hometrainer. Mijn knie deed al pijn als ik er alleen maar naar keek.

Toch negeerde ik Lars en schreef ik me in voor Wimbledon. Voor het eerst in bijna tien jaar haalde ik de laatste zestien niet.

Ik zakte zo ver op de ranglijst dat ik voor de US Open ongeplaatst zou zijn.

'Laat je opereren en kijk dan waar je staat,' zei mijn vader door de telefoon.

Ik was in New York, van plan om met een wildcard mee te doen met de US Open. Hij was in L.A., waar ik onlangs een perceel had gekocht met daarop een huis voor mij, een gastenverblijf voor hem en een zwembad en een tennisbaan.

'Als je het niet probeert, zul je nooit weten of die knie van jou niet weer kan herstellen.'

'En de kans lopen dat ik weer verlies? Waar iedereen bij is?' vroeg ik. 'Je hebt toch gezien hoe ze hiervan genieten? Van mijn mislukking. Nee, die lol gun ik ze niet. Nee.'

'Wat ga je dan doen?'

'Daar ga ik het niet met jou over hebben,' zei ik. 'Nooit. Die beslissing is niet aan jou.'

'Oké,' zei hij. '*Está bien.*'

Twee dagen later, in augustus 1989, trok ik me terug uit de US Open en kondigde aan dat ik ermee stopte. 'Ik heb een gedenkwaardige carrière achter de rug tijdens een opvallend goede tijd in het vrouwentennis,' zei ik toen ik mijn toespraakje voorlas. 'Ik heb alles bereikt wat ik wilde bereiken. En ik geloof dat mijn prestaties in de komende tientallen jaren niet vergeten zullen worden. Maar nu ben ik klaar. Dank u.'

Ik speelde geen enkel proftoernooi meer.

Tot nu.

De comeback

Oktober 1994

Drieënhalve maand voor Melbourne

IK WORD OM KWART OVER ZEVEN WAKKER. IK DRINK EEN BOSBESsensmoothie en eet ongebrande, ongezouten amandelen als ontbijt. Ik trek mijn trainingsbroek en een T-shirt aan. Om mijn hoofd doe ik een zweetbandje.

En om acht uur precies, vijf jaar nadat ik ben gestopt en vijftien jaar nadat mijn vader me voor het laatst heeft gecoacht, loop ik mijn tennisbaan op om te trainen.

De zon schijnt fel op de bergen en het uitzicht op de hemel wordt alleen onderbroken door de hoge palmen die mijn tuin omringen. Het is stil hier, hoewel het verkeer van L.A. vlak achter mijn hek voorbijraast.

Maar de rest van de stad kan me niet schelen. Mijn focus ligt hier, op deze baan, op deze grond onder mijn voeten. Ik zal mijn record verdedigen. Ik zal Nicki Chan verpletteren.

'Laten we beginnen,' zegt mijn vader. Hij draagt een poloshirt en een chino. Ik zie dat hij stukken grijzer is dan de laatste keer dat we samen op de baan stonden, en ook dunner. Maar hij torent nog net zo boven me uit als toen ik klein was.

'Ik ben er klaar voor,' zeg ik.

Onwillekeurig glimlacht hij. 'Drie dingen die ik vandaag van je wil zien,' zegt hij.

Ik buig me voorover om mijn tenen aan te raken en mijn benen te strekken. 'Ten eerste mijn opslag,' zeg ik terwijl ik eerst mijn rechter- en dan mijn linkervoet met beide handen vastpak.

Mijn vader schudt zijn hoofd. 'Nee, ik ga jou vertellen wat ik wil zien. Je hoeft niet te raden, het is geen quiz.'

Ik ga rechtop staan en knipper met mijn ogen, me verbazend over zijn toon.

Hij gaat op de bank aan de zijkant zitten en ik zet een voet op de bank en begin weer met strekoefeningen.

Mijn vader telt af. '*Uno*: je opslag. Waarmee ik bedoel dat ik wil zien hoeveel kracht je nog hebt, ik wil zien of je hem onder controle hebt.'

'*Está bien*.'

'Twee: voetenwerk. Ik wil weten: hoe snel kom je van de ene kant van de baan naar de andere? Hoe soepel ben je nog?'

'*Perfecto*. *Qué más*? Conditie?'

Hij negeert me. 'Drie: conditie.'

Ik knik.

'Je conditie is er flink op vooruitgegaan bij Lars,' zegt mijn vader.

Ik krimp ineen bij het horen van de naam Lars.

'Wat heeft hij aan je training toegevoegd om dat voor elkaar te krijgen?'

Ik weet niet goed wat ik moet zeggen, weet niet goed hoe ik dit gesprek met hem moet voeren. 'Je bedoelt behalve die sprong?' vraag ik na een tijdje.

'Met die knie van jou gaan we niet te veel springen. Je bent geopereerd aan je gewrichtsband en we willen niet dat die weer scheurt...'

'*Bueno, papá*. *Basta*, ik snap het al.'

'Dus wat heeft hij verder nog aan je spel toegevoegd?' Hij kijkt me recht in de ogen. '*Contame*.'

'Crosstraining,' zeg ik. 'Jij en ik liepen samen altijd hard, maar hij heeft er aerobics, calisthenics en gewichtheffen aan toegevoegd.'

Hij knikt en rolt dan met zijn ogen. 'Je traint voor tennis door andere dingen te doen dan tennis. Wat een genie.'

'Je wilde het zelf weten. En het heeft gewerkt.'

Mijn vader knikt weer. '*Bien, bien, bien.*'

We doen er even het zwijgen toe. Ik hoor dat de tuinman bij de buren het gras begint te maaien. 'Dus... wil je dat ook doen of...'

'*Estoy pensando.*'

Ik wacht tot hij is uitgedacht en begin met mijn nek te draaien.

Mijn vader zegt: 'Nicki's strategie zal zijn om jou uit te putten.'

'Dat zou iedereen doen. Ik ben zevenendertig. Het enige wat je hoeft te doen is de oude dame uitputten.'

Mijn vader lacht. 'Je hebt geen idee hoe het voelt om echt oud te zijn.'

'In het algemeen niet, nee,' zeg ik. 'Maar in tennis...'

Hij knikt. 'Dus het belangrijkste wat we voor jou kunnen doen is aan je conditie werken.'

'Helemaal mee eens.'

'Dus laten we ermee beginnen dat je iedere dag vijftien kilometer hardloopt.'

Ik heb in geen jaren vijftien kilometer hardgelopen. Maar oké. 'En daarna gaan we ballen slaan?'

Hij schudt zijn hoofd. 'En daarna squats en sprintjes, plus touwtjespringen voor het voetenwerk. Ik neem aan dat je dat ook het meest met Lars deed? En daarna zwemmen om je spieren te trainen, maar op een voorzichtige manier. En daarna kun je lunchen en 's middags ga je slaan.'

'Dat wordt mijn dood,' zeg ik.

'Geen gejammer.'

'Ik ga niet iedere dag de triatlon doen zonder erom te mogen jammeren,' zeg ik.

Mijn vader wil iets zeggen, maar ik ben hem voor. 'Ik ben geen kind meer. Soms zal ik een mening hebben. En soms, na vijftien kilometer rennen en vijftig baantjes zwemmen, zal ik klagen. Maar ik zal doen wat je zegt en jij dealt gewoon met mijn gedrag en dan winnen we misschien over niet te lange tijd weer een grand slam. *Está bien?*'

Hij kijkt me even volkomen blanco aan. Dan verschijnt er een lach op zijn gezicht en geeft hij me een hand. '*Perfecto.*'

Zeven dagen lang trek ik elke dag mijn hardloopschoenen aan en ren.

Ik ren zo hard als ik kan terwijl mijn vader in een golfkarretje naast me rijdt en schreeuwt: '*Más rápido! Más rápido!*'

Mijn voeten raken de grond, keer op keer op keer. Hij brult: 'Als je niet op kop loopt, loop je achter!'

'*Sí*,' zeg ik iedere keer. '*Lo sé*.'

'*Vamos, más rápido!*' schreeuwt hij zodra hij merkt dat ik iets vertraag. 'We doen dit niet voor de lol! We rennen omdat we een titel willen winnen!'

Ik probeer af en toe iets terug te schreeuwen, in welke taal dan ook. Maar na vijftien kilometer verspil ik daar geen adem meer aan.

Het hardlopen is te doen. Pas daarna, wanneer ik aan het touwtjespringen ben en hij dingen brult als '*Más rápido!*' of '*No pares!*' krijg ik zin om te gillen.

Maar dat doe ik niet; ik focus me op het brandende gevoel in mijn kuiten, de pijn in mijn armen.

En dan is er ook nog het zwemmen. Baan na baan. Als mijn benen en armen bijna niet meer willen van vermoeidheid, staat mijn vader op de rand van het bad te scanderen: '*Usá esos brazos*,' alsof het een of ander militair bevel is.

Iedere keer als ik het bad uit kom heb ik geen gevoel meer in mijn armen en trillen mijn benen. Ik ben als een pasgeboren kalfje dat moeite heeft om op zijn poten te staan.

Op de zevende dag, na mijn laatste baantje, kom ik het trapje haast niet op. Alles doet pijn: mijn hamstrings en quadriceps, mijn schouders en biceps. Het is me ook niet gelukt tempo te houden.

Ik ga languit naast het bad liggen. Mijn vader komt me een handdoek brengen en gaat naast me zitten.

Ik kijk naar hem. Ik voel zijn frons al voordat die op zijn gezicht is te zien.

'Hoe erg is het?' vraag ik.

Mijn vader schudt zijn hoofd. 'Je bent een halve kilometer per uur te langzaam bij het rennen. Je moet aan je conditie werken. Het zwemmen is…' Hij haalt diep adem. '*Mirá*, gezien jouw leeftijd en de tijd dat je niet op de baan hebt gestaan, gaat het erg goed. Maar je kunt zo nog lang geen slam winnen, *cariño*.'

'*Sí, lo sé*.' Ik droog mijn gezicht af. Ik ga zitten. Ik schud mijn hoofd en kijk naar de lucht. Het is volkomen onbewolkt.

Dit alles is gewoon een grap. Een tennisster die na zoveel jaar weer gaat spelen? En dan denk ik dat ik een grand slam kan winnen? Ben ik wel goed bij mijn hoofd?

'Volgens mij ben je op de juiste weg,' zegt hij.

Ik kijk hem weer aan.

'Ik ken niemand die zo hard werkt als jij,' zegt hij. 'Als jij besluit om je hierop te storten, dan doe je het.'

Ik knik, nu al beledigd doordat we het hebben over 'hard werken' en niet over 'puur talent'. 'Dank je.'

Hij slaat me op mijn schouder en glimlacht. 'Ik wil alleen maar zeggen dat er nog heel wat werk verricht moet worden, maar ik denk wel dat je weer de grootste kunt worden. Dat vertrouwen heb ik wel.'

Ik peuter aan de nagels van mijn linkerhand. 'O ja?' vraag ik. 'Zeker weten?'

'Ja. Maar luister, *hija*,' zegt hij terwijl hij zijn arm om mijn schouders slaat en me tegen zich aan drukt. 'Het gaat er niet om of ik vertrouwen heb.'

'Voor mij wel,' zeg ik. Het komt er ineens zo scherp uit dat we er allebei een beetje van schrikken.

Mijn vader knikt maar zegt niets. Net als ik heeft hij geen zin om ouwe koeien uit de sloot te halen.

'Je vertrouwen in jezelf heeft je ooit naar de top gebracht. En dat kan het opnieuw,' zegt hij dan.

Ik weet dat hij gelijk heeft. Tientallen jaren lang waren mijn talent en ambitie volkomen dodelijk voor degenen die me in de weg stonden. Als ieder mens een bepaalde gave heeft meegekregen dan is de mijne vastberadenheid.

'Denk je zelf dat je haar kunt verslaan?' vraagt mijn vader.

Ik reageer sneller dan ik van plan ben. 'Ja.'

'En denk je dat je het aankunt als het je niet lukt?'

Daar moet ik langer over nadenken. 'Nee.'

Hij sluit zijn ogen en knikt. 'Oké,' zegt hij met een zucht. 'Dan valt er geen tijd te verliezen.'

IK NEEM PLAATS OP DE BANK BIJ DE HOGE RAMEN IN HET KANTOOR van mijn agent. Ik zit nu ongeveer zeven jaar bij Gwen.

Ik heb bij haar getekend nadat ik bij twee verschillende agentschappen had gezeten die werden gerund door mannen die continu zeiden dat ik 'redelijk' moest zijn over dingen waar ik al redelijk over was. Ik had afspraken gemaakt met alle agentschappen in de stad en toen ontmoette ik bij een ervan Gwen Davis. Ze is een zwarte vrouw, geboren en getogen in L.A., en ze had als talentscout voor een enorm groot bureau gewerkt en was daarna voor zichzelf begonnen als agente voor sportsterren.

'Ik verwacht van je, ik *wíl*, dat je tegen me zegt dat ik de pot op kan,' zei ze tijdens dat eerste gesprek. 'En als het nodig is, zeg ik precies hetzelfde tegen jou. Onze relatie moet meedogenloos eerlijk zijn. Ik voel er niks voor om je slaafje te worden. Dan verspillen we allebei onze tijd.'

Ik tekende meteen bij haar.

Vandaag, in haar kantoor, kijk ik uit op Beverly Hills – de palmen, de brede straten en de grote percelen. Vanaf hier kan ik de gouden kroon op het gemeentehuis zien.

Ik draai me om naar Gwen, die naast me komt zitten. Ze is achter in de vijftig en draagt een rood broekpak en muiltjes. Soms vraag ik me af of ze niet het verkeerde vak heeft gekozen; ze is te opvallend, te glamoureus om degene achter de schermen te zijn.

Ali, haar assistente, komt ook binnen. Ze heeft haar lange zwarte haar met een pen in een knotje gestoken dat al bijna weer uit elkaar valt. Ze draagt een flanellen blouse en een zwarte spijkerbroek met daaronder laarzen. Dat het Gwen niet uitmaakt wat haar assistente op kantoor draagt, terwijl ze er zelf altijd bij loopt als een model, neemt haar nog meer voor me in.

'Een kruidenthee voor jou,' zegt Ali. Ze overhandigt me een mok. 'Met een muffin waarvan ik nu al weet dat je hem niet opeet.'

Ik lach. 'Ik moet vanmiddag weer trainen, en bovendien hou ik niet eens van muffins.'

'De volgende keer zal ik voor ongebrande, ongezouten amandelen zorgen,' zegt Ali.

Ik weet dat ze een grapje maakt, maar echt, ik zou veel liever amandelen hebben.

Ali geeft Gwen koffie en loopt weer weg.

Nadat Gwen een slokje heeft genomen kijkt ze me aan. Dan zet ze met opgetrokken wenkbrauwen voorzichtig haar mok op de glazen tafel, naast een koffietafelboek met mijn gezicht erop. Het werd uitgebracht in 1990 en staat vol foto's van mij op Wimbledon over een tijdspanne van vijftien jaar. *Soto on Grass*.

Gwen leunt naar achteren en kijkt me aan. 'Weet je zeker dat je weer toernooien wilt spelen?'

'Anders zou ik hier niet zitten.'

'Dit is niet iets wat je lichtvaardig moet opvatten.'

'Zie ik eruit alsof ik het lichtvaardig opvat?'

'Nou, je sponsoren...'

'Ik weet het.'

'Voor deze lente staat er eigenlijk een fotoshoot gepland voor de nieuwe Elite Gold-campagne.'

'Dat weet ik.'

'En Gatorade komt binnenkort met de "Champions"-commercial, met jou in het begin en in het midden.'

Ik knik.

'Je Break Points verkopen op dit moment beter dan alle andere modellen van Adidas.'

Een van de verrassendste dingen aan mijn 'pensioen' was dat het erg lucratief bleek te zijn. Blijkbaar vergaten mensen toen ik er niet meer was dat ze eigenlijk een hekel aan me hadden, maar wisten ze nog donders goed dat ze mijn schoenen mooi vonden.

'Ook dat weet ik,' zeg ik.

'Deze contracten zijn allemaal gebaseerd op de veronderstelling dat je nu een legende bent. Dat je een van de allerbeste sportmensen ter wereld was.'

'Precies, en ik zal nu bewijzen dat ik dat nog steeds ben.'

'Maar als...'

Ik kijk haar recht aan, daag haar uit om het hardop te zeggen.

Ze maakt meteen een handige draai. 'Als het om het geld gaat, dan denk ik dat er voor jou meer geld valt te verdienen als commentator of WTA-official dan als speelster. We hebben je neergezet als een ervaren, rijpere tennisvrouw. Dat is de manier waarop we je relevant en actief houden.'

'Twee dingen. Ten eerste zit niemand op mijn commentaar te wachten,' zeg ik.

Gwen trekt nadenkend haar wenkbrauwen op en knikt dan instemmend.

'En ten tweede gaat het niet om geld. Het gaat om eer.'

Gwen legt haar hand op mijn arm. 'Ik wil echt dat je hier goed over nadenkt, Carrie. Eer is... soms een mooier woord voor ego. Zelf zal ik altijd geld verkiezen boven ego. Maar dat is persoonlijk.'

Ik kijk haar aan. 'Ik stel je mening op prijs, maar dit is niet voor discussie vatbaar.'

Gwen leunt achterover. 'Ik denk alleen maar aan je toekomst.' Ze pakt de muffin, scheurt er een stukje af en eet het op.

'Gwen, mijn hele leven heeft alleen maar om tennis gedraaid,' zeg ik.

Ze knikt. 'Dat weet ik.'

'En nu wordt het me uit handen getrokken. Zodat ik met niks achterblijf.'

'Dat is niet w–'

Ik onderbreek haar. 'Dat is wel waar. Ik kan niet toestaan dat Nicki mijn record breekt. En ik wil dat jij me steunt.'

Gwen neemt een slok koffie en zet haar mok weer neer. 'Je weet zeker dat dit de juiste stap is?'

'Het is mijn enige stap. Een andere toekomst zie ik niet voor me.'

'Oké,' zegt ze. 'Dan doe ik mee. Voor de volle honderd procent.'

Ik zie aan haar bezorgde blik dat ze zich afvraagt of we hiermee allebei niet heel veel geld gaan verliezen. En hoewel ik een steek van woede voel over haar gebrek aan vertrouwen, ben ik slim genoeg om deze winst alvast in mijn zak te steken.

'Dank je,' zeg ik. 'En ik zal je bewijzen dat je het mis hebt, bereid je daar maar vast op voor.'

'Je hoeft me niets te bewijzen,' zegt ze. 'Ik geloof in je. Dus wat is het plan?'

'Ik ga dit jaar meedoen aan alle vier de grand slams, en ik zal er minstens ééntje winnen om mijn record te kunnen behouden.'

'Dus jij denkt dat je in het eerste jaar van je terugkeer al een slam kunt winnen?' vraagt ze.

'Ja, dat denk ik.'

'En wat als Nicki er eerder eentje wint?'

Ik voel mijn schouders verstijven en probeer mijn kaken wat losser te maken. 'Daar hoef jij je geen zorgen over te maken.'

'Oké,' zegt ze. 'Ik begrijp het. Maar je gaat niet de hele WTA-tour doen?'

Ik schud mijn hoofd. 'Nee, ik wil alleen bepaalde toernooien spelen. Maar ik weet niet hoe ze daar bij de ITF of WTA over denken.'

Gwen staat op en drukt op de intercom van haar bureautelefoon. 'Ali, kun je iemand van de ITF of WTA bellen en zo bedekt mogelijk informeren of een speelster als Carrie in aanmerking zou komen voor wildcards als ze mee zou willen doen?'

'Ik ga meteen bellen.'

Gwen laat de toets van de intercom los. 'Oké, wat kan ik nog meer voor je doen?'

'Nou, ik zou wel een goede hitter kunnen gebruiken. Niet iemand om gewoon balletjes mee te slaan, maar iemand die echt bij de top hoort. Zodat ik kan peilen of ik klaar ben voor de beste speelsters.'

Ze knikt. 'Je hebt een topspeler nodig, iemand die je kan helpen om het niveau van Nicki te bereiken.'

De implicatie dat ik ver van dat niveau verwijderd ben, doet me ineenkrimpen. 'Nou ja, Nicki is... tja, iemand van topniveau.'

'We kunnen wat rondbellen,' zegt Gwen. 'Eens horen of er iemand met je wil trainen.'

'Oké,' zeg ik. 'Prima. Maar niet Suze Carter, die kan ik niet uitstaan. En ook niet Brenda Johns. Maar verder mag iedereen. Die twee zijn gewoon zo... opgewekt. Wat dacht je van Ingrid Cortez? Die laat Nicki altijd behoorlijk zweten in finales. Misschien kunnen wij samen trainen.'

'Verder nog iets?'

'Ik wil dat Wilson me nieuwe rackets stuurt. En van Adidas heb ik kleren nodig en nieuwe Break Points in de kleuren van dit seizoen. Zou ik weer een assistent in dienst moeten nemen? Om mijn vluchten en hotels te boeken?'

'Als het alleen om die vier toernooien gaat, kan Ali dat wel voor je doen.'

'Oké, dank je.'

'Maar je pakt je eigen koffers in, want ik ben je moeder niet.'

De grap blijft even in het luchtledige hangen. Wanneer je moeder dood is word je daar steeds weer aan herinnerd, gewoon door terloopse opmerkingen. Mij valt het altijd op, zelfs als degene die aan het woord is zich van geen kwaad bewust is. Maar ik merk aan Gwen dat ze beseft dat ze iets ongevoeligs heeft gezegd en ik waardeer het dat ze ervoor kiest om er verder geen woorden aan vuil te maken. Want er is niets zo erg als een ander te moeten troosten omdat je moeder dood is.

'En verder?' vraagt Gwen.

Heel even vraag ik me af wat mijn moeder vandaag van me zou denken. Of ze trots zou zijn op wat ik probeer te doen. Ik weet het antwoord niet. En het dringt tot me door dat het heel lang geleden is dat ik mezelf die vraag heb gesteld.

Ali klopt op de deur en komt binnen. 'Oké. Dit is heel opwindend allemaal. Ik heb antwoord op je vraag.'

'Vertel,' zeg ik.

'Omdat je een voormalige nummer één in de WTA bent en alle grand slams al eens een keer hebt gewonnen, kun je een wildcard krijgen voor elk toernooi waar je ook maar aan wilt meedoen.'

'Yes!' zeg ik. 'Dat wilde ik horen!'

'Je mag helemaal zelf weten voor welke toernooien je je wilt aanmelden. Er komt wat papierwerk bij kijken, maar het is geen enkel probleem om een wildcard voor je te krijgen voor de Australian Open over drie maanden.'

'Ben ik dan ook meteen geplaatst?'

'Nee,' zegt Ali. 'Je punten uit het verleden tellen niet meer mee. Je staat op geen enkele ranglijst. Tot je begint te winnen,' voegt ze er grijnzend aan toe.

Ik zie mezelf in een flits voor me, over drie maanden op die groene hardcourtbaan in Melbourne, over het net naar mijn tegenstandster kijkend, wie het dan ook is. Ik kan het publiek bijna horen, kan de broeierige, drukkende lucht bijna voelen.

Het is ook zo lang geleden dat ik op een toernooi heb gestaan. En het is bijna drie keer zo lang geleden sinds ik als ongeplaatste speelster meedeed.

Er trekt een scheutje van opwinding door me heen, alsof ik weer een tiener ben en opkijk tegen een berg die ik nog moet zien te beklimmen, iedere partij een stapje op weg naar de top. Het is lang geleden dat ik dat volmaakte verlangen naar de beklimming heb gevoeld.

DE VOLGENDE VERKLARING IS VANDAAG UITGEGEVEN DOOR CARRIE Soto via haar agent, Gwen Davis.

Persbericht 11/10/1994

CARRIE SOTO IS BACK

Ik heb besloten terug te keren op de tennisbaan voor het seizoen van 1995 en alle vier de grandslamtoernooien te spelen – de Australian Open in januari, Roland-Garros in mei, Wimbledon in juni en de US Open in augustus – met als doel het wereldrecord voor de meeste gewonnen grandslamtitels weer op mijn naam te zetten.

Ik feliciteer Nicki Chan met haar prestaties in het vrouwentennis. Maar haar heerschappij is voorbij.

Ik ben terug.

Soto pakt na lange tijd haar racket op tegen Chan

Los Angeles Daily
12 oktober, 1994

De grote Carrie Soto, 37, ooit bekend als 'De Houwdegen', heeft verklaard dat ze haar racket weer oppakt om haar grandslamtitelrecord in het enkelspel te verdedigen. Natuurkracht Nicki Chan, 30, is de leidende figuur in het vrouwentennis sinds 1989, toen Soto stopte met het record van twintig slamtitels op zak. Chan, door tennisfans vaak 'Het Beest' genoemd, heeft dat record vorige maand geëvenaard.

Soto heeft lang voor tweespalt gezorgd in het vrouwentennis; ze stond bekend om haar scherpe tong en haar meedogenloze aanpak van haar tegenspeelsters. Mocht de voormalige kampioene een grand slam winnen, dan zou ze de oudste vrouw in de geschiedenis van het tennis zijn die daarin slaagt.

'Ik verwelkom haar terugkeer,' zei Nicki Chan gisteren tijdens een persconferentie nadat haar was verteld over Soto's besluit. 'Ik heb mijn hele carrière tegen Carrie Soto opgekeken. Het zou een eer zijn om nog een keer tegen haar te spelen.'

Op de vraag of ze dacht dat Carrie Soto haar kon verslaan, reageerde ze geamuseerd. 'Nou, dat zullen we moeten afwachten, hè?'

Transcript

SportsNews Network
Wild Sports met Bill Evans
12 oktober, 1994

Bill Evans: Nou, er staat ons wat te wachten in het vrouwentennis. Jimmy, hoe sta jij erin? Carrie 'De Houwdegen' is terug? Wat moeten we daarvan denken?
Jimmy Wallace, redacteur van *SportsSunday*: Het is zeker onverwacht.
Evans: 'Onverwacht' lijkt me een understatement. Carrie Soto stopte toen ze eind jaren tachtig ineens behoorlijk zakte op de ranglijsten.
Wallace: Dat klopt. Hoewel ze zelf waarschijnlijk zou zeggen dat dat door haar knie kwam. Die inmiddels is geheeld.
Evans: Maar ze is al hoelang precies weg, vijf jaar? Dat zijn lange jaren in het vrouwentennis.
Wallace: Dat kun je wel zeggen. En in die periode hebben we de opkomst van Nicki Chan meegemaakt.
Evans: En van een nieuw soort tennis.
Wallace: Ja, ik denk dat je daar gelijk in hebt. Het vrouwentennis beperkt zich niet meer tot services en volleys. We zien meer baseliners, meer krachtspelers. Soto was altijd een danseres – behendig en soepel op de baan. Chan is een woesteling, een bokser. Hard.

Evans: Kan de Houwdegen nog steeds een rol spelen in het hedendaagse tennis?
Wallace: Dat zullen we moeten afwachten. Maar er is nog iets wat belangrijk is om op te merken.
Evans: En dat is?
Wallace: Soto speelt niet alleen een oud soort tennis, ze is zelf ook oud. Geen enkele vrouw van achter in de dertig heeft ooit een slam gewonnen.
Evans: En dan is er nog de volgende vraag: willen we haar eigenlijk wel terug? Ze is niet echt wat je noemt... populair, toch?
Wallace: Ze noemen haar niet voor niets de Houwdegen.
Evans: Dus het kan zijn dat ze in Melbourne al snel weer naar huis wordt gestuurd. En dan maakt ze een chic gebaar en trekt zich opnieuw terug uit het tennis.
Wallace: Dat lijkt me heel goed mogelijk, Bill. De tijd zal het leren. En anders moet Chan haar maar afmaken.

MIJN VADER HEEFT TE VEEL SPORTPAGINA'S GELEZEN EN TE VEEL naar het nieuws gekeken.

'Absurd,' zegt hij bij mij aan de ontbijttafel. 'Zoals ze ervan uitgaan dat je niet zou kunnen winnen.'

Ik nip van mijn smoothie. Dat ze dat voortdurend schrijven zit mij ook dwars, maar ik weet dat ik er niets aan kan veranderen. Toen ik besloot om proftennisster te worden, heb ik blijkbaar een contract getekend waarin staat dat mensen de rest van mijn leven allerlei onzin over me mogen uitkramen.

Mijn vader leest verder in de krant. 'Ik vind gewoon dat ze weleens mogen nadenken over wie ze het hebben,' zegt hij.

'Helemaal mee eens,' zeg ik.

Hij zet de tv aan, waarvan het geluid uit staat. 'Wacht,' zegt hij. Hij staat op en draait aan de geluidsknop. 'Ze hebben het over je bij *Morning in America*.'

Ik kijk naar de tv in de keuken.

Presentator Greg Phillips praat rechtstreeks in de camera met een foto van mij op Wimbledon boven zijn schouder. Ik kan de man niet uitstaan. Hij heeft me in de loop der jaren tientallen keren geïnterviewd en vroeg altijd naar de lengte van mijn rokken. Ergens in de jaren tachtig kregen we een woordenwisseling toen hij zei dat ik het record van de meeste grandslamtitels in het vrouwentennis bezat en ik hem live op de vingers tikte en zei dat ik alle titels bezat.

'En dan dacht je dat ze weg was!' zegt Greg. 'Maar de Amerikaanse tenniskampioene Carrie Soto keert terug om haar grandslamrecord te verdedigen. Soto is iets meer dan vijf jaar geleden gestopt met tennissen en zal op haar zevenendertigste de oudste speelster in het circuit zijn. Toch durft ze te beweren dat ze dit jaar op zijn minst één toernooi zal winnen, een prestatie die, mocht het haar lukken, van haar de eerste vrouw in het huidige tennis zal maken die een slamtitel op haar naam schrijft terwijl ze tegen de veertig loopt. Maar hoe het ook zal aflopen, er breken wilde tijden aan voor het vrouwentennis nu de Houwdegen terug is!'

Ik wil de tv uitzetten wanneer Greg de reclame aankondigt en het logo van de show in beeld komt. Maar net als mijn hand de knop raakt, horen we Gregs stem nog luid en duidelijk tegen iemand zeggen: 'Kom op, zeg. De Houwdegen is terug? We kunnen beter zeggen: de Bitch is terug. Want dat is ze gewoon.'

Dit wordt gevolgd door het geluid van een vrouw die naar adem hapt, wat geruis en dan complete stilte. Een seconde later verschijnt een reclame in beeld met een tienerjongen die in een ijskast rommelt en 'die rode troep' aan de kant schuift op zoek naar Sunny D.

Ik zet de tv uit en kijk mijn vader aan. Hij kijkt met grote ogen terug.

Na een korte stilte vraag ik: 'Noemde Greg Phillips me nu net een bitch op tv?'

Mijn vaders gezicht en nek worden steeds roder.

'Ja hè?' Ik sta als aan de grond genageld. 'Hij noemde me net een bitch.'

Mijn vader staat op van tafel en smijt de krant weg.

'Ik bedoel...' zeg ik. 'Ik wist wel dat ze dat dachten. Ik had alleen nooit verwacht dat ze het hardop zouden zeggen.'

Mijn vader legt zijn handen op mijn schouders. '*Pichona*,' zegt hij op smekende toon. 'Luister naar me.'

'Eigenlijk zou het me niet meer moeten verbazen. Maar het verbaast me toch. Waarom voelt dit anders dan alle andere dingen waarvoor ze me hebben uitgemaakt?'

'Omdat het van weinig respect getuigt,' zegt hij. 'Terwijl je recht hebt op hun respect, dat heb je verdiend. Maar luister goed naar me, *hija*. Ik meen het.'

'*Bueno*.' Ik kijk hem recht aan.

'Ze kunnen allemaal de pot op!' zegt hij. 'Jij gaat verdomme iedere partij winnen en laat ze zien dat het je geen barst uitmaakt wat ze van je vinden. Je laat je niet door die klootzakken tegenhouden.'

Begin november

Tweeënhalve maand tot Melbourne

MIJN VADER EN IK WERKEN OP MIJN EIGEN BAAN AAN MIJN EERSTE service.

'De *nuevo*,' roept hij. Hij staat in zijn trainingspak aan de andere kant van het net. 'Je snelheid moet omhoog, *hija*.'

Hij heeft een winkelwagen vol tennisballen naast me neergezet. Ik pak er eentje uit om nog een keer op te slaan. We zullen hier de hele dag staan, net als toen ik klein was. Ik zal op dat pak melk richten tot mijn vader tevreden is.

Ik train nu een maand en begin het spel weer in de vingers te krijgen. Ik voel dat mijn spieren weer op scherp staan en mijn kracht neemt nog iedere dag toe. Mijn service is snel, soms bijna tweehonderd kilometer per uur. Mijn controle en nauwkeurigheid zijn uitstekend. Het kost mijn vader steeds meer moeite om te voorspellen waar mijn services zullen landen.

Maar toch.

Mijn lichaam is niet meer wat het was toen ik negenentwintig was. Ik loop niet meer zo snel. Ik word eerder moe. Ik draai me trager om. Soms, wanneer ik spring, voel ik het kraakbeen van mijn knie. Wanneer ik tegen een ballenmachine sla, krijg ik mijn racket niet altijd meer op tijd naar achteren. En zelfs als het me allemaal wel lukt, gaat het moeizamer. Het kost me allemaal meer moeite.

Tegenwoordig begin ik 's middags al na twee uur trainen moe te worden. Mijn slagen zijn minder strak en gecontroleerd. Ik maak ze slordiger af. En ze zijn net iets slapper.

Steeds als dat gebeurt, dreig ik mijn zelfbeheersing te verliezen. Ik mis vaker slagen, raak gefrustreerd en denk te veel na. Het is gekmakend om net zo hard te trainen als vroeger voor een veel slechter resultaat. Met dit lichaam spelen is als met een bot mes een steak snijden.

Terwijl ik vanaf de baseline de zoveelste bal over het net sla, denk ik aan Björn Borg. Hij was in de jaren zeventig de beste speler in het circuit, maar toen hij drie jaar geleden nog een poging wilde wagen, slaagde hij er niet in om ook maar één set te winnen. De wereldkampioen, de perfectie zelve. En moet je hem nu zien.

Hoe kwam ik er in godsnaam bij om dit te willen?

Het heeft een reden dat ik een wereldrecord zou neerzetten als ik op mijn leeftijd nog een slam win: dat is tot nu toe nog niemand gelukt.

Ik raak het melkpak weer. Dat is al voor de tiende keer op rij.

'*Excelente!*' zegt mijn vader terwijl hij het kartonnen pak iets verder weg zet. 'Ik wil er nu vier of vijf zien, keihard langs me heen in de hoek. *Vamos!*'

'*Sí, papá.*'

Ik gooi de bal op en sla hem over het net, recht op de bovenkant van het melkpak af. Het valt weer om. Ik kijk naar mijn vader, maar hij is afgeleid. Gwen brengt haar Benz tot stilstand op mijn oprijlaan.

Ik leg mijn racket neer, pak een handdoek en neem een slok water terwijl Gwen naar ons toe komt lopen.

'Gwen!' buldert mijn vader. Hij loopt op haar af en omhelst haar. Wat is dat toch met al dat omhelzen? Waarom zou iemand zijn lichaam tegen dat van een ander willen duwen als begroeting? Je kunt toch gewoon even je hand opsteken, of desnoods een hand geven?

'Javí!' zegt Gwen terwijl ze hem knuffelt.

'Je ziet er stralend uit als altijd,' zegt mijn vader.

'Och, hou toch op, Javier.' Dan wendt ze zich tot mij. 'Ik heb nieuws.'

'Vast geen goed nieuws, anders had je wel gebeld,' zeg ik.

'Carrie, dat kun je toch niet weten?' zegt mijn vader.

'Nee, ze heeft gelijk. Ik ben gekomen om haar handje vast te houden.'

Ik ga op de bank zitten. 'Wat is er dan?'

'Het kost ons moeite om iemand te vinden die met je wil trainen.'

'Dat meen je niet!'

Gwen gaat naast me zitten. 'We hebben zo'n beetje iedereen gebeld die op de WTA-ranglijst staat.'

'Maar er is toch wel een jonge speelster te vinden die een paar dingen van me wil leren?' zeg ik. 'Heb je ze er wel op gewezen dat we er allebei baat bij kunnen hebben? Hoe zit het met Ingrid Cortez?'

Gwen ontwijkt mijn blik. 'Ingrid heeft het idee dat ze er niks aan heeft om met jou te trainen omdat ze toch al de nummer vier van de wereld is.'

Mijn vader barst in lachen uit. 'Ze heeft een verschrikkelijk slechte backhand en daarmee geeft ze haar tegenstanders kansen om haar service te breken. Ze is nog een kind.'

'En de anderen?' vraag ik.

'Nou, ik heb het idee dat de vrouwen die nog nooit tegen je hebben gespeeld een beetje bang zijn, en de vrouwen die wel tegen je hebben gespeeld...'

'Haten me,' vul ik aan.

'Ik denk inderdaad dat sommigen zich nog steeds gekrenkt voelen.'

'Omdat ik ze met de grond gelijk heb gemaakt en dat opnieuw zal doen?'

'Je weet best dat je je tegenstanders op een bepaalde manier... verplettert. Je weet dat mensen niet altijd zo te spreken waren over jouw manier van winnen.'

'De volgende keer dat ik iemand van de baan mep, zal ik eraan denken om te doen alsof ik geschokt ben dat ik heb gewonnen en zal ik zeggen dat het twee kanten uit had kunnen gaan.'

Gwen lacht. 'Oké, maar in de tussentijd hebben wij nog steeds niemand gevonden.'

Ik kijk naar mijn vader. 'Eigenlijk wel grappig, hè? Ik ben zevenendertig en nog steeds wil niemand met me spelen.'

'Nou, dan nemen we toch net als vroeger iemand die geen prof is.'

'Maar ik wil weten waar ik sta voordat ik aan die toernooien begin,' zeg ik tegen hem. 'Dit is anders dan vroeger. Dit is… Ik moet tegen mijn gelijken spelen. Om te zien of ik het nog kan. En dat moet ik hier op mijn eigen baan doen. Voordat ik dat weer in het openbaar doe.'

Gwen knikt.

'Heb je Nicki gevraagd?' vraag ik.

'Wil je dat ik Nicki Chan vraag om met je te trainen?'

'Nee,' zeg ik.

'Oké,' zegt Gwen. 'Maar Ali had nog een ideetje.'

Ik kijk haar aan en begrijp ineens dat ze niet helemaal hiernaartoe is gereden om mijn handje vast te houden, zoals ze zei, maar om me een idee te verkopen. 'Wat dan?'

'Ik heb een oude cliënt die in hetzelfde schuitje zit als jij,' zegt ze.

'Wie kan er nou in vredesnaam in hetzelfde schuitje zitten als ik?'

Ze lacht. 'Een tennisser met wie ik vroeger heb gewerkt, al wat ouder, die het ook nog een keer wil proberen. En misschien kunnen jullie elkaar wel helpen.'

'Over wie heb je het? Ilona Heady? Die is net dertig.'

'Nee, niet Ilona.'

'Wil Ilona niet met me trainen?'

'Je hebt Ilona in 1988 verslagen in Monte Carlo en je hebt daarna tegen verslaggevers gezegd dat het pijnlijk makkelijk was, dus nee, Ilona wil niet met je trainen.'

'Maar het was echt pijnlijk makkelijk. Ik had gewoon plaatsvervangende schaamte om haar. Dat heet empathie.'

'Wie dan?' vraagt mijn vader.

'Eh… verwerp alsjeblieft niet meteen wat ik nu ga zeggen.'

'Zeg nou maar.'

'Bowe Huntley.'

Ik heb Bowe Huntley niet meer gesproken sinds we in Madrid met elkaar naar bed zijn geweest en hij me daarna niet meer belde. 'Is dit een grap of zo?'

'Die man is een schande voor het tennis,' zegt mijn vader. 'Dat scheldt maar tegen lijnrechters en smijt met rackets...'

'Bowe is gestopt met drinken. Hij is vorig jaar gescheiden. Hij zit in een periode van... reflectie. En wat je ook van zijn woedeaanvallen vindt, hij is een getalenteerd speler. Nog steeds. Maar dit wordt zijn laatste jaar in de ATP.'

'Hij is ouder dan ik,' zeg ik.

'Negenendertig.'

'Hij heeft al bijna in geen tien jaar een grand slam gewonnen,' breng ik haar in herinnering,

'Dat is zo. Hoewel hij nog steeds hier en daar een titel pakt. En hij is een aardige man. Echt. Hij is ongeveer tien jaar geleden overgestapt van mijn kantoor naar YRTA, maar we hebben nog steeds contact. Hij is anders dan je denkt.'

'Volgens mij kent Carrie hem... behoorlijk goed,' zegt mijn vader.

Ik werp hem een boze blik toe. 'Zo kan het wel weer.'

Gwen kijkt me aan. 'Het komt erop neer dat je het niet moet doen als je het ongemakkelijk vindt. Maar als je een speler wil aan wie je je kunt meten, dan is Bowe bereid om met je te trainen.'

'Heb je het hem al gevraagd dan?'

'Het zou geen zin hebben om het jou voor te leggen zonder te weten of hij wel wil.'

Ik kijk naar mijn vader.

'We kunnen ook gewoon een amateur nemen,' zegt hij. 'Twee zelfs, zodat je flink moet rennen.'

Ik denk even na. Ik zie voor me hoe ik train met amateurs, daar steeds meer zelfvertrouwen aan ontleen en dan in Melbourne meteen van de baan word geveegd. De gedachte alleen al maakt me misselijk.

Maar ik heb tegelijkertijd echt geen zin om Bowe Huntley te zien. Die gedachte maakt me ook misselijk.

'Ik weet het niet,' zeg ik. 'Ik moet er even over nadenken.'

Later die avond ga ik net in mijn trainingspak en met een glas mineraalwater in mijn hand op de bank zitten om naar ER te kijken, als de telefoon gaat. Ik doe het geluid van de tv uit terwijl de herkenningsmelodie begint.

Ik zet mijn glas neer en neem op in de verwachting dat het mijn vader is om me te vertellen dat zijn shampoo op is en of hij wat van mij kan lenen.

Maar het is Bowe.

'O, hoi,' zeg ik.

'Dat is lang geleden,' zegt hij.

'Ja, dat kun je wel zeggen.'

'Nou, sorry dat ik zo laat bel, maar Gwen zei dat je misschien met me wilde trainen en toen bedacht ik dat als we dat echt gaan doen, we beter zo snel mogelijk een schema kunnen opstellen.'

'Nou, ik wilde eigenlijk net naar mijn nieuwe lievelingsserie gaan kijken, maar oké.'

Bowe lacht. 'Kijk je naar ER? Wat gebeurt daar?'

'Dat weet ik niet, want ik praat met jou in plaats van te kijken omdat jij het blijkbaar normaal vindt om mensen om tien uur 's avonds te bellen.'

'Ik wacht wel,' zegt hij.

'Wil je soms dat ik je vertel wat er in ER gebeurt? Waarom zet je niet gewoon de tv aan?'

'Ik zit in het huis van een aardige vriendin die ik net heb leren kennen en die niet gelooft in het bezit van een tv.'

'Jezus,' zeg ik. 'Ik weet niet wie erger is, jij of zij.' Ik kijk naar de tv. 'Dokter Lewis praat met Carter.' Na een korte pauze vervolg ik: 'Wil je echt dat ik je scène voor scène deze aflevering navertel?'

'Als dat zou kunnen. De herhalingen zijn pas in de zomer.'

Ik ga in kleermakerszit op de bank zitten. 'Oké, goed dan. Nu rijden ze een tiener de operatiekamer in. O, daar heb je George Clooney!'

'Ik ben gek op dokter Ross.'

'Ik ben gek op degene die niet van gezeik houdt. Hoe heet-ie ook alweer?'

'Benton.'

'Ja, dat is mijn lievelingspersonage.'

'Logisch,' zegt Bowe.

'Bel je me echt hierom?' vraag ik. 'Zodat ik je kan vertellen wat er in ER gebeurt?'

'Nee, ik wilde weten of we het echt gaan doen. Gwen zei dat je niet meteen enthousiast was.'

'Ik heb alleen maar gezegd dat ik erover na wilde denken.'

'Wat valt er nou over na te denken?'

'Dat weet ik niet, Bowe. Daarom heb ik even tijd nodig.'

'Je wilt nadenken over waarover je wilt nadenken?'

'Ik probeer over alles wat ik de komende paar maanden van plan ben na te denken.'

'Luister,' zegt hij. 'Het is een goed idee. We kunnen elkaar heel goed helpen hiermee. Jij hebt iemand nodig die je weer in topvorm krijgt, en ik heb iemand nodig die me...'

'Helpt je eraan te herinneren hoe het ook alweer was om te winnen?' vraag ik.

Bowe reageert niet meteen. Dan zegt hij: 'Je bent niet zo charmant als je zelf denkt.'

'Als ik het me goed herinner, ben jij het die graag charmant gevonden wil worden.'

'Heel veel mensen vinden me ook charmant.'

'Leuk voor ze.'

'Dat weet ik nog van je, dat iedere zin die uit je mond komt zo scherp is als een scheermes.'

'O ja, misschien is dat dan de reden dat je met me naar bed bent gegaan en me daarna nooit meer hebt gebeld.'

Hij lacht. 'Bullshit.'

'Zo ging het toch?'

'Nietes. Ik mag dan een groot deel van de jaren tachtig dronken zijn geweest en vaak niet hebben geweten op welk toernooi ik precies stond, maar laat me je één ding duidelijk maken, Soto. Voordat je mijn hotelkamer in Madrid verliet, zei ik: "Ik bel je." En toen zei jij: "Dit hoeft niet meer te worden dan het is." En ik herinner me nog dat ik dacht: wauw, wat cool. En ik dacht ook: ze wil me dus niet weerzien.'

'Moet ik nou geloven dat ik je een gebroken hart heb bezorgd?'

'Helemaal niet. Ik wil alleen niet dat je doet alsof ik zo'n vrouwenversierder ben, want dat ben ik niet.'

'Dat ben je wel. Iedereen weet dat.'

Bowe is de speler met de meeste boetes in de geschiedenis van het tennis. Maar hij was ooit ook een van de beste spelers. Hij heeft elf grandslamtitels op zak – voornamelijk van de Australian Open en de US Open begin jaren tachtig. Hij was een van de beste retourneerders die ik ooit heb gezien. Hij was ook luidruchtig en aantrekkelijk en een dronkaard, en bijna alle vrouwen in het circuit wisten dat ze beter bij hem uit de buurt konden blijven, en daarom deed niemand dat.

'Nou ja, ik wil alleen maar zeggen dat het me niet alleen om seks ging of zo.'

'Nee, vast niet. Maar hoe dan ook, zowel in het mannen- als vrouwentennis vinden ze je een lul.'

'En jou vinden ze een bitch, heb ik gehoord.'

Ik lach. 'De lul en de bitch, een nieuwe serie op NBC.'

Bowe lacht ook, idioot uitgelaten. En ik moet onwillekeurig glimlachen.

'Maar wat denk je? Wil je samen trainen of niet?' vraagt hij. 'Mijn enkel is naar de kloten en mijn pols is nooit helemaal hersteld na die operatie twee jaar geleden. En ik heb continu rugpijn. En ik ben de oudste tennisser in het circuit. Maar ik heb nog steeds vuur in me. En ik weet dat jij dat ook hebt. Bovendien ken ik je spel, Soto. Ik weet dat je verdomme de beste speelster ooit bent. Maakt mij niet uit hoelang je niet op de baan hebt gestaan. Als ik een paar slagen van je kan winnen, als ik van je kan leren, dan wil ik dat.'

Ik kijk om me heen en probeer een reden te bedenken om nee te zeggen. Maar ik weet dat hij mijn beste kans is om mijn spel op tijd te kunnen bijschaven. En daar gaat het om. Daarbij valt al het andere in het niet. 'Prima,' zeg ik. 'Goed. Wanneer ben je weer in de stad?'

'Ik speel maandag in Frankfurt en daarna vlieg ik rechtstreeks terug naar L.A. Zullen we afspreken dat we de zondag dat ik terug ben beginnen? Ik kom wel naar jou toe.'

'Klinkt goed,' zeg ik. 'Javier is er ook. En hoe zit het met jou? Wie is jouw coach nu? Nog steeds Gardner?'

'Eh nee,' zegt hij. 'Pete traint nu Washington Lomal, niet te geloven toch? Ik ben in mijn uppie. Geen coach.'

Ik laat de stilte te lang duren.

Bowe neemt na een paar seconden weer het woord. 'Het is oké. Hij is me zo lang mogelijk trouw gebleven. Ik weet best hoe ik ben, Soto. Tot volgende week.'

Nadat de verbinding is verbroken, blijf ik nog een tijdje met de hoorn in mijn hand zitten.

Half november

Twee maanden tot Melbourne

IK ZIT BUITEN OP DE BAAN TE STRETCHEN OM HALFNEGEN 'S OCHTENDS.

Het is vochtig en fris, maar de zon begint de dag al op te warmen. Ik kijk voortdurend over mijn schouder naar de oprijlaan, me afvragend wanneer Bowe zal komen.

Mijn vader ijsbeert langs de zijlijn. 'Hij is al twee minuten te laat.'

'Misschien had ik het niet moeten doen,' zeg ik.

Mijn vader kijkt me snel even aan. 'Dat dacht ik meteen al toen Gwen het voorstelde.'

Er verstrijken nog een paar minuten terwijl ik opsta en mijn schouders en armen stretch, en opnieuw een blik op de oprijlaan werp.

'Je bent nerveus,' zegt mijn vader. 'Maar dat is nergens voor nodig. Je service is zo snel dat een gemiddelde speler de bal nooit terug kan slaan. Chan wel. En Cortez en Antonovich denk ik ook. Maar anderen niet. Je bent nog sneller dan vorige week. Je weet je slagen perfect te vermommen. En dat na pas anderhalve maand trainen. Je speelt nu al op topniveau.'

Ik kijk hem aan.

'En je wordt nog steeds iedere dag beter,' voegt hij eraan toe. 'Is je dat ook opgevallen?'

Ik laat mijn schouder los en ga wat meer rechtop staan. Hij heeft gelijk. Op een bepaald punt in mijn carrière ben ik opgehouden op die manier over mezelf te denken. Ik richtte me compleet op statistieken en records. Maar dat was nooit het echte doel. Ik schud mijn hoofd om mijn gedachten opnieuw op een rijtje te zetten. Het verbaast me hoe gemakkelijk ik de basisidealen van mijn jeugd ben vergeten.

'Ja, iedere dag speel ik beter dan de dag ervoor,' zeg ik.

Mijn vader knikt. 'Dus je moet niet in de toekomst leven, *cariño*. Niet de eerste partij in Melbourne al spelen maanden voordat je er ook maar bent. We weten niet wat voor speelster je die dag zult zijn.'

'Een speelster die twee maanden beter is dan vandaag,' zeg ik.

Er stopt een jeep op de oprijlaan en Bowe stapt uit. Hij ziet er ouder en grijzer uit dan de laatste keer dat ik hem heb gezien, verweerd, als een leren portefeuille die is verkleurd en vouwen heeft gekregen. Wanneer hij ons ziet, zwaait hij en komt naar ons toe lopen.

Mijn vader klopt me op mijn rug. 'Eens kijken wat die schurk nog in zich heeft. Hij is al tien minuten te laat.'

'Wel aardig doen, pap.'

'In zijn gezicht zal ik volkomen aardig doen,' zegt hij. 'Maar ik heb alle recht om me achter zijn rug om over hem te beklagen.'

Een van de grote onrechtvaardigheden van hoe we de wereld waarin we leven hebben opgetuigd, is dat vrouwen minder meetellen als ze ouder worden en dat mannen op de een of andere manier juist interessanter worden gevonden.

Maar mijn verontwaardiging daarover verdwijnt dankzij Bowe al snel als sneeuw voor de zon. Hij ziet er beroerd uit en ik win de partij zonder een set te verliezen.

Na afloop gaat hij op de baan zitten en kijkt naar zijn racket. 'Je hebt me met de grond gelijkgemaakt,' zegt hij.

'Mijn dochter is een van de beste speelsters ter wereld,' brengt mijn vader hem in herinnering.

'Ja, dat weet ik ook wel, maar toch.'

Mijn vader rolt met zijn ogen en gaat naar binnen om nog wat water te halen. Ik ga naast Bowe zitten.

'Vandaag liep het lekker voor mij, dat zal ik niet ontkennen,' zeg ik.

Hij kijkt me aan met zijn grote bruine ogen. Zijn haar is heel kort en aan de slapen wordt het al grijs. Zijn huid is tanig. Het zijn tien lange jaren geweest.

'Je speelde goed,' zegt hij. 'Al bijna zoals de Carrie die ik kende.'

Zijn grootmoedigheid verbaast me. Als ik in zijn schoenen stond, zou ik dat niet kunnen opbrengen.

'Dank je,' zeg ik. 'Maar ik heb nog een lange weg te gaan. Ik heb nog steeds het gevoel alsof ik door modder waad.'

Hij knikt. 'Ik weet wat je bedoelt.'

'En het is niet genoeg om goed te zijn,' zeg ik. 'Het is zelfs niet genoeg om fantastisch te zijn. Ik moet...'

'Je moet beter zijn dan je ooit bent geweest,' vult hij aan, 'om het tegen deze lichting vrouwen op te kunnen nemen. Ik heb sommigen aan het werk gezien. Chan is een killer, maar ook Cortez is dodelijk.'

'Ik weet het.' Ik voel dat al mijn spieren zich spannen.

'Luister, ik zit nu al jaren in deze fase van mijn carrière. Spelen tegen mensen die min of meer half zo oud zijn als ik. Ze hebben spiksplinternieuwe knieën, zo uit de fabriek. Alles is spiksplinternieuw aan ze, nergens ook maar een stressfractuur te bekennen.'

'Daar help je me niet echt mee...'

'Spiksplinternieuwe harten ook. Nog nooit gebroken, nog nooit keer op keer de vernieling in gejaagd. Nieuwe harten herstellen zich beter.'

'Jij hebt toch –'

'Je kent mijn hart toch, mijn ziel? Het is net een oud matras waarop zo vaak is gesprongen dat er een afdruk achterblijft als je er je hand op legt. Zo ziet mijn ziel er tegenwoordig uit. Een oud matras waarop alle beschadigingen te zien zijn.'

'Was je altijd al zo goed in zelfmedelijden?'

Bowe lacht. 'Waarom denk je dat ik zoveel dronk?'

Ik wend me van hem af, gooi een tennisbal over de baan en kijk hem na terwijl hij steeds verder weg rolt. 'Luister,' zeg ik dan. 'Ik kan niet beter worden als jij niet beter wordt. Ik moet tegen iemand spelen die goed is, en dat moet nú gebeuren. Dus hou op met dat gejammer en probeer echt te gaan tennissen.'

Zonder me aan te kijken zegt hij: 'Ik weet het niet. Misschien kun je beter iemand anders nemen, iemand uit de WTA.'

Ik slaak een zucht. 'Zo eenvoudig is het niet.' Ik kijk naar het net dat schommelt in de bries en dan weer naar hem. 'Er is niemand uit de WTA die met me wil spelen.'

'Dat meen je niet!' zegt hij met grote ogen.

'Bowe, ik heb het vaak genoeg gehoord, ik hoef het niet ook nog eens van jou te horen. Niemand mag me. Ik weet het.'

Bowe kijkt me recht aan. 'Ik heb jou altijd gemogen.'

Ik rol met mijn ogen. 'Je aangetrokken voelen tot me en me mogen zijn twee verschillende dingen. Dat hoor je op jouw leeftijd toch te weten.'

Hij fronst, maar heeft het fatsoen om niet te zeggen: de pot verwijt de ketel.

'Waarom wil je die comeback eigenlijk?' vraagt hij. 'Waarom doe je jezelf dit aan?'

Ik haal mijn schouders op. 'Ik kan gewoon niet...' Dan vertel ik het hem. 'Ik kan niet hebben dat zij mijn record breekt.'

Hij knikt.

'En waarom doe jij het?' vraag ik. 'Waarom stop je niet gewoon?'

'Dat weet ik niet.' Hij zucht. 'Misschien moest ik dat maar doen.'

'Maar je hebt het nog niet gedaan. Dat zal toch een reden hebben.'

'Vast wel,' zegt hij. Hij staat op en veegt de gravel van zich af. Hij steekt zijn hand naar me uit, maar die negeer ik. Ik sta zelf op.

'Laten we weer gaan spelen,' zegt hij. 'Een driesetter. Zoals ik net speelde, zal ik geen toernooi meer winnen. En jij eerlijk gezegd ook niet.'

'Weet je zeker dat je het aandurft?' vraag ik terwijl ik naar de achterlijn loop. 'Kan je ego het aan om twee keer op dezelfde dag te verliezen van een vrouw?'

'Zoals ik al zei, Carrie, ben je lang niet zo charmant als je zelf denkt.'

'Oké,' zeg ik schouderophalend. 'Alleen vind ik mezelf ook helemaal niet zo charmant.'

Dat Soto het kan, wil nog niet zeggen dat ze het ook moet doen

Door John Fowler

Redactioneel commentaar, sportkatern
California Post

Er wordt veel gesproken over de comeback van Carrie Soto. In haar interview van vorige week met *SportsPages* leek Carrie te denken dat de kans groot was dat ze begin volgend jaar kan winnen in Melbourne. 'Veel mensen denken dat ik gek ben. Maar ik heb in mijn carrière grootse prestaties verricht. Dat moeten ze niet vergeten.' Alsof ze ons ooit de gelegenheid zou geven om het te vergeten.

Soto is gewoon een van de vele wanhopige beroemdheden die niet zonder de spotlights kunnen. Je zou hopen dat ze verder was gegaan met haar leven, een gezin had gesticht of zich alleen nog maar inzette voor haar stichting. Maar nee. Zij gaat weer de baan op.

In de loop van mijn leven heb ik vele van de sporten waar ik van hou, zien verworden tot beroemdhedenfabrieken vol lopende banden waar kampioenen afrollen die je niet echt rolmodellen kunt noemen. Ik noem een Tonya Harding en een Pete Rose. En terwijl ik dit schrijf wacht het hele land met ingehouden adem af wat voor man O.J. Simpson in werkelijkheid is.

Blijkbaar mogen we al blij zijn als onze legendarische, door zichzelf geobsedeerde kampioenen alleen maar hun image verkopen aan dingen als frisdrankjes, sportschoenen en horloges.

Ach, wie had ook anders kunnen verwachten? Dit is gewoon het logische gevolg van een eeuwenoude gewoonte om sporters op de voorkant van een cornflakespak af te beelden. Wanneer ze stoppen, kunnen ze het idee niet aan dat ze net zo zijn als wij en hun gezicht dus alleen nog op familiefoto's en in spiegels zien. Ze blijven verlangen naar een ander uithangbord.

Binnenkort zal Carrie Soto ons ongetwijfeld laten zien wat vijf jaar pauze met het lichaam van een tennisster doet. Maar ik ben benieuwder naar wat die vijf jaar met haar geest heeft gedaan.

Het lijkt erop dat ze nu nog erger is dan toen: nog meer bezig met zichzelf en idioot ambitieus.

Maar ach, als het een mooie show oplevert, wie ben ik dan om het spektakel af te keuren? Ik kan echter wel dit vertellen: wanneer spelers dit voorbeeld geven in wat toch altijd een 'gentleman's'-sport was, dan verliest iedereen.

Waarom ik blij ben met Carrie Soto

Brief van de hoofdredacteur

Helene Jones
Vivant Magazine

Toen ik elf was moest ik van mijn moeder aan de tafel gaan zitten en legde ze me uit waarom ik nu te oud was om nog met mijn broertjes te worstelen in de achtertuin.

'Dat is niet netjes meer,' zei ze. Ze had de nare boodschap verzacht door een warme appelcider voor me te maken. 'Vanaf nu wil ik dat je binnen blijft om me met het avondeten te helpen.'

Die avond, aan de keukentafel, keek ik naar mijn drie worstelende broertjes terwijl ik de aardappels schilde.

Mijn moeder is al heel lang dood en mijn broers en ik zijn allemaal volwassen. Maar ik zou liegen als ik zou zeggen dat de herinnering aan dat ik niet meer mijn favoriete spelletje met mijn broers mocht spelen – rondrennen in het frisse herfstweer, het gekraak van de bladeren horen terwijl ik een van hen tackelde – me niets meer deed.

Sommige mannen mogen eeuwig kind blijven, maar tegen vrouwen wordt maar al te vaak gezegd dat er werk te doen is.

En toch heb je dan ineens een Carrie Soto die gewoon durft te blijven spelen.

Er trok een scheut van opwinding door me heen toen ik vorige maand haar aankondiging hoorde. En dat geldt niet alleen voor mij; veel vriendinnen lijken het met me eens te zijn. Carrie Soto leeft de droom voor ons allemaal met haar voornemen om nog één keertje buiten te gaan spelen.

Terwijl we vooruitkijken naar wat 1995 voor ons in petto heeft, hebben onze journalisten zich deze maand gericht op 'wat nieuw is': de lieve onschuldige meisjes, de groentjes en de beeldenstormers. Ons hoofdartikel gaat over de aankomende ster Cameron Diaz, we geven een inkijkje in het leven van Aaliyah en we hebben een interview met Ethan Hawke en Julie Delpy, de hoofdrolspelers van de nieuwe film van Richard Linklater, *Before Sunrise*.

Maar ik wil ook graag de tijd nemen om even stil te staan bij degenen van de vorige generatie die weigeren de strijd op te geven.

We weten dat Carrie Soto volgend jaar waarschijnlijk geen enkele titel zal winnen. En het zou misschien gepast zijn als ze dat nu meteen zou toegeven en ons de gêne bespaart van te moeten doen alsof dat niet zo is. Het lichaam van een topsporter heeft nu eenmaal veel te lijden, hoe onrechtvaardig dat ook is. Ze zal slechts een schaduw zijn van de dominante Houwdegen die we kennen uit de jaren tachtig. Maar daar gaat het niet om.

Ze heeft het volste recht om zich te amuseren, om te blijven spelen. Om niet te helpen met het avondeten.

En ik ben blij dat ze dat recht opeist.

December 1994

Anderhalve maand voor Melbourne

IK STOP VOORLOPIG EVEN MET HET LEZEN VAN DE SPORTPAGINA'S. IN plaats daarvan lees ik de roddelbladen terwijl ik 's ochtends mijn smoothie drink en mijn amandelen eet. Cindy Crawford en Richard Gere gaan scheiden, wat me een beetje schokt, hoewel ik niet weet waarom.

Ik ben dol op roddelbladen. Ik krijg gewoon niet genoeg van al die smeuïge verhalen over wie het met wie doet en hoe ze hun kinderen noemen. Dat mijn eigen liefdesleven de voorpagina's niet meer haalt, is een groot voordeel. Ik kan de bladen zonder angst openslaan tijdens het ontbijt. Een kort momentje van rust in een verder slopende dag.

Iedere ochtend na het ontbijt doe ik een work-out. En 's middags train ik met mijn vader en aan het eind van de middag, iets na vijven, gaan de lampen aan en komt Bowe om in de koele avondlucht met mij te spelen.

In het begin won ik vrijwel altijd. Maar hij verbeterde zich snel en inmiddels win ik nog maar twee van de drie partijen. En Bowe begint steeds vaker te winnen wanneer we vijfsetters spelen. Wat me met de neus op de feiten drukt: ik moet aan mijn conditie werken.

Vandaag speelt Bowe beter dan ooit tevoren. Zijn service is scherper, hij is gefocust. Zijn slagen verrassen me. Hij heeft vandaag al een paar keer mijn service gebroken.

'Dit is de speler die ik wil zien!' roept mijn vader naar hem.

'Wat?' roept Bowe.

'Ik zei: dit is de speler die ik wil zien!'

Bowe knikt en slaat op. Volgens mij had hij mijn vader de eerste keer ook best verstaan, maar wist hij niet hoe hij moest reageren.

Bowe en ik spelen tot een uur of acht en vandaag weet hij nipt te winnen. In de laatste set begon ik te struikelen, werden mijn forehands te breed en sloeg ik met mijn backhand alles in het net.

Mijn vader hoeft niets te zeggen. Ik kan zien wat hij denkt als hij me even aankijkt. Als ik zo speel in de Open, kan ik het schudden.

Bowe pakt zijn spullen.

'Dus morgen nog een keer?' vraagt hij. We hadden afgesproken nog één training te doen voordat hij vertrekt voor de ATP-tour. In Melbourne zullen we ook nog wat samen spelen voordat het toernooi begint – om te wennen aan de temperatuur en aan de banen. Mijn vader heeft al een schema gemaakt voor wanneer ik train en speel en rust. Hij kan je in december al tot op de minuut vertellen wat ik eind januari zal doen.

'Ja,' zeg ik.

'Ik sta ervoor open om alleen maar ballen naar elkaar toe te slaan in plaats van een partij te spelen,' zegt Bowe. 'We mogen allebei nog wel wat extra aandacht aan onze opslagen besteden. Ik breek je service steeds vaker. En hoewel ik voel dat mijn backhand sterker wordt, is mijn eigen opslag... Ik moet gewoon nog –'

'Jij mag nog wel een hele week oefenen op die eerste opslag van je,' onderbreekt mijn vader hem. 'Vergeleken met waar je toe in staat bent, verkeer je echt in lachwekkend slechte vorm.'

'Pap...'

'Nee, het is oké,' zegt Bowe.

'Natuurlijk is het oké!' zegt Javier. 'Omdat je weet dat ik gelijk heb. Je zou die pinpointpositie helemaal niet moeten gebruiken. Je hebt al die kracht niet nodig. Wat jij nodig hebt, is precisie en –'

'Ik serveer mijn hele leven al vanuit de pinpointpositie. Daarom mep ik ze ook langs klootzakken als Randall heen.'

'Randall is zeven jaar geleden gestopt met tennis. En jij mept ze helemaal langs niemand meer heen.'

'En wat wil je daarmee zeggen?' vraagt Bowe op hoge toon.

'Dat ik vind dat je vanuit platformpositie moet serveren. Op de een of andere manier heb je nog steeds kracht. Maar je bent je precisie kwijt. Je vertrouwt veel te veel op je tweede service. Als je je eerste service over het net weet te krijgen, zul je vaker winnen.'

Bowe kijkt naar mijn vader en dan naar mij.

'Hij heeft gelijk,' zeg ik.

Bowe pakt zijn spullen en loopt weg. 'Ja,' zegt hij over zijn schouder. 'Ik weet verdomme ook wel dat hij gelijk heeft. Tot morgen.'

Terwijl Bowe wegrijdt, kijk ik mijn vader aan.

'Waarom deed je dat?' wil ik weten. 'Je bent zijn coach niet – je mag hem niet eens.'

Mijn vader schudt zijn hoofd. 'Hij gaat er behoorlijk op vooruit door tegen jou te spelen. En jij slaat bij sommige slagen wel zes tot acht kilometer per uur harder dan vorige week. Hij geeft je ballen die we ook kunnen verwachten van Nicki en Cortez en misschien ook van Antonovich. En jij... jij weet ze beter te beantwoorden dan de afgelopen herfst, *hija*. Dat merk je zelf toch ook wel?'

'Je bedoelt dat het werkt.'

'Ja,' zegt mijn vader. 'Het werkt.'

De volgende ochtend keurt Bowe mijn vader geen blik waardig wanneer hij de baan op komt.

Maar voor zijn eerste opslag gebruikt hij wel de platformpositie.

Mijn vader staat aan de zijlijn en ziet het. Ik kan zien dat hij een glimlach verbijt.

Januari 1995

Melbourne

Nog geen week voor het begin
van de Australian Open

MIJN VADER EN IK ZIJN NU TWEE WEKEN IN MELBOURNE. BOWE IS er af en toe ook; hij speelt de Hard Court Championships in Adelaide en het Sydney Outdoor.

Ik heb het gevoel dat ik iets misloop nu hij de ATP-tour doet. Het tennisseizoen van 1995 is begonnen en het voelt verkeerd om er geen deel van uit te maken. Maar ik ben niet meer de speelster van vijftien jaar geleden. Ik heb de meeste kans om nog iets te winnen als ik me richt op de slams.

Iedere ochtend crosstrainen mijn vader en ik tot aan de lunch. En daarna speel ik op de dagen dat Bowe in de stad is een partij tegen hem.

Op de een of andere manier heeft een handjevol fans dat ontdekt. In het begin waren het er twee die kwamen kijken terwijl wij aan het spelen waren, maar vandaag zijn het er wel twintig.

Onwillekeurig werp ik steeds even een blik op hen. Ik kan mijn aandacht niet echt bij het spel houden. Ik mis dan ook enkele slagen.

‘Kunnen we ze niet wegsturen?’ vraag ik aan mijn vader wanneer we van baanhelft wisselen. Bowe staat een set voor.

‘Ik heb het ze al gevraagd,’ zegt mijn vader. ‘Ik zou niet weten wat we nog meer kunnen doen. Vooral niet omdat Bowe met ze loopt te slijmen.’

Ik kijk naar Bowe, die zwaait en dan naar de toeschouwers loopt. Ik zie dat hij een handtekening zet en poseert voor een foto. Hij lacht stralend onder zijn honkbalpetje.

De afgelopen weken heeft hij een paar prachtige partijen gespeeld op zijn toernooien. Hij heeft zich weer een paar plaatsen hoger op de ranglijst weten te nestelen. Het is me ineens duidelijk dat Bowes spel een element kent waar ik geen rekening mee heb gehouden. Wanneer hij de ogen van het publiek op zich gericht weet, speelt hij beter. Fans geven hem energie.

'Kom op, Soto!' schreeuwt hij terwijl hij terugloopt naar de achterlijn, klaar om verder te gaan.

Ik neem mijn positie in en hij serveert, dodelijk snel. Een ace.

Ik kijk naar mijn vader maar kan niets van zijn gezicht aflezen. Ik voel de spanning in mijn schouders toenemen.

Veel van mijn spel is al terug, alsof mijn spieren een lang en vrijgevig geheugen hebben. Maar soms verlies ik de controle over mijn slag of kies ik de verkeerde slagen. En dat duidt niet op een speler die klaar is voor een slam.

Bowe slaat in de loop van drie games nog twee aces langs me heen. Wanneer hij een bal in het midden slaat en ik hem mis, smijt ik mijn racket bijna op de grond. Ik werp een blik op mijn vader. Zijn gezicht staat strak.

Bowe pakt de volgende game, zodat het 4-1 staat in de tweede set. Ik wil stoppen met de partij. Ik wil al die toeschouwers niet – het is mijn eerste optreden na vijf jaar en ik bak er helemaal niets van. Ik spring bijna uit mijn vel van woede. Bij mijn volgende service maak ik twee keer een dubbele fout achter elkaar. Fuck, fuck, fuck!

Mijn vader neemt me terzijde. 'Wat heb je?'

'Ik weet het niet.'

'Je weet het best.'

'Ik wil mezelf niet voor schut zetten met al die mensen hier.'

'Als je volgende week in de eerste ronde de baan op stapt, zal ook iedereen naar je kijken.'

'Fijn om te horen, pap.'

'Verman je,' zegt hij. 'Je mag nu niet verstijven, je hebt niet voor niets zo hard gewerkt de afgelopen vier maanden.'

'Dat weet ik ook wel!'

'*Hija*, óf je verslaat straks de andere speelsters, óf niet. Pas dan zul je het weten. Maar ik heb nog nooit eerder gemerkt dat je bang bent voor de waarheid.'

Ik haal diep adem. De waarheid is altijd in mijn voordeel geweest.

'Hé!' roept Bowe. 'Geen aanwijzingen tijdens de partij!'

'Het is geen echte partij, Huntley!'

'Wel als ik win, Soto!'

Drie uur later zitten Bowe en ik bij een bar een paar straten verwijderd van de banen. Bowe drinkt mineraalwater met een schijfje citroen. Ik heb ijsthee besteld.

'Dat had je heus niet hoeven doen, hoor,' zegt hij wanneer ik mijn glas pak. 'Je mag best alcohol drinken waar ik bij ben.'

'Kom je dan niet in de verleiding?'

'Ik kom iedere dag in de verleiding. Ik... Maar dat is niet jouw probleem.'

'Waarom ben je gestopt?' vraag ik.

'Is dit therapie of zo?' Hij slaakt een zucht. 'Ik ben gestopt omdat ik niet meer het leven wil dat ik had toen ik dronk. Ik ben toe aan iets rustigers, minder stressvol, minder dramatisch. Liever niet meer opgepakt worden voor openbare dronkenschap, maar op zaterdagavond thuisblijven.'

'Dat was toch maar één keer, dat je bent opgepakt?'

'Dat was meer dan genoeg voor mij.'

Ik zit met de zon in mijn gezicht en moet mijn ogen iets dichtknijpen.

'Wil je soms van stoel ruilen?' vraagt Bowe.

Ik schud mijn hoofd; ik heb altijd van de zon gehouden. Terwijl ik het felle middaglicht in staar, tik ik met mijn voet op de grond. Ik kijk weer naar Bowe. Nog geen zes weken geleden heb ik hem met enorm gemak verslagen op mijn eigen baan, maar nu, in Melbourne, waar ik nog veel beter zou moeten zijn, speelt hij me gewoon weg.

'Zijn we vrienden?' vraag ik aan hem.

Bowe neemt een slok water en trekt zijn wenkbrauwen op. Hij zet zijn glas neer. 'Ik weet het niet. Misschien zijn we vrienden. Maar misschien zijn we ook alleen maar collega's.'

'We brengen veel tijd samen door,' zeg ik.

'Dat is werk.'

'Dat is elkaar helpen.'

'Omdat het voor ons allebei goed is.'

Ik knik en neem een slok ijsthee.

'Je doet alsof je nog nooit een vriend hebt gehad,' zegt hij.

Ik rol met mijn ogen. 'Ik heb heus wel eerder een vriend gehad.'

Bowes ogen beginnen te glanzen. Ik ken die glimlach, zie hoe duivels hij is. 'Maar niet veel.'

'Wat ik wil weten is of we... close zijn? Kunnen we elkaar dingen vertellen?'

'Dat weet ik niet, Soto. Ik heb je net verteld waarom ik niet meer drink, dus misschien wel. Wat is het dat jij mij wilt vertellen?'

'Ik wil je iets vragen. Je mening horen...' zeg ik. 'Waarom ging vandaag alles mis bij mij?'

'Is dat niet iets wat je pappie je moet vertellen?'

'Je bedoelt mijn coach die toevallig ook mijn vader is?'

Hij trekt weer zijn wenkbrauwen op.

'Er zijn heel veel spelers die door hun vader worden getraind.'

'Ja, als ze net beginnen. Jij bent een volwassen vrouw.'

Ik vind het interessant dat het voor hem geen blijk van gebrek aan loyaliteit was toen ik mijn vader in 1979 aan de kant zette als coach. Hij vindt het juist kinderachtig dat ik mijn vader weer heb aangetrokken.

'Ja, nou, in elk geval wil iemand me coachen,' zeg ik.

Bowe vertrekt zijn kaak en knikt nog een keer zonder iets te zeggen. Wanneer hij een slok water neemt, vallen de condensdruppeltjes van het glas op de tafel. Het is heet buiten. En het zal in de loop van het toernooi alleen maar heter worden. Dat is iets wat ik voorheb op veel van de andere vrouwen tegen wie ik zal spelen – ik hou van deze hitte, van de verzengende zon.

'Oké. Je wilt weten wat ik ervan vind? In de tweede set vertraag je,' zegt hij. 'Nog steeds. Het gaat al beter, maar nog steeds niet goed genoeg. En daarom weet ik dat ik, hoe meer jij rondrent tijdens de eerste set, de tweede hoogstwaarschijnlijk zal winnen. En dat is precies wat ik vandaag heb gedaan; in de tweede set had ik je te pakken.'

Zijn antwoord stelt me teleur. Ik weet al dat mijn conditie mijn zwakke plek is. Mijn vader en ik hebben het erover gehad en volgende week ga ik 's ochtends sprintjes trekken zodat ik langer mijn vorm kan behouden.

'Oké,' zeg ik. 'Dank je.'

'Je knie is weer in orde, geloof ik,' gaat hij verder. 'Maar toch lijk je bang erop te steunen. Dat zie ik als ik op je forehand mik – wat niet zo moeilijk is, omdat je de voorkeur lijkt te geven aan je forehand.'

Ik knik weer. Ook dit is mij bekend. Hoewel het nuttig is om te horen dat hij het merkt, want dat betekent dat mijn tegenstandsters het ook kunnen merken.

Ik kijk naar de straat, naar de mensen die langs de bar lopen, en vraag me af hoeveel van hen kaartjes voor het toernooi hebben. Of iemand van al die mensen op de tribune zal zitten als ik probeer er iets van te maken. Hoeveel van hen me 'de Houwdegen' noemen, maar eigenlijk 'de Bitch' bedoelen.

'Maar dat zijn niet de redenen waarom het je vandaag niet lukte.'

Ik kijk weer naar hem. 'Heb je er nog meer?'

'Je vroeg er zelf naar.'

'Oké, laat maar horen dan.'

'Mentaal loopt het niet goed.'

'Pardon? Mentaal loopt het juist hartstikke goed. De keuzes die ik maak voor mijn shots zijn nog net zo goed als vroeger. Ik kan nog steeds drie, vier slagen vooruitkijken om een winner te slaan. En jij kunt me dan nauwelijks bijbenen.'

Hij knikt. 'Ja, maar dat is niet wat ik bedoel.'

'Wat dan?'

'In de jaren tachtig was je echt onverstoorbaar. Je was ervan overtuigd dat je de overwinning verdiende. Je was niet bang.'

'Dat... dat is niet waar.'

'Nou ja, dan speelde je beter toneel dan nu. Heb je *The Inner Game of Tennis* gelezen?'

'Ik zou zelf wel *The Inner Game of Tennis* kunnen schrijven.'

'Niet gelezen dus. Want als je het wel had gelezen dan zou je weten dat jij wel de laatste bent die dat boek zou kunnen schrijven.'

'Wat wil je daar nou weer mee zeggen?'

'Als je op de baan staat, dan lijkt het – ik bedoel, ik kan niet in je hoofd kijken dus misschien heb ik het mis – maar bij iedere fout die je maakt, lijkt het alsof je almaar kwader wordt. Er staat zoveel voor je op het spel. Als ik je al vroeg in de partij kan ontregelen, blijf je de hele partij van streek.'

'Ik...' Ik wil hem tegenspreken, maar weet dan niet welk argument ik moet aanvoeren; dat het niet zo is of dat dat voor iedereen geldt.

Bowe schuift zijn glas aan de kant en leunt over de tafel heen naar me toe. 'Die man van *The Inner Game of Tennis* heeft het over twee zelven. Zelf 1 en Zelf 2. Zelf 1 zegt: "Kom op, Huntley! Laat je niet zo gaan!" En Zelf 2 is de Huntley die dat dan voor elkaar moet zien te boksen.'

'Tot hier kan ik je volgen,' zeg ik.

'Dus Zelf 2 doet al het werk, snap je? Zelf 2 zorgt ervoor dat je wint. Zelf 2 is de held. Zelf 1 schreeuwt alleen maar en raakt gefrustreerd en loopt in de weg.'

'Oké...' zeg ik.

'Luister, Soto,' zegt Bowe. Hij gaat wat zachter praten terwijl hij zich nog verder naar me toe buigt. 'Op dit moment ben je fysiek de betere speler van ons beiden. Je bent een fenomenale speelster; dat is niet veranderd.'

'Dank je.'

'Maar je hebt zwakheden die je nog niet eerder onder ogen hebt hoeven zien,' vervolgt hij. 'We zijn ouder. Ons lichaam is veranderd. Dat kun je niet zomaar negeren alleen maar omdat dat je beter uitkomt.'

'Maar als we daar allebei mee worstelen, dan zou ik je nog steeds moeten kunnen verslaan, aangezien ik de betere speler ben.'

'Het verschil is dat ik me heb neergelegd bij mijn beperkingen en jij niet. Dat voel ik. Ik voel de strijd. Ik zie het aan je gezicht. En daarom ben je zo makkelijk te manipuleren. Als ik je van streek kan maken, als ik je kwaad kan maken omdat je niet meer de Carrie Soto bent die je volgens jezelf zou moeten zijn, dan versla ik je iedere partij opnieuw,' zegt hij. 'En dat betekent dat Nicki je zal afmaken.'

Ik neem een slokje ijsthee. Maar ineens kan ik me er niet toe zetten het glas van mijn mond te nemen en drink ik de rest in één teug op. Pas dan kijk ik hem aan. 'Oké,' zeg ik. 'Dank je voor je raad. Ik waardeer het echt.'

Bowe leunt weer naar achteren en steekt zijn handen op. 'Je kunt beter niks vragen als je het antwoord niet wilt horen.'

'Ik zei toch dankjewel? Fuck.'

Hij lacht. 'Ja, inderdaad.' Hij slaat met zijn hand op de tafel. 'Oké, jij je zin. Nu mag jij mij vertellen wat je van mij vindt.'

'Eerlijk oversteken, bedoel je? Dat hoeft toch niet?'

'Nee, ik wil het weten. Ik wil een overwinning, Carrie,' zegt hij. 'Een grote titel. Ik wil dit seizoen iets doen. Ik wil...' Hij kijkt me recht aan, maar wendt dan zijn blik weer af. 'Ik wil bewijzen dat ik gelijk had met mijn beslissing om zo lang te blijven doorspelen. Als ik dit seizoen iets groots verricht, dan zal iedereen zeggen: "Gelukkig dat hij nooit is gestopt" in plaats van... van wat ze nu zeggen.'

'Waarom is hij niet gestopt?'

'Ja, dank je,' zegt Bowe.

Ik denk even na en kauw dan op een stukje ijs dat was achtergebleven in mijn glas. 'Het duurt te lang voordat je in het spel zit. Als je tegen iemand moet spelen als O'Hara of Garcia, die altijd meteen op scherp staan, loop je algauw een set achter.'

Hij knikt. 'Ik weet het, je hebt gelijk.'

'Je service is beter nu je die platformpositie aanneemt. Maar je vermomt je slagen niet goed genoeg. Ik zie altijd waar jouw ballen heen gaan.'

'Hoe dan?' wil hij weten.

'Je draait je rechtervoet naar binnen of naar buiten afhankelijk van hoe ver je naar de zijkant wilt slaan.'

'Nietes.' Hij knippert met zijn ogen en schudt zijn hoofd.

'Welles.'

'Dat is belachelijk.'

'Toch is het zo.'

'Oké. Nou... dank je.'

'Ik ben nog niet klaar. Je bent veel te lui op de baan. Je zou achter meer ballen aan moeten gaan. Ik kan mijn bal langs je krijgen door gewoon iets wijder te slaan, want dan heb jij geen zin om te gaan rennen. Iedereen die tegen je speelt weet dat je oud bent. Ze weten dat je last hebt van je rug. Het eerste wat ze zullen doen is iedere keer zo ver mogelijk naar de zijlijnen slaan. Ik snap dat je je energie economisch moet aanwenden. Maar als je echt iets wilt winnen, moet je bereid zijn om je leven te geven voor die bal, Huntley. En daartoe ben je niet bereid. Dus zul je geen belangrijke partijen winnen.'

Hij klemt zijn kaken op elkaar. Zijn lippen vormen een strakke streep. Hij kijkt alsof hij elk moment kan opstaan van tafel. Ik voel een flits van teleurstelling, omdat hij, net als de meeste mannen, liever kritiek geeft dan ontvangt.

'Ik kan er niks aan doen als jij niet tegen kritiek kunt,' zeg ik.

Hij kijkt naar de tafel en staart naar de kring die zijn glas heeft gemaakt op de onderzetter met daarop reclame voor bier dat hij niet mag drinken.

'Dank je,' zegt hij dan. Hij kijkt me weer aan. 'Echt. Dankjewel.'

'O,' zeg ik. 'Nou, oké... graag gedaan dan.'

Bowe buigt zich weer naar me toe en zegt zacht: 'Ik wil verdomme winnen, Carrie. Ik wil dat het publiek mijn naam schreeuwt. Ik wil weten dat ik een moment lang de beste ter wereld ben. Voor de laatste keer.'

Onwillekeurig begin ik te lachen. 'Je haalt me de woorden uit de mond.'

Transcript

Sports Australia
SportsLine met Stephen Mastiff

Stephen Mastiff: Laten we het ook even over de vrouwen hebben, wie moeten we in de gaten houden?
Harrison Trawley, redacteur van *SportsPages Australia*: Nou, Nicki Chan natuurlijk. Iedereen verwacht dat zij in de finale zal staan. Maar ik denk ook aan Ingrid Cortez, aan Natasha Antonovich. Van haar verwacht ik gedurfd spel. En ik denk ook dat een krachtpatser als Odette Moretti uit Italië het goed zal doen.
Mastiff: Het valt me op dat je Carrie Soto niet noemt.
Trawley (lacht): Nee, niemand denkt nu aan Soto. Maar als je het over Amerikanen wilt hebben, dan zou Carla Perez haar kans weleens kunnen grijpen.

Half januari

De avond voor de Australian Open

MIJN VADER EN IK ZITTEN OP DE PATIO VAN MIJN HOTELSUITE MET uitzicht op de stad. We bespreken de loting die eerder vandaag bekend is gemaakt. Ik zit in groep 7. In mijn eerste partij zal ik spelen tegen een tweeëntwintigjarige Tsjechische service- en volleyspeelster, Madlenka Dvořáková. We spelen op dag één in de Rod Laver Arena, de belangrijkste baan.

'Dat is geen toeval,' zegt mijn vader. 'Dat ze je op centercourt hebben gezet tegen een laaggeplaatste speler. Jij bent zelf ongeplaatst, maar ze staan achter je.'

Ik schud mijn hoofd. 'Ze weten gewoon dat het geld in het laatje brengt. Daarom willen ze me zo lang mogelijk in het toernooi zien te houden.'

Ik kijk naar het smalle stukje Melbourne dat we kunnen zien vanuit mijn hotel, naar de Yarra River die door de stad stroomt. Ik heb in mijn leven al heel vaak buiten naar die rivier zitten kijken – als beginner, als uitdager, als kampioen. En nu als comeback. Hoewel het me verbaast dat ik hier weer zit, heb ik tegelijkertijd het gevoel dat ik nooit weg ben geweest.

'Je gaat morgen die baan op en verslaat haar,' zegt mijn vader. 'Maak je daar maar niet druk om.'

Ik haal diep adem terwijl ik denk aan het tegenovergestelde van wat mijn vader beschrijft. Stel dat ik in de eerste ronde al word uitgeschakeld? Stel dat het alweer voorbij is voordat het echt is begonnen? Dat is zo'n vernederend idee dat ik er misselijk van word.

De telefoon gaat en ik schrik van het geluid. Ik loop de slaapkamer in om op te nemen. 'Hallo?'

'Succes morgen,' zegt Bowe.

'Jij ook.'

'Je moet haar verpletteren, verdomme. Maak haar af.'

'Zal ik doen,' zeg ik. 'Jij ook succes.'

'We kunnen het,' zegt hij. 'Jij wel tenminste. Dat weet ik gewoon.'

'Dank je.' Ik stik bijna in mijn eigen woorden en schaam me ineens over hoe duidelijk de emotie in mijn stem te horen is. 'Nou, dit is het dan, hè? Geen weg meer terug.'

'Nee, dat is zo. Maar zelfs als dat zou kunnen, zou je niet teruggaan, Soto.'

Australian Open
1995

WANNEER IK WAKKER WORD, VOEL IK EEN SIDDERING DIE IK JAREN niet heb gevoeld. Ik schrik gewoon van deze scheut van onverwachte vreugde.

Het is nog vroeg als ik opsta. De zon is nog niet op. Ik krijg een gevoel van controle, iets wat ik wel vaker heb wanneer ik eerder wakker ben dan de rest van de wereld. Het gevoel dat ik zelf bepaal hoe de dag zal verlopen, dat ik alles in eigen hand heb.

Ik maak me klaar voor een kort hardlooprondje. Ik trek een kort sportbroekje aan, een T-shirt en sneakers. Ik ga naar de lobby beneden, maar voordat ik naar buiten kan lopen, houdt de vrouw achter de receptie me tegen.

'Miss Soto?' vraagt ze.

'Ja?' Ik wil graag gaan hardlopen. 'Wat is er?'

'Er is een pakje voor u gekomen.' Ze geeft me een luchtkussenenvelop met als afzender Gwen.

Ik scheur hem open. In de envelop zit een mooi verpakte doos zo groot als een boek. Erbovenop een kaartje in Gwens typische schuine handschrift.

Als iemand het kan, dan ben jij het.

Eerste track – G.

In de doos zit een discman met koptelefoon, en een cd er al in. Het is

Caribou van Elton John. Ik kijk naar het eerste nummer en begin te lachen.

'Miss Soto?' De receptioniste slaat haar handen in elkaar.

'Ja?'

'Zou ik alstublieft uw handtekening mogen? Als het niet te veel moeite is?'

Ik zucht, maar bedenk dan dat er heel veel mensen zijn die me nu het liefst in een diep gat zouden zien verdwijnen. Dus zet ik een vriendelijk gezicht op. 'Natuurlijk,' zeg ik.

Ze geeft me een velletje papier en een pen. 'O wauw, miss Soto, dit is... echt fantastisch. Dank u!'

Ik pak de pen en krabbel *Neem ze allemaal te grazen, Carrie Soto* op het papier en geef het haar terug.

'Heel erg bedankt, miss Soto,' zegt ze. 'Ik ben al fan van u sinds u hier in 1985 won. Ik was toen dertien. Ik zat met mijn vader op de tribune. Hij is ook een groot fan van u.'

'Vind je het dan niet erg dat ik een arrogante, ambitieuze bitch ben?'

Ze lacht. 'Nee, dat vind ik niet erg.'

'Ik ga vandaag winnen,' zeg ik.

'Daar twijfel ik geen seconde aan.'

Ik knik, haal de discman uit de doos en zet de koptelefoon op. Ik tik even op de balie, glimlach naar de receptioniste en loop naar de deur. Nadat ik op play heb gedrukt, ren ik naar buiten.

Meteen hoor ik de prikkelende riedel van 'The Bitch Is Back'.

Ik ren over de stoep langs het hotel en passeer lichtvoetig mensen die ergens koffie gaan drinken en slenterende ouders met kinderwagens. Wanneer ik de hoek omga en Elton John bij het refrein komt, weet ik – ik voel het aan het vastberaden pompen van mijn bloed door mijn aderen – dat Madlenka Dvořáková het kan schudden.

'Alle ogen zullen gericht zijn op je eerste opslag om te zien waar je staat op je zevenendertigste. Dus je moet haar meteen van haar sokken blazen,' zegt mijn vader tegen me voor de deur van de kleedkamer. 'Maak haar bang, snap je wat ik zeg? Maak iedereen daarbuiten bang.'

Ik knik en kijk naar de vlekken op mijn Break Points. Ik heb vanochtend voor de witte met groene strepen gekozen, die mooi passen bij mijn witte tanktop en witte tennisrok.

Dit moment – mijn vader en ik hier in de gang, wachtend tot we de baan op kunnen – voelt zoals het altijd heeft gevoeld. Ik ben weer in oorlog, na jaren niet te hebben geweten hoe je moet leven in vredestijd. Dit is de enige plek waar ik mezelf snap.

Ik pak mijn racket en draai hem om in mijn hand. Mijn hele arm begint te kloppen, klaar voor gebruik.

Ik baad me even in het zachte geroezemoes van het stadion dat door de muren naar binnen komt. Dit moment van stilte, een moment waarop we alleen maar vragen hebben en nog niet hoeven te leven met de antwoorden, deel ik met mijn vader.

'*Te quiero mucho, pichona*,' zegt hij.

Ik doe mijn ogen open. 'Dat weet ik. Ik hou ook van jou.'

'Loop de baan op...' Hij kijkt me aan met een intensiteit die ik jaren niet meer heb gezien, misschien zelfs al niet meer sinds ik klein was. 'En laat ze zien dat het de Bitch, de Houwdegen – of hoe ze je ook willen noemen – allemaal niet uitmaakt. Ze kunnen je toch niet tegenhouden. En zij zijn niet degenen die bepalen hoe je heet. Carrie Soto is back!'

Ik haal diep adem, veeg de neuzen van mijn schoenen af en loop rustig de baan op.

Soto tegen Dvořáková

Australian Open 1995

Eerste ronde

HET IS NIET OORVERDOVEND, BESLIST NIET, MAAR ZODRA IK DE Rod Laver Arena in loop, hoor ik het. 'Car-rie, Car-rie, Car-rie!'

Ik zie spandoeken met mijn naam erop. WELCOME BACK, CARRIE! en THE BITCH IS BACK! Om het laatste moet ik lachen en ik wijs naar de jonge vrouw die het vasthoudt.

Ik kan alleen maar raden naar wat de verslaggevers in hun hokken zeggen, wat voor fantastische eufemismen ze gebruiken om aan te geven dat ik 'te oud' of 'te arrogant' ben naar hun smaak. Ik zal ervan genieten als ze later vandaag mijn overwinning moeten aankondigen. Ik haal diep adem, klaar om dat te laten gebeuren.

Madlenka Dvořáková lijkt piepklein, heel ver weg. Ze heeft haar lange blonde haar in een knotje. Ze draagt een donkerblauwe tanktop en een bijpassende rok. Ze ziet er nerveus en op haar hoede uit en hoewel ze haar racket stevig in haar rechterhand houdt, zie ik de vingers van haar linkerhand trillen.

Ik win de toss.

Terwijl ik naar de achterlijn loop, begint mijn hele borstkas te bonken; mijn hartslag is zwaar en krachtig. Het publiek juicht en als ik naar de spelersbox kijk, zie ik dat mijn vader net gaat zitten.

Uit de luidspreker klinkt: 'Miss Soto heeft de toss gewonnen en gaat als eerste serveren.'

Ik voel het geluid vibreren in mijn borstkas. Het is alsof ik word aangezet; mijn hele lichaam tintelt. Ik hoor de rest van de tekst al in mijn hoofd voordat hij door de luidsprekers klinkt; de riedel is me net zo vertrouwd als mijn eigen naam.

Linesmen, ready.

'Linesmen, ready.'

Players play.

'Players play.'

Ik sta op de achterlijn met de bal in mijn hand. Ik strijk met mijn duim over de stof, voel de ruwheid in mijn handpalm. En dan stuiter ik hem op de grond. Steeds opnieuw. Tot mijn hoofd leeg is.

Ik gooi de bal op, trek mijn arm naar achteren en nog voordat ik de bal raak, weet ik – voel ik – dat het een droombal is.

Hij suist zo snel langs Dvořáková heen dat ze nauwelijks tijd heeft om ernaartoe te lopen. Het eerste punt is voor mij.

Ik voel het gebrul van het publiek onder mijn voeten, in mijn botten. Ik kijk naar mijn vader die knikt.

Ik hou de eerste game.

In de tweede game raakt het publiek uitzinnig als het breakpoint voor mij wordt. Ze schreeuwen wanneer ik Dvořáková breek en ook de tweede game pak.

Ik hou de derde. Het staat nu drie tegen nul.

In de volgende game laait er wat vuur op in Dvořáková, en ze weet de vierde te houden. Maar we weten allebei dat de set voor mij is. Ik win de volgende drie.

'Set voor Soto.'

Het publiek juicht, maar er klinkt ook wat boegeroep. Ik probeer er geen aandacht aan te schenken. Ik blijf gefocust. Ik kan nu niet achteroverleunen.

Halverwege de tweede set worden de groundstrokes van Dvořáková zwakker, en ik word alleen maar sterker. Misschien komt het door de adrenaline van de strijd of is het omdat ik na mijn gesprek met Bowe nog fanatieker ben gaan trainen, maar ik bezit de volledige controle over mijn kracht. Ik leun niet achterover. Ik wil smashes slaan.

Tijdens de baanwisselingen begin ik te glimlachen, bijna duizelig. Ik geniet van al die geluiden die ik heb gemist – de schreeuwende menigte, de ballenmeisjes die de baan op en af rennen, de lijnrechters die uit roepen.

Ik ga deze partij winnen.

Mijn laatste service in de tweede set vliegt langs haar heen. Ik spring in de lucht en steek mijn vuist op wanneer de bal precies binnen de lijn belandt terwijl Dvořáková in geen velden of wegen te bekennen is. Mijn eerste slag gewonnen, en dat zonder een set te verliezen.

Terwijl het publiek juicht, kijk ik even naar Dvořáková. Haar kaken zijn gespannen en ze houdt haar hoofd gebogen. Ze lijkt volkomen van streek door het pak slaag dat ze van me heeft gekregen. Een tweeëntwintigjarig meisje, ergens bij de laatste vijftig op de ranglijst, zonder een slamtitel op haar naam, dacht blijkbaar dat ze van me kon winnen.

'Wie is de volgende?' roep ik met mijn racket in mijn hand. Ik weet niet of er iemand op de tribune is die me kan horen, maar het voelt heerlijk om te schreeuwen in het kabaal van de menigte.

Wanneer ik de baan af loop, staat mijn vader in de tunnel op me te wachten.

'*Excelente!*' zegt hij. 'Perfect gewoon. Jij strijder, jij koning.'

'De eerste van vele,' zeg ik.

Mijn vader glimlacht maar zegt niets. Zijn grijns wordt breder terwijl hij zich omdraait en met me meeloopt naar de kleedkamer. Het duurt niet lang of hij begint hardop te lachen

'Wat?' vraag ik. 'Waar denk je aan?'

'Niets,' zegt hij. 'Gewoon... dit is wat ik het meeste heb gemist. Jij en ik, in de tunnel.'

IN MIJN VOLGENDE PARTIJ VERSLA IK EEN AMERIKAANSE DIE IK NIET ken, ene Josie Flores, zonder een set te verliezen. Wanneer ik de partij win met een ace, spring ik als een stuiterbal op, op twee voeten, en ik steek mijn handen in de lucht.

Op de persconferentie na afloop voel ik me nog steeds geagiteerd, vol adrenaline. Om mijn overwinningen, hoe vroeg in het toernooi ook, kan niemand meer heen. Ik voel me bijna zorgeloos.

Maanden van voorbereiding, maanden van 's nachts wakker liggen van de zorgen. Maar nu is het zover en ik ben geslaagd voor de test.

De eerste paar vragen zijn net als altijd onschuldig. 'Hoe voelt het om weer op de baan te staan?' 'Had je verwacht dat je de eerste twee partijen zou winnen?' 'Hoe is het om weer door je vader gecoacht te worden?'

Ik beantwoord ze eerlijk. 'Het voelt heerlijk om weer op de baan te staan.' 'Ik verwacht iedere partij die ik speel te winnen.' 'Mijn vader en ik zijn allebei dankbaar voor deze kans om weer samen te werken.'

Een man in een spencer neemt het woord. 'Carrie, wat is je reactie op speelsters zoals Ingrid Cortez?'

'Ik weet niet goed wat je bedoelt.'

'Vanochtend tijdens de persconferentie na haar overwinning zei ze dat je beter thuis op de bank had kunnen blijven zitten.'

Dat was nieuw voor me. Ik had Ingrid wel in de kleedkamers gezien

– lang en humorloos, met witblond haar en brede schouders, en met de verende tred van een tiener – maar ik had niet echt met haar gesproken.

'Ze zegt dat ze nog nooit van je had gehoord voor je comeback,' voegt hij eraan toe.

'Dat is belachelijk – de hele tenniswereld weet wie ik ben. Bijna de halve wereld weet wie ik ben.' Nadat ik dat heb gezegd, leun ik iets naar achteren, weg van de microfoon, maar dan buig ik me weer naar voren. 'Van mij mag ze iedereen de grond in boren, maar laat me één ding zeggen: ik ben iedere vrouw die hier voor mij op de baan heeft gestaan dankbaar. Je hoort mij toch ook niet vragen wie de Original 9 waren? Nee, omdat ik weet wat ik aan ze te danken heb. En laten we vrouwen als Althea Gibson en Alice Marble en Helen Wills ook niet vergeten. Of Suzanne Lenglen, Maria Bueno. Ik weet op wier schouders ik sta. Als Cortez dat niet weet, dan is dat jammer voor haar.'

'Maar,' vervolgt de man, 'zit er niet een kern van waarheid in wat ze zegt? Sommige mensen beweren dat deze comeback een stunt is. Wat is jouw reactie daarop?'

Ik hoor papiergeritsel en microfoons die worden verplaatst. Maar alle ogen blijven op mij gericht.

'Ik heb bewezen dat mijn spel tot nu toe uitmuntend is,' zeg ik. 'Dus mensen mogen wel jammeren over mijn aanwezigheid hier, maar ik heb het verdiend om hier te zijn.'

Iedereen steekt zijn hand op. Aan de rand van de groep journalisten staat een jonge, gedreven vrouw.

'Wat denk je over de uitdagingen die je nog te wachten staan?' vraagt ze. 'Je terugkeer mag dan wel controversieel zijn, er zijn veel toeschouwers die het fantastisch vinden om je weer te zien spelen. De verwachting is dat je in de volgende ronde tegen Carla Perez moet. Ze lijkt de eerste speelster te zijn die jouw overmacht zou kunnen breken. Wat denk je... hoeveel reden hebben je fans om koppig vast te houden aan het idee dat je ver zult komen? Hoeveel vertrouwen heb je er zelf in?'

Ik grijns, een grijns die overgaat in een lach. 'Ik zal Carla Perez en iedereen die ik op weg naar de finale tegenkom verpletteren. Ik zal hun kloppende harten in mijn hand houden.'

Een fractie van een seconde zijn alle aanwezige journalisten met stomheid geslagen.

God, wat heb ik dit gemist.

Transcript

SportsHour USA
The Mark Hadley Show

Mark Hadley: ...en Bowe Huntley lijkt het beter te doen dan verwacht. Hij heeft Greg Simmons in de eerste ronde weggevaagd en heeft zelfs stand weten te houden tegen Wash Lomal.
Briggs Lakin: Wat een hele prestatie is, als je nagaat dat coach Peter Gardner bij Huntley is vertrokken om met Lomal te gaan werken. Maar Huntley was de winnaar.
Hadley: En wat de partijen van de vrouwen betreft, Nicki Chan vliegt door haar partijen heen, wat geen verbazing mag wekken. Hoewel we zien dat ze toch wat last heeft van haar enkel.
Gloria Jones: Ze is een krachtige speelster. Krachtige speelsters zijn gevoelig voor blessures, dat weten we allemaal. Maar Nicki lijkt het onder controle te hebben.
Hadley: Natasha Antonovich heeft tot dusverre ook nog niet echt tegenstand ondervonden. Maar laten we het even over Carrie Soto hebben. Die heeft ons toch wel verrast. Gloria, wat is jouw mening daarover? Je hebt vroeger toch tegen haar gespeeld?
Jones: Inderdaad, Mark. Maar wat kunnen we over Carrie op dit toernooi zeggen, behalve dat ze ons allemaal van de sokken blaast?

Hadley: Ze is voormalig wereldkampioene. Moeten we er dan van onder de indruk zijn dat ze in de derde ronde staat? Dvořáková, Flores, dat zijn niet echt wat je noemt tegenstandsters van formaat.
Jones: Nou, als je ziet hoeveel mensen Soto al hadden afgeschreven nog voordat ze ook maar een stap op de baan had gezet, dan kun je dit toch wel indrukwekkend noemen, vind ik.
Lakin: Gloria, ik vind jou een ongelooflijk hoffelijke speelster – je ging op de baan altijd respectvol en beleefd om met je tegenstandsters – en daarom zou ik van jou graag willen weten wat je vindt van Soto's houding op dit moment.
Jones: Je bedoelt dat 'Wie is de volgende?'
Lakin: Ja, het komt nogal onbeschaamd over om na je eerste ronde 'Wie is de volgende?' te schreeuwen, toch?
Jones: Nou...
Lakin: En toen in haar partij tegen Josie Flores... Ze verkneukelde zich zichtbaar toen ze won.
Jones: Ze maakte een dansje op de baan.
Lakin: Dat heet toch verkneukelen?
Jones: Dat weet ik niet, maar –
Lakin: Ik zeg, prima als ze een comeback wil maken. Je weet dat ik een van de mensen ben die vanaf het begin hebben gezegd dat het haar volste recht is.
Jones: Dat is waar, dat weet ik nog.
Lakin: Maar om je nou bij je terugkeer meteen als een beest te gedragen, dat is toch weer het andere uiterste. 'Ik zal hun kloppende harten in mijn hand houden.' Dat is toch grof? Onbeleefd? Dit is een sport voor dames en heren.
Jones: Ik weet niet of ik het daarmee eens ben. Maar ik snap wat je bedoelt, Briggs. Carrie Soto is een luidruchtige, agressieve speelster. Dat was ze altijd al. Als we al dachten dat ze vast wat milder zou zijn geworden, dan hebben we ons vergist.
Hadley: Helaas, Gloria, ik moet me wat dat betreft bij je aansluiten. Maar als we even kijken naar wat ons nog te wachten staat: haar vol-

gende partij is tegen Carla Perez. Dat is een lastige tegenstandster. Kan Carrie haar aan?

Jones: Ik zeg geen nee…

Lakin: Ik zou niet op haar wedden, dat durf ik wel te zeggen.

IK ZIT IN MIJN HOTELKAMER TE KIJKEN NAAR DE PARTIJ TUSSEN Nicki en Andressa Machado. Nicki heeft één set gewonnen; het staat 7-6 in de tweede. Machado serveert en Nicki weet iedere bal te halen. Ik snap niet waarom ze door al dat geren en die keiharde slagen niet volkomen uitgeput raakt.

Het wordt matchpoint voor Nicki. Machado serveert laag en ver in de hoek; Nicki rent en slaat de bal met haar backhand op volle kracht terug. De bal suist langs Machado heen en Nicki wint de partij. Het publiek juicht. De commentatoren prijzen haar de hemel in. 'Nicki Chan vliegt door de derde ronde heen! Alsof iemand daar ooit aan had getwijfeld!'

Alleen ik lijk te merken dat Nicki, terwijl ze de baan af loopt, haar rechterenkel ontlast.

De telefoon gaat over en ik ga ervan uit dat het mijn vader is. Hij zal dat van die enkel ook wel hebben gezien. Maar het is mijn vader niet, het is Bowe.

'O, hoi,' zeg ik.

'Ik heb de vloer aangeveegd met Lomal,' zegt hij. Ik kan zijn glimlach door de telefoon horen.

'Dat heb ik gehoord,' zeg ik. 'Gefeliciteerd.'

'En jij gefeliciteerd met je overwinning op Flores.'

'Dank je, dank je. Ze maakte geen schijn van kans.'

'Nee,' zegt hij. 'Maar dat wisten we al, hè?'

'Wat precies?'

'Dat het bij je comeback zou zijn alsof je nooit weg bent geweest.'

'Het is misschien nog een beetje te vroeg om dat al te kunnen zeggen.'

'Jij hebt gewoon iets, Carrie,' zegt hij. 'Dat is altijd al zo geweest.'

'Jij ook.'

'Vind je dat echt?' vraagt hij.

'Ja,' zeg ik. 'Echt.'

Bowe is even stil – een seconde te lang.

'Ben je er nog?' vraag ik.

'Ja ja,' zegt hij, maar zijn stem klinkt lager en zachter, hijgerig bijna. 'Carrie, zal ik naar je kamer komen?'

Ik bevries.

'Carrie?'

'Ja?'

'Hoorde je wat ik zei?'

'Ja.'

'En?'

'Zo zit het niet tussen ons.'

'Maar het zou wel kunnen,' zegt hij. 'Ooit...'

'Dat is meer dan tien jaar geleden.'

'Je hoeft me er heus niet aan te herinneren hoelang geleden het is.'

'Ik wil alleen maar zeggen dat er dingen zijn veranderd.'

'Kunnen ze niet ten goede veranderen?' vraagt hij. 'Bijvoorbeeld dat jij me deze keer niet zegt dat ik je niet mag bellen? Of als je dat toch zegt, dat ik dan gewoon niet naar je luister?'

'Bowe,' zeg ik hoofdschuddend. Mijn hart is op hol geslagen en ik neem het hem kwalijk dat hij me dwingt om aan seks te denken, terwijl ik me moet focussen op mijn spel. 'Nee.'

'Oké.' Zijn stem klinkt alweer harder, weer normaal. 'Boodschap begrepen. Ik zal het je niet weer vragen.'

'Gelukkig.'

'Succes tegen Perez. Ik hoop mee te maken dat je haar verplettert.'

'Tegen wie moet jij in de volgende ronde?'

'O'Hara.'

Ik hap even naar adem en dat hoort hij.

'Precies.'

'Je kunt hem hebben. Je kunt het.'

'Vast.' Hij lacht. 'Je klinkt nu net als mijn zus. Maar ik heb liever dat je als Carrie Soto klinkt.'

Ik denk even na. 'Hij zal je proberen uit te putten. Als hij er vijf sets weet uit te slepen, verlies je. Dus laat dat niet gebeuren. Breek hem snel in de eerste set. Dat is je kans om hem van slag te brengen.'

'Ja,' zegt hij. 'Dat had ik ook al bedacht. Dat het gedaan met me is als het een vijfsetter wordt.'

'Dus doe het in drie.'

'O ja, makkelijk zat, O'Hara in drie sets verslaan,' zegt hij schamper.

'Dat kan het zijn. Als je het maar graag genoeg wilt.'

'Dat is niet altijd zo, Soto. Maar dank je. Ik stel je peptalk zeer op prijs.'

Soto tegen Perez

1995 Australian Open

Derde ronde

HET IS GLOEIEND HEET. IK VOEL HET ZWEET PARELEN OP MIJN VOORhoofd en boven mijn lippen. Ik veeg het weg met de handdoek terwijl ik op de zijlijn ga zitten en op adem probeer te komen.

Aan de andere kant van de baan staat Carla Perez. Ze wordt de Baltimore Baseliner genoemd en sportverslaggevers hebben het altijd over de kracht van haar forehand. Maar ze hebben die nooit gevoeld zoals ik hem vandaag voel. Haar forehand is vernietigend, de bal komt als een geweerkogel op me af.

In de eerste set heeft ze me overvallen, maar de tweede set was voor mij, omdat ik een antwoord had gevonden op haar kracht en mijn hoeken scherp hield. En nu staat het 5-5 in de derde set.

Ik ga op de achterlijn staan. Ik stuiter de bal en kijk dan naar Carla, ineengedoken aan de andere kant van het net.

Ik heb de zon in mijn rug, ik voel hem in mijn nek. Wat betekent dat Carla hem in de ogen heeft. Ik serveer hoog en snel in de wetenschap dat het Perez moeite zal kosten de bal in de lucht te volgen. Ze raakt het zicht erop kwijt en de bal valt voor haar voeten. Ze loopt naar achteren om hem te slaan wanneer hij weer omhoogkomt. Haar return gaat uit.

De game is voor mij. Ik ben nog maar een game verwijderd van het winnen van de set en daarmee de match.

Het publiek begint luid te juichen. Veel mensen zijn nu op mijn hand, dat is overduidelijk wanneer ik naar de tribune kijk.

Dat is het 'm nu net met arenasporten – het gaat niet alleen om hoe goed je het spel beheerst. Het gaat om hoe goed je bent in het aanvoelen van het publiek wanneer ze voor je zijn, en het negeren wanneer ze tegen je zijn.

Het gaat om hoe je kunt opgaan in het momentum wanneer je aan de winnende hand bent, maar ook om hoe vechtlustig je bent wanneer de rollen worden omgedraaid.

In de jaren tachtig was ik fantastisch wanneer het publiek achter me stond. Maar ik was ook fantastisch wanneer dat niet het geval was. Ik zat helemaal niet te wachten op hun liefde of goedkeuring. Ik wilde alleen die verdomde trofee.

Het is jammer voor Carla, maar zij beschikt gewoon niet over die doelgerichtheid.

Binnen zes opslagen sta ik op breakpoint.

Carla gooit de bal op en slaat hem over het net. Hij vliegt op me af. Ik sla hem terug naar de baseline, maar buiten haar bereik.

Ineens stoot mijn vader zijn vuist in de lucht.

Carla laat haar racket op de grond vallen.

Ik ga van opluchting languit op de baan liggen.

Ik ben door naar de laatste zestien.

BIJ HET ONTBIJT DE VOLGENDE OCHTEND ZIT BOWE BUITEN OP DE patio roerei met toast te eten.

Hij heeft een onbewogen blik op zijn gezicht die me doet denken aan het oppervlak van de oceaan – het ziet er rustig uit, maar je weet dat onder dat oppervlak haaien babyzeehondjes aan flarden scheuren.

Ik overweeg even om terug te lopen voordat hij me ziet.

Hij heeft gisteren van O'Hara verloren. Het was niet alleen maar een nederlaag, het was een bloedbad. Ik heb de herhaling gisteren op tv gezien. Briggs Lakin zei: 'En toen kwam er iemand de baan op die Huntley heeft afgemaakt.'

Ik kan het me niet veroorloven om bij hem te gaan zitten om hem te troosten. Ik moet me concentreren op mijn volgende partij. Ik heb om acht uur met mijn vader afgesproken in de lobby om te gaan trainen.

'Je zou op zijn minst niet zo naar me kunnen staren,' zegt Bowe ineens zonder op te kijken, hoewel het meteen duidelijk is dat hij het tegen mij heeft.

'Ik staarde niet,' zeg ik. 'Ik was... Ik probeerde te bedenken of je gezelschap wilde of niet.'

Hij lacht, maar zijn ogen lachen niet mee. 'Je probeerde te bedenken hoe je me kon negeren omdat je bang bent dat verliezen besmettelijk is.'

Ik kijk naar hem. Hij ziet er aantrekkelijk uit in zijn gewone kleren –

jeans en een zwart T-shirt, zijn haren gekamd. Hij lijkt totaal iemand anders zo.

Ik pak mijn smoothie en loop naar zijn tafel: 'Ik vind het rot voor je dat je hebt verloren.' Ik ga zitten.

'Dank je,' zegt hij. 'Aardig dat je dat zegt, gezien het feit dat ik dat omgekeerd niet zou doen.'

'Is dat zo?'

'Op een keer, nadat McEnroe van Borg had verloren, heb ik hem de rest van het gravelseizoen zelfs niet aangekeken, uit angst dat hij me ongeluk zou brengen.'

'En heb je veel gewonnen toen? Tijdens dat gravelseizoen?'

Hij kijkt me met een schuin hoofd aan. 'Nee.'

'Ik denk eerlijk gezegd ook niet dat geluk er veel mee te maken heeft,' zeg ik.

Bowe rolt met zijn ogen. 'Als ik gisteren niet ben afgemaakt omdat ik geen geluk had, waarom heb ik dan verloren?' Hij steekt zijn vinger op nog voordat ik iets kan zeggen. 'Ik hoef het antwoord niet te horen.'

'Het kwam door jou,' zeg ik. 'Geluk heeft er niets mee te maken. Jij hebt verloren omdat je niet zijn eerste servicegame hebt gebroken zoals ik je had verteld.'

'O, dus zo makkelijk was het eigenlijk?'

Ik haal mijn schouders op. 'Had gekund. Als je die platformpositie had gebruikt, zoals Javier je heeft gezegd. Dat hielp altijd goed, maar toen ik gisteren naar de beelden keek, zag ik dat je weer pinpoint stond. Als de eerste de beste imbeciel.'

Hij schudt zijn hoofd. 'Je hebt geluk dat ik dadelijk met de eerste vlucht vertrek. Dan ben ik er niet bij als jij door Cortez wordt vermalen.'

'Rot op,' zeg ik terwijl ik opsta. 'Ik wilde je alleen maar helpen.'

'Je helpt er echt niemand mee door me te komen vertellen wat ik had moeten doen, hoor. Weet je, Carrie, je hebt een slechte naam, maar dat heb je toch echt aan jezelf te danken.'

'Misschien zijn sommige kleine jongetjes wel te gevoelig.'

Met zijn ogen tot spleetjes geknepen kijkt hij me aan. 'Je bent...'

'Wat?' vraag ik uitdagend.

'Dit hier, het is het gewoon niet waard,' zegt hij. 'Niks ervan.'

'Oké, en val jij ook maar dood.' Ik loop weg.

Ik kijk niet meer om. In de lobby zie ik mijn vader met mijn spullen de lift uit stappen. Hij laat zijn blik over de hotelgasten glijden, maar ziet me pas als ik voor hem sta. Hij heeft een brede grijns om zijn mond.

'O,' zegt hij. 'Ik zag je helemaal niet. Was je het aan het vieren?'

'Wat precies?'

Zijn lach wordt nog breder. 'Nicki Chan heeft een gescheurde enkelband opgelopen in haar partij tegen Antonovich. Ze ligt eruit.'

'Meen je niet.'

Mijn vader knikt.

'Dus ik kan dit winnen,' zei ik.

'Ja, dat kan.'

'Ik ga verdomme dit toernooi winnen!' zeg ik. 'Terwijl zij die zwakke enkel van haar – die ze alleen maar te danken heeft aan haar slechte houding – ligt te vertroetelen, kan ik alles weer rechtzetten.'

'Ja, dat kun je, *cariño*,' zegt hij. 'Maar niet door hier alleen maar te blijven staan opscheppen.'

Ik sta in de ingang, twee stappen verwijderd van de baan. Ik kan het geroezemoes van het publiek horen. Vanwaar ik sta, kan ik nog net helemaal achteraan een bord zien met daarop de tekst: OP NAAR DE FINALE, CARRIE!

Er staan drie mensen tussen Ingrid Cortez en mij: de bewaker, mijn vader en haar coach. Zij vormen de buffer tussen ons. En ik ben er blij om.

Gisteren zei ze tegen een van de kranten: 'Ik verwacht een snelle, beslissende overwinning in mijn voordeel. Maar ik zal proberen het niet al te gênant te maken voor Soto.'

Ik speel met de snaren van mijn racket en controleer of ze strak genoeg zitten. Ik heb er nog zeven in mijn tas liggen. Ik beweeg een paar keer op en neer op de ballen van mijn voeten. Ik draag mijn neonroze Break

Points en heb een neonroze zweetband om om het haar van mijn voorhoofd weg te houden.

Mijn vader legt zijn hand op mijn schouder. Ik voel het gewicht van zijn aanwezigheid, het gewicht van zijn geloof in mij, zijn opwinding.

In mijn eerste periode als profspeelster – die twaalf jaar dat ik me een weg naar de top vocht en daar zo lang mogelijk probeerde te blijven – heb ik niet genoeg genoten van mijn prestaties. Ik won en ging dan weer verder naar de volgende uitdaging.

Maar nu, terwijl ik nog een keer naar het publiek kijk, weet ik dat ik in elk geval in één opzicht ben gegroeid.

Mijn oudere ik weet dat je te midden van de chaos even moet blijven stilstaan om de wereld om je heen in je op te nemen. Om diep in te ademen, de zonnebrandcrème en het rubber van de bal te ruiken, de bries in je nek te voelen, de warmte van de zon op je huid. In die zin vind ik het fijn om wat ouder te zijn.

Ik haal diep adem en hou hem even vast; ik voel dat mijn longen zich vullen en dat mijn borstkas zich uitzet. En dan blaas ik de adem weer uit, klaar om te beginnen.

Ik veeg de bovenkant van mijn schoenen af en loop de baan op.

Soto tegen Cortez

1995 Australian Open

De laatste zestien

IK STA GEHURKT ACHTER DE SERVICELIJN TE WACHTEN OP DE EERste service van Ingrid Cortez.

Ze is ruim een meter tachtig. Ze heeft lange en scherpe snijtanden en wanneer ze lacht, lijkt het net alsof ze je wil bijten.

Ze gooit de bal op en serveert helemaal in de rechterhoek. Ik sla hem terug. Er volgt een rally om het punt, en ik pak het. Love-15.

Weer een service, weer een rally. Mijn punt. Love-30.

Ik zie dat mijn vader glimlacht.

Cortez serveert opnieuw, wat korter en strakker deze keer. Ik sla de bal op de baseline. Ze slaat hem te zacht terug. Ik win het punt. Love-40. Al in de eerste game sta ik op breakpoint.

Ze heeft me onderschat. En het is verrukkelijk om haar dat te laten zien.

De zon brandt nu volop, traag en heet. De menigte mompelt. Ik kijk naar de spelersbox, naar mijn vader. Hij knikt naar me, me aansporend om de game te pakken. Dan gaat mijn blik iets opzij en zie ik dat Bowe net plaatsneemt op de tribune.

Hij zal zijn vlucht wel geannuleerd hebben. Om naar de partij tussen mij en Cortez te kijken.

Het raakt me, en ik kijk hem aan. Sorry, zie ik hem zeggen. Ik knik.

Ik richt mijn aandacht weer op de baan. Cortez serveert hoog, met een topspin en veel kracht, waardoor moeilijk te voorspellen is waar de bal zal landen. Toch lukt het me om hem terug te slaan, helemaal naar de baseline, ruim een halve meter langs haar backhand.

De umpire zegt: 'Game Soto.'

Bowe steekt zijn vuist in de lucht.

In negen games pak ik de set.

Tijdens de baanwisseling kijk ik naar Cortez. Ze heeft zo'n grote mond opgezet over dat ze niet bang voor me is, en nu heb ik haar al in de eerste set op haar falie gegeven. Ik verwacht iets van bezorgdheid of angst te zien, iets wat erop wijst dat ze begrijpt met wie ze te maken heeft.

Maar ze glimlacht alleen maar wanneer ze mijn blik vangt. Alsof ze zich helemaal nergens zorgen om maakt.

In de tweede set worden haar groundstrokes harder en sneller. Haar opslagen prikken in mijn arm terwijl ik ze beantwoord. Ik pas me snel aan en maak mijn slagen korter, net als in de jaren tachtig tegen Stepanova. Ik haal de Soto Slice uit de kast.

Dat werkt, maar ze blijft druk zetten. Ze pakt niet eens al haar winners. Ze lobt de bal terug. Onze rally's duren soms wel vijftien, zestien slagen.

Een paar van mijn groundstrokes schieten door en een paar van mijn cross-courtballen gaan uit. Fuck.

Ik krijg last van de hitte. Ik voel de zon op mijn nek en schouders branden.

Van de eerste vijf games in de tweede set, zijn er vier voor Cortez.

Tijdens de baanwisseling kijk ik niet naar mijn vader of naar Bowe. Ik begraaf mijn hoofd in mijn handdoek en denk na. Het momentum is verschoven.

Neem de leiding weer over. Niet vertragen.

Ik stap de baan weer op. Cortez wordt met de seconde fanatieker. Ik probeer haar ballen met net zoveel vuurkracht terug te slaan. Ik gooi mijn hele gewicht in mijn schouder, mijn elleboog begint pijn te doen. Wanneer ik een van haar forehands terugsla, breekt mijn racket doormidden.

Het publiek gilt.

Terwijl ik een nieuw racket pak, adem ik uit. Als zij de set pakt, kan ze de partij weer in haar hand krijgen. Dat mag niet gebeuren. Dat mag gewoon niet.

Cortez pakt de tweede set.

Ik kom adem tekort en ben kletsnat van het zweet. Ik ga dood van de pijn in mijn elleboog. Mijn knie begint te trillen. Ik gooi een halve fles water over mijn handdoek en leg de handdoek dan over mijn hoofd om mezelf af te koelen en de wereld buiten te sluiten.

Ik moet de volgende set winnen. Anders is het voorbij. En het mag niet voorbij zijn. Nog niet.

Je kunt het. Je bent hier altijd heel goed in geweest.

Ik leg de handdoek neer en sta op. Ik schud woest met mijn hoofd om de spanning uit mijn armen en schouders te krijgen. Ik focus me. Loop de baan op.

Ik serveer de bal met de spin en precisie waar ik bekend om sta. De bal vliegt rakelings langs Cortez. Een ace. Ik steek mijn vuist in de lucht. Ik kom terug.

Het is 5-5 in de laatste set. Ik veeg het zweet van mijn gezicht en strek mijn benen terwijl ik probeer om Cortez niet te laten merken hoeveel pijn ik in mijn knie heb. Ze gaat niet eens even zitten tijdens de baanwisseling. Ze wipt op en neer op haar tenen alsof ze niet kan wachten tot ze de baan weer op kan. De moed zakt me in de schoenen als ik naar haar kijk – ik zie het ineens. Ze heeft me in de tweede set laten rennen, me uitgeput. En terwijl ik langzamer word, is voor haar de partij net begonnen.

Ik knijp in de bal in mijn hand. Hoe kan het dat ik het zo verkeerd heb ingeschat? Hoe heb ik zo stom kunnen zijn? Ik lijk wel een beginneling! Je hebt precies gedaan wat ze wilde! En nu ben je precies zo uitgeput als iedereen van je verwacht!

Ik sleep me de baan weer op en Cortez' ballen komen weer op me af. Bij haar geen sprake van vertraging, ze laat me alle hoeken van de baan zien, speelt iedere bal op mijn backhand in de wetenschap dat ik de puf niet meer heb om om de bal heen te rennen om met mijn forehand te kunnen slaan.

Ik ren, ik sla hard. Ik snoep punten van haar af. Maar dat maakt niet uit. Ik kan haar service niet breken.

We staan nu op 5-6. Als zij deze game wint, wint ze de partij.

Carrie, je mag dit niet verliezen!

Ik pak het volgende punt. 15-love.

Haar punt. 15-all.

Haar punt.

Haar punt.

Matchpoint.

Ik serveer laag. Ze slaat hem uit. Laat ze geen gelijk krijgen!

Ik sla een dropshot. Ik kan het tij nog keren.

Ze slaat met een korte slag terug. De bal stuitert één keer. Ik ren, maar voordat ik er ben stuitert hij nog een keer.

Een golf van angst spoelt over me heen, alsof de lucht is opengebroken en het schaamte regent.

Cortez wint. Ik ben klaar op de Australian Open van 1995.

'JE HEBT DE LAATSTE ZESTIEN GEHAALD OP JE EERSTE TOERNOOI na je comeback, *hija*,' zegt mijn vader. Ik lig in de fysioruimte met een icepack op mijn knie. 'Dat is iets om trots op te zijn!'

'Sinds wanneer is verliezen iets om trots op te zijn?'

Zo meteen zal ik een douche moeten nemen en daarna de pers te woord staan. Cortez is al in de perszaal. Ze zit zich vast te verkneukelen. Wat haar goed recht is. Ze heeft per slot van rekening gewonnen.

Ik ben de fucking loser die hen daar te woord zal moeten staan in de wetenschap dat Cortez niet alleen beter maar ook slimmer heeft gespeeld dan ik. En wat het nog erger maakt is dat ik gewoon weet dat ze geen betere speelster is. Dat maakt het verlies zo zuur.

'Je hebt geen geduld,' zegt mijn vader hoofdschuddend. 'En dat is niet mijn schuld, want ik weet dat ik vaak genoeg heb geprobeerd je te leren om geduld te hebben. Maar jij snapt gewoon nog steeds niet dat je niet alles kunt krijgen op het moment dat jij het wilt.'

'Ik heb even geen zin om naar je te luisteren.' Ik ga rechtop zitten en neem het icepack van mijn knie. 'En ga jij maar lekker met de pers praten over hoe ik mijn kans op een titel heb vergooid en vertel me later maar wat je precies hebt gezegd.'

'Carolina...'

'Ik zie je in het hotel.'

Mijn vader zegt nog wat, maar ik luister niet. Ik loop weg, de kleedkamer in – langs alle andere speelsters – meteen door naar de doucheruimte.

Tijdens de persconferentie zijn alle camera's op me gericht en vuren de verslaggevers hun vragen op me af.

'Cortez is een sterke tegenstandster die jou in je beste jaren waarschijnlijk niet had kunnen verslaan,' zegt een journaliste nog voordat ik zit. 'Hoe voelt dat?'

'Ik was vandaag niet op mijn best. En daar zal ik mee moeten leven.'

'Je hebt drie succesvolle partijen gespeeld op dit eerste toernooi na je comeback. Overvalt dit verlies je dan? Wat gaat er nu door je heen?' wil een man weten.

'Ik denk alleen maar dat ik slecht heb gespeeld en dat er nu een stelletje journalisten voor me zit dat me vraagt hoe het voelt om te falen. Ik ben niet blij op dit moment. Lijkt me logisch. Maar ik zal het gebruiken om in het vervolg beter te spelen, zoals ik altijd heb gedaan.'

'Maar op een gegeven moment geldt voor iedereen dat zijn of haar spel achteruitgaat,' zegt een andere man. 'Is dat wat we hier hebben gezien?'

'Waarom vraag je niet aan Dvořáková, Flores en Perez of ze ook vinden dat mijn spel achteruitgaat?'

'Wat ga je nu doen?' vraagt een vrouw.

'Ik ga naar huis, trainen, me voorbereiden op de winst in Parijs.'

'Ja, maar het is bewezen dat gravel voor jou de lastigste ondergrond is,' zegt dezelfde vrouw. 'Je hebt Roland-Garros maar één keer gewonnen, in 1983.'

'Nou en? Kom maar kijken, dan kun je me in 1995 opnieuw zien winnen.'

De vragen blijven komen, maar ik sta op van de tafel en loop de deur uit.

Weer in het hotel stap ik in de lift om naar mijn kamer te gaan, maar dan zie ik Bowe in de gang staan met zijn koffer.

Ik blijf als door een adder gebeten staan.

'Ik wist niet of jij het type bent dat graag gezelschap heeft na een verlies of dan juist niemand wil zien,' zegt hij.

'Ik ben het type dat niemand wil zien,' zeg ik.

Bowe knikt. 'Oké.' Hij tilt zijn koffer op. 'Dan ga ik maar.'

Ik loop naar hem toe. 'Je had je vlucht niet hoeven omboeken.'

Hij kijkt naar zijn koffer en dan weer naar mij. 'Eerlijk gezegd had ik geen schijn van kans tegen O'Hara. Maar zonder jou had ik helemaal niemand kunnen verslaan op dit toernooi.'

'Je bedoelt door onze trainingen samen?'

'Ja,' zegt hij. 'Maar ook... ook om het feit dat jij dit doet. Dat je je meldt en zegt: "Ik ben nog niet uitgespeeld". Randall is echt gestopt, Stepanova tennist ook niet meer. McEnroe. Borg maakte een belachelijke indruk toen hij na al die jaren weer mee wilde doen met zijn houten racket. Maar jij niet. Je lijkt net een huursoldaat. En ik denk dat ik me daardoor ook minder stom voel over dat ik het weer op dit niveau probeer.'

Ik leun tegen de muur. Hij komt dichterbij staan.

'Waag het niet om me te gaan kussen,' zeg ik.

Glimlachend schudt hij zijn hoofd. 'Ik weet dat je dat niet wilt, dat heb je al gezegd. Je hoeft het niet steeds te herhalen.'

'Nou,' zeg ik. 'Ik wilde alleen maar zeggen... niet doen.'

Hij knikt. 'Sorry dat ik vanochtend tegen je schreeuwde. Je had gelijk, wat mijn positie betreft. En mijn spel.'

'Ik... uh... had het misschien wat aardiger kunnen brengen.'

'"Ik had het misschien wat aardiger kunnen brengen: het levensverhaal van Carrie Soto."'

Ik lach. 'Waar ga je nu naartoe?'

Hij haalt zijn schouders op. 'Nou, ik doe niet mee aan de Davis Cup, dat lijkt me duidelijk. Maar ik speel wel in Marseille en San Jose. En daarna Memphis. Enzovoort.'

'Ik mis het een beetje,' zeg ik. 'De tour. Constant in beweging zijn, de focus. Je kunt niet al te lang stilstaan bij een verlies als je alweer op weg bent naar de volgende partij.'

'Je had best de hele tour kunnen doen, dat weet je.'

Ik knik, peuter wat aan mijn nagels, allemaal zonder hem aan te kijken. 'Ik ben nog niet goed genoeg om de tour te kunnen domineren, iets wat ik dan wel zou willen.'

'Je hebt vandaag goed gespeeld,' zegt hij. 'Ik ben blij dat ik erbij was. Ik weet dat het resultaat niet was wat je wilde, maar ik ben toch diep onder de indruk van wat je hier hebt klaargespeeld. En met mij vele anderen.'

'Dank je,' zeg ik. En dan stop ik met het gepeuter en kijk hem recht aan. 'Dank je.'

'Nou, zo te horen zien we elkaar dan weer op Roland-Garros.' Hij tilt zijn koffer weer op.

Ik knik. 'Tot die tijd ga ik thuis proberen nog beter in vorm te komen.'

'En ik zal op alle banen waar ik speel proberen een konijn uit mijn hoge hoed te toveren.' Hij geeft me een hand en het verbaast me dat hij zo warm is.

Hij draait zich om om weg te lopen.

'Heb je eigenlijk wel een kamer?' vraag ik. 'Want je zou vanochtend eigenlijk al vertrekken.'

'Ze hebben heus nog wel een andere voor me. Maak je daar maar niet druk om.'

In het woongedeelte van mijn suite staat een slaapbank. Maar ik weet gewoon dat hij vannacht dan op mijn slaapkamerdeur gaat staan kloppen. Of nog erger, dat ik bij hem in bed kruip.

Wanneer ik het tafereel versneld afspeel in mijn hoofd kan ik er bijna niet naar kijken. Hij zal op enig moment iets fijns zeggen en dan geloof ik dat hij het meent, hoewel ik natuurlijk wel beter weet. En dan zal ik hem leuk vinden of verliefd op hem worden of iets voelen wat ik nog nooit heb gevoeld. En dan op een dag, wanneer ik er al tot aan mijn nek in zit, zal hij me ineens niet meer leuk vinden en niet meer van me houden, om wat voor reden dan ook. En dan blijf ik achter met een gat in mijn hart.

'Oké dan,' zeg ik. 'Succes verder. Tot in Parijs.'

Transcript

SportsHour USA
The Mark Hadley Show

Mark Hadley: En Carrie Soto die er al uit ligt voor de kwartfinale? Wat denken we daarvan?
Gloria Jones: Ik vind dat ze het fantastisch heeft gedaan.
Briggs Lakin: Het was precies wat we allemaal al dachten, een mislukte poging tot een comeback.
Jones: Nou ja. Natuurlijk, als ze dit jaar een slam wil winnen dan moet ze toch wel voorbij de laatste zestien zien te komen.
Lakin: Als ze in Melbourne niet eens de finale weet te bereiken terwijl Nicki Chan met een kapotte enkel naar huis is, dan maakt ze geen enkele kans op een slamtitel dit jaar. Vooral niet wanneer het Beest straks weer terug is. En jullie weten allemaal dat ik geen groot fan ben van Chan. Ik kan gewoon niet tegen al dat gegrom. Maar ze is op dit moment wel de beste speelster ter wereld. Dus dit was Soto's kans om een titel te pakken, en nu kan ze het verder schudden.
Jones: Ja, met dat laatste ben ik het wel eens.
Hadley: Nee maar! We zijn het een keer eens met elkaar!
Lakin: Om terug te keren naar de kwartfinale, ik denk dat Cortez de finale weleens zou kunnen halen.

Jones: Echt niet. Antonovich zal haar daarvan afhouden.
Hadley: Nou, Chan is ook niet meer een van de jongsten. Wie zal het voortouw nemen wanneer het Beest over haar hoogtepunt heen is? Dit zou weleens het grote moment van óf Cortez óf Antonovich kunnen zijn. Om een slam te winnen terwijl zij niet meedoet. Om ons te laten zien hoe de toekomst van het tennis eruitziet.

TIJDENS DE VLUCHT NAAR LOS ANGELES WIL MIJN VADER MET ME doornemen wat er misging, hoe ik het de volgende keer beter kan aanpakken.

'*Sí, pero*, ik heb gewoon slecht gespeeld, pap,' zeg ik. 'Ik kreeg het te hoog in mijn bol. Ik dacht dat ik weer op mijn oude niveau speelde, maar dat was niet zo. Cortez heeft me verslagen en nu weet iedereen die die partij heeft gezien, dat ze me kunnen hebben.'

'*Sí, y...*' Mijn vader geeft met een gebaar van zijn hand te kennen dat ik verder moet gaan.

'Dus daar moet ik aan werken.'

Hij glimlacht. 'Wij samen moeten eraan werken. We moeten voor iedere tegenstander meerdere strategieën bedenken en sneller reageren zodra we doorhebben wat ze van plan zijn. En we moeten ons volleyspel weer op het allerbeste niveau zien te krijgen, zodat je niet afhankelijk bent van je groundstrokes zodra je het gevoel krijgt dat je minder kracht hebt.' Zijn stem heeft iets opgewekts, iets opgewondens, en dat irriteert me.

'Ja, maar daar hoef je heus niet zo vrolijk bij te kijken.'

'Ja, maar ik ben vrolijk!' Hij gooit zijn handen in de lucht. 'Dit is zo'n opwindende tijd. We zitten nu in fase twee. We hebben geleerd dat we ons kunnen verbeteren, en nu gaan we dat aanpakken. De zon schijnt, de vogels fluiten, de wereld ligt aan onze voeten.'

We bevinden ons echter hoog in de lucht. Het is nacht en zo hoog zijn er geen vogels. Alleen een geleden nederlaag en jetlag in een drukcabine.

'Ja, *está bien*,' zeg ik. '*Está bien*.'

We landen en rijden naar huis, waar ik twaalf uur slaap. Ik was eigenlijk van plan om de hele dag in mijn kamer te blijven met de gordijnen dicht en dan een dure pizza te bestellen, maar wanneer ik mijn ogen opendoe, dwing ik mezelf op te staan en de tv aan te zetten. Ik wil met eigen ogen zien wat ik al denk.

Ingrid Cortez staat op mijn scherm met de Daphne Akhurst Memorial Cup in haar handen. Ze heeft verdomme de finale gewonnen van Antonovich.

Ze ziet er zo blij uit. Echt als het jonge meisje dat ze ook nog is, zo vrolijk en levendig en gretig. Haar gezicht straalt, ze heeft blosjes op haar wangen.

Wanneer ben ik dat kwijtgeraakt? Dat totale genieten na een overwinning? Wanneer is winnen iets geworden wat ik nodig had om te overleven? Iets waar ik niet zozeer van genoot, als wel van in paniek raakte als ik het niet had?

Voordat goed tot me doordringt wat ik aan het doen ben, sta ik al in korte broek en T-shirt op mijn vaders deur te kloppen, om halfnegen 's ochtends van wat een rustdag had moeten zijn.

Hij doet open in zijn ochtendjas en op slippers en veegt de slaap uit zijn ogen. Maar wanneer hij mij ziet staan, fleurt hij meteen op.

Ik zeg: 'Laten we gaan spelen.'

'Oké. Ik zal even mijn aantekeningen erbij pakken om te kijken waar we aan moeten werken.'

Ik schud mijn hoofd. 'Nee. Alleen jij en ik. Een partij. Voor de lol. Geen training.'

Hij klapt verrukt in zijn handen. '*Me encanta el plan!*'

Hij steekt zijn hand op voor een high five. Ik geef zijn hand lachend een klap.

'*Dame cinco minutos*,' zegt mijn vader. 'Dan gaan we daarna spelen.'

Even later komt hij met verende tred en een grijns op zijn gezicht zijn kamer uit. Hij pakt de eerste service en ik maak hem af.

Februari 1995

Drieënhalve maand tot Parijs

DE ZON IS NOG MAAR NET OP EN TOCH STA IK AL OP DE BAAN MET mijn vader. Ik heb mijn warming-ups al gedaan.

'Dit is het begin van het gravelseizoen,' zegt hij. 'We laten het verleden rusten. We kijken vooruit naar Parijs. *Estamos de acuerdo?*'

'Ja, akkoord,' zeg ik. De verloren partij in Melbourne zit me nog steeds dwars. Het enige wat dat gevoel kan wegnemen is een overwinning op Roland-Garros.

Zoals de journalisten me er zo fijntjes op hebben gewezen heb ik Parijs maar één keer gewonnen. Twaalf jaar geleden. De andere negentien grandslamtitels waren op hardcourtbanen of op gras. Maar Roland-Garros is gravel.

Gravel is zachter, een gravelbaan absorbeert meer van de kracht van een bal. Wat betekent dat alles trager gaat. Spelers lopen trager, de bal stuit trager, maar de bal stuit ook hoger, wat mijn tegenstanders meer tijd geeft om op mijn slagen te reageren. Gravel haalt bijna alles wat ik voor heb op de anderen onderuit. Mijn snelheid wordt geneutraliseerd, net als mijn precisie, en zelfs mijn hoeken hebben niet hetzelfde effect.

Gravel is niet voor snelle spelers. Gravel is in het voordeel van degenen die hard slaan. Het is een krachtsport.

Gravel is Nicki's ondergrond. En ik hoop oprecht dat haar enkel er zo beroerd aan toe is dat ze er niet mee kan spelen.

'Klaar om aan de slag te gaan?' vraagt mijn vader met een tennisbal in zijn hand.

'*Obvio que sí.*'

Hij gooit de bal naar me toe. Ik vang hem. Dan loopt hij weg in de richting van de oprijlaan.

'Wat ga je doen?' vraag ik.

Hij draait zich om en wenkt me. 'Vandaag, *hija*, is een avontuur.'

Zuchtend loop ik zijn kant uit.

'Je kunt je racket en ballen wel hier laten,' zegt hij.

Ik neem hem zijdelings op. 'Moet ik soms mijn hardloopschoenen aantrekken?'

Hij schudt zijn hoofd. 'Nee, dat lijkt me niet.'

'Waar gaan we naartoe?' vraag ik terwijl hij het portier opent van de groene Range Rover die ik hem twee jaar geleden heb gegeven.

Hij zegt: 'We hebben nog drieënhalve maand tot Roland-Garros.'

Ik open mijn portier en stap in. 'Ja, dat weet ik ook wel.'

Hij start de motor. 'Het is gravel...'

Hij zet de auto in zijn achteruit en draait zich half om.

O nee.

Ik zeg: 'Nee papa, nee. Echt niet.'

'Carrie, *sí*.'

'Ik wil het niet.'

'*Lo siento*, maar het moet.'

'Ik ben toch geen twaalf meer? *No necesito hacer esto*.'

'Jawel, dat moet je wel,' zegt hij. 'Het is precies wat je moet doen.'

Ik zie een klein lachje om zijn mond verschijnen terwijl hij de oprijlaan af rijdt en links afslaat. Naar het strand.

Daar sta ik dan, in Santa Monica met mijn blik op de oceaan gericht en met mijn voeten in het zachte, hete zand.

'Je begint hier,' zegt mijn vader. 'Ik rij precies acht kilometer langs de kust en zie je daar.'

Ik moet verdomme weer door dat rotzand rennen.

En geen nat zand, nee, droog, ruw zand dat breekt onder je gewicht zodat je voeten bij elke stap wegzinken.

Het doet pijn. Je kuiten, je hamstrings, je dijbenen, je bilspieren. Alles.

In *Baywatch* ziet het er altijd zo makkelijk uit. Maar daar klopt niets van.

Ik kijk om me heen en slaak een zucht. Achter me lopen tieners in oversized T-shirts en jeans met scheuren over het geplaveide pad langs het strand. Een paar vrouwen in neonkleurige wielrenbroekjes en sportbeha's en met walkmans op hun hoofd, zoeven langs op rolschaatsen.

Wat zou ik graag over dat pad rennen in plaats van op het zand ernaast.

Ik draai mijn hoofd naar het noorden, gefocust op de vele kilometers strand voor me.

'*Y bien?*' vraagt mijn vader.

Spiervermoeidheid leidt tot een gebrek aan soepelheid. Je slagen worden minder precies en hebben minder scherpte. Je springt niet hoog genoeg om de hoeken te slaan die je wilt.

Hij heeft gelijk. Ik moet dit doen.

'*Está bien*,' zeg ik. 'Acht kilometer. Tot straks.'

Mijn vader salueert en stapt weer in. Ik kijk de auto na tot ik hem niet meer zie.

Dan kijk ik naar beneden, naar het zand. Ik haal diep adem en begin te joggen.

In het begin is het makkelijk; dat is altijd zo. Maar dan ineens lijkt mijn adem dikker en voelen mijn benen zwaarder aan.

Na veertig minuten ben ik ervan overtuigd dat ik allang acht kilometer heb gelopen. Mijn vader houdt me voor de gek; hij heeft vast twaalf kilometer gereden.

Ik ga dood van de pijn in mijn dijbenen. Ik loop te hijgen. Maar ik mag niet vertragen. Ik moet me houden aan het tempo dat mijn vader in gedachten had. Ik moet dit kunnen. Dit is iets waar ik de controle over heb.

Het zand wordt steeds heter en brandt in mijn voetzolen. Het licht van de zon verblindt me. Zweetdruppels lopen vanaf mijn voorhoofd mijn ogen in, mijn T-shirt raakt doorweekt.

Ik probeer mijn hoofd helder te houden; ik luister naar mijn ademhaling. En even denk ik niet meer aan de ellende van wat ik aan het doen ben. Ik denk alleen nog maar aan Nicki Chan.

Haar ouders zijn Chinees; zelf is ze in Londen geboren en ze stond op haar vierde al op de tennisbaan. Als linkshandige speelster is ze vanaf het begin in het voordeel geweest. En ze was ook goed, misschien zelfs wel heel goed, op bepaalde momenten in haar carrière als junior. Toen werd ze prof en ook dat ging goed. Ik herinner me nog dat ik tegen haar speelde. Ik herinner me dat ik haar versloeg. Maar toen, in 1989, nam ze een halfjaar afscheid van de tour en vernieuwde ze haar spel totaal onder leiding van een coach die Tim Brooks heet.

Haar groundstrokes werden nietsontziend, haar service dodelijk. Ze speelde niet meer wat wij 'percentagetennis' noemden: steeds kiezen voor de veilige bal. In plaats daarvan koos ze voor woeste, riskante shots, stuk voor stuk kanonslagen, met een ongekend uithoudingsvermogen.

In haar nieuwe incarnatie is ze een speelster die op de bal af duikt, die hoog de lucht in springt. Op gravel maakt ze splits en glijdt ze als een honkballer over de baan.

Ze is niet altijd in topvorm; soms zijn haar slagen ronduit lelijk. Maar ze doet waarvoor we allemaal de baan op gaan: ze wint.

Helaas voor haar heeft haar lichaam er erg onder te lijden. Ze is vaker geblesseerd dan de meeste andere speelsters – een verstuikte enkel, een gekneusde elleboog, een zwakke knie, rugproblemen. Ze is inmiddels eenendertig en er valt niet te zeggen hoelang ze nog heeft. Maar haar spel bezit ook een onmetelijke schoonheid, de woeste radeloosheid ervan, de bruutheid. Ze is geen danseres. Ze is een gladiator.

Ik vraag me af wat ze op dit moment aan het doen is. Ik vraag me af of haar enkel aan de beterende hand is. Zal ze op tijd klaar zijn voor Parijs? Of is dit de blessure die haar de das omdoet?

Weet ze dat zelf al? Is ze bang? Maakt ze zich net zoveel zorgen als ik over wat het jaar in petto heeft? Of vindt ze het allemaal even opwindend?

Ik hoop dat in elk geval een deel van haar het opwindend vindt. Want het ís allemaal opwindend.

'Dat was hopeloos,' zegt mijn vader wanneer ik eindelijk bij hem ben. 'Je had op zijn minst tien minuten sneller moeten zijn. '*Mañana* doen we het nog een keer.'

Ik krijg bijna geen lucht meer. '*Bueno*,' breng ik moeizaam uit. '*Mañana*.'

Mijn leven wordt:

Om de dag acht kilometer door het zand.

Sprintjes van veertig meter op de andere dagen.

Spelen tegen machines die ballen naar me spugen met een snelheid van honderddertig kilometer per uur.

Urenlang tegen hitters spelen.

Mijn vader die mijn opslagen klokt met een lasergun en zijn hoofd schudt tot ik op zijn minst honderdnegentig kilometer per uur haal.

En daarna, wanneer de avond valt en alles tot stilstand komt, videobeelden bekijken.

Mijn vader en ik kijken naar mijn partijen in Melbourne om te zien wat ik beter had kunnen doen. We kijken naar Cortez, Perez, Odette Moretti, Natasha Antonovich, Suze Carter, Celine Nystrom, Petra Zetov en Andressa Machado op de IGA Classic in Oklahoma City.

Mijn vader kijkt met stijve kaken naar Natasha Antonovich die in de finale wint van Moretti. Hij hoeft niets te zeggen – ik snap zijn bezorgdheid.

Antonovich speelt zoals ik vroeger speelde. Ze is snel en heeft een heel arsenaal aan slagen tot haar beschikking. Het zal niet makkelijk worden om van haar te winnen in Parijs, mocht ik tegenover haar komen te staan.

'Volgens mij moeten we naar Indian Wells,' zegt mijn vader op een avond nadat we de tv hebben uitgezet. 'Om die speelsters van dichtbij te zien, hun zwakke plekken te ontdekken. Erop trainen om ze te verslaan.'

'Oké,' zeg ik. 'Goed.'

Mijn vader staat op om naar zijn huis te gaan. 'Heb je gezien dat Bowe de kwartfinale in Milaan heeft gehaald?'

'Ja.' Ik knik.

'We moeten jullie weer samen de baan op zien te krijgen. Hoe beter hij wordt, des te beter zul jij spelen. Tot je op een dag tennis speelt zoals je nog nooit heb gespeeld, *pichona*.'

'*No lo sé, papá*,' zeg ik.

'Echt, *hija*, de beste partij uit je carrière moet nog komen.'

Het is zo lief van hem dat hij dat zegt – echt iets wat een vader zoals hij tegen een dochter zoals ik zou zeggen. Uit de grond van zijn hart en overtuigd van zijn gelijk en misschien ook een beetje bezijden de waarheid.

Maart 1995

Drie maanden tot Parijs

MIJN VADER, GWEN EN IK LEGGEN ONZE KOFFERS IN GWENS SUV EN gaan op weg naar Indian Wells.

Gwen rijdt en ik zit naast haar. Op de radio speelt TLC en door Gwens stereosysteem heb ik het gevoel dat ze bij ons in de auto zitten.

Mijn vader zit achterin en valt al in slaap als we nog geen vijf minuten op de 10 rijden.

Gwen zet de radio zachter. 'Luister,' zegt ze op fluistertoon. 'Ik wil het even ergens met je over hebben.'

'Oké...' zeg ik terwijl we door het centrum van L.A. rijden.

'Elite Gold wil de fotoshoot en de commercials uitstellen. Voorlopig.'

Ik kijk haar aan. 'Maar ik heb de laatste zestien gehaald.'

Ze controleert haar spiegels en gaat naar de inhaalstrook, die bijna compleet tot stilstand is gekomen. 'Ze waren onder de indruk van je prestatie in Melbourne, maar ze zeiden dat gravel je slechtste ondergrond is en ze willen geen commercials over wat voor legende je bent als je net twee keer...'

'Hebt gefaald.'

'Zij noemden het: verslagen worden.'

'Ik heb Roland-Garros nog niet eens verloren en nu schrijven ze me al af?'

'Ik heb gezegd dat ze er verkeerd aan doen. Ik zei: "Jullie hebben de meest besproken sporter van het jaar onder contract. Jullie zouden juist nu foto's van haar moeten maken, want als ze deze zomer wint, hebben jullie de mooiste reclamecampagne ooit."'

'Maar daar trapten ze niet in.'

'Ze wilden liever even afwachten.'

Ik geef een schop tegen het portier en Gwen werpt me een boze blik toe. 'Wat doe je nou weer?'

'Sorry.'

'Luister, wij weten allebei dat Melbourne pas het begin was. Aan het eind van dit jaar heb jij een grand slam gewonnen.'

'Denk je dat echt?' vraag ik.

'Ik geloof in je. Als jij denkt dat iets kan, dan kan het.'

Ik doe even mijn ogen dicht en zou haar het liefst willen zeggen dat dit precies is wat ik nodig heb. Maar ik kan er de woorden niet voor vinden.

'Dus. Bowe.' Ze werpt me een snelle blik toe en richt haar aandacht dan weer op de weg. 'Hoe ging dat? Hij zei dat hij er veel aan heeft gehad. Ging het goed? Heeft het geholpen?'

'Eerlijk gezegd was het fantastisch,' zeg ik. 'Het heeft me echt geholpen om een sparringpartner van dat niveau te hebben.'

'Ik zag een foto van jullie samen in een restaurant in Melbourne. En ze zeggen dat hij ook naar je partijen kwam kijken. Ik vroeg me af of...'

Ik schud mijn hoofd. 'Dat gaat je allemaal niks aan.'

'Kom op, zeg! Ik merk gewoon dat Bowe je nog steeds leuk vindt. Dat zag ik gewoon.'

Ik kijk uit het zijraampje naar het voortkruipende verkeer. We rijden met een slakkengang door de industriegebieden van Los Angeles. 'Je maakt er in je hoofd gewoon een soap van.'

'Ik denk echt dat jullie goed bij elkaar passen. Hij heeft ruwe kantjes, maar hij is echt een goed mens, net als jij.'

'Gwen, hou op.'

'Ik denk alleen dat het leuk zou zijn als je, nou ja, als je iemand had.'

Mijn hand ligt op het portier en ik merk dat ik mijn vuist bal. 'Ben je soms ontevreden over je eigen relatie? Bemoei je je daarom met mijn liefdesleven?'

'Dat is geen bemoeien. Ik wil gewoon dat je gelukkig bent. Wat is daar mis mee? Het is toch niet erg dat ik denk dat het voor de verandering misschien weleens goed voor je zou zijn om een relatie te hebben?'

Ik heb gewoon zin om het portier open te gooien en midden op de snelweg uit te stappen. 'Volgens mij neuk je niet genoeg, Gwen.' Ik praat zacht om mijn vader niet wakker te maken. 'Ik zal Michael eens zeggen dat hij het wat vaker met je moet doen, zodat je je neus niet meer in mijn zaken hoeft te steken.'

Gwen rolt met haar ogen en maakt een wegwerpgebaar. 'Nou, sorry hoor, dat ik graag wil dat er iemand van je houdt.'

'Ik denk dat ik hem meteen maar bel,' zeg ik. 'Om te zeggen dat hij echt eens moet leren om je te bevredigen zodat je je opwinding niet uit mijn leven hoeft te halen.'

Ik pak de autotelefoon en druk op de snelkeuzetoets, ervan uitgaand dat dat haar man is. De telefoon gaat over.

Gwen grist het toestel uit mijn hand wanneer Michael opneemt.

'Hoi,' zegt ze. 'Ik wil je even laten weten dat we onderweg zijn en...'

Ik stop met luisteren. De file lost zich op en voor het eerst kunnen we een beetje doorrijden. Ik kijk naar Gwen terwijl ze ophangt.

'Je gaat soms echt te ver,' zegt ze.

Ik kijk weer uit het zijraampje. Gwen drukt het gaspedaal in en we rijden op hoge snelheid over de 10, op weg naar de woestijn.

Mijn vader draagt een zonnebril en een hoed, alsof ze hem anders zullen herkennen op de tiende rij. We kijken naar Ingrid Cortez tegen Madlenka Dvořáková. Mijn vader volgt iedere slag met aandacht en maakt aantekeningen over beide speelsters in het zwartleren notitieboek dat hij onlangs heeft gekocht. Hij heeft sinds ik tiener was geen aantekeningen meer gemaakt en ik vraag me af of hij dat nu weer doet omdat hij oud is en niet meer op zijn geheugen vertrouwt, of omdat ik oud ben en we geen enkel risico kunnen nemen.

Dvořáková houdt de eerste set, wat een schok is. Ik klap en juich.

Mijn vader kijkt me aan.

'Wat?' vraag ik.

'Je juicht voor de slechtste speelster.'

'Ik moet Cortez niet.'

'Maar ze is een fantastische speelster. Je kunt toch wel haar spel respecteren? Haar talent?'

'Vast wel,' zeg ik. 'Ik bedoel, ja. Maar Dvořáková werkt heel hard. Ze moet alles geven om het Cortez moeilijk te maken. En daarom klap ik voor haar, oké?'

Glimlachend schudt hij zijn hoofd. 'Je wordt nog een softie op je oude dag.'

Ik negeer hem en kijk naar het speelschema. 'We blijven nog even naar Cortez kijken en gaan dan naar Perez tegen Zetov, goed? Gwen is daar volgens mij ook.'

Gwen is gelukkig niet iemand die je lang iets kwalijk neemt. De rest van de rit hiernaartoe deed ze koeltjes tegen me, maar de volgende ochtend was het alsof er niets was gebeurd. Ik had al een paar excuses in mijn hoofd, maar de woorden zijn nooit mijn mond uit gekomen.

Mijn vader knikt. 'En we moeten vanavond ook Antonovich en Moretti nog zien spelen.'

'Inderdaad.'

'Leuk is dit, hè?' Hij geeft me een schouderduwtje. 'God, wat hou ik veel van deze sport.'

Ik geef hem ook een duwtje en vraag me af hoe het voelt om van tennis te kunnen houden zonder angst dat tennis jou met iedere gespeelde partij steeds meer zal vergeten.

EEN PAAR DAGEN LATER WORD IK, VOL ONRUSTIGE GEDACHTEN, vroeg wakker in het huis dat we hebben gehuurd.

Ik kijk op de wekker en zie dat het bijna vijf uur is. Ik besluit te gaan hardlopen.

In de vroege ochtend is mijn lichaam warmer dan de frisse lucht in de woestijn. Ik loop midden op de weg door de lege straten van de buurt. Langzaam maar regelmatig bonken mijn voeten over het asfalt.

Als ik op Roland-Garros niet ver genoeg kom, kan ik weleens wat sponsoren kwijtraken.

Het gaat me niet om het geld. Sinds ik de hypotheek op mijn huis heb afbetaald, gaat het meeste van wat ik verdien naar tennisscholen voor de jeugd in Amerika en Argentinië. Verder heb ik goede investeringen en zal ik ook zonder sponsoren kunnen blijven doneren.

Het gaat me niet om het geld.

Het gaat om de blik op Gwens gezicht als ze me moet vertellen dat een sponsor zich officieel terugtrekt. Het gaat om de baan op moeten lopen op Wimbledon terwijl de kranten bol staan van het nieuws over verbroken sponsorcontracten. Het gaat om aan een tafel zitten in een restaurant waar iedereen weet heeft van de straf voor mijn hoogmoed.

Het gaat erom dat ik op mijn plek word gezet, iets wat sommige mensen me al heel lang toewensen.

Ik gun hun die bevrediging verdomme niet.

Ik ren zonder echt op te letten waar ik ben en sta alweer voor ons gehuurde huis voordat tot me doordringt dat ik in een rondje heb gelopen.

Ik neem een douche. Met mijn haar nog nat trek ik jeans en een T-shirt aan en stap in de auto. Ik weet niet waar ik naartoe ga, ik weet alleen dat ik in beweging moet blijven. Ik rij door de woestijn – lichtrode bergen en zachtbruine vlaktes, palmen en winkelcentra.

Wat als ik het helemaal verknal?

Dat mag ik niet laten gebeuren. Ik moet trainen, een schema maken. Ik moet aan de slag.

Mijn ambitie heeft lang op me gedrukt. Het is geen plezier. Het is een heer en meester aan wie ik moet gehoorzamen, een rookwolk die zich over mijn leven heen verspreidt zodat ik geen lucht meer krijg. Alleen mijn discipline en mijn bereidheid om tot het uiterste te gaan, hebben ervoor gezorgd dat ik altijd doorging.

Maar mijn intuïtie laat me op dit moment in de steek, dat voel ik gewoon. Ik weet dat ik moet kunnen improviseren, sneller denken dan ik in Melbourne deed, om mijn tegenstanders intuïtief te kunnen snappen.

Voordat ik besef wat ik doe, rij ik naar het sportstadion.

Ik ga midden op de tribune zitten en kijk.

Ik kijk naar Nystrom tegen Antonovich. Ik zie dat de service van Antonovich tot op de centimeter accuraat is. Ik kijk naar Moretti tegen Machado. Ik zie de enorme kracht achter Moretti's groundstrokes. Haar forehand is fabuleus, maar haar dubbele backhand is haar zwakte.

Wanneer de partij is afgelopen, bestudeer ik het wedstrijdschema. Mijn blik dwaalt af naar het mannentoernooi. Bowe moet weer tegen O'Hara. Nu. En daarom begeef ik me, in plaats van naar Perez tegen Cortez te gaan kijken, naar een andere baan.

Bowe draagt een donkerblauwe korte broek en een wit poloshirt. Zijn haren zien er nogal slordig uit onder zijn donkerblauwe honkbalpetje. Het staat 2-2 in sets en ze zijn nu bezig aan de vijfde. Dat verbaast me, maar misschien had dat niet gehoeven. Onwillekeurig voel ik dat ik een beetje trots op hem ben.

O'Hara is zo blond dat zijn haar bijna wit lijkt, en hetzelfde geldt voor zijn wenkbrauwen. Hij is een frustrerende en oninteressante speler die vaak diepe lobs speelt. Hij beperkt zich bijna geheel tot percentagetennis. Het is bekend dat O'Hara daar vaak ruzie over heeft met zijn coach, Henry Bouchard. Er zit geen hartstocht in zijn spel, geen persoonlijkheid.

En juist dat maakt Bowe al zijn hele carrière tot zo'n aantrekkelijke speler, of hij nu wint of verliest. In de jaren tachtig wist je, zelfs als hij de umpire uitschold – of misschien vooral dan – dat je naar een man keek die zijn hele ziel en zaligheid in zijn spel legde, naar een mens van vlees en bloed met gebreken die hem de winst konden kosten. Je wist dat je naar iemand keek die vocht, bereid was om alles op het spel te zetten.

Dat heb ik altijd aan hem bewonderd.

Bowe houdt zijn game. Hij staat 6-5 voor in de vijfde set. Als hij O'Hara's service weet te breken, heeft hij gewonnen.

Ik wil dat hij wint – iedereen op de tribune wil dat. Je hoort het aan de manier waarop het publiek verstomt. Alle ogen zijn strak op de baan gericht.

Heel even moet ik glimlachen bij het idee dat Bowe niet weet dat ik naar hem kijk. Het voelt een beetje stiekem, en raar genoeg ook intiem.

O'Hara slaat een punt. 15-love.

Dan 15-all.

30-15.

30-all.

Bowe veegt met zijn mouw over zijn voorhoofd, friemelt veelvuldig aan zijn petje en komt iets te snel omhoog terwijl hij op de service wacht. Hij is gespannen, nerveus. Maar ik denk niet dat iemand anders die dingen merkt. Want hij retourneert prachtig. Ik begin te stralen.

40-30.

En dan deuce.

Bowe slaat weer een punt; het is advantage Bowe. Het is breakpoint. Het is matchpoint. Bowe kan het. Hij is er zo dichtbij. Nog eentje en dan heeft hij de partij gewonnen.

O'Hara serveert wijd en hoog. Bowe slaat snel terug en de bal belandt op de zijlijn. In! Ik sta op en iedereen om me heen begint te juichen.

Dan roept de umpire dat de bal uit is.

O'Hara kijkt geschokt. Ik kijk gauw naar Bowe, die zijn petje al heeft afgezet. Hij smijt het op de grond. 'Ben je wel goed bij je hoofd, man!' buldert hij terwijl hij naar de umpire beent. 'Klootzak!'

Ik kan niet horen wat de umpire zegt.

'Je liegt dat je barst, man! De schoonheid van het spel kan je geen snars schelen!'

Er komen wat officials de baan op terwijl Bowe weer naar de achterlijn loopt. 'Jullie hoeven mij niet onder controle te houden!' schreeuwt hij. 'Jullie moeten die klootzak onder controle houden!'

O'Hara lacht naar hem.

Bowe gooit zijn handen in de lucht.

Ik laat mijn blik even over het publiek glijden, want ik kan niet naar Bowe kijken terwijl hij een reprimande krijgt van de official. Hij krijgt vast een strafpunt voor zijn gevloek alleen al. O Bowe, kom op, man. Nu is hij alleen maar verder van de winst verwijderd.

Voor mij zitten wat jonge fans die verrukt naar Bowe kijken. Ik weet niet goed of ik Bowe een goed rolmodel vind, iemand die het opneemt tegen een umpire die duidelijk op de hand van zijn tegenspeler is, of een slecht rolmodel, een volwassen man die in woede ontvlamt als de dingen niet gaan zoals hij wil. Maar er bestaan natuurlijk niet zulke dingen als absolute waarden of lessen. Alles is een kwestie van gezichtspunt. Wie een klootzak is voor de een, kan een held zijn voor de ander.

Terwijl ik mijn blik over de tribune laat glijden, zie ik vier rijen voor me ineens een vrouw zitten met een zonnebril en honkbalpetje op. Mijn hart slaat een keer over.

Het is Nicki Chan.

Ik kijk naar haar en probeer mezelf ervan te overtuigen dat ik me vergis. Maar ze is het echt.

Het is onmiskenbaar haar lange, brede lijf. Het zijn haar sterke, gespierde armen. Haar brede schouders. Het is haar zwarte haar. Niemand heeft het er echt over, wat al veelzeggend is, maar Nicki Chan is bloedmooi. Echt bloedmooi. Een rond gezicht met hoge jukbeenderen, volle lippen.

Andere vrouwen in het tennis – blonde vrouwen met dikke tieten en lange benen – krijgen vaak op hun zeventiende al een contract bij een modellenbureau. Ze verschijnen vaak al binnen een jaar nadat ze hun eerste bal hebben geslagen op het omslag van mannenbladen.

Wat vollere vrouwen zoals ik nooit. En donkere vrouwen zoals Carla Perez of Suze Carter ook niet. En Brits-Chinese vrouwen zoals Nicki of vrouwen die net zo angstaanjagend intens overkomen ook niet. Alleen maar magere, witte, lachende vrouwen.

En toch, wat voor type vrouw je ook bent, we hebben allemaal één ding gemeen: zodra we te oud worden bevonden, maakt het niet meer uit wie je ooit was.

Ik kijk een seconde te lang naar Nicki en vraag me af wat ze hier doet. Maar de gedachte verdwijnt meteen weer wanneer ze zich omdraait en mij ziet. Ze lijkt net zo verbaasd als ik. Maar ze glimlacht, een beetje. En ze zwaait.

Ze heeft iets liefs, iets puurs wat bijna eng is. Ik probeer ook te glimlachen terwijl ik terugzwaai.

Dan kijken we allebei weer naar wat er – dat weet ik diep vanbinnen al – gaat gebeuren.

Bowe is een punt kwijt, en dan nog een paar. Het is nu advantage O'Hara. Hij heeft nog maar één punt nodig om de game te houden en Bowes voorsprong te vernietigen.

Hij serveert. De bal vliegt rakelings langs Bowe heen. Een ace.

Het staat 6-6.

Omdat ik er niet tegen kan om Bowe te zien verliezen, sta ik op en loop weg.

Ik heb de auto al gestart wanneer tot me doordringt dat Nicki waarschijnlijk om dezelfde reden als ik op Indian Wells is. De concurrentie bekijken als voorbereiding op Roland-Garros. Ze kan mijn record weleens pakken voordat ik het zelfs maar terug heb.

Ik leg mijn hoofd op de claxon en laat het geluid door de parkeergarage galmen.

Godsamme.

Wanneer ik thuiskom, zit mijn vader naast het zwembad. Hij drinkt zo te zien een klassieke daiquiri. Hoewel hij aantekeningen zit te maken, kijkt hij op als hij hoort dat ik aan kom lopen.

'Waar was je nou?' wil hij weten.

Ik gooi de autosleutels op de tafel en ga naast hem zitten. Zonder mijn zonnebril af te nemen laat ik me onderuitzakken in de stoel.

'Weet ik veel.' Ik heb geen zin om hem te moeten vertellen dat Bowe een woedeaanval kreeg op de baan. En ik wil hem ook niet vertellen dat ik Nicki heb gezien.

Gwen komt aanlopen. Ze draagt een blauwe jurk en hoge hakken.

'Wauw,' zeg ik. 'Je ziet er fantastisch uit.'

'Dank je,' zegt ze. 'Ik heb een vroeg etentje met de directie van American Express. Eens polsen of zij je contract met Elite Gold willen oppikken, onder andere.'

'Goh,' zeg ik. 'Zijn we al zover?'

'Nee.' Ze pakt haar tas. 'We zijn er nog helemaal niet. Maar ik heb je gezegd dat ik ervoor zal zorgen dat jouw comeback werkt.' Ze kijkt me recht aan. 'Wat er ook gebeurt, jij staat dit jaar in een creditcardreclame.'

Mijn vader neemt me met opgetrokken wenkbrauwen op.

Ik kijk naar Gwen. Ik schaam me dood, want ik moet bijna huilen en dat is zo ontzettend stom. 'Oké,' zeg ik, mijn tranen verbijtend. Ik wend mijn gezicht af en kijk naar het zwembad. 'Veel plezier.'

April 1995

Twee maanden voor Parijs

IN APRIL, NA NOG EEN PAAR MAANDEN TRAINING, SLA IK REGELmatig services van tweehonderd kilometer per uur.

Mijn voeten voelen licht aan op de baan. Mijn knieën voelen goed. Ik voel me wendbaar maar sterk, precies wat ik hoor te zijn voor Roland-Garros.

'Ongelooflijk!' '*Increíble!*' '*Brillante!*' zegt mijn vader de laatste tijd na iedere training, met iets opgewekts in zijn ogen.

Die lente verglijden hele weken waarin ik me afvraag hoe ik ooit aan mezelf heb kunnen twijfelen. Belachelijk. Ik kan dit. Dit is wat ik doe.

Op een avond, begin april, eten mijn vader en ik 's avonds in mijn keuken. We hebben de hele dag aan mijn tweede service gewerkt. Het is een van de eerste dagen sinds lange tijd dat ik niet uitgeput ben, dat ik een beroep hebben kunnen doen op alles wat ik kan zonder daar kapot aan te gaan. Ik herinner me dit gevoel van vroeger, van toen ik in de twintig was, het gevoel van tevredenheid over wat ik heb bereikt zonder het gewicht van wat het me heeft gekost. Het hele jaar leek dat gevoel me te ontsnappen, maar nu heb ik het eindelijk terug.

Mijn vader en ik eten de gegrilde kip die hij heeft bereid.

'Hij is gortdroog,' zeg ik. 'Waarom heb je er geen chimichurri bij gemaakt? Of een wittewijnsaus? Wat dan ook?'

'Ik zou het wel leuk vinden als jij eens kookte.'

'Ik kook niet,' zeg ik. 'Ik bestel mijn eten. Want als ik kip zou moeten grillen, zou die smaken zoals deze hier.'

De telefoon in de keuken gaat en mijn vader staat op.

'Het is mijn telefoon, pap. Ik neem zelf wel op als ik daar zin in heb.'

Hij slaat naar me met een theedoek. 'Hallo?' zegt hij. Dan wendt hij zich glimlachend tot mij. 'Het is Bowe.'

Ik schiet overeind en pak de telefoon van hem aan.

'Hé,' zeg ik. 'Hoe gaat het? Goed gedaan in Johannesburg.'

'Dank je,' zegt Bowe, maar zijn stem klinkt vlak. Hij had de derde ronde bereikt maar ging vervolgens onderuit tegen Wash Lomal. Ik heb de partij echter gezien, en hij speelde fantastisch. 'Luister, ik trek me terug uit Barcelona en Tokio.'

'O.' Ik leun op het aanrecht. 'Waarom?'

'Ik begin last van mijn rug te krijgen en ik wil mijn energie sparen. Ik moet me zien te herpakken. Ik moet me voorbereiden op Roland-Garros.'

'Ga je nog in Nice of Monte-Carlo spelen?' vraag ik.

'Nee. Ik ga nu naar Parijs. Me daar installeren en trainen op gravel.'

'O, dat is een goed idee. Javier en ik wilden naar Saddlebrook om op gravel te trainen.'

'Nou, daarom bel ik eigenlijk. Als jij en Javier nou eens naar Parijs komen, dan kunnen we daar samen trainen.'

Mijn vader hoort het en staat onmiddellijk weer op en begint te knikken. 'Zeg maar dat we het doen,' zegt hij tegen mij. 'Dat heb je nodig. Jullie allebei. Zeg maar tegen hem dat ik wat ideetjes voor hem heb. Twee woorden: *eastern grip*.'

Ik lach. 'Heb je dat meegekregen?' zeg ik in de telefoon.

Bowe lacht ook. 'Helaas wel. Maar...'

'Wat?'

'Ik wil niet weten of je vader wil dat je naar Parijs gaat. Ik wil weten of jij dat wil.'

Ik wil verdomme Roland-Garros winnen. Ik wil iedere sportverslaggever daar die denkt dat ik het niet kan, omverblazen. Ik wil dat Elite

Gold het uitkotst van spijt. En dan wil ik dat ze allemaal aan mijn voeten gaan zitten en me snikkend om vergeving vragen.

'Ja,' zeg ik. 'Laten we dat doen. Laten we samen trainen en Roland-Garros winnen.'

Hij lacht weer. 'Het is wel lief dat je denkt dat ik dat kan. Maar oké, goed.'

'Nou, als ik eerlijk ben, had ik het meer over mezelf dan over jou.'

Bowe buldert het nu uit. En onwillekeurig moet ik ook lachen.

'Zo ken ik je weer!' zegt hij.

Mijn vader en ik zitten op de vlucht naar Parijs in de businessclass met het gangpad tussen ons in. Hoewel ik mijn stoel helemaal naar achteren heb gezet en naar de film probeer te kijken, buigt mijn vader zich steeds naar me toe om me te overhoren over mijn strategie.

'Het plan voor Cortez is...' zegt hij, wanneer ik hem al antwoord heb gegeven over Perez, Moretti en Antonovich.

'Zo is het wel genoeg,' zeg ik. 'Misschien worden we wel afgeluisterd.'

Fluisterend herhaalt mijn vader: 'Het plan voor Cortez is...' Mijn blik valt op de oudere vrouw naast hem. Ze lijkt me te herkennen, maar laat me met rust, wat ik wel kan waarderen.

'Het plan voor Cortez is dat ik niet zo dom moet doen als vorige keer,' fluister ik terug. 'Maar nu wil ik naar de film kijken.'

Mijn vader leunt naar achteren. 'Dat was niet echt het antwoord dat ik wilde horen. *Pero bueno*.'

Hij richt zijn aandacht op het notitieboek op zijn tafeltje. Dan kijkt hij mij aan en begint me weer aan mijn kop te zeuren. 'Bowe moet aan zijn opgooi werken. Dat ben je toch wel met me eens?'

'Ja.' Ik wil mijn koptelefoon weer opzetten. Er draait een film met Sharon Stone en ik ben dol op haar. Mijn vader blijft me echter aankijken, nog niet tevreden over mijn antwoord.

Ik zucht. 'Hij slaat de bal te laat na zijn opgooi. Als hij eerder slaat, is zijn hoek beter. En dat geldt voor iedere ondergrond eigenlijk.'

Mijn vader knipt met zijn vingers. 'Ja!' zegt hij. '*Exacto! Gracias!*'

De vrouw naast hem lijkt gecharmeerd van hem. Ze glimlacht.

'Graag gedaan. Maar pak het een beetje handig aan als je hem dat vertelt.'

'Een speler moet openstaan voor alles wat hem beter kan maken,' zegt mijn vader.

'Natuurlijk, maar iedere speler heeft een andere manier van coachen nodig.'

Mijn vader knikt nadenkend. 'Dus jij vindt dat ik hem coach?'

'Niet dan?'

Hij knikt weer. 'Ziet hij me ook als een coach?'

'Dat weet ik niet, pap, dat zul je aan hem moeten vragen.'

Ik zet de koptelefoon op, maar hij blijft me aankijken. 'Zijn jullie tweeën aan het daten?'

Ik schud mijn hoofd en doe mijn ogen dicht. 'Ik date helemaal niemand. Daar kun je over het algemeen altijd wel van uitgaan.'

'Zo moet je niet zijn, *pichona*. Hou je hart alsjeblieft open. Doe het niet op slot. Alsjeblieft.'

'Pap.' Ik begin mijn geduld te verliezen. 'Laat me nou naar die film kijken.' Die ene jongen uit *What's Eating Gilbert Grape* zit er ook in en hij is ontzettend goed. Ik wil hem echt graag zien. Gelukkig word ik gered door de vrouw die naast mijn vader zit.

Ze spreekt hem aan. 'Pardon,' zegt ze. Zo te zien is ze ergens in de zestig, en ze is bijzonder aantrekkelijk met haar grote bruine ogen en lange wimpers. 'Maar bent u niet Javier Soto?'

Ik wend mijn blik af, hoewel ik het gesprek natuurlijk wel probeer te volgen; zo nieuwsgierig ben ik wel.

'Ja.' Mijn vader zet zijn charmantste glimlach op. In de jaren tachtig werd hij vaak herkend en kreeg hij alle aandacht, van andere coaches, tennisouders en van spelers die hem tips probeerden te ontfutselen. Toen hij zijn boektournee had, was hij dé man. Iedereen wilde zich koesteren in het licht dat hij uitstraalde. Nu gebeurt dat niet zo vaak meer.

Hij gaat wat meer rechtop zitten, recht zijn schouders en geeft haar een hand. 'Hallo, zeg maar je, hoor.'

'Ik ben Coral,' zegt ze. 'Ik ben een groot fan.'

'Van mijn dochter?' vraagt hij.

'Eh, ja, maar ook van jou.'

'Van mij?'

'Ja, van de Jaguar.'

Mijn vader bloost. Hij bloost!

'Ik tennis ook,' vervolgt ze. 'Bijna mijn hele leven al. Ik vond het fantastisch wat je zei over een klassiek, goed uitgevoerd spel. Ik vond je boek *Beautiful Fundamentals* fantastisch.'

'Nou, dank je,' zegt mijn vader. 'Dat is leuk om te horen.'

Eindelijk zet ik mijn koptelefoon aan en begin naar de film te kijken, hoewel ik al meer dan twintig minuten heb gemist. Een paar keer werp ik nog een blik op mijn vader en Coral die samen zitten te lachen. En te praten. Coral raakt zelfs zijn onderarm aan.

Wanneer de maaltijden worden opgediend, zie ik dat ze zout en peper uitwisselen. Hij geeft haar zijn toetje. Ze glimlacht lief; de manier waarop ze het accepteert heeft iets meisjesachtigs.

Nadat mijn film is afgelopen, begint er iets wat *3 Ninjas Knuckle Up* heet, en ik val in slaap. Als ik een paar uur later, vlak voor de landing, wakker word, zie ik dat mijn vader en Coral nog steeds zitten te praten.

Ze vraagt hem iets wat ik helaas niet versta en mijn vader legt zijn hand heel even op de hare en schudt kort zijn hoofd.

Na de landing staan alle passagiers op. Coral knikt naar mijn vader en zegt: 'Dag Javier, ik vond het erg leuk.' Dan loopt ze weg.

Niet veel later lopen we de luchthaven in, mijn vader veel sneller dan ik. Ik haal hem echter algauw in. 'Wat was dat?'

Hij kijkt me aan. 'Hoezo, wat was dat?'

'Heb je een afspraakje met haar gemaakt?'

'Nee, dat heb ik niet,' zegt hij spottend.

'Waarom niet? Je zei tegen mij juist dat ik mijn hart moest openhouden.'

'Dat ging over jou, niet over mij,' zegt hij terwijl we op de roltrap stappen. 'Ik heb mijn liefde al gehad.'

In het hotel overhandigt de portier me een bericht van Gwen. Ik moet haar bellen, maakt niet uit hoe laat het is. Ik kijk op mijn horloge. Het is bijna middernacht in Parijs, maar in L.A. is het pas middag.

Mijn vader en ik lopen naar mijn kamer. Ik pak de telefoon en bel.

'Hoi,' zegt Ali. 'Wacht even.'

Ik zet de luidspreker aan terwijl Gwen opneemt.

'Dus,' zegt ze.

Ze gaat me óf vertellen dat Elite Gold me niet meer wil sponsoren óf dat Nicki Chan meedoet. En ik weet niet goed welke van de twee ik erger vind.

'Chan doet mee aan Roland-Garros,' zegt ze.

Fuck! Van de twee vind ik deze toch het ergst. Ik kijk naar mijn vader, die naar mij kijkt.

'Je kunt het,' zegt Gwen. 'Gravel is haar ondergrond, maar je kunt van haar winnen.'

'Ja,' zeg ik. 'Ja. Oké, tot later.'

Ik hang op en zeg: 'Als zij Roland-Garros wint voordat ik de kans heb gehad om een...'

Mijn vader knikt. 'Het is geen goed nieuws.'

Ik sta op. 'Maar zij gaat Roland-Garros niet winnen.'

'Nee, want jij gaat Roland-Garros winnen.'

'Omdat ik de beste speelster aller tijden ben.'

Mijn vader gaat voor me staan en legt zijn handen op mijn schouders. 'Jij bent de grootste krijger aller tijden.'

Transcript

SportsHour USA
The Mark Hadley Show

Mark Hadley: Wat voor gevolgen heeft het voor de andere speelsters dat Nicki Chan heeft aangekondigd dat ze op Roland-Garros speelt?
Gloria Jones: Nou, we weten natuurlijk niet wat voor speelster we gaan zien. Veel mensen zeggen dat ze te snel na haar blessure terugkomt. Er wordt gezegd dat ze nog een slamtitel wil pakken om Soto voor te zijn en dat ze daarom te snel weer gaat spelen.
Briggs Lakin: Eerlijk gezegd hoor ik heel andere dingen, Gloria. Ik hoor dat het Beest nog nooit zo goed heeft gespeeld als nu. Bovendien was Soto's enige kans om een slamtitel te pakken in Melbourne, toen Nicki uitviel. Volgens mij kunnen we wel stellen dat het voorbij is voor de Houwdegen.

Eind april

Een maand tot Roland-Garros

WE HEBBEN MET BOWE AFGESPROKEN OP DE OEFENBAAN OM ACHT uur 's ochtends. Er is verder nog niemand. Bowe draag een gymbroek en een wit T-shirt en tikt met zijn racket tegen zijn felwitte schoenen die bijna licht lijken te geven tegen de achtergrond van de oranje gravel.

'Je hebt het goed gedaan, zelfs met die rugklachten van je,' zeg ik terwijl ik de baan op stap. Mijn vader loopt twee passen achter me.

'Dank je,' zegt Bowe. 'Hoewel ik vermoed dat jij nu op topniveau speelt. Dus ik zie er een beetje tegen op.'

'Terecht,' zeg ik.

'Oké jongens, zullen we dan maar?' vraagt mijn vader.

Bowe geeft me een hand. 'Moge de beste speler winnen.'

'Maak je geen zorgen, ik win wel.'

'Drie of vijf?' wil mijn vader weten.

Ik wil het echt verdienen. Ik wil mezelf helemaal afpeigeren om te zien waar ik sta. 'Vijf,' zeg ik.

Hij knikt. 'Goed, dan beginnen we.'

Ik serveer als eerste en het is een klapper. Scherp, snel en met een hoge stuit. 'Fuck,' zegt Bowe wanneer hij hem mist.

'Wen er maar aan.'

'O, dat gebeurt vanzelf wel,' zegt Bowe, en ik schiet in de lach.

Ik ga nog een tijdje zo door, maar merk dan dat ik voor veilige slagen begin te kiezen, bang dat ik het anders niet zo lang volhou. Bowe haalt me in en wint de eerste set met 7-5.

Ik moet evenwicht zien te vinden in mijn spel, de kracht vinden om hard en snel te spelen en toch door te gaan, zonder uitgeput te raken. Ik werp een blik op mijn vader voor hulp, maar hij zit aantekeningen te maken.

Bovendien weet ik het antwoord al. Ik moet mijn shots preciseren, sommige moeten harder, ik moet risico's durven nemen. En ik moet meer druk leggen op Bowes kant van de baan. Ik begin meer lobs te slaan en weet daarmee meer games te winnen.

Ik pak de tweede set met 6-3. 'O o,' zeg ik. 'Ze gaat je te grazen nemen.'

'Ik maak me nog geen zorgen.'

Ik pak de volgende set.

'Maar nu begint het toch wel een beetje pijn te doen?' vraag ik plagend terwijl we bij het net staan.

'We moeten er vijf, Soto,' zegt hij. 'Ik weet dat jij gewend bent om met twee sets te winnen, maar je speelt nu mannentennis.'

'Rot op.'

Mijn vader schudt zijn hoofd.

Bowe pakt de vierde. Ik word moe. Mijn service wordt slapper.

'O shit,' zegt Bowe. 'Het kan nu alle kanten opgaan, Houwdegen.'

'Jullie zijn allebei even slecht in de vijfde set van welke match dan ook,' roept mijn vader. 'Dus niet op elkaar inhakken tot een van jullie resultaat behaalt.'

In onze vijfde set wordt het een tiebreak. Matchpoint ligt bij Bowes opslag. De bal belandt op de kruising. Ik sla hem terug met een backhand, langs de lijn. De bal stuitert hoog op en hij kan er niet bij.

'Yes!' Ik bal mijn vuist. 'Nou, hoe voelt dat?'

Bowe schudt zijn hoofd, zichtbaar kwaad op zichzelf omdat hij zijn matchpoint uit handen heeft gegeven.

'Jij wint,' zegt hij. 'Deze is voor jou.'

Mijn vader geeft me een knikje. 'Ik ga binnen wat drinken. Ik zie jullie over tien minuten, dan hebben we het over wat er beter kan. Ik heb heel veel aantekeningen gemaakt. Over jullie allebei.'

Bowe pakt de bal van de baan en loopt naar de bank waar ik al sta. Ik neem een grote slok water en hij volgt mijn voorbeeld. Onze blikken vinden elkaar.

'Hoe voel je je?' vraagt hij.

'Hoe bedoel je?'

'Chan.'

Ik ga op de bank zitten. 'Ik heb het gevoel dat ik vanaf het begin van mijn comeback al heb willen bewijzen dat ik de betere speelster ben. Ik heb geluk gehad toen ze haar enkel verstuikte in Melbourne, maar weet je, ik wist dat ik ooit tegen haar zou moeten spelen. Dat is ook de uitdaging.' Dat is tenminste wat ik mezelf steeds voorhou.

'Dus dan is het oké dat ze weer meedoet.'

Ik lach. 'Ja,' zeg ik. 'Nee. Ik weet het niet. Ja, het is goed, als ik echt zo fantastisch ben als ik zeg dat ik ben.'

'Dat ben je,' zegt hij. 'Het gaat je lukken. Ik ben degene die een wonder nodig heeft.'

'Misschien,' zeg ik glimlachend.

'Ik heb je net gezegd dat je het fantastisch doet, dan verwacht ik toch ook iets aardigs van jou.'

'Wat wil je dat ik doe? Dat ik lieg? Je moet niet zo naar complimentjes hengelen.'

'Jezus, Carrie,' zegt hij, maar hij lacht. En ik ook. Maar dan is ineens mijn vader terug met zijn hoofd nog steeds in zijn notitieboek.

'Carrie, ga naar de baseline. We moeten harder aan je tweede opslag werken. Huntley, ik neem aan dat je blijft? Ik heb aantekeningen voor je, je mag ze hebben als je wilt. Je spel wordt beter, maar aan het net ben je nog steeds niets waard. Je kunt nog heel wat van me leren.'

Bowe rolt met zijn ogen. 'Begin jij nu ook al? O man!' Hij kijkt ons allebei aan. 'Twee olifanten in een porseleinkast.'

'Alsof jij zo fantastisch bent,' zegt mijn vader met opgetrokken wenkbrauwen.

'Goed dan, geef me je aantekeningen maar. Ik ben hier om te winnen, dus luister ik naar je.'

Mijn vaders gezicht klaart op. En ik ben blij voor hem, blij dat hij weer kan doen waar hij zo goed in is: het vak uitoefenen dat hem maakt tot wie hij is.

Dit is niet alleen *míjn* comeback.

Soto tegen Huntley, Love?

Sub Rosa Magazine

Uit Parijs komen berichten dat de beeldenstormster Carrie Soto en de voormalige wildebras Bowe Huntley weer aan het daten zijn.

Degenen die nog weet hebben van de onstuimige dominantie van zowel Soto als Huntley in het tennis van de jaren tachtig, zullen zich ook nog herinneren dat die twee toen zoenend zijn betrapt in Spanje.

En nu, bijna vijftien jaar later, lijken ze weer toenadering tot elkaar te zoeken.

Meerdere bronnen melden ons dat ze 'de Houwdegen' en 'Howlin' Huntley' samen hebben zien trainen ter voorbereiding op Roland-Garros.

En wij moeten denken dat het een puur zakelijke aangelegenheid is...

Half mei

Twee weken tot Roland-Garros

HET IS LAAT, AL BIJNA TIEN UUR 'S AVONDS, EN BOWE EN IK STAAN AL ongeveer twee uur te trainen op een baan vlak buiten Parijs. De lampen om de baan schijnen fel. Het gravel ligt dik onder onze voeten.

We zijn met zijn tweetjes. Mijn vader is al naar bed.

Bowe en ik hebben besloten om vanavond te trainen omdat zich eerder op de dag mensen verzamelden bij de baan waar we waren, in een poging een glimp van ons op te vangen. En ik voelde dat ik gespannen raakte met al die ogen op me gericht.

'Ik heb privacy nodig,' zei ik tegen mijn vader tussen de games door. 'Gravel is voor mij de lastigste ondergrond. Ik moet eerst alles onder controle hebben en dan mogen de mensen pas naar me kijken.'

Bowe kwam naar ons toe lopen. Ik begreep dat hij mijn laatste woorden had opgevangen, want hij keek me met opgetrokken wenkbrauwen aan.

'Je zit te veel in je hoofd,' zei hij, wijzend naar zijn slaap. 'Dat heb ik je al vaker gezegd.'

Mijn vader keek Bowe fronsend aan. 'Ik geloof dat ik het sollicitatiegesprek heb gemist waarin ik je als assistent-coach heb aangenomen.'

'Maar jullie twee leveren ook continu commentaar op mijn spel!' zei Bowe. Het maakte geen indruk op mijn vader en Bowe gooide zijn handen in de lucht. 'Oké. Zeggen jullie maar lekker alles wat er in jullie hoofd opkomt, ik zal muisstil zijn.'

Mijn vader knikte. 'Dat is het beste.'

Bowe rolde met zijn ogen. 'Spelen we nog verder of niet?'

Mijn vader keek naar mij. '*Praticá sola,*' zei hij, '*dos días más. Después, tenés que estar lista para jugar con todos los ojos clavados en vos. Entendido?*'

'*Bueno,*' zei ik. '*Está bien.*'

'*Esta noche, practicá sin mí.*' Mijn vader pakte zijn water en zijn pet. '*Nos vemos después.*' Na die woorden liep hij weg, waarschijnlijk naar de eerste de beste bistro.

Bowe keek me aan. 'Waar ging dat over?'

'Je zou echt Spaans moeten leren,' zei ik.

'Om je vader te kunnen verstaan?'

'Om heel veel mensen te kunnen verstaan. Mij bijvoorbeeld. Soms.'

Hij grijnsde. 'Gaan we nou nog spelen of niet?'

Ik begon mijn spullen in te pakken. 'Nee. Hij zei dat we nog twee dagen spelen zonder publiek, maar dat ik er daarna klaar voor moet zijn. Dus kunnen we deze partij alsjeblieft wat later vandaag afmaken, als er niemand is? Zeg jij maar hoe laat.'

Hij knikte. 'Prima. Zullen we zeggen acht uur? Ik praat wel even met Jean-Marc om ervoor te zorgen dat er dan niemand is.'

'Dank je. Echt.'

Toen ik wegliep, riep hij me na: 'Denk nog maar even na over wat ik zei over je mentale spel.'

Ik draaide me om. 'En hou jij maar even gewoon je mond.'

Nu, in de koele avondlucht, zonder publiek, is mijn spel veel beter.

'Verdomme!' roept Bowe als ik de game win. Als ik de volgende ook win, is het tiebreak en kan ik de match winnen.

Ik lach. 'Over wiens mentale spel maak je je nu zorgen?'

Hij rolt met zijn ogen.

'Och, het arme kind verliest!'

Vanavond heb ik, terwijl ik me over de baan beweeg, echt het gevoel dat ik het op Roland-Garros langer dan in Melbourne kan uithouden tegen krachtpatsers als Cortez. Ik speel goed.

Ik serveer en Bowe slaat de bal wijd terug. Ik ben er op tijd en sla hem met mijn backhand schuin de baan over in de verre hoek. Hij slaat een groundstroke met zijn backhand. En dan is het tijd voor mijn tweeslagenstrategie. Eerst een aanvallende bal, een gemakkelijke return. En dan een dropshot.

'Het is bijna te gemakkelijk,' zeg ik. 'Echt.'

'Verdomme, Carrie,' zegt Bowe op vlakke toon. 'Ooit van het woord "bescheidenheid" gehoord?'

'Bescheidenheid?' Ik heb de bal in mijn hand, klaar om te serveren, maar ik stop hem dan in mijn zak.

'Je wilde vanmiddag stoppen toen ik aan de winnende hand was,' zegt hij. 'En nu jij dat bent, sta je je te verkneukelen.'

'O nee, nu krijgen we de befaamde woede-uitbarsting van Huntley.'

'Ik heb nooit woede-uitbarstingen,' zegt hij. 'Trap jij ook al in die shit van de sportverslaggevers? En op jou ben ik nog nooit woedend geweest.'

'Ik wilde alleen maar zeggen –'

'Ik schreeuw niet meer.'

'Kom op, zeg...'

'Wat?'

'Ik heb je in Indian Wells gezien. Je stond te schreeuwen tegen de umpire. Je noemde hem een klootzak.'

Zijn gezicht betrekt. Hij sluit zijn ogen. 'Ik doe echt mijn best, Carrie. Ik probeer echt niet meer zo te zijn als vroeger. Denk je dat ik het leuk vind om die vent te zijn die loopt te schreeuwen op de baan omdat hij niet wint? Natuurlijk niet. Ik weet dat ik het verknald heb in Indian Wells na die fout van de umpire. Maar ik doe mijn best. En jij hoeft me er heus niet aan te herinneren als ik een keertje in de fout ben gegaan.'

Ik kijk naar mijn schoenen. Ze zitten onder het gravel. 'Ik snap het.'

'En trouwens, waarom heb je me toen niet gezegd dat je op de tribune zat?'

'Hè?'

'Je zit daar gewoon naar mijn partij te kijken zonder het me te vertellen? Zonder zelfs maar de moeite te nemen om even gedag te zeggen? Om me succes te wensen?'

'Hoe oud ben je, twaalf? Zit je er nou echt op te wachten dat ik je succes wens?' vraag ik.

Hij schudt zijn hoofd. 'Laat maar zitten. Ik weet zelf niet waarom ik me kwaad maak. Serveer nou maar, Carrie. Of ben je nu ineens weer te nerveus en wil je de match morgen uitspelen?'

'Ik probeer me voor te bereiden op Roland-Garros, oké? Sorry als het niet helemaal in jouw schema past.'

'Je hoeft je niet meer voor te bereiden. Je bent er klaar voor. Je speelt net zoals tien jaar geleden. En toch doe je nog van "O jeetje, als ik maar goed genoeg ben. Ik wil dat mensen pas naar me kijken als ik de allerbeste ter wereld ben."'

'Waarom maak jij je daar nou druk om?' vraag ik.

'Daarom. Jij bent zo bang om te verliezen dat je vandaag mijn hele training hebt verpest, alleen maar om dat te voorkomen.'

'Nietes.'

'Welles!' roept hij. 'Ik zal niet meer zo lang meedraaien in het circuit, Carrie. Ik weet niet eens of ik het einde van dit jaar wel haal. Ik heb de andere toernooien afgezegd om mijn rug te ontzien en om hier te zijn, om tegen jou te kunnen spelen onder de zwaarst mogelijke omstandigheden. Ik wil mezelf echt de kans geven om iets groots neer te zetten.'

'Natuurlijk haal je het eind van het jaar wel.'

Hij rolt met zijn ogen. 'Serveer nou maar. Hoe sneller dit is afgelopen hoe beter.'

'Je zult nooit winnen als dat je houding is,' zeg ik.

'O, hou alsjeblieft je mond, Soto.'

'Zie je nou wel? Dat is jouw probleem. Als er één klein dingetje niet gaat zoals je wilt, ontplof je.'

'Nou, maar ik loop in elk geval niet weg.'

'Wat wil je daar nou weer mee zeggen?'

'Dat jij iemand bent die wegloopt, Carrie. Kom op, serveren.'

Ik kijk naar hem terwijl hij naar de baseline loopt. Wanneer hij er is, draait hij zich om in de verwachting dat ik zal serveren, maar ik staar hem alleen maar aan vanaf het net.

'Als je me soms iets te vertellen hebt, doe dat dan,' zeg ik.

'Ik heb het net gezegd.'

Ik blijf hem aanstaren.

Hij zucht. 'Ik wil alleen maar dat je serveert.'

Ik loop achteruit naar de baseline, met een boze blik op hem. 'Waag het niet om me ooit nog eens een weglopar te noemen.'

'Ga nou maar serveren, Carrie.'

Met de snelheid van het licht gooi ik de bal op en mep hem over de baan. Hij vliegt van mijn racket rakelings over het net, op de grond, en dan stuitert hij weg voordat Bowe erbij kan.

'Breakpoint,' zeg ik.

'Godverdomme.' Hij smijt zijn racket op de grond.

Ik schud mijn hoofd en loop naar de bank om een slok water te drinken.

Bowe raapt zijn racket op en loopt ook naar de bank. Wanneer hij bij me komt staan, is hij al een beetje gekalmeerd. Maar het racket in zijn hand is kapot, de helft van het frame hangt aan de snaren.

Met een knikje naar zijn racket zeg ik: 'Dat krijg je ervan als je je emoties niet kunt beheersen.'

'Ja, misschien kan ik beter gewoon iedere keer weglopen als ik denk dat ik ga verliezen.'

'Dat is maar één keer gebeurd! Ik heb je één keer gevraagd om een partij te verplaatsen omdat ik geen zin had in publiek. En daar raak je zo van over je toeren dat je je racket kapotsmijt? Toe zeg. Je bent een volwassen man. Beheers je een beetje.'

'Ik kan er echt helemaal niet tegen dat jij me steeds de les leest,' zegt hij terwijl hij zijn andere rackets pakt.

'Waarom niet? Wie moet jou anders de les lezen? Wij zijn hetzelfde, Bowe. We zijn oud en we willen nog iets bewijzen. Maar ik ga daar waardiger mee om dan jij.'

'Jij bent weggelopen!' zegt hij op harde toon. Dan schudt hij zijn hoofd en lacht bij zichzelf. 'Je had last van je knie, je verloor een paar partijen en toen stopte je. Je zegt dat we hetzelfde zijn, maar dat is niet zo. Ik ben gebleven. Ik had het lef om het te blijven proberen. Ik heb het lef om te verliezen. Maar jij gaat er gewoon vandoor. Maar weet je wat, Carrie? Mensen die spelen, verliezen. We verliezen allemaal. We verliezen continu. Dat is het leven. Dus wij zijn niet hetzelfde, Soto. Ik heb moed. Jij bent alleen maar goed in tennis.'

Hij ritst zijn tas dicht, terwijl ik mijn ademhaling onder controle probeer te krijgen.

'Je bent kwaad op me omdat ik ben gestopt?' vraag ik. 'Dat meen je niet! Wat had ik anders moeten doen? Doorgaan en door iedereen uitgelachen worden? Hinkend de finish halen terwijl iedereen kijkt?'

Hij neemt me even op en sluit dan langzaam zijn ogen. Hij haalt een keer diep adem. 'Je doet alsof je je hele leven aan tennis hebt gewijd. Maar je bent teruggekomen om te winnen, niet om te spelen. Daarom vindt niemand het leuk dat je terug bent. Je hebt geen gevoel.'

Hij hangt zijn tas over zijn schouder en loopt weg.

'En wie loopt er nu weg?' roep ik hem na. 'Deze partij is nu voor mij, hoor!'

Bowe schudt alleen zijn hoofd en gaat weg.

De volgende ochtend komt hij niet opdagen en daarom spelen mijn vader en ik samen.

'Hij blijft gewoon weg? Hij heeft gewoon besloten om niet te komen trainen?' vraagt mijn vader terwijl we als warming-up ballen naar elkaar toe slaan.

Ik sla een zachte bal over het net. '*No lo sé.*'

Mijn vader fronst. 'Jullie hebben dus ruzie gehad.'

'Hij kan er niet tegen als iemand hem de waarheid vertelt. Dus wat kan ik eraan doen?'

Mijn vader glimlacht hoofdschuddend. 'Jullie twee...'

'Nou, ik ben er toch?'

Hij knikt. 'Ik bel hem straks wel even.'

'Moet jij weten.'

We doen oefeningen. Mijn vader huurt op het laatste moment nog iemand in om met me te spelen. Het is geen uitputtende training, maar ik blijf er warm bij. En ik denk bij mezelf dat Bowe beter wel had kunnen komen, dan had hij het gevecht kunnen krijgen dat hij wilde, want er zijn weer veel mensen komen kijken.

Hoe dan ook, ik krijg de bal steeds waar ik hem hebben wil. Ik merk dat ik steeds minder last heb van het publiek. De mensen worden luidruchtiger, bemoeien zich ermee en roepen dingen als: 'Carrie!' en '*Nous t'aimons!*'

Bij iedere perfect uitgevoerde groundstroke probeer ik kracht te ontlenen aan hun aanwezigheid en me er niet meer bang door te laten maken.

Ik ben goed. Op welke ondergrond je me ook neerzet, ik ben goed. Ik tennis nu op zo'n niveau dat iedereen het mag zien.

Maar dan zie ik dat mijn vaders aandacht zich richt op een van de andere banen, terwijl door het hele complex geroezemoes opstijgt van fans. Ik kijk wat er gebeurt. Nicki Chan zet handtekeningen terwijl ze de baan op loopt met een trainingsmaatje.

Mijn vader draait zich om en zoekt mijn blik. We hoeven niets te zeggen. Ik blijf nog een paar minuten slaan.

'*Vámonos*,' zegt mijn vader. 'We hebben vandaag genoeg gedaan.'

Ik knik en verzamel mijn spullen. Mijn hitter pakt zijn tas. Het publiek kreunt, teleurgesteld dat ik wegga. Ik denk even aan Bowe, aan hoe hij zou reageren. Hij zou iets grappigs roepen naar de tribune en dan bij het hek zijn fans aan het lachen maken terwijl hij handtekeningen op hun tennisballen zette. Er is een vrouw bij met een peuter en ik weet gewoon dat Bowe het kind een high five zou geven.

Ik zou echter niet weten hoe ik dat soort dingen moet doen zonder onoprecht over te komen. Ik voel me niet dankbaar voor hun aanwezigheid en ik weet niet hoe je over koetjes en kalfjes praat. Ik heb geen flauw idee wat ik tegen een klein kind zou moeten zeggen.

Ik zwaai even en loop naar de uitgang. We moeten langs Nicki's baan om het complex te kunnen verlaten en ik blijf even staan om naar haar te kijken.

Ze serveert haar ballen recht op haar tegenspeler af, de ene kogel na de andere. Mijn vader fluit zacht.

Haar houding gaat tegen alle tradities in. Omdat ze linkshandig is, zijn veel spelers niet gewend aan haar hoeken. Maar ze serveert de bal ook vanuit een pose die tegen alle regels in gaat en in een houding die tegen nog veel meer regels in gaat. Ze gromt zo hard dat je haar in Brussel kunt horen. Toch ziet iedere opslag van haar er dodelijk uit.

En dat is niet alleen bij wijze van spreken. Het lijkt echt net alsof haar ballen zo hard op het gravel afvliegen dat ze je, als ze je in de borst zouden raken, werkelijk zouden doden.

'*Vamos*,' zegt mijn vader.

Ik knik, maar blijf gewoon staan. Het is alsof ik mijn blik niet van haar kan losscheuren. Ik heb haar wel vaker zien spelen, maar niet van zo dichtbij... Het is prachtig om te zien.

Wanneer ze klaar is met alle ballen die naast haar lagen, begint haar tegenspeler ze te verzamelen. Ze kijkt even op en ziet ons dan staan. Ze zwaait.

'Hoi,' zegt ze terwijl ze naar ons toe komt lopen. 'Ik heb net ook even naar jou staan kijken, maar volgens mij zag je me niet.'

Ik moet gewoon mijn best doen om niet met mijn ogen te rollen. Ik wilde geen gesprek. Ik wilde onzichtbaar zijn.

'Hoi,' zeg ik.

Ze blijft vlak voor ons staan en kijkt mijn vader aan. 'Jij bent Javier.'

'Ja,' zegt mijn vader.

'Ik vind het zo leuk om jullie te zien. Toen ik klein was, keek ik altijd... Nou ja, Carrie, ik volgde al jouw partijen. Ik had een foto van jou van een cover van *SportsPages* aan de muur hangen. Ik heb het je vast al eerder verteld, toen ik net begon, maar... nou ja, Javier, ik was zo jaloers dat Carrie jou als vader had. Mijn eigen vader heeft nauwelijks verstand van tennis. Hij doet zijn best, maar het slaat nergens op. Ik moest als kind altijd mijn eigen coaches zoeken. En...' Ze schudt haar hoofd bij de herinnering eraan. 'Ik vond jou gewoon de coolste.'

Mijn vader glimlacht.

'We zullen je verder niet ophouden,' zeg ik. 'We zien elkaar vast gauw weer.'

'O, zeker weten. Maar wacht even,' zegt ze terwijl ze zich naar me toe buigt. Ik zet een stap in haar richting, alleen het hek scheidt ons nog. 'Ik wil je bedanken.'

'Me bedanken?'

'Ik geloof niet dat ik zo hard aan mijn herstel had gewerkt als ik niet had geweten dat ik het tegen jou moest opnemen. Dat ik mijn titels tegen jou moest verdedigen.'

Het bevalt me niets hoe vrolijk ze erbij kijkt, hoe oprecht het allemaal lijkt.

'Nou, oké,' zeg ik. 'Je weet waarom ik hier ben. Je weet wat ik wil. En ik neem aan dat jij hetzelfde wilt. Dus... moge de beste vrouw winnen.'

Nicki knikt. 'Tot dan, Carrie.'

Transcript

SportsHour USA
The Mark Hadley Show

Mark Hadley: Morgen begint Roland-Garros. Gloria, vertel ons even hoe het met de vrouwen zit.
Gloria Jones: Nou, alle blikken zijn natuurlijk gericht op Nicki Chan. Gravel is een goede ondergrond voor haar. En ik geloof dat Natasha Antonovich ook heeft bewezen dat ze nu goed uit de voeten kan op gravel.
Hadley: In de reclames voor het toernooi zien we veel oude filmpjes met Carrie Soto, maar laten we het meteen maar op tafel leggen: Carrie maakt weinig kans.
Jones: Carrie komt niet echt uit de verf op gravel, nee. De Houwdegen – zoals we haar al heel lang noemen en ook maar moeten blijven noemen, vind ik, tenzij we haar gewoon bij haar naam noemen – is een echte grasspeelster. Geen gravelspeelster.
Briggs Lakin: Gloria, ik denk dat je zinspeelt op het feit dat mensen haar aanduiden met het b-woord. We hadden het er samen al even over – nou ja, laat ik eerlijk zijn en zeggen dat we het niet eens waren – of je haar zo kunt noemen.
Jones: Dat klopt. Ik vind het beledigend.
Lakin: Maar om even advocaat van de duivel te spelen…

Jones: (onverstaanbaar)
Lakin: Ik vind het weinig verschillen van haar de Houwdegen noemen. Vergeet niet dat we haar zo zijn gaan noemen omdat ze expres op Paulina Stepanova's enkel speelde in de partij die we nog steeds 'De Koudste Oorlog' noemen, tijdens de US Open in 1976. Dat was naar en wreed. En zo zijn er nog vele voorbeelden. Sorry, maar Carrie Soto ís een b-woord. En als je haar de Houwdegen noemt, zeg je in feite precies hetzelfde.
Jones: Volgens mij is er wel een verschil.
Lakin: Ik weet dat jij dat vindt. Maar een sporter moet niet alleen winnen. Zijn of haar taak is ook om iemand te zijn voor wie we kunnen juichen. Soto doet totaal niet haar best voor haar publiek. En ik geloof dat ik weleens zou willen weten waarom we allemaal op eieren lopen en doen alsof Carrie Soto niet dat is wat ze zelf blijkbaar zo graag wil zijn.
Hadley: En daarmee sluiten we even af. We zijn zo bij u terug.

Roland-Garros
1995

DE GEUR OP ROLAND-GARROS IS ANDERS DAN OP WELKE BAAN TER wereld dan ook: aards en vochtig, zwaar van het nooit wijkende aroma van tabak. De rook uit de pijpen van de toeschouwers heeft zich in de loop der jaren verzameld in de lucht en leeft door in de moleculen van deze plek.

Terwijl ik 's ochtends naar de kleedkamer loop in voorbereiding op mijn eerste partij, verbaas ik me over de scherpte van mijn herinneringen. Alle partijen die ik hier heb gespeeld komen plotseling en tegelijkertijd weer bij me op.

Vanaf halverwege de jaren zeventig tot de vroege jaren tachtig. Prachtige overwinningen en verpletterende nederlagen.

De eerste vijf jaar of zo was ik hier wanhopig en gefrustreerd en vocht ik voor een hogere plaats op de ranglijst. In 1978 verloor ik in de halve finale van Stepanova. In 1979 versloeg ik haar in de halve finale, maar werd ik daarna uitgeschakeld door Gabriella Fornaci. In 1980 verloor ik van Mariana Clayton. In 1981 van Renee Mona. Van Bonnie Hayes in 1982. Maar toen, in 1983, won ik eindelijk de titel.

Was ik op dat moment echt de beste? Al had ik daarvoor vele malen gefaald op die plek? Wat is belangrijker? De gewonnen of de verloren partijen?

Hoe hard ik ook op zoek ben naar een of ander onweerlegbaar etiket van 'grootsheid', eigenlijk bestaat dat niet. En ergens weet ik dat ook wel.

Maar dan loop ik de kleedkamer in, vol speelsters – Antonovich en Cortez die in een hoek staan te praten, Brenda Johns die haar schoenen aantrekt, Carla Perez die een locker opent – en dan word ik ineens vanuit mijn hoofd de wereld in gelanceerd die ik het beste ken.

De wereld van winnaars en verliezers.

Soto tegen Zetov

Roland-Garros 1995

Eerste ronde

IK LOOP DE BAAN OP EN HOOR DAT HET PUBLIEK BEGINT TE JUICHEN.

Ik kijk naar Petra Zetov. Ze warmt haar schouder op en stretcht haar benen terwijl mannelijke toeschouwers joelen. Ze staat op het ogenblik hoger dan ooit in haar carrière, op nummer 89. Maar ze heeft een fanatieke aanhang die niet bij haar ranking past.

Ze is opvallend mooi: lang en slank, met blond haar en blauwe ogen. Ze is model voor Calvin Klein, doet commercials voor Diet Coke en zat in een video van Soul Asylum.

En ze draagt een last met zich mee die ik nooit heb hoeven dragen. Om haar inkomsten veilig te stellen moet ze er altijd mooi uitzien op de baan.

Heel even vraag ik me af of ze daar eigenlijk wel onder lijdt. Misschien bevrijdt het haar juist wel van de druk waar ik onder leef, de druk om te winnen.

Het is hoe dan ook een gevangenis. Zowel haar schoonheid als mijn talent – ze kennen allebei een uiterste houdbaarheidsdatum.

'Ik vind het een eer om tegen je te spelen,' zegt ze.

Ik knik.

Dit wordt niet moeilijk. Ik ben de eerste om toe te geven dat ik niet heb wat zij heeft. Maar omgekeerd geldt hetzelfde: zij heeft niet wat ik heb.

Het muntje is opgegooid. Zetov wint. Ze kiest ervoor om als eerste te serveren, met een vrolijke en hoopvolle blik in haar ogen, alsof dit een goed voorteken is, alsof ze echt kans maakt.

Ik pak de partij zonder een set te verliezen.

IN DE TWEEDE RONDE SCHAKEL IK CELINE NYSTROM UIT. NICKI wint van Avril Martin.

In de derde maakt Nicki korte metten met Josie Flores. Ik versla Andressa Machado.

Wanneer ik na de partij terugkom in het hotel, ga ik me douchen en daarna sla ik een boek open.

Ik probeer tot rust te komen. De vierde ronde begint morgenmiddag. Morgenvroeg ga ik trainen met mijn vader. Dus vanavond heb ik even pauze van alles.

Het boek dat ik heb meegenomen is een ongeautoriseerde biografie van Daisy Jones en de Six. Ik lees het alleen maar om te zien wie het met wie deed, maar ik kan me niet concentreren.

De telefoon gaat en heel even vraag ik me af of het Bowe is.

'*Hola, hija.*'

'*Hola, papá.*'

'Morgenvroeg om acht uur.'

'Ja, *ya lo sé.*'

'Ik wilde je er alleen maar even aan herinneren. En ik... Heb jij Bowes partij gezien?'

'Ja. Hij speelde prachtig.' In de ronde van de laatste zestien heeft hij Nate Waterhouse verslagen.

'Misschien wel de beste partij van dit jaar voor hem.' Bowe gaat nu, voor het eerst sinds 1991, door naar de kwartfinale van een grandslamtoernooi.

Ik heb Bowe sinds onze ruzie niet meer gesproken. Nadat ik het gesprek met mijn vader heb beëindigd, blijf ik nog even met het toestel in mijn hand zitten. Zal ik Bowe bellen? Mijn vingers hangen aarzelend boven de toetsen. Dan leg ik de hoorn weer neer en ga naar bed.

'Je hebt Perez al eerder verslagen,' zegt mijn vader in de tunnel, vlak voordat ik de baan op moet. 'Gewoon nog een keer doen.'

Ik draai me naar hem om. 'Wat?'

'Je hebt haar al een keer verslagen,' zegt hij. 'Dus dan kun je haar nog een keer verslaan.'

'Je zei Perez.'

'Ja. Dus richt je op haar backhand, oefen druk op haar uit en sla hard om te compenseren voor het gravel. Je kunt het.'

'Ik speel tegen Odette Moretti,' zeg ik.

'O.' Hij sluit even zijn ogen en doet ze dan meteen weer open. 'Oké, sorry. Sorry. Nicki speelt tegen Perez. Oké dan, Moretti. Ze heeft geen sterke arm. Hou haar op de baseline, ze heeft niet de kracht om de ballen almaar te blijven slaan op gravel.'

Ik kijk hem even aan.

'Het is zover, *hija. Vos podés!*' zegt hij.

Ik buig me voorover om mijn schoenen schoon te vegen.

Soto tegen Moretti

Roland-Garros 1995

Laatste zestien

MORETTI BEENT DE BAAN OP IN EEN WIT MET BLAUW TENNISJURKje en zwaait naar het publiek. Ze blaast kusjes naar de tribunes. Ze wordt gesponsord door Nike en het is dan ook geen wonder dat ze van top tot teen bedekt is met swooshes. Dan draait ze zich om en schenkt me een brede lach.

Ik geef haar een klein knikje.

Nadat ze de toss heeft gewonnen, begint ze sterk. Maar ik ben sterker.

15-love wordt 15-all. 30-15 wordt 30-all. Deuces worden advantage Moretti en dan weer deuces en advantage voor mij.

Drie uur later zijn we aan onze derde set bezig. 6-6.

Het publiek juicht. Ik kijk naar mijn vader die elegant achter een plantenbak zit.

Ik ben aan serve. Ik moet deze zien te houden en haar dan breken. En dan zit ik in de kwartfinale.

Ik sluit mijn ogen even. Ik kan het.

Wanneer ik mijn ogen weer open, kijk ik naar Moretti. Ze staat heupwiegend te wachten op mijn opslag.

Ik adem in en serveer recht door het midden. Ze retourneert met een groundstroke, ook naar het midden. Ik sla de bal terug, ver de rechterhoek in. Ze rent er snel naar toe. Geen sprake van dat ze hem haalt.

Maar ze haalt hem wel. En ik kan hem niet retourneren.

Het is oké. Het is oké. Ik voel een steek in mijn knie, maar ik moet nog meer partijen spelen.

Ik kijk weer naar mijn vader in de spelersbox. Hij vangt mijn blik.

Ik voel het vertrouwde gezoem in mijn botten, de lichtheid in mijn buik. Ik serveer opnieuw, love-15, love-30. Tegen de tijd dat het matchpoint voor mij staat, heb ik haar precies waar ik haar hebben wil. Ik heb haar naar de uiterste rand van de baan gemanoeuvreerd en sla haar bal terug naar haar backhand en dat is het. Het is over en uit voor haar.

Het publiek brult. Ik spring in de lucht en bal mijn vuist.

Niemand had verwacht dat ik deze ronde zou overleven, maar voor het eerst in zeven jaar heb ik de kwartfinale bereikt. En verdiend ook. En terwijl dat langzaam tot me door begint te dringen, voel ik dat ik tranen in mijn ogen krijg.

Ik denk: ik huil niet op de baan. Ik huil niet op de baan.

Maar dan denk ik: misschien was het verkeerd van me om alles altijd maar te willen blijven doen zoals ik het daarvoor deed. Misschien moet ik maar een streep trekken tussen hoe ik het gisteren deed en hoe ik het morgen zal doen. Ik hoef niet consequent te zijn.

Je kunt veranderen, denk ik. Gewoon omdat je dat wilt.

En daarom sta ik voor het eerst sinds tientallen jaren te huilen voor publiek.

NA DE PARTIJ ZIT IK IN DE FYSIORUIMTE WAAR IK IJS OP MIJN KNIE krijg en waar mijn kuiten worden gemasseerd. Mijn vader maakt aantekeningen en zapt langs zenders om te zien of ik in de halve finale tegen Cortez of tegen Antonovich moet spelen.

Maar dan verschijnt ineens Bowe in beeld. Hij is live in de perszaal en zit een beetje voorovergebogen met een honkbalpetje op zijn nog nauwelijks gedroogde haar. Hij draagt een blauw T-shirt. Meteen als ik hem zie, weet ik dat hij pijn heeft.

'Kun je ons vertellen wat er precies is gebeurd?' vraagt een verslaggever. 'Vandaag, op de baan?'

Bowe buigt zich naar de microfoon. 'In de tweede set is het kraakbeen tussen mijn ribben gescheurd. Ik had er vanochtend voor de partij al last van, maar heb er toen geen aandacht aan geschonken, dus daar zitten we dan.' Met een vertrokken gezicht gaat hij weer rechtop zitten.

'Hoe voelt het om vandaag te verliezen vanwege een blessure, terwijl je zo goed speelt?' wil een vrouw weten.

'Nou, dat voelt echt fantastisch, Patty,' zegt Bowe. 'De mooiste dag van mijn leven.'

Mijn vader lacht en ik kijk hem verbaasd aan. 'Ik begin gewend te raken aan hem,' zegt hij. 'Hij is grappig.'

'Maar wat als hij echt geblesseerd is?' vraag ik.

Mijn vader knikt. 'Misschien is het maar een klein scheurtje. Het kost tijd, maar dan kan hij wel weer zijn oude vorm terugkrijgen.'

'Op tijd voor Wimbledon?'

'Nee,' zegt mijn vader. 'Maar misschien wel voor de US Open. Als hij dan nog steeds wil.'

'Hij geeft echt niet op,' zeg ik. De masseur begint mijn andere kuit te masseren. 'Hij verliest nog liever dan dat hij opgeeft.'

Met opgetrokken wenkbrauwen neemt mijn vader me op. 'Ja, hij heeft wel eergevoel.'

'En ga je nu naar huis?' wil een journalist weten. 'Je zou volgende maand meespelen op Wimbledon. Trek je je nu terug?'

'Ik trek me terug uit alle toernooien van komende maand. Om me op mijn herstel te richten. Maar... ik ga niet naar huis. Ik blijf om naar Carrie Soto te kijken,' zegt hij. 'Ik vind het echt bijzonder wat ze hier aan het doen is. En ik wil later kunnen zeggen dat ik erbij was.'

Die avond ga ik in mijn hotelkamer op de bank liggen en probeer de Franse roddelbladen te lezen die Gwen op mijn kamer heeft laten bezorgen. Er staan stukjes in over Pam en Tommy Lee die ik nog net kan volgen in het Frans, maar verder kan ik niet echt wijs worden uit al die Franse beroemdheden. Ik gooi het blad op de salontafel en staar naar het plafond.

Dan sta ik op, pak mijn kamersleutel en loop naar de lift.

Bowes hotel is niet ver weg, maar twee straten verderop, en in de lobby vraag ik de receptionist om hem te bellen en te zeggen dat ik er ben.

Ik ga zitten wachten in een chique fluwelen fauteuil en laat mijn blik over de glanzende marmeren vloeren en de glimmende gouden armaturen glijden. En dan staat Bowe ineens voor me in een chino en een T-shirt, met zijn honkbalpetje op. Hij houdt zijn ribbenkast vast.

'Hoi,' zeg ik.

'Hoi.'

'Ik deed echt rot laatst,' zeg ik.

Hij knikt en bijt op zijn lip. 'Ik was ook niet echt aardig.'

'Hoe gaat het nu met je?'

Bowe kijkt naar zijn borstkas. 'Eerlijk gezegd weet ik het niet.'

'Wat is er precies gebeurd?' Ik heb de herhaling bekeken; hij maakte een draaibeweging en viel toen op de grond.

Bowe knikt naar de liften en we lopen ernaartoe. Een jonge jongen en zijn vader glippen nog net de lift in voordat de deuren dichtgaan, en ik zie aan hun gezichten dat ze opeens beseffen wie wij zijn.

'Jullie zijn...' De jongen wijst naar ons.

Zijn vader duwt meteen zijn hand naar beneden. 'Jeremy, je mag niet naar mensen wijzen.' Tegen ons zegt hij: 'Sorry.'

Bowe maakt een wegwerpgebaar. 'Geeft niks.'

'Gefeliciteerd,' zegt de vader tegen mij. 'Mooie partij vandaag tegen Moretti.'

'Dank u,' zeg ik.

'Jammer van Alderton,' vervolgt de vader tegen Bowe. 'Dikke pech.'

'Dank u.'

De deuren gaan open en de jongen en zijn vader stappen uit, zodat Bowe en ik alleen in de lift achterblijven.

'Het is niet altijd eenvoudig om naast jou te staan,' zegt Bowe.

'Ik ga me er echt niet voor verontschuldigen.'

'Nee.' Bowe schudt zijn hoofd. 'Dat zou ik niet eens willen.'

Op zijn verdieping aangekomen, gebaart hij dat ik als eerste de lift uit moet stappen en dan lopen we naar zijn kamer.

Die is kleiner dan ik had verwacht. Hij heeft geen suite – gewoon een eenpersoonsbed – en ook niet iets wat je een uitzicht zou kunnen noemen.

Nadat hij de deur achter ons heeft dichtgedaan, draai ik me naar hem om. 'Wat zijn je plannen?' vraag ik, naar zijn ribben wijzend.

Hij gaat voorzichtig op de rand van zijn bed zitten en schudt zijn hoofd. 'Geen flauw idee.'

Ik ga naast hem zitten. 'Heb je veel pijn?'

Hij knikt. 'Verschrikkelijk gewoon. Ik kan nauwelijks ademhalen zonder het gevoel te krijgen dat mijn hele borstkas openscheurt.'

'Slik je pijnstillers?'

Hij schudt weer zijn hoofd. 'Nee, en dat ben ik ook niet van plan. Ik ben niet met drinken gestopt om ergens anders verslaafd aan te raken. Ik overleef het wel.'

'Wat zei de dokter?'

Fronsend zegt hij: 'Ik kan weken niet spelen, minimaal. Wimbledon kan ik schudden. Het seizoen zal al voorbij zijn voordat ik terug ben op de baan.'

'Wat erg.' Ik pak zijn hand. Wanneer hij naar onze handen kijkt, laat ik hem gauw weer los. 'Ik weet zeker dat je kunt meedoen aan de US Open. Wimbledon is toch niet je beste ondergrond. Op gras reageer je altijd heel slecht op ballen.'

'Nou, je wordt bedankt. Echt leuk dat je er bent,' zegt hij.

'Ik wil alleen maar zeggen dat de US Open je beste kans is. En tegen die tijd ben je wel weer genezen.'

Hij knikt.

'Genoeg tijd om alles weer te verklooien.'

Hij lacht.

'Sorry dat ik zei dat je jezelf voor schut zet.'

'Ik had mijn zelfbeheersing niet moeten verliezen. Jij speelt zoals je wilt spelen, dat zijn jouw zaken.'

'Soms denk ik dat jij de enige bent die nog lastiger is in de omgang dan ik.'

Hij rolt met zijn ogen. 'Echt niet.'

Ik lach. 'Het komt wel goed.'

'Ik weet het, ik weet het,' zegt hij. 'Het is niet het eind van de wereld.'

Ik sta op. 'Blijf je echt nog even hier?'

'Ja. Ik meende wat ik tegen de journalisten zei. Ik denk echt dat je hier kunt winnen, Carrie. Serieus.'

'Ik haat het dat het zoveel voor me betekent dat je dat zegt.'

Hij lacht. 'Ik weet wat je bedoelt. Ik haat het ook dat het me zoveel kan schelen wat de familie Soto van me vindt.'

Er valt een korte stilte en als ik zie dat hij nog wat wil zeggen, snij ik hem gauw de pas af. 'Ik kan maar beter weer gaan.'

Hij lijkt even in de war maar knikt dan. 'Welterusten, Soto. Slaap lekker.'

Mijn vader en ik zitten op de bank langs de trainingsbaan na een sessie met een hitter in de warmte. Ik ben doorweekt van het zweet en mijn vader ontvouwt zijn plan voor hoe ik Natasha Antonovich kan verslaan.

Ik heb nog nooit tegen haar gespeeld. Ik heb alleen vanaf de tribune het vernietigende wapen van haar snelheid gezien.

'Ze is snel,' zegt mijn vader. 'Zelfs op gravel vertraagt ze nauwelijks. Voor haar is gravel lang niet zo lastig als voor de anderen.'

'Dus ik moet sneller worden,' zeg ik.

Mijn vader schudt zijn hoofd. 'Nee, dat is niet wat ik zeg.'

'Hoe bedoel je?'

'Niet kwaad worden als ik het je vertel.'

'Ik word niet kwaad.'

Hij kijkt me met opgetrokken wenkbrauwen aan.

'Echt niet,' zeg ik wat vriendelijker. 'Dat beloof ik je.'

'Je bent niet zo snel als zij,' zegt hij. 'Ooit misschien wel. Op je hoogtepunt misschien. Maar nu niet. En al helemaal niet op gravel.'

Ik voel mijn hart in mijn borstkas bonken en mijn bloed gaat sneller stromen.

'Je moet niet meteen van slag raken van die feiten, *hija*.'

Ik knijp mijn ogen tot spleetjes. Mijn mond verstrakt.

'Je bent niet meer dezelfde speelster als zes jaar geleden, in alle opzichten niet. Je lichaam is niet meer hetzelfde. Je geest niet. Je moet erkennen dat je op sommige punten minder krachtig bent. En ook vroeger had je moeite met gravel. Dat is iets wat we moeten accepteren. Omdat we alleen dan een andere manier kunnen vinden.'

'Oké...' Ik sla met mijn racket tegen mijn dij.

'Ik wil niet dat je haar snelheid probeert bij te benen. Wat zou een betere strategie zijn?'

'Weet ik veel. Zeg het nou maar gewoon.'

'Wat heb jij dat zij niet heeft?'

'Rimpels?'

Mijn vader fronst. '*Dale, hija.*'

'Tijd op de baan,' zeg ik. 'Ik speel minstens tien jaar langer proftennis dan zij.'

Hij knikt. 'Precies.'

'Zeg het nou maar. Ik heb geen zin in de socratische methode.'

Hij fronst weer. 'Je hebt altijd uitgeblonken in de keuzes van je slagen en in vooruitdenken. Jij begrijpt waar de bal heen gaat, hoe hij zal stuiten. En je weet hoe je een punt moet opbouwen – drie, vier, zelfs vijf returns langs de lijn. Je hebt daar jaren ervaring in. Dus laat je lichaam, dat dat alles duizendmaal vaker heeft gedaan dan het hare, je gids zijn. Zij heeft nog lang niet jouw intuïtie. Gebruik die.'

'Je bedoelt dat ik slimmer moet spelen.'

'Ik bedoel dat je de baan moet beheersen. Als je aan serve bent, moet je niet gaan bewijzen dat je net zo hard kan slaan. Met jouw slagen moet je zorgen voor een trager spel, niet voor een sneller. En wees economisch in je bewegingen, anticipeer op waar de bal terecht zal komen. Spaar je energie en laat Antonovich zichzelf uitputten. Zij is een van de weinigen die je kunt verslaan in een driesetter. Gewoon kalm blijven en zorgen dat zij vertraagt. Continu, op alle momenten. Zelfs als jullie van baan wisselen. Neem daar de tijd voor. Zorg dat ze gefrustreerd raakt, laat haar wachten. Richt je niet op snelheid, daarmee zul je deze partij niet winnen.'

Ik weet niet goed of hij wel gelijk heeft. Ik weet niet of spiergeheugen en slagkeuze de kloof tussen Antonovich' snelheid en die van mij wel zullen kunnen overbruggen. Volgens mij kan dat alleen als ik me wezenloos ren.

'Ik... ik weet het niet, papa.'

'Carrie. Luister naar me. Ik heb hier heel lang over nagedacht.'

'Pap, ik zal van Antonovich moeten winnen om Chan te grazen te kunnen nemen. Dat moet. Ik mag nu niet falen.'

'Ik weet dat je er zo over denkt,' zegt hij. 'Echt, dat weet ik. Daarom heb ik de afgelopen twee nachten ook steeds naar oude beelden gekeken. Ik wil ook dat je wint. Je moest eens weten hoeveel...'

Ik wacht tot hij zijn zin afmaakt, maar hij lijkt geen woorden meer te kunnen vinden.

'Hoeveel wat?'

Hij zucht. 'Hoeveel zorgen ik me maak.' Hij leunt met zijn hoofd tegen de bank. 'Ik maak me zorgen over hoe jij je zult voelen als je deze partij niet wint, of de halve finale niet. Of de finale.'

Ik knik.

'Ik wil de blik in je ogen niet zien mocht het zover komen dat Chan wint. Dat zij je record pakt. Ik denk niet dat ik dat aankan.'

'Ik weet het, ik ook niet.'

'Nee, ik zeg dat ik niet aankan wat het met jou zal doen,' zegt hij. 'Mijn gevoelens zullen niet veranderen, of je nu wint of niet, *hija*. Maar...' Hij slaat zijn ogen even neer en kijkt me dan weer aan. 'Soms denk ik dat je niet beseft hoeveel verdriet het me doet als ik jou zie verliezen,' zegt hij terwijl hij me recht aankijkt. 'Want ik weet hoe graag je het wilt, hoe erg je ziel het nodig heeft. Soms heb ik het gevoel dat ik het niet overleef.'

'Papa...' Ik leg mijn hand op zijn schouder. 'Ik red me wel.'

'Is dat zo?'

Ik sluit mijn ogen en laat mijn schouders zakken.

Er zijn zoveel momenten geweest in mijn leven waarop ik verloor en het niet redde. En dan ijsbeerde ik soms vierentwintig uur aaneen door mijn hotelkamer en at en sliep dagenlang niet. Na mijn verloren finale op Wimbledon in 1988 heb ik me thuis tweeënhalve week opgesloten in mijn slaapkamer.

'Het is mijn verantwoordelijkheid om voor mezelf te zorgen,' zeg ik tegen hem. 'Of ik nu win of verlies. Het is mijn pakkie-an.'

Mijn vader schudt glimlachend zijn hoofd. 'Het gaat er niet om wiens verantwoordelijkheid het is,' zegt hij. 'Mijn hart bloedt als jij bloedt, omdat jij mijn hart bent.'

Ik hap even naar adem.

'Dus luister alsjeblieft naar me en laten we aan je eerste service werken, aan je slagkeuze, laten we hypothetisch wat punten tegen haar proberen op te bouwen.'

Ik knik. Ik snap wat hij bedoelt, en hij heeft op sommige punten ook gelijk. 'Oké, goed.' Maar ik moet ook haar snelheid zien te evenaren. En als ik dat nu nog niet kan, dan moet ik vandaag nog zo veel mogelijk doen om daar iets aan te veranderen. 'Ik zal doen wat je zegt, maar ik moet echt ook aan mijn snelheid werken. Dus laten we het allebei doen.'

Met een lichte frons zegt hij: 'Goed.'

'Kunnen we geen tweede ballenmachine krijgen? Die tegelijkertijd ballen op me afvuren? Ik zal er staan. Wacht maar af.'

Mijn vader knikt en nog geen twintig minuten later sla ik ballen die uit twee machines tegelijk op me worden afgevuurd. Dat doe ik een paar uur. Forehand. Backhand. Vooraan bij het net, achteraan bij de baseline. Steeds weer weet ik de bal te raken.

Aan het eind van de dag, wanneer ik de baan af loop, kijkt mijn vader me met opgetrokken wenkbrauwen aan en ik begin te stralen. Ik zie dat hij onder de indruk is, misschien zelfs een beetje verbaasd.

'Ik geloof niet dat Antonovich' snelheid nog een probleem zal zijn,' zeg ik.

'*Bien, pichona.*'

'Ik ben er zo dichtbij, papa.'

Mijn vader trekt me tegen zich aan, slaat zijn arm om mijn schouders en plant een kus op mijn hoofd. 'Ga morgen die baan op en pak de winst.'

Soto tegen Antonovich

Roland-Garros 1995

Kwartfinale

NATASHA ANTONOVICH IS RUIM EEN METER TACHTIG EN EXTREEM dun. Haar zonneklep, shirt en tennisrok zijn allemaal felwit. Ze kiest ervoor om als eerste te serveren, compleet emotieloos; haar gezicht is als een droge woestijn waar geen lach kan groeien.

Moet je horen wie het zegt.

Ik kijk naar de tribunes. Mijn vader kijkt recht voor zich uit. Maar naast hem zit Bowe. Hij glimlacht naar me.

Ik wend mijn blik af en buig mijn knieën in afwachting van haar eerste opslag.

Antonovich gooit de bal op.

Haar eerste serve is vlak en vinnig, maar komt net buiten de lijn. Ik raak al iets minder gespannen. Maar dan maakt de lijnrechter een call. Ik loop naar de lijn in het servicevak, van plan om protest in te dienen. Maar aan de afdruk in het gravel zie ik dat de bal inderdaad de lijn heeft geraakt, net.

Ze heeft een ace.

Shit.

Ik neem mijn positie weer in.

Ze slaat weer zo'n vlakke, vinnige bal, deze keer op de kruising, in plaats van schuin over de baan. Verbaasd kijk ik de bal na.

Het publiek begint te juichen. Mijn nekhaartjes gaan omhoog. Ik rol met mijn schouders in een poging mijn kalmte te hervinden.

Kom op.

Ik herpak me. Ze laat me alle hoeken van de baan zien, maar ik haal al haar slagen en dan laat ik haar alle hoeken van de baan zien. In sommige games ben ik zelfs sneller dan zij. Toch pakt ze de eerste set met 6-4.

Tijdens de baanwisseling veeg ik mijn gezicht en mijn racket droog. Ik tik het gravel van mijn schoenen. Wanneer ik naar de spelersbox kijk, zie ik dat Bowe en mijn vader aan het praten zijn. Bowe knikt, terwijl mijn vader licht gesticulerend aan het woord is, ongetwijfeld op fluistertoon.

Ik weet niet waar ze het over hebben, maar ik weet wel wat me te doen staat.

Ik moet op Antonovich' niveau zien te komen. Ik moet net zo hard rennen als zij en de bal nog sneller uit de lucht halen.

Ik sluit mijn ogen en haal diep adem. Antonovich staat tegenover me, wachtend op mijn service. Ik gooi mijn bal op en sla hem zo snel als ik kan haar richting uit. Ik voel de kracht ervan natrillen in mijn arm, van mijn elleboog tot mijn schouder. De bal gaat rakelings langs haar heen.

Ik bal mijn vuist. Dit is wat we willen zien!

Ik doe het nog een keer, maar deze keer retourneert ze de bal, die vervolgens achter de achterlijn belandt. Dit punt is voor mij.

Tijdens de hele set zijn we allebei op ons best en we slagen er niet in elkaar te breken. Het staat 3-3 en dan 3-4 en dan 4-4. Ik ben aan serve, ik hou mijn game. Het staat 5-4.

Nu is zij aan de beurt om te serveren.

Ik kijk niet naar mijn vader. Ik wil de bezorgdheid in zijn ogen niet zien. Ik hou mezelf voor: laat haar deze set niet winnen. Je bent of een kampioen of een loser. Daartussenin zit niks.

Antonovich slaat keihard op de kruising en ik sla terug met een inside-out forehand. Maar de bal raakt de bovenkant van het net.

Godverdomme.

Als zij deze game weet te houden en dan die van mij breekt, is het voorbij. Ik mag niet falen, niet met alle ogen van het publiek op mij gericht. Ik mag niet de zielige bitch worden voor wie ze me toch al houden.

Maar Antonovich weet van geen ophouden. Het maakt niet uit of ik haar alle hoeken van de baan laat zien, ze vindt altijd de juiste positie, raakt de bal desnoods met de rand van haar racket en plaatst hem waar ze hem wil hebben.

Het staat 5-5. Dan 5-6.

Nu serveert ze voor de match. Als ik haar nu niet breek, is het voorbij.

Ik buig diep door mijn knieën. Ik verplaats mijn gewicht van de ene voet op de andere. Ze gooit de bal op. Dit is mijn moment. Mijn moment om de zaken weer in eigen hand te nemen.

Ze serveert ver in de hoek. Ik loop er als een gek naartoe, zelfs al begin ik last van mijn knie te krijgen. Mijn return belandt in het net.

15-love

30-love

40-love

Carrie! Verman je, verdomme!

Haar serve. Matchpoint.

Ze stuurt de bal met vliegende vaart over het net. Ik sla hem terug, snel en loepzuiver. Ze slaat een groundstroke. Ik retourneer op haar backhand. Ik voel het gezoem in mijn botten. Ik voel dat ik de partij weer onder controle krijg – later dan ik wilde, maar toch.

Antonovich pakt de bal vroeg uit de lucht. Ik weet hem te halen en retourneer hem schuin de baan over. Voordat ik mijn slag helemaal heb afgemaakt, heeft ze de bal al te pakken en wipt hem over het net. Ik duik eropaf, mijn bovenlichaam raakt de grond en ik glij met mijn racket voor me uitgestrekt naar het net.

De bal raakt het gravel en ik haal hem net niet. Het is voorbij.

Het publiek barst uit in luid gejuich voor Antonovich. Ik blijf als bevroren liggen en kijk naar de afdruk in het gravel waar de bal is geland.

Wanneer ik eindelijk opsta, zit ik onder het gravel – mijn schoenen, mijn knieën, mijn rok en mijn tanktop zijn allemaal rood. Het gravel zit in mijn haar en in mijn mond. En zo te voelen ook in mijn longen.

Mijn blik valt op een vrouw in het publiek, een paar rijen naar achteren. Ze is ergens in de twintig en ze heeft een bord in haar hand waarop staat: OUI, OUI, CARRIE!

Het is een onverdraaglijke aanblik.

'IK WAS NIET OP MIJN BEST, DUS ALS DAT IS WAT JE WILT ZEGGEN, hou dan maar je mond, pap.'

Ik sta in de tunnel op weg naar de douche. Ik kan het wel uitgillen van de pijn in mijn knie. Ik heb een massage nodig en ijs. Ik heb heel veel nodig.

Antonovich loopt langs me heen. Ik merk dat ze mijn blik probeert te vangen terwijl ze de kleedkamer in loopt, maar ik blijf naar mijn vader kijken.

Hij leunt met gesloten ogen tegen de muur. 'Carolina,' zegt hij op kalme, rustige toon. 'Dit is het moment voor wat perspectief. Daar hebben we het al over gehad.'

'Pap! Je hoeft heus niet te doen alsof het goed genoeg was! Dat was het niet!'

'Natuurlijk, je hebt niet gewonnen zoals je hoopte...'

'Niet gewonnen zoals ik hoopte?' schreeuw ik. Ik hoor de andere coaches en speelsters door de tunnel lopen en trek hem mee naar een leeg zaaltje iets verderop. 'Ik heb net mijn tweede kans op een titel verknald,' zeg ik. 'En ik had maar vier kansen!'

'Dat snap ik.'

'Volgens mij zouden wij ons alle twee enorm veel zorgen moeten maken omdat het ernaar uitziet dat ik niet kan doen wat de bedoeling was! Verdomme!'

'Vloek niet zo. Ik heb je gisteren al verteld dat ik me zorgen maakte dat dit kon gebeuren.'

'Ik wilde terugkomen en heb iedereen verteld dat ik de allerbeste speelster ooit ben en nu blijkt dat ik ongelijk had! En de hele wereld heeft het gezien!'

Hij knikt maar zegt niets.

'Waarom sta je daar nou zo? Zeg iets!'

'Wat wil je dat ik zeg?' Hij gooit zijn handen in de lucht.

'Zeg dat je inziet dat ik er een potje van heb gemaakt! Dat je weet dat ik beter kan dan wat ik vandaag heb laten zien! Dat ik wel zo goed ben als ik denk! Of desnoods niet! Als je dat denkt! Maar zeg verdomme iets. Ik heb mijn kans op Roland-Garros verknald en we weten allebei dat Nicki Chan de titel gaat winnen! Zeg iets!'

Hij kijkt me fronsend aan. Dan begint hij hoofdschuddend te ijsberen. Naast een kaarttafeltje staat een vouwstoeltje en net als ik denk dat hij daar wil gaan zitten, pakt hij de stoel en smijt hem tegen de muur. 'Wat wil je van me?' schreeuwt hij.

'Ik...'

'Misschien ben je inderdaad niet meer de allerbeste speelster ooit!' zegt hij. 'Dat weet ik niet. Dat weten we niet! Jij wilt dat ik het je blijf vertellen, maar ik weet het gewoon niet, Carolina.'

'Ik...'

'Je staat me geen enkele twijfel toe! Je staat me niet toe dat ik jou als dochter zie, als mens. Ik mag van jou niet zeggen dat er na al die jaren waarin je niet gespeeld hebt, misschien inderdaad betere speelsters zijn opgestaan. Ik mag geen enkele onzekerheid uiten, over wat dan ook. En daarom zeg ik steeds wat jij wilt horen! Omdat je dat nodig hebt om je goed te voelen. Omdat ik je dan in mijn leven heb. Het waren allemaal jouw voorwaarden! En ik hou me eraan! Dus wat moet ik zeggen?'

'Ik wil dat je eerlijk bent!'

Mijn vader schudt zijn hoofd. 'Nee, jij wilt alleen een eerlijke mening van me als die in jouw straatje past.'

Ik krijg pijn in mijn kiezen van het op elkaar klemmen van mijn kaken. Ik probeer ze los te krijgen, maar ze klemmen zich meteen weer vast.

Mijn vader kijkt me aan. 'Carrie, ik kan het met jou gewoonweg niet op een eerlijke manier over je spel hebben. Want hoe goed je ook bent, je hebt nooit vrede kunnen sluiten met je eigen falen.'

Ik voel druk op mijn borst. Mijn ogen zijn kurkdroog. 'En waarom zou dat dan zo zijn volgens jou?'

'Volgens mij is het omdat –'

'Het komt door jou!'

Mijn vader schudt zijn hoofd en kijkt naar de grond. Het lijkt alsof hij het niet per se met me oneens is, maar teleurgesteld is dat het gesprek zo snel deze wending heeft genomen.

Ik voel echter precies het tegenovergestelde. Ik heb het gevoel alsof het me tientallen jaren heeft gekost om op dit punt aan te belanden.

'Jij zei altijd dat ik de grootste speelster in de geschiedenis van het tennis moest worden! Dat heb je al vanaf mijn geboorte gezegd! Je zei dat het mijn roeping was! En toen was ik op een dag niet meer de grootste. En vandaag was je er niet eens van overtuigd dat ik van haar zou kunnen winnen!' zeg ik.

'Hebben we het nu over Stepanova?'

'Ik vroeg je of ik de eerste plaats in de ranking van haar zou kunnen overnemen, en jij zei dat je dat niet wist.'

'En dat heb je me nooit vergeven,' zegt hij. 'Daar laat je me zelfs nu nog voor boeten.'

'Je zult er je hele leven voor moeten boeten! Voor het feit dat je me eerst liet geloven in mezelf en toen het kleed onder mijn voeten wegtrok. Voor het feit dat je mij hebt opgegeven, juist in de moeilijkste periode. Ik heb het nooit opgegeven. Jij wel!'

'Carrie, je vroeg me of ik dacht dat je de eerste plaats van Paulina zou kunnen afpakken. En ik zei dat ik het niet wist, omdat ik het niet wist. Ik weet niet wat de toekomst in petto heeft. En ik kan je niet beloven dat alles altijd zal gaan zoals jij wilt dat het gaat. Ik vond dat ik je de waarheid verschuldigd was. Zodat je je daarop kon instellen, zodat je kon groeien, je blik verruimen. Ik had het idee dat het daar tijd voor was. Maar jij wilde dat toen niet en je wilt het nog steeds niet.' Na een korte stilte vervolgt hij: 'Ik heb veel dingen fout gedaan als vader, en dat geef ik toe. Maar dit probleem kun alleen jij oplossen. Jij zult vrede moeten sluiten met het feit dat je geen volmaakte speelster bent.'

'Dat heet opgeven. En dat doe ik niet,' zeg ik.

Mijn vader schudt zijn hoofd. 'Je zult moeten leren leven met wie je nu bent, met hoe je leven er nu uitziet. Ik had verwacht dat je dat inmiddels al wel had gedaan. Maar dat blijkt niet zo te zijn. En als dat je niet lukt, dan zou ik niet weten hoe je hier ooit overheen komt... over dit moment. Je hebt al zoveel bereikt, maar je bent alleen maar gefixeerd op het behouden van wat je hebt in plaats van dat je iets anders gaat zoeken.'

Hij loopt naar de deur. 'Alles wat we bereiken is vluchtig. We hebben iets, en het volgende ogenblik is het weg. Jij had dat record, en nu raak je het misschien kwijt. Of je weet het deze keer nog te verdedigen, maar raakt het dan over twee jaar kwijt. Ik wou dat je dat accepteerde.'

Ik schud mijn hoofd en probeer hem aan te kijken. 'Dat kan ik niet.'

'Nou,' zegt hij. 'Ik vind het pijnlijk dat ik dat niet voor je kan regelen, *hija*. Maar dat kan ik niet. Alleen jij kan dat.'

Na die woorden opent hij de deur alsof die zo licht is als een wolkje, en loopt weg en laat mij alleen achter.

Wanneer ik na een hele tijd de lift uit stap op mijn verdieping van het hotel, staat Bowe voor mijn deur te wachten. Hij zet net een handtekening voor een tienermeisje dat al wegloopt voordat ze me ziet.

'Ik wist niet zeker of je het wel leuk zou vinden als ik kwam,' zeg Bowe wanneer ik bij hem ben. 'Maar ik nam aan dat je me vanzelf wel weg zou sturen als je geen zin in me had.'

Ik laat mijn tassen vallen en omhels hem. Ik voel zijn verbazing, maar dan slaat hij zijn armen om me heen. Zacht, om zijn ribben te ontzien.

'Kop op,' zegt hij. 'Je beste ondergrond komt nog.'

Zijn armen zijn warm en stevig. Zijn lichaam is krachtig. Ik heb het gevoel dat ik me helemaal slap kan maken tegen zijn lichaam en dat hij me dan wel overeind zal houden, dat hij mijn gewicht wel aankan – het gewicht van mijn lichaam, het gewicht van mijn falen.

'Ik was bang dat niemand nog respect zou hebben voor mijn record als Nicki dat zou overnemen. Maar nu... Nu heb ik het helemaal aan mezelf te danken als ik dat record verspeel.'

Ik zit met mijn voeten op de salontafel en met mijn hoofd tegen de rugleuning van de bank. Bowe zit in de stoel tegenover me en probeert een houding te vinden die zo min mogelijk pijn doet.

'Ik geloof niet dat dat zo is,' zegt hij. 'Ik denk dat iedereen respect heeft voor de poging. Ik denk dat ze de poging zelfs nog meer respecteren dan de uiteindelijke overwinning. En die komt er. Het zal je lukken.'

Fronsend kijk ik hem aan. 'Doe even normaal.'

'Ik meen het.'

Ik kijk naar het plafond. 'Mijn vader vindt dat ik de verkeerde prioriteiten stel.'

Bowe lacht zacht. 'Ik geloof niet dat er een vader bestaat die meer in zijn kind gelooft dan hij in jou. Dat weet je toch wel?'

'Ja, dat weet ik.'

Hij leunt voorzichtig naar achteren. Ik zie dat hij zich al iets beter voelt. 'Je hebt geluk,' zegt hij.

'Met mijn vader, bedoel je?'

'Ja.'

'Tenniste jouw vader ook niet?' vraag ik. 'Was dat niet de reden dat jij ermee bent begonnen?'

'Mijn oom,' antwoordt hij. 'Ja. En ik was nooit goed genoeg. Niks van wat ik deed was ooit goed genoeg. Maar ik bleef maar proberen om hem te pleasen. En daar slaagde ik nooit in.'

'En je ouders?'

'Die kon het niks schelen. Mijn vader was wiskundige. Mijn moeder werkt nog steeds als lerares wiskunde. Ze begrepen niets van mijn obsessie met tennis en hadden geloof ik liever gehad dat ik iets... iets traditionelers had gekozen.'

'Ze wilden dat je dokter werd of advocaat?'

'Of wiskundige.'

Ik lach. 'Dus jij bent wat er gebeurt als je niet doet wat je vader wil, en ik ben wat er gebeurt als je precies doet wat je vader wil.'

Bowe lacht ook.

'En nu zijn we allebei een wandelende ramp,' zeg ik.

Hij schudt zijn hoofd. 'Jij niet, Soto. Ik weet best dat je dat zelf niet zo ziet, want jij bent een van die irritante kinderen op school die een negen niet genoeg vinden.'

'Nou, een tien is toch ook beter?'

'Ja, en daardoor verpest je het voor alle anderen.'

'En haat iedereen me.'

'Ik wou dat je eens naar jezelf zou kunnen kijken.'

'En wat moet ik dan zien?'

Zwijgend kijkt hij me even aan. Dan zegt hij: '*Eres perfecta, incluso en tu imperfección.*'

Ik schiet overeind. Ik weet niet of ik hem wel goed heb verstaan. Maar natuurlijk heb ik hem goed verstaan. Zijn accent is vreselijk, maar toch hap ik even naar adem.

Je bent perfect, zelfs in je imperfectie.

'Hoe heb je dat voor elkaar gekregen?' vraag ik.

'Nou, dat is een beetje gênant om te vertellen.'

'Toch wil ik het weten.'

'Ik heb in de lobby van mijn hotel een vrouw ontmoet die Spaans sprak en toen heb ik haar gevraagd om een paar dingetjes voor me te vertalen.'

'Een paar dingetjes? Wat heeft ze nog meer voor je vertaald dan?'

'Nou... Nee, dat kan ik je echt niet vertellen.'

'Waarom niet?'

'Omdat ik alleen maar een paar opties wilde hebben, voor het geval dat...'

Ik sta op en loop naar hem toe. 'Wat waren die andere opties? Heb je die allemaal uit je hoofd geleerd?'

'Nee. Dat heb ik wel geprobeerd, maar het ging steeds verkeerd.'

'En toen heb je ze opgeschreven.'

Hij zit nog steeds en ik toren boven hem uit. Hij kijkt me aan.

'Je hebt ze opgeschreven en ze zitten in je zak,' zeg ik.

'Probeer alsjeblieft niet in mijn zakken te voelen, dat kunnen mijn ribben niet aan. Alsjeblieft, niet doen.'

Er bestaat een eerdere versie van me die toch in zijn zakken was gaan graaien en tegen hem zou hebben gezegd dat hij niet zo moest zeiken over de pijn. Ik krimp ineen van schaamte bij de herinnering aan sommige dingen die ik tijdens mijn hoogtijdagen tegen mezelf en ook tegen anderen heb gezegd. Wees niet zo'n watje, gewoon doorspelen! Doe niet zo kinderachtig, lafbek!

Maar die dingen wil ik nu niet zeggen. Ik wil niet dat hij pijn heeft, maar ik wil wel zien wat hij heeft opgeschreven.

'Alsjeblieft,' zeg ik zacht. 'Laat het me zien.'

Hij fronst en hijst zich heel iets omhoog uit de stoel. Dan pakt hij een vel hotelpapier uit zijn zak. 'Lach me alsjeblieft niet uit.'

Ik pak het papier aan en vouw het open. Er staan drie Spaanse zinnen op, allemaal in zijn slordige handschrift.

Je bent perfect, zelfs in je imperfectie.

Je bent echt onverdraaglijk maar toch moet ik steeds aan je denken.

Deze keer moet het echt zijn.

'Heb jij deze zinnetjes opgeschreven? Om tegen mij te zeggen?'

'Ja.'

'Doet het pijn als ik je kus?' vraag ik terwijl ik me naar hem toe buig.

'Wat?'

'Je ribben? Als ik je kus, doet dat dan pijn?'

'Nee,' zegt hij. 'Ik denk van niet.'

Ik neem zijn gezicht tussen mijn handen en kus hem. Hij legt zijn goede arm op mijn onderrug en trekt me naar zich toe.

Ik heb hem al eerder gekust, jaren geleden. Maar dit voelt zowel vertrouwd als spiksplinternieuw, als een keer goed stretchen, als een keer diep inademen.

'Ik weet niet wat dit is,' zeg ik. 'Ik weet niet of dit echt is of niet.'

'Maakt mij niet uit.' Hij kust me opnieuw. Hij pakt de zoom van mijn T-shirt beet en dan de knopen van mijn jeans.

'Ik wil je geen pijn doen.'

'Dat maakt me ook niet uit,' zegt hij terwijl hij me blijft kussen.

'Je moet oppassen,' zeg ik. 'Je ribben.'

'Carrie, alsjeblieft.' Hij kust mijn hals. 'Je hoeft je echt geen zorgen te maken.'

En dat doe ik dan ook niet meer.

Later, vroeg in de ochtend, terwijl het zonlicht gefilterd naar binnen valt door het raam van mijn hotelsuite, word ik wakker met een slapende Bowe naast me.

Zijn haar staat aan de achterkant recht overeind, een soort kuifje dat zich ergens in de nacht heeft gevormd. Van dichtbij is zijn gezicht getaand. Hij heeft kraaienpootjes bij zijn ogen. Ik wend mijn blik af en kijk uit het raam, ineens overmand door een gevoel van moedeloosheid. Hoe fijn iets ook begint, na afloop blijf je altijd met zo'n droevig gevoel achter.

Hij roert zich en zijn ogen gaan langzaam en met tegenzin open. Hij kijkt me aan en glimlacht. 'Zullen we ontbijt bestellen?' vraagt hij.

'Blijf je dan?'

Hij komt overeind, ineens klaarwakker. 'Wil je dan dat ik wegga?'

'Wil jij dat? Als je dat wil, mag je best gaan.'

'Ik wil niet weg. Dat heb ik je gisteravond al verteld. In het Spaans.'

'Oké,' zeg ik.

'Dus ik blijf?'

'Als je dat wilt.'

Hij rolt met zijn ogen en slaakt een kreun. Hij stopt zijn hoofd in een kussen, maar ik kan zijn gemopper nog steeds horen. 'Je bent zo irritant,' zegt hij. 'Zeg goddomme eens gewoon dat je me leuk vindt!'

Ik trek het kussen van zijn hoofd. Ik wil het zeggen. Ik probeer me ertoe te zetten.

'Wat wil je voor ontbijt?' vraag ik dan. 'Dan bel ik even.'

Bowe en ik brengen de dagen daarna samen door. We maken wandelingen door Parijs. Mijn vader, die ik nauwelijks meer heb gesproken, blijft in zijn kamer. Gwen heeft onze retourtickets geboekt voor de dag na de finale.

Vanavond zitten Bowe en ik bij een bistro om de hoek van mijn hotel. Op de tv boven de bar wordt de finale van de vrouwen getoond: Chan tegen Antonovich.

Ik draag een van Bowes honkbalpetjes en een zonnebril. We zitten op het terras. Iets in mij wil terug naar het hotel om me daar te verstoppen, wil niet in het openbaar gezien worden. Maar mochten er al mensen zijn die ons herkennen, dan laten ze dat niet merken. En tegelijkertijd wil ik ook hier zijn, in deze bistro, met Bowe.

Wanneer de tweede set begint, pakt Bowe mijn hand. Ik trek hem niet terug, zelfs niet als ons eten op tafel wordt gezet. Antonovich pakt de tweede set terwijl wij steak met friet eten.

'Misschien maakt Antonovich wel een kans,' zegt Bowe.

Ik kijk hem fronsend aan. 'Ik zou bijna hopen dat Cortez de halve finale van Antonovich had gewonnen, want volgens mij kan zij Nicki wel verslaan. Maar Antonovich... Ik weet het niet, ik weet het gewoon niet.'

Hij knikt.

Drie kwartier later pakt Nicki de derde set in 6-4. Ze laat zich op de grond vallen, triomfantelijk en in tranen.

Dat was de partij, dat was het toernooi, dat was mijn record. Aan gruzelementen.

Bowe kijkt me aan, maar hij weet dat er niets te zeggen valt. We kijken naar de officials die Nicki Chan de beker overhandigen.

Omdat het allemaal in het Frans is, kan ik de commentaren maar half volgen. Maar ik versta het ineens heel goed als ik '*Elle a maintenant dépassé Carrie Soto...*' hoor. Ze is langs Carrie Soto heen.

Bowe vangt mijn blik. Heel even krijg ik de bijna onbedwingbare neiging om de tafel waaraan we zitten om te gooien.

'Ze verdient het,' zeg ik. 'Ze was echt nietsontziend.'

Over de stoep zie ik mijn vader komen aanlopen. En ik weet dat ik eigenlijk kwaad op hem ben, of dat hij kwaad op mij zou moeten zijn, maar op dit moment maakt dat me allemaal niet echt meer uit. Ik ben vooral overweldigd door een gevoel van onontkoombaarheid: natuurlijk is hij op zoek gegaan naar mij.

'Hoi,' zegt hij terwijl hij het terras op loopt. Hij legt een hand op mijn schouder en zijn andere op die van Bowe. 'Jullie hebben het hier allebei heel goed gedaan.'

Hij kijkt me recht in de ogen en ik wend mijn niet blik af. Het voelt alsof we samen door tientallen jaren aan momenten reizen, door alles wat tot dit hier heeft geleid. Mijn ongeëvenaarde prestatie. Nu die van haar.

'Ik heb er nog geen vrede mee gesloten,' zeg ik. 'Mocht je je dat soms afvragen.'

'*Ya lo sé, pichona,*' zegt hij.

Ik kijk naar de tv. Nicki staat te huilen, haar schouders gaan op en neer en de tranen stromen over haar gezicht.

'Kom erbij zitten,' zeg ik.

Mijn vader knikt en pakt een stoel.

De serveerster komt naar de tafel en Bowe bestelt wat te drinken voor mijn vader. Mijn vader buigt zich naar me toe en fluistert in mijn oor: 'Niets kan uitwissen wat jij allemaal hebt gedaan.'

Ik wil niet huilen en daarom kan ik ook niet echt nadenken over of ik hem wel geloof of niet. Het enige wat ik doe is het moment opslaan in mijn hart, in de hoop dat het daar zal blijven wachten tot ik er wel aan toe ben.

Ik glimlach, geef een klopje op zijn hand en verander van onderwerp.

Bowe, mijn vader en ik blijven de hele avond aan die tafel zitten. We drinken spuitwater en gemberbier. Bowe beklaagt zich erover dat hij niet kan meedoen aan Wimbledon. Mijn vader zegt tegen hem dat hij hem fulltime zal coachen voor de US Open, als hij tegen die tijd genezen is.

Ze schudden elkaar de hand om het te bekrachtigen en het valt me op hoe voorzichtig mijn vaders beweging is om Bowes ribben te ontzien.

Wanneer het laat wordt, betaalt Bowe de rekening en mijn vader kijkt me met opgetrokken wenkbrauwen aan, alsof hij de vraag wil stellen die hij niet mag stellen van mij, iets wat ik hem al duizend keer heb gezegd. Ik knik, dat is het enige antwoord dat hij van mij zal krijgen. En hij begint te grijnzen, een simpele, vrolijke grijns.

Even schrik ik van hoe oud hij er ineens uitziet. Wanneer is dat gebeurd? Maar hij lijkt gelukkig oud, tevreden oud. Hij heeft in zijn leven al heel wat verdriet gekend en toch heeft hij de meeste dingen goed aangepakt.

'*Sos mi vida, pichona*,' fluistert mijn vader zacht. Hij tikt met zijn vinger op zijn borst, precies boven zijn hart.

Ik glimlach en leg mijn hoofd even tegen zijn schouder.

En dan lopen we samen terug naar het hotel – een wandeling die prettig en vertrouwd aanvoelt, hoewel veel ervan nieuw is.

De onontkoombare Chan

Door Rachel Berger

Redactioneel commentaar
California Post

Carrie Soto heeft er geen geheim van gemaakt dat ze wilde voorkomen dat Nicki Chan met haar record aan de haal ging. Het zal dus extra hard zijn aangekomen bij haar dat Chan gisteravond heeft gewonnen.

Sommige commentatoren reageerden neerbuigend op Soto's poging tot een comeback, maar ik hoor bij het groeiende aantal mensen dat die poging met ver- en bewondering hebben gevolgd.

Veel mensen zijn vergeten wat Carrie Soto voor het vrouwentennis heeft betekend. Ze heeft de maatstaf aangelegd voor dingen die we nu voor lief nemen: ongelooflijk snelle services, fantastische partijen waarin meerdere records tegelijk werden gebroken. En we lijken het mooiste wat ze de sport heeft gebracht te zijn kwijtgeraakt: de sierlijkheid van het spel.

Het maakt mij niet uit hoe hard Nicki Chan een groundstroke kan slaan of hoe snel haar service is – qua schoonheid van het spel kan ze niet tippen aan Carrie Soto. Elke slag tot in de perfectie uitgevoerd, iedere duik naar de bal gracieus als die van een danseres. Dus ik leef mee met Carrie Soto.

En toch kunnen we niet ontkennen dat er een kentering is opgetreden.
Carrie Soto is het verleden. Nicki Chan is de toekomst.
De koningin is dood, lang leve de koningin.

IK WORD WAKKER VAN DE HOTELTELEFOON. BOWE GEEFT HEM ME, nog half slapend.

Het is Gwen.

'Elite Gold stopt nu officieel tijdelijk met de campagne,' zegt ze. 'Ik dacht dat je dat wel meteen zou willen weten.'

Ik heb zin om te schreeuwen of de telefoon tegen de muur te smijten of mijn hoofd onder mijn kussen te begraven, maar ik zeg alleen maar: 'Oké, ik snap het.'

'AmEx denkt erover om ze uit te kopen, maar er is nog niks getekend,' vervolgt ze.

'Het is jouw taak om ze zover te krijgen dat ze tekenen,' zeg ik.

'Dat is zo. En het is jouw taak om niet te vergeten dat ik je hiervoor heb gewaarschuwd. En jij zei toen dat het het risico waard was.'

'Ja,' zeg ik. 'Dat heb ik gezegd.'

'Het komt wel goed. Uiteindelijk komt altijd alles weer goed.'

'Ja,' zeg ik. Maar we klinken geen van beiden erg overtuigd.

Een paar uur later, terwijl we op het vliegtuig naar Los Angeles stappen, probeer ik daar niet meer aan te denken. Ik wissel van plaats met mijn vader, die naast Bowe zit. Hij plaagt me niet en trekt ook niet zijn wenkbrauwen op, waarvoor ik hem dankbaar ben. Hij gaat op mijn stoel twee rijen voor ons zitten.

Een paar jonge meisjes komen al snel om onze handtekeningen vragen. We zetten ze braaf, maar dan komen er steeds meer mensen door het gangpad aanlopen.

Het duurt niet lang voordat Bowe iedereen begint te vertellen dat hij een Bowe Huntley-imitator is en mijn mond valt letterlijk open als ze hem nog geloven ook. Ik probeer het uit op de eerstvolgende vrouw die een handtekening wil, maar ze kijkt me kwaad aan en zegt: 'Je kunt niet eens één stomme handtekening zetten? Niet te geloven!'

Ze beent weg en Bowe rolt met zijn ogen en legt dan zijn hoofd op mijn schouder. Ik duw hem weg.

'Iedereen hier herkent ons,' zeg ik.

'Nou en?'

'Nou, als dit tussen ons toch niet blijkt te werken, dan heb ik geen zin om er na een partij vragen over te moeten beantwoorden.'

Hij kijkt me met opgetrokken wenkbrauwen aan. Hij knijpt in zijn neus.

'Ik bedoel alleen maar...' voeg ik eraan toe.

'Nee, ik snap het al.' Hij gaat tegen het raampje aan zitten. 'We hebben het er niet meer over.'

'Ik wil alleen maar zeggen dat we nog niet weten hoe het verdergaat.'

'Oké,' zegt hij. 'Ik snap het. Laten we erover ophouden.'

Een uur of twee zegt hij niets. Maar wanneer de stewardessen langskomen met chocolaatjes, geeft hij me zwijgend het zijne.

Het vliegtuig landt een paar uur daarna en Bowe pakt mijn vaders tas uit het bagagevak boven ons hoofd, hoewel hij zichtbaar pijn heeft.

'Alsjeblieft, Jav,' zegt hij.

'Jav?' zeg ik. 'Hebben jullie nu al koosnaampjes voor elkaar?'

'Natuurlijk,' zegt mijn vader. Hoewel hij een grapje maakt, zie ik dat hij moe is. 'Dank je, B.'

'Bowe is al een afkorting van Bowen,' zeg ik. 'Je hoeft het niet nog een keer af te korten.'

Mijn vader maakt een wegwerpgebaar. 'Bemoei je er niet mee, Car.'

Bowe lacht en ik gooi mijn handen in de lucht.

De rij komt in beweging en de stewardessen gebaren dat we moeten doorlopen. We stappen uit de rij en verlaten het vliegtuig.

'Wat is onze volgende maaltijd?' vraag Bowe. 'Avondeten?'

'Het is elf uur 's ochtends, dus nee,' antwoord ik.

'Je hoeft niet zo kattig te doen,' zegt hij. 'Je kunt toch gewoon lunch zeggen?'

Ik draai me om naar mijn vader. 'Heb je trek, papa?' Maar nog voordat ik de zin heb afgemaakt zie ik al dat hij is gestopt met lopen. Hij staat de passagiers achter hem in de weg. Alle kleur is uit zijn gezicht verdwenen.

'Carrie...' zegt hij.

'Pap?' Ik doe een stap in zijn richting.

Voordat ik hem kan opvangen, stort hij ineen in de vliegtuigslurf.

DE CARDIOLOOG, DOKTER WHITLEY, IS EEN VROUW MET RODE KRULlen die zo te merken niet van de aanpak met fluwelen handschoentjes is. Ze kijkt mijn vader en mij aan. 'Dit is een zwaar geval van cardiotoxiteit.'

Mijn vader zit rechtop in het ziekenhuisbed. Ik zit in een stoel ernaast. Bowe wilde ook blijven, maar we hebben er allebei bij hem op aangedrongen om naar huis te gaan.

'Wat houdt dat in?' vraag ik.

Dokter Whitley blijft mijn vader aankijken. 'Het betekent dat u zich in stadium drie van hartfalen bevindt, meneer Soto. Waarschijnlijk een bijwerking van de chemo die u vorig jaar hebt gehad.'

Lichtelijk spottend zegt mijn vader: 'Waar je niet dood aan gaat, daar ga je misschien toch nog dood aan.'

Ik geef een kneepje in zijn hand en kijk hem glimlachend aan.

'Hebt u last gehad van duizeligheid? Kortademigheid?' vraagt ze.

Ik wil 'nee' zeggen, maar mijn vader is me voor. 'Ja, van allebei.'

Ik kijk hem aan.

'En ik voel me de laatste tijd ook nogal zwakjes,' voegt hij eraan toe.

'Waarom heb je daar niks van gezegd?' wil ik weten.

Hij negeert me.

'Uw oncoloog heeft u verteld dat dat de symptomen zijn die u in de gaten moet houden,' zegt dokter Whitley.

'Ja, dat hebben ze ons vorig jaar inderdaad gezegd,' zeg ik.

De arts knikt. 'Als u wat eerder iets had gezegd, hadden we u bètablokkers kunnen geven. Maar nu is het kwaad al geschied. U moet geopereerd worden aan dat scheurtje en dan plaatsen we meteen een pacemaker.'

Even krijg ik geen lucht. Ik kijk naar de poster aan de muur, een lelijk stilleven van een vaas bloemen. Ik probeer mijn ademhaling onder controle te krijgen en focus me op de paarse plastic lijst. Ik slik moeizaam. 'Wanneer gaat dat gebeuren? Die operatie?'

Dokter Whitley slaat het dossier dicht. 'Binnen een paar dagen. En meneer Soto, u zult tot dan in het ziekenhuis moeten blijven. En na de operatie ook nog een tijdje, want we moeten u in de gaten houden.'

Mijn vader schudt zijn hoofd. 'Daar heb ik geen tijd voor. Over drie weken is Wimbledon.'

'Pap,' zeg ik.

Dokter Whitleys gezicht verraadt niets van wat ze denkt. 'Ik zou u toch met klem aanraden mijn medisch advies ter harte te nemen. Dit is een kwestie van leven of dood.'

Mijn vader komt tot bedaren en knikt. De arts verlaat de kamer.

Ik sta op, wacht tot de deur dicht is en kijk hem dan aan. 'Jezus, waarom heb je niets gezegd?'

'*Eso no es tu problema*,' zegt hij.

'Jouw problemen zijn mijn problemen!'

'Ik kan wel voor mezelf zorgen, Carolina. *Sos mi hija, no mi madre*.'

'Ja, en omdat ik je dochter ben, ben ik degene die eronder lijdt als jij doodgaat, *papá*!'

'Ik wil geen ruzie met je maken. *Ahora no*.'

Ik kijk hem aan en schud mijn hoofd. Ik weet al waarom hij niets heeft gezegd, en bovendien doet de reden er nu toch niet echt meer toe.

Hij heeft een bleek gezicht. Hij zit vast aan apparaten. Hij lijkt zo klein. Ik voel weer woede opborrelen. Ik klem mijn lippen op elkaar en sluit mijn ogen.

'*Bueno*,' zeg ik. 'Dan moeten we je maar voorbereiden op die operatie.'

'En ik zal snel herstellen en dan sta ik binnen de kortste keren weer met je op de baan.'

'Pap, daar hoeven we het nu niet over te hebben.'

'Dat hoeft ook niet. Dit verandert niks.'

'Pap...'

'Laten we zeggen dat ze me morgen opereren en dat alles goed verloopt. Hoeveel tijd heb ik nodig om te herstellen? Een week?' Hij pakt mijn hand. 'Dit is een kleine tegenslag. Tegen de tijd dat het juli is, zijn we klaar voor Londen.'

'*Bueno, papá.*'

Hij pakt de afstandsbediening, zet de tv aan en doet alsof hij kijkt. Ik ga weer in de stoel zitten en laat hem zijn gang gaan.

Ineens begint hij echter te schreeuwen. 'Ik wil Wimbledon niet missen! Misschien is het wel onze laatste Wimbledon samen en dat wil ik niet missen!'

Ik leg mijn hoofd in mijn handen. '*Ya lo sé, papá.*'

'De laatste keer dat we er waren, in 1978, wist ik niet dat het onze laatste keer was. Ik wist niet dat ik je misschien nooit meer zou coachen. En deze wil ik niet door mijn vingers laten glippen, verdomme.'

'*Está bien, lo entiendo,*' zeg ik. '*Te amo, papá.*'

Hij kijkt me aan en voor het eerst in het gesprek verschijnt er iets van een lachje om zijn mond. 'Ik ook van jou, *cariño.*'

En dan, na een diepe zucht: '*Perdoname, hija.* Het spijt me echt.'

Die avond vraag ik aan de verpleegster of ze een extra bed in de kamer kan zetten.

'*De ninguna manera,*' zegt mijn vader tegen me. Hij wendt zich tot de verpleegster. 'Dat hoeft niet.'

'Papa. Ik laat je hier echt niet alleen.'

'Is het weleens bij je opgekomen dat ik misschien wel graag alleen wil zijn?'

'Pap...'

'Ga alsjeblieft thuis slapen, Carrie. En ga morgenochtend alsjeblieft trainen met een ballenmachine,' zegt hij. 'Gewoon doortrainen. Je kunt het je nu niet veroorloven om te stoppen.'

'Ik weet niet of –'

'Je speelt op Wimbledon, Carolina María.'

De verpleegster zegt dat ze weg moet en ik ga nog even zitten.

'*Por favor*, laat Wimbledon niet schieten. *Por favor*.'

'Pap, ik weet niet zeker of...'

Mijn vader ademt uit, een lange, diepe zucht. Hij schudt zijn hoofd. 'Zelfs als – ik zeg als – ik er niet bij kan zijn.'

Ik moet mijn best doen om niet te gaan huilen.

'*Pero, por favor*, speel nog één keer op Wimbledon. Je houdt ervan om op Wimbledon te spelen. *Por favor*, doe het voor mij.'

Ik kan me niet voorstellen dat ik alleen ga. Maar ik weet ook dat ik hem op dit moment niet ga tegen spreken. '*Está bien*, ik zal er spelen,' zeg ik.

'*Gracias, ahora, andá*. Ga naar huis.'

Hij lijkt zo vastbesloten. '*Bueno*,' zeg ik terwijl ik mijn tas pak. 'Ik kom morgenvroeg weer.'

'Beter morgenmiddag,' zegt hij. 'Je moet eerst trainen, iedere dag. En daarna kom je hiernaartoe.'

Ik schud mijn hoofd en kijk hem glimlachend aan. 'Goed, dan kom ik morgen na de training.' Ik knijp even in zijn hand.

'*Buena, niña*,' zegt hij.

Ik loop de gang uit en druk op de knop van de lift.

Terwijl ik wacht zie ik vanuit mijn ooghoeken dat er achter de balie een verpleegster staat die naar me kijkt. Óf ze weet wie ik ben óf ze probeert te bedenken waar ze me van kent. Ik laat haar in het ongewisse en stap in de lift.

Wanneer de deuren eindelijk dicht zijn, leun ik tegen de wand en laat me op de vloer zakken. 'Laat hem alsjeblieft dit ziekenhuis weer verlaten,' zeg ik. Het komt eruit als gejammer en ik haat het geluid ervan.

Die avond komt Bowe naar me toe en terwijl ik in slaap val, slaat hij zijn arm om me heen en zegt: 'Het komt wel goed.'

'Dat zegt iedereen altijd,' zeg ik tegen hem. 'Maar niemand weet of dat echt zo is.'

Een paar dagen later wordt mijn vader geopereerd. In plaats van thuis te blijven en te trainen zoals hij me heeft opgedragen, zit ik de hele dag in de wachtruimte te wachten omdat ik meteen wil horen hoe de operatie is verlopen.

Wanneer dokter Whitley de operatiekamer uit komt, valt er geen lachje te bekennen op haar gezicht. Heel even heb ik gevoel dat ik weet dat het einde nabij is. Ik krijg een steek in mijn maag; het lijkt ineens heel warm te worden. Maar dan zegt ze: 'Het is prima verlopen.'

En dan kan ik weer ademhalen. 'Dank u,' zeg ik.

'Je kunt maar beter naar huis gaan. Hij zal waarschijnlijk de rest van de nacht doorslapen.'

Maar ik blijf waar ik ben.

Ik wacht tot hij is overgebracht naar de verkoeverkamer en ga in de stoel naast zijn bed zitten. En terwijl ik naar zijn ademhaling luister, val ik in slaap.

's Ochtends, wanneer hij wakker wordt, is hij versuft en in de war. Maar dokter Whitley zegt dat de pacemaker zijn werk doet.

'Wanneer mag ik dan naar huis?' vraagt hij.

Ze schudt haar hoofd. 'U moet hier blijven om te herstellen. Het was een lange operatie, de wonden moeten eerst helen. U moet in observatie blijven.'

'Hoelang?'

'Pap, zorg nou maar eerst dat je helemaal beter wordt,' zeg ik.

Hij pakt mijn hand, negeert mijn woorden en vraagt opnieuw: 'Hoelang?'

'Minstens een week. Misschien wat langer.'

Wanneer we weer alleen zijn, wil ik mijn vader vragen of hij nog wat nodig heeft van thuis, maar voordat ik mijn zin heb afgemaakt, onderbreekt hij me al. 'Als we niet samen kunnen trainen, dan verdoe je je tijd op de baan thuis. Je moet naar Londen om op gras te trainen.'

'Papa...'

'Nee,' zegt hij. 'Je weet dat ik gelijk heb. We zouden inmiddels sowieso rond deze tijd naar Londen zijn vertrokken. Je moet nu in je eentje gaan.'

'Dat snap ik, maar ik ga niet naar Londen zolang jij nog in het ziekenhuis ligt.'

'Dat doe je wel, en het heeft geen zin om me tegen te spreken. Ik heb hier dagen over nagedacht. Dit is ons nieuwe plan.'

Er wordt zacht op de deur geklopt. Ik zie Bowe in de deuropening staan met een varen en een ballon met BETERSCHAP erop.

'Ha Jav,' zegt hij. 'Ik hoop dat ik niet stoor. Ik wilde alleen even kijken hoe het met je gaat.'

'Kom verder, kom verder,' zegt mijn vader tegen Bowe, die naar me glimlacht. 'Het komt juist goed uit dat je er bent,' vervolgt hij. 'Ik heb een idee: Bowe kan me in de gaten houden terwijl jij in Londen zit. Dat wil je toch wel doen, Bowe?'

Bowe knikt. 'Natuurlijk. Zo lang je maar wilt. Met mijn ribben kan ik toch niet tennissen. Ik heb helemaal niks te doen. Je zou misschien zelfs kunnen zeggen dat ik niets meer heb om voor te leven. Dus ja. Ik zou het een eer vinden om je in de gaten te houden.'

Ik kijk hen aan. 'Dit is doorgestoken kaart.'

'Nietes,' zegt mijn vader.

'We hebben het er wel een keertje over gehad, ja,' zegt Bowe. 'Als je dat soms bedoelt.'

Mijn vader rolt met zijn ogen. 'Je moet nooit informatie geven waar niet specifiek naar is gevraagd,' zegt hij tegen Bowe.

'Oké.' Bowe kijkt me aan en vormt met zijn mond het woord 'sorry'.

'Jij bent het toch met me eens dat ze in Londen moet gaan trainen?' zegt mijn vader tegen Bowe.

Bowes antwoord is duidelijk en lijkt ook eerlijk. 'Geen twijfel mogelijk. Je weet zelf ook donders goed dat je naar Londen moet.'

Ik haat het dat ze gelijk hebben.

Die zaterdag zit ik in een zwarte taxi op weg naar het ziekenhuis om mijn vader nog één keer te bezoeken voordat mijn vlucht vertrekt. In mijn tas zit een ticket van LAX naar Heathrow. Ik kan nauwelijks geloven dat ik het echt ga doen.

De taxi stopt voor de ingang en de chauffeur zegt dat hij op me zal wachten in de parkeergarage van het ziekenhuis.

Dit voelt helemaal niet goed.

'Je moet iedere dag trainen met een hitter en me iedere avond bellen over de strategie voor de volgende dag,' zegt mijn vader nadat ik hem heb omhelsd. 'We hebben alles onder controle.'

'Maak je daar nou maar niet druk om, papa,' zeg ik. Ik pak zijn hand. 'Jij hebt maar één taak nu, en dat is beter worden.'

Mijn vader knikt. '*Ya lo sé*, al zou ik liever iets anders doen.'

'Dat weet ik.'

Ik streel de rug van zijn hand. Ik zie dat ook die ouder is geworden. Zijn huid is papierachtig en zijn knokkels zijn opgezet. De haartjes op zijn pols zijn bijna helemaal grijs.

'Zorg dat je beter wordt,' zeg ik tegen hem. 'Doe alles wat de dokters je zeggen. Wees de beste patiënt die ze ooit hebben gehad. Over iets meer dan een maand ben ik weer thuis.'

Op dit moment lijkt het me echt totaal onmogelijk om weg te gaan. Even vraag ik me af of ik misschien al die tijd heb gedacht dat ik toch niet in dat vliegtuig zou stappen. Dat ik gewoon heb gedaan wat nodig was om ons allebei een goed gevoel te geven.

Natuurlijk kan ik niet weggaan. Natuurlijk blijf ik.

'Ik weet niet of ik wel moet gaan, pap.'

'Ga op Wimbledon spelen, *cariño*.'

Ik frons.

'Alsjeblieft,' zegt hij. 'Ik word het gelukkigst als ik zie dat jij iets doet waar je van houdt. Dus ga alsjeblieft tennissen. Speel zoals je vroeger speelde. Speel alsof je ervan houdt. Alsjeblieft. Doe het voor mij, *por mi corazón*.'

'Bowe komt je vanavond opzoeken,' zeg ik met een blik op mijn horloge. 'Over ongeveer een uur. Dus als je iets nodig hebt, wat dan ook, dan kun je dat aan hem vragen.'

'Oké. Je moet nu echt gaan, anders kom je nog te laat.'

Ik haal diep adem. Dan geef ik hem een kus op zijn voorhoofd.

'Probeer ervan te genieten, *pichona*,' zegt mijn vader. 'Want dat is wat je bent vergeten.'

Juni 1995

Drie weken tot Wimbledon

WANNEER IK OP HEATHROW UITSTAP, ZIE IK TWEE TIENERMEISJES met hun moeder staan. De meisjes staren naar me. Ik weet niet wat me ineens bezielt, maar in plaats van hen te negeren, zwaai ik even. Ze zetten grote ogen op en zwaaien terug, met hun mond wijd open. Ik lach.

In de taxi vraag ik de chauffeur om via Wimbledon naar mijn hotel te rijden. Hij knikt. En aan de manier waarop hij in de achteruitkijkspiegel naar me kijkt, de manier waarop hij een lachje verbijt, zie ik dat hij ook opgewonden is.

Onder het rijden kijk ik naar buiten. Ik zie gebouwen en Engelse billboards langs glijden tot we eindelijk in de buurt komen van de All England Lawn Tennis Club.

'Moet ik even stoppen?' vraagt hij.

'Nee, dank u.' Ik geniet al van de aanblik, van het park en de banen die langs me heen flitsen. Ik vind het fijn om naar de klimop op de voorgevel te kijken. In de buurt van die arena voel ik me het meest mezelf. Alsof ik dan pas mijn eigen belofte volledig belichaam.

Het is een ongeëvenaard genot om zo goed in iets te zijn, zo goed als ik was in op Wimbledon spelen.

Ik mis mijn vader.

'U hebt dat record,' zegt de chauffeur wanneer hij mijn blik vangt in de spiegel. 'Dat weet u toch?"

'Welk record?'

'De meeste overwinningen op Wimbledon. Mannen of vrouwen.'

'Ja, dat weet ik.'

Hij knikt en kijkt weer naar de weg. 'Goed gedaan.'

Nadat ik ben ingecheckt in mijn hotel, pak ik mijn koffers uit. Ik doe de gordijnen open en kijk naar de Theems en de Waterloo Bridge. Het is druk in de stad, allemaal auto's en mensen, maar het is dan ook vier uur 's middags. Toch moet ik zien dat ik een beetje uitrust.

Ali heeft voor de komende drie weken banen voor dubbele trainingssessies voor me geboekt. Ik heb voor iedere keer om een andere hitter gevraagd. Ik moet met alle soorten spelers kunnen trainen.

Ik kijk naar de rode dubbeldekkers op de brug en denk aan de grootste horde die ik moet nemen in mijn spel: ik moet mijn hoofd op orde zien te krijgen.

Ik neem een douche, een loeihete douche, zo heet dat de huid van mijn borstkas en benen knalrood wordt. En daarna bel ik naar mijn vaders kamer in het ziekenhuis.

Bowe neemt op.

'Hoi,' zeg ik. 'Hoe gaat het met hem?'

Fluisterend antwoordt hij: 'Hij slaapt. Maar het gaat goed. En hoe is het met jou?'

'Ook goed.' Ik kijk onder het praten naar mezelf in de badkamerspiegel. Mijn haar is nat en achterover geborsteld; de witte badjas die ik draag is dik en warm. Maar het enige wat ik echt zie zijn de wallen onder mijn ogen, net twee blauwe plekken. Ik kan de schuld geven aan jetlag en leeftijd, maar ook: als ik alleen ben, huil ik.

'Het voelt raar om hier te zijn zonder hem,' zeg ik. 'En zonder jou ook, eerlijk gezegd.'

'Dat is lief van je.'

'Ik ben bang dat ik niemand kan vinden om mee te trainen, niemand die zo goed slaat als jij.'

'O,' zegt hij. Dan lacht hij.

‘Wat?’

‘Nee, niks. Luister, je vader heeft wat aantekeningen gemaakt en hij wordt vast kwaad als ik je ze niet voorlees.’

‘Oké.’

‘Hij zegt: denk morgen aan de vreugde van op gras spelen. Speel niet om te winnen of perfectie te vinden. Speel om jezelf en de bal te observeren.’

‘Dat is wat je noemt goede raad,’ zeg ik.

‘Ja, helaas is hij daar behoorlijk goed in,’ zegt Bowe.

Nu moet ik ook lachen. ‘Dat kun je wel zeggen.’

We hangen op. Ik trek de gordijnen dicht, doe mijn oogmasker om en ga op het gigantische bed liggen.

De ramen zijn dik, net als de muren. Mijn kamer is zo privé en ruim als maar kan in het centrum van Londen. En daarom is het er, hoewel het middag is in een bruisende stad, eng stil.

Ik heb steeds het gevoel dat mijn vader zo uit de kamer naast me kan komen zetten en dan bij me aanklopt om me te vertellen dat hij net een briljant idee heeft gehad. Of dat hij me lastig komt vallen om zich te beklagen over een of andere foto van hem in een krant. Of met iets anders wat me ergert, en dat ik hem dan vertel dat ik wil slapen.

Maar hij is er niet.

Ik weet niet wanneer ik eindelijk in slaap val, maar wanneer ik de volgende ochtend wakker word, voel ik me uitgerust.

Ik poets mijn tanden, trek mijn trainingspak aan en verzamel mijn spullen. Het gezoem is terug in mijn botten.

Ik ga naar de baan.

Alleen.

Mijn vader had helemaal gelijk. Ik had het echt nodig om het knisperende gras weer te voelen.

De hitter tegen wie ik vanochtend speel, heet Bridget. Ze is snel, maar niet erg sterk. Toch voel ik me opgewonden terwijl ik van zijlijn naar zijlijn draaf, en van het net naar de achterlijn en terug. Het is zo heerlijk om op gras te spelen. Ik hou van het geluid, van de snelheid, de lage stuiten, de onvoorspelbaarheid, de strategie. Het is een totaal ander spel, spelen op gras.

En man, wat hou ik ervan.

Aan het eind van de sessie zegt Bridget: 'Ik vrees dat ik mijn geld niet echt waard ben geweest.'

Ik heb alleen zweet op mijn voorhoofd en bovenlip, maar haar tanktop is helemaal doorweekt. 'Ach, dat geeft niks,' zeg ik. 'Je hebt je best gedaan.'

Haar gezicht verstrakt en dan loopt ze weg. Ik ga op de bank zitten en drink wat water. Ik begin te bedenken waar ik met de ballenmachine aan wil werken, met welke slagen ik zal beginnen. Vooral mijn slice mag wel wat aangescherpt worden.

Ik zet op een rijtje hoe mijn spel op gras is op dit moment. Mijn voetenwerk voelt goed. Mijn services zijn scherp. Ik leg de bal waar ik hem hebben wil. Ik ben stukken verder dan in Melbourne.

Toch ben ik, zelfs op gras, waarschijnlijk niet zo snel als Antonovich. Dus als ik haar nog een keer tegenkom tijdens het toernooi, zal ik een andere manier moeten bedenken om haar spel te vertragen. Maar daarom ben ik ook hier.

Ik kijk naar mijn gele schoenen op het groene gras. Misschien heeft dit hele seizoen wel hiertoe geleid. Misschien moest ik gewoon terug naar Wimbledon.

Ik sta op en kijk of ik ergens een opzichter zie die me van een ballenmachine kan voorzien. Maar terwijl ik mijn blik over de banen laat glijden, zie ik ineens dat Nicki Chan langs mijn baan loopt.

Eerst doe ik net of ik haar niet zie, maar het wordt me al snel duidelijk dat ze niet het type is dat me daarmee laat wegkomen. Waarom zijn mensen toch zo? Echt. We kunnen toch gewoon langs elkaar heen lopen en elkaar niet lastigvallen met kletspraatjes?

'Carrie.' Glimlachend geeft ze me een hand.

'Train jij hier ook?' vraag ik. 'Ik dacht dat je wel...'

Ze schudt haar hoofd. 'Hier is het rustiger. Ik moet me kunnen concentreren. Ik heb hier een baan geboekt voor de komende weken, tot we allemaal naar Wimbledon Park verhuizen. Maar jij dus ook?'

'Ja.'

Ze lacht. 'Dan hadden we allebei een goed idee. Oké,' vervolgt ze, 'misschien kunnen we een keertje samen wat gaan drinken een dezer dagen.'

'Misschien. Ik bedoel, nee, waarschijnlijk doe ik dat toch niet.'

Ze lacht weer. En ik vind het irritant, dat lachje. Het voelt gekunsteld, als een soort nep-onverstoorbaarheid. 'Weet je wat iemand in het circuit me vroeger eens over je heeft verteld?' vraagt ze.

'O lekker, daar gaan we weer.'

'Nee, nee, het is niet negatief. Ze zei alleen dat je hard leek, kil, maar dat je in werkelijkheid een van die speelsters bent die zich met niemand bemoeit omdat je dan in gewetensnood komt als je iemand op zijn donder moet geven.'

'Volgens mij is het allemaal een stuk simpeler als je niet zoveel om mensen geeft.'

Ze knikt. 'Ik snap het.'

'Heb jij dat niet dan?'

'Ik zou mijn beste vriendin nog afmaken op de baan.'

De volgende ochtend word ik om vier uur wakker. Ik vind het vreselijk om in bed te moeten liggen, woelend, het kussen opschuddend, naar het plafond starend en denkend aan Parijs.

Aan hoe ik het daar heb verknald.

Aan hoe ik Nicki dat record gewoon in de schoot geworpen heb.

Ik sta op en loop naar het woongedeelte. Ali heeft de partijen waarom ik heb gevraagd op videoband gezet en me die gestuurd. Ik rommel in de doos totdat ik de video heb gevonden die ik zoek.

Soto tegen Antonovich.

Mijn borstkas verstrakt terwijl ik de video in het apparaat stop en op play druk.

Het is pijnlijk om ernaar te moeten kijken. Ik haat het hoe hulpeloos ik me voel, omdat ik niet kan voorkomen wat er zo meteen op het scherm gaat gebeuren. Maar het is de enige manier om ervoor te zorgen dat het niet weer gebeurt.

Meteen vanaf het begin ben ik snel maar slordig. Mijn stappen zijn veel te gehaast, ik bouw mijn hoeken niet goed op. Ik loop op ballen waarvan ik al weet dat ik ze niet kan halen.

Ik moet mezelf gewoon dwingen om de tv niet uit te zetten.

In de tweede set maak ik alleen nog maar domme keuzes. Ik verhul mijn slagen niet goed genoeg. Ik sla een groundstroke recht op haar af. Ik sla een te korte slice. Ik stok. Ik stok gewoon steeds.

Alleen maar omdat ik Antonovich wilde laten zien dat ze heus niet sneller was dan ik. Terwijl ik dat nu op de video zo duidelijk kan zien.

Ze is sneller dan ik. Dat is gewoon zo.

Ik ga eerder dan gepland naar de baan. Er is nog niemand. Ik heb het hele park voor mezelf. Daarom begin ik met slaan tegen de ballenmachine.

Een van de dingen die ik zo fijn vind aan gras, is dat je er snel bij moet denken. Andere spelers kunnen misschien sneller van de ene kant naar de andere rennen. Misschien kunnen ze de bal zelfs zo slaan dat hij sneller over het net gaat. Maar waar ik altijd goed in ben geweest, is op de baan sneller denken dan het licht. Dat was voor mij altijd de uitdaging.

Je moet jezelf in razendsnelle volgorde een reeks vragen stellen en beantwoorden: waar gaat de bal heen? Waar zal hij naartoe stuiten nadat hij de grond heeft geraakt? Hoe wil ik hem terugslaan? En waar moet ik dan staan om dat te kunnen doen?

Toen ik klein was, richtte mijn vader zich op de grondbeginselen: mijn houding, mijn conditie.

Kijk naar de bal, draaien en slaan.

Kijken, draaien, slaan.

Kijken, draaien, slaan.

Kijken, draaien, slaan.

Bij een service was het: door de knieën, armen omhoog, opgooien, slaan en de beweging afmaken.

Knieën, armen, opgooien, slaan en afmaken.

Knieën, armen, opgooien, slaan en afmaken.

Knieën, armen, opgooien, slaan en afmaken.

Uur na uur, dag in, dag uit dezelfde oefeningen. Soms niet eens een echte bal slaan, maar alleen de bewegingen uitvoeren, de routine ervan voelen. Ik moest het van mijn vader zelfs voor de spiegel doen, naar iedere beweging van mijn lichaam kijken terwijl ik vloeiend de hele riedel afwerkte.

Ik weet nog dat de eeuwige herhalingen, de saaiheid ervan, me frustreerden. Ook toen ik alles perfect onder de knie had, moest ik van mijn vader die oefeningen herhalen. Als kind ging ik tegen hem tekeer, maar hij hield zich aan zijn plan, altijd weer.

'Denk je wel aan je ademhaling?' vroeg hij me op een middag toen ik op de baan stond te mopperen. 'Je ademt met je longen, iedere seconde dat je leeft, *no*?'

'Ja,' zei ik.

'Maar denk je daar ook aan?'

'Nee, mijn lichaam doet het gewoon.'

'Bedenk eens hoe weinig andere dingen je zou kunnen doen als je continu over je ademhaling moest nadenken.'

'Oké...'

'Ik wil dat je bewegingen als je ademhaling zijn. Op dit moment, *hija*, voer je ze nog uit met je hoofd,' zei hij tegen me. 'En we stoppen pas als je het zo vaak hebt gedaan dat je lichaam het zonder nadenken doet. Want pas dan heb je de vrijheid om aan alle andere dingen te denken.'

Ik weet niet of ik het toen echt begreep of gewoon besloot om te doen wat me werd opgedragen. Maar toen ik in het jeugdcircuit terechtkwam en later in de WTA, zag ik hoe traag mijn tegenspeelsters speelden.

Mijn vader had mijn bewegingen, mijn houding, mijn slagen, met al die herhalingen zodanig in mijn hoofd geprent dat ze in mijn cellen zaten, voortleefden in mijn spieren en gewrichten.

En dat geldt nog steeds.

Bij iedere bal die op me afkomt, heb ik mijn hoofd vrij om alle slagen na te gaan die tot mijn arsenaal behoren, om de oneffenheden van de baan te bestuderen. Ik kan op een slechte stuit anticiperen of een shot vinden die mijn tegenstander niet verwacht.

En dan volgt het moment waarop ik contact maak met de bal, en in die ene fractie van een seconde neemt mijn spiergeheugen het over.

Gras is altijd de volmaakte ondergrond geweest voor dat soort spel.

Terwijl ik hier op de baan sta, het opneem tegen de ballenmachine en elke bal na de stuit raak, ben ik vloeibaar. Mijn lichaam doet dit. Het is bijna alsof ik er zelfs niet bij ben. Deze sierlijkheid, deze vloeiende bewegingen, dit gemak – dat is mijn tennis-ik uit 1983.

Wanneer de ballenmachine voor de vierde keer zonder ballen zit, stop ik. Alle honderd ballen liggen verstrooid over de andere helft van de baan.

Ik zweet en ben buiten adem. Ik sta hier al bijna drie uur, maar voor mijn gevoel is het pas twintig minuten. En heel kort voel ik me weer Carrie Soto.

'Hoi.'

Ik draai me om. Nicki staat achter het hek met een hand op de tralies. Verdomme.

'O hoi.'

'Ik ben expres zo vroeg gekomen om je te ontlopen,' zegt ze lachend.

'Sorry, ik ben hier al vanaf ongeveer vijf uur.'

Nicki knikt. 'Het is echt prachtig om je te zien spelen.'

Ik loop naar haar toe. 'Nou ja, ik ben ook erg goed.'

Ze lacht. 'Ja, dat is zo. De schoonheid van je bewegingen is... echt adembenemend. Ik herinner me dat je altijd al zo speelde. Je kon het vroeger zelfs op de tv zien. Maar toen ik je daarnet stond te bespioneren...' Ze schudt haar hoofd. 'Fantastisch tennis.'

Hoe moet ik daar nou op reageren? 'Vanavond iets drinken?' hoor ik mezelf zeggen. 'Als je dat nog wilt. In het Savoy.'

Ze knikt. 'Oké, ik zie je daar.'

Later die middag zit ik in mijn kamer te bellen terwijl ik uit het raam kijk. '*No sé, papá, pero*... ik voel gewoon dat gezoem. Ik heb het gevoel dat het nu weleens zou kunnen gebeuren. Dat ik deze weleens zou kunnen pakken.'

Zijn stem is iel. 'Deze pak je ook, *hija*.'

Ik druk mijn oor harder tegen de hoorn, alsof ik dan door het snoer heen kan en naast hem zit. 'Hoe voel je je?'

'*Bien, bien. Pero* maak je geen zorgen om mij. Bowe komt later vanochtend met me schaken. En dan maak ik hem voor de zoveelste keer af.'

'Wat zegt dokter Whitley?'

'Ze zegt dat het prima gaat. Hou op met dat gevraag,' zegt hij.

'Oké. *Está bien*.'

Ik zeg niet wat ik denk: jij bent alles wat ik heb.

Wanneer ik de American Bar van het Savoy in kom, zit Nicki er al. Ze praat met het meisje achter de bar dat een cocktailglas voor haar neerzet.

Nicki heeft een soort vanzelfsprekend zelfvertrouwen, onbezorgd. We bevinden ons in een chique bar en ze draagt een zwarte spijkerbroek met een T-shirt en Doc Martens. Haar lange haar hangt los op haar rug.

Ze zwaait naar me en ik loop naar de bar. Zo te zien drinkt ze gin met een twist.

'Een Absolut-soda, alsjeblieft,' zeg ik tegen het barmeisje. Ze knikt, maar kijkt me dan nog een keer aan. 'Jij bent toch Carrie Soto?'

Ik kijk naar Nicki, die glimlachend een slok gin neemt. 'Ja,' zeg ik.

'Wauw, ik ben echt een fan van je,' zegt ze. 'Ik bedoel, ik heb weinig verstand van tennis, maar ik ben dol op je sportschoenen.'

Ik lach. 'Nou, dat is fijn om te horen.'

Ze loopt weg en Nicki kijkt me lachend aan. 'Ik zit hier al minstens tien minuten te praten met die mooie vrouw, maar toch herkende ze me niet. Hoewel mijn schoenen mooier zijn dan de jouwe, overigens.'

Zij heeft een schoenenlijn bij Nike. Ze heten 130's – een verwijzing naar het feit dat ze ooit een ace heeft geslagen van 130 mijl per uur. Ze zijn de op een na best verkopende tennisschoenen in Groot-Brittannië.

'Blijkbaar vindt zij dat niet,' zeg ik.

'Niet dat ik per se herkend wil worden, hoor,' zegt ze. 'Maar als ze jou wel herkent en mij niet... nou ja...'

'Weet je,' zeg ik terwijl ik ook ga zitten. 'Ik moest een keer een lintje doorknippen bij een tennisschool in Arizona die naar mij was vernoemd, maar de vrouw bij de deur wilde me niet binnenlaten omdat ik niet op de lijst stond.'

Nicki lacht en neemt nog een slokje. 'Het is een maf leven.'

'Ja, dat kun je wel zeggen.'

'Ik weet niet altijd of ik het wel zo leuk vind.'

Mijn drankje wordt neergezet. Na een slokje zeg ik: 'Soms is er weinig om leuk te vinden.'

'Raar eigenlijk. Dat je hier terechtkomt alleen omdat je het leuk vindt om een balletje te slaan. En ineens ben je niet meer van jezelf. En mogen mensen je blijkbaar gewoon het Beest noemen omdat je sterk bent. En mogen ze commentaar hebben op je kleren, op je kapsel. Mogen ze racistische opmerkingen plaatsen en dan doen alsof het maar een grapje was. Ben benieuwd wat er gebeurt als ze ontdekken dat ik lesbisch ben.'

Ze kijkt me vanuit haar ooghoeken aan, alsof ze verwacht dat ik mijn cocktail zal uitspugen. Maar ik dacht allang dat ze gay was en dat maakt me niets uit. Romantische relaties zijn sowieso verdomd lastig; eerlijk gezegd ben ik diep onder de indruk van mensen die een relatie in stand weten te houden.

Hoewel, bedenk ik ineens, dat staat natuurlijk los van het feit dat het voor haar moeilijk zal zijn om om te gaan met hoe de buitenwereld vaak op dit soort dingen reageert. En ook los van het feit dat het vast heel lastig is om te bedenken aan wie je het wel of niet kan vertellen.

En mij heeft ze het zomaar verteld. Shit, zo meteen ga ik haar nog aardig vinden ook. Stomme trut.

'Je hoeft mij niet te vertellen hoe klote de pers is. Je hebt het tegen een vrouw die ze de Bitch noemen,' breng ik haar in herinnering.

Ze lacht. 'Ik wil alleen maar tennissen. Maar in plaats daarvan sta ik in commercials meisjes van twaalf te vertellen dat ze geloof moeten hebben in hun dromen, of zit ik als gastpresentator in een ontbijtshow... Al dat soort dingen die tussen mij en tennis staan...'

Ik kijk haar aan en sla dan mijn blik neer. Ik draai mijn glas rond in mijn hand. 'Als je stopt, gaat het alleen nog maar over commercials. En functies bij goede doelen of een vriendschappelijke partij spelen voor publiek. En het echte tennis verdwijnt dan op de een of andere manier. Poef! Weg!'

Ze fronst. 'Nee, dat geloof ik niet.'

Ik haal mijn schouders op. 'Dan niet.'

'Als ik stop, wil ik gewoon in mijn huis in de Cotswolds gaan wonen en verder niks meer doen. De hele dag spelen op mijn eigen baan op het platteland.'

'Maar tegen wie dan?' vraag ik. 'Je hebt dan niemand om tegen te spelen, op een paar andere oudgedienden na misschien. Je gaat echt niet tegen het dochtertje van de buren spelen, daar is geen lol aan. En je kunt ook tegen niemand uit de WTA spelen, want die reizen alle toernooien af. En die willen al helemaal niet verslagen worden door jou. De vriendschappelijke partijen zijn wel oké, want die zijn alleen voor de show, echte spanning is er niet. Er is gewoon niemand tegen wie je serieus kunt spelen. Echt, ik zweer het je, er waren dagen dat ik wakker werd met een trillende rechterhand en me dan afvroeg waar mijn racket was gebleven.'

'Ben je daarom soms weer begonnen? Omdat je rechterhand trilde?'

'Nee.' Ik schud mijn hoofd. 'Ik ben teruggekomen om jou te verpletteren.'

Nicki schatert het zo hard uit dat mensen zich naar ons omdraaien. Wanneer ze weer tot bedaren is gekomen, buigt ze zich naar me toe. 'Ik geloof er geen snars van,' zegt ze glimlachend. 'Er moet meer achter zitten.'

'Nee, serieus. Ik wil dat stomme record van me terug.'

'Natuurlijk wil je dat terug. Wie zou dat nou niet willen?'

'En jij hebt het van me afgepakt.'

'Ik heb het niet afgepakt,' zegt ze. 'Ik heb het verdiend. Net zoals jij ooit. Alleen met één slam meer dan jij.' Ze geeft me een knipoog en neemt dan weer een slokje.

'Jij hebt nooit echte tegenstand gehad,' zeg ik. 'In de afgelopen zes jaar is er niemand geweest die ook maar aan je kan tippen.'

'Precies.'

'Doe normaal. Het is makkelijker om te winnen als er geen Stepanova is. Of iemand als Mary-Louise Bryant, die ineens als een komeet opkwam. Of ik bijvoorbeeld. Zulke tegenstandsters heb jij niet.'

Nicki schudt haar hoofd. 'Je klinkt nu net als al die wijsneuzen op ESPN.'

'Wat? Meen je niet! Alle sportverslaggevers roepen continu dat jij de allerbeste ooit bent.'

'Zo komt het op jou over. Maar wat ik continu hoor is dat het, zelfs toen ik jouw record pakte, niet goed genoeg is. Ik zal nooit Carrie Soto zijn. Ik zal nooit zo sierlijk zijn. Ik heb nooit een echt goede tegenstandster gehad. Ja, ik ben goed op gravel en hardcourt, maar "Carrie Soto is heer en meester in Londen". Dit is mijn stad, maar op de een of andere manier is hij nog steeds van jou.' Ze neemt nog een slokje van haar gin. 'En dan, als het erop lijkt dat ik ze allemaal het zwijgen heb opgelegd, wie komt er terug? Wauw! Carrie Soto is er weer! En je wordt met open armen ontvangen.'

'Dit is een serieuze vraag: ben je high of zo?'

Nicki lacht.

'Hoe zou jij het vinden om keer op keer te moeten aanhoren dat je te oud bent, dat je, als je erin slaagt om dit jaar ook maar iets te winnen, de oudste bitch bent die dat ooit is gelukt?'

Nicki lacht weer. 'Ja, het is vast vreselijk om te weten dat je als je Wimbledon wint dan twee records vestigt en dat van mij evenaart.'

Ik bal mijn vuisten. Ik moet me tot het uiterste bedwingen om geen klap op de bar te geven en haar in herinnering te brengen wie dat record als eerste in handen had, wie dat record heeft gevestigd. Zonder mij zou jij er niet zijn!

Maar ik heb geen poot meer om op te staan. Die ben ik in Parijs kwijtgeraakt.

'Heb je ook maar enig idee hoe zwaar het is om je hele leven naar één doel toe te werken, één doel, en dat er dan ineens iemand opduikt die je dat probeert af te nemen?'

Ze kijkt me met grote ogen aan. 'Ja!' zegt ze. 'Ik weet precies hoe dat voelt.'

Ik kijk haar aan en pas dan dringt tot me door wat ik net heb gezegd. Onwillekeurig moet ik lachen en Nicki lacht met me mee.

'God, wat zul jij mij haten,' zeg ik. 'Ik zou mij in elk geval wel haten.'

Ze drinkt haar glas leeg. 'Ik haat je niet. Dat heb ik je al eerder verteld. Ik ben je dankbaar.'

'Ja, vast.'

'Ik meen het,' zegt ze. 'Ik kan alleen maar vechten als er iets is om voor te vechten. En ik hou van vechten. Nog meer dan van winnen.'

'Ik...' begin ik. 'Oké.'

'Zonder jou zou er niets meer zijn om voor te vechten. Het zou zoiets zijn als tegen een leeggelopen boksbal slaan. En zonder mij zou jij gewoon thuis zitten om een commercial te doen voor Gatorade of zoiets. Toch?'

Het ergert me dat ze gelijk heeft. 'Zou kunnen. Ja.'

'Maar in plaats daarvan zijn we hier, trainen we en leven we voor iets wat groter is dan wij tweeën.'

Ik neem een slok van mijn wodka-soda. Dan kijk ik haar nadenkend aan. 'Ik weet niet of ik ooit zo over Paulina heb gedacht.'

'Stepanova?' Nicki rolt met haar ogen. 'Wie wel? Iedere keer dat het slecht ging, deed ze alsof ze geblesseerd was. En de enige keer dat ze echt iets aan haar enkel had, had ze niet de moed om óf te stoppen óf ermee door te spelen.'

'Dank je!' zeg ik.

'Krokodillentranen, dat hele zooitje.'

'Ja!'

'Ze was geen waardige tegenstandster voor je.'

'Dat heb ik vanaf het begin geroepen!'

'Maar ik wel.' Ze kijkt me strak aan.

'Nou, dat zullen we nog moeten zien, hè?'

'Ja, daar heb je gelijk in.' Ze legt dertig pond op de bar en staat op. Terwijl ze me op mijn schouder slaat, vraagt ze: 'Hoe laat train jij morgen?'

'Ik weet het niet. Hangt af van of ik een beetje kan slapen.'

'Oké. Nou, vooral hard blijven trainen. Want ik wil zeker weten dat jij, als ik je versla, op je allerbest was. Ik wil weten of ik de beste tennisster ooit kan verslaan. Dat heb ik nodig. En ik heb ook nodig dat de wereld dat ziet.'

'Lul maar lekker raak.'

Ze lacht. 'Ik kan alleen maar beter worden als jij op je best speelt,' zegt ze. 'Net als jij heel lang geleden tegen Stepanova met die slice. Ik ben de beste speelster in de WTA. Ik heb iemand nodig, een echte topper, die me dwingt zo diep mogelijk te gaan. En daar ben jij, net op tijd. Alleen voor mij.'

'Niet voor jou,' zeg ik.

'Oké, voor jezelf,' beaamt ze. 'Ik ben alleen het excuus dat je nodig had.'

Ze heeft gelijk, hoe irritant dat ook is. Ik ben er nooit echt klaar mee geweest. Dit was ik altijd al van plan: terugkomen en voor de allerlaatste keer het gevecht aangaan.

'Hoe dan ook, we zijn elkaars katalysator bij onze poging om de allergrootste ooit te worden.'

'Oké,' zeg ik. 'Nou, tot ziens dan maar, Nicki.'

'Tot ziens, schat.'

'Ik ben je schat niet,' zeg ik hoofdschuddend. 'We kunnen dan samen wel wat hebben gedronken, maar ik ben niet je schat.'

'Nou ja, we zijn nu toch wel vriendinnen?' zegt ze. 'En dat is toch niet erg? En weet je waarom niet?'

'Nou?'

'Als jij in je tijd bij de WTA een paar vriendinnen had gemaakt, dan denk ik niet dat je de afgelopen jaren zo'n trillende rechterhand had gehad.'

Ik kijk haar aan en het is duidelijk dat ze me wilde raken, maar ik weet niet of ze ook weet hoe hard ze me heeft geraakt. 'Oké,' zeg ik. 'Ik kan maar beter gaan.'

Het barmeisje komt ineens tevoorschijn van achter de bar. Ze kijkt ons met grote ogen aan. 'Wacht, jij bent toch Nicki Chan?'

Nicki lacht en krijgt een kuiltje in haar wang. 'Ja, dat ben ik. De nummer één van de wereld. Recordhoudster van de meeste grandslamtitels voor het enkelspel ooit.'

'En toch heeft ze maar twee keer gewonnen op Wimbledon,' zeg ik tegen de het meisje. 'Gek hè?'

Twee dagen voordat Wimbledon begint, krijg ik te horen dat mijn vader het ziekenhuis mag verlaten. Ik slaak zo'n diepe zucht dat ik me afvraag hoelang ik al met ingehouden adem rondloop. Zodra het speelschema bekend is, bel ik hem thuis.

'Lees voor,' zegt mijn vader door de telefoon.

'In de eerste ronde moet ik tegen Cami Dryer,' zeg ik met een blik op de papieren die eerder vandaag naar mijn hotel zijn gefaxt. Ik ga op de bank zitten.

'Eitje, die kan niet anticiperen,' zegt mijn vader. 'Gewoon je punten slaan en dan is er niks aan de hand. Wie komt daarna?'

Ik probeer te bedenken wie de andere partij zal winnen. 'Waarschijnlijk Lucy Cameron.'

'O, die raakt bij het minste geringste van slag.'

Ik kijk naar het plafond. 'Ja, dat dacht ik ook al. Ik moet haar meteen breken en dan zit het wel goed. En daarna...' Ik werp weer een blik op het papier. 'Martin of Nystrom.'

'Dat wordt hoogstwaarschijnlijk Nystrom,' zegt mijn vader.

'Echt niet.' Ik sta op en begin te ijsberen. 'Martin speelt beter.'

'Het kost Martin altijd grote moeite om haar spel aan gras aan te passen. Ze speelt veel te diep. Het wordt Nystrom, tenzij Martin een betere coach heeft gevonden.'

'Nou, Nystrom kan ik wel hebben. Haar volleyspel is goed, maar haar service is verschrikkelijk – ik kan haar meteen in de eerste set breken.'

'Precies. En dan?'

'Zou Johns kunnen zijn.'

'Traag als een schildpad,' zegt mijn vader. 'Die kan je nooit bijhouden.

Mocht ze lastig worden, dan moet je het tempo versnellen en dat vasthouden. En dan is het gedaan met haar.'

'Ja, je hebt gelijk.'

'Volgende?'

'Moest je het eigenlijk niet rustig aan doen?' vraag ik.

'Nee hoor,' zegt hij. 'Niet als mijn dochter zich voorbereidt op Wimbledon. Kom op, volgende.'

'Waarschijnlijk Moretti, als ik het zo bekijk.'

'Wie zou het anders kunnen zijn?'

'Machado misschien.'

'Ik gok Machado,' zegt hij.

'Waarom?'

'Ze wordt ondergewaardeerd, maar ze past zich altijd razendsnel aan. Moretti heeft maar één sterk punt: haar krachtspel. Machado heeft meer shots tot haar beschikking. Volgens mij wordt het Machado.'

'En wat doe ik dan?' vraag ik.

'Als het toch Moretti wordt dan moet je haar laten rennen, want dat kan ze niet en dan raakt ze de kluts kwijt. Als het Machado is... dan moet je volgens mij in het begin economisch spelen, alleen voor je eigen punten gaan. Als je de eerste set wint, ben je al een eind op weg. Zo niet, dan zul je de volgende twee sets moeten winnen, maar jij bent dan minder moe dan zij.'

'Oké,' zeg ik. 'Doe ik.'

'Wie dan?'

Ik kijk naar het schema. 'Eh, dat wordt lastig,' zeg ik. Ik werp een blik uit het raam op de rivier. 'Maar het zou weleens Antonovich kunnen zijn.'

Mijn vader blijft even stil.

Ik haal mijn blik weer van het raam. 'Maar ik heb een plan voor Antonovich.'

'En dat is?'

'Ze is sneller dan ik en ze is goed op gras,' zeg ik.

'Oké,' zegt hij na een korte stilte.

'Dus ik volg jouw raad uit Parijs op. Ik probeer niet net zo snel te zijn. Want dat lukt me niet. Ik kan beter proberen het spel te vertragen.'

'*Sí, es un buen plan...*'

'Maar ik speel al mijn hele leven op Wimbledon, dus ik weet beter dan wie dan ook waar de ballen heen gaan.'

'Dat is zo.'

'Dus ik vermom mijn slagen, ik zorg ervoor dat ze niet kan raden waar de bal heen gaat. Ik richt op de bruine plekken in het gras, zodat de bal slecht opstuit. Als ik er drie sets bij haar weet uit te slepen, kan ik winnen. Want tegen die tijd heb ik veel minder meters in mijn benen zitten dan zij.'

Mijn vader slaakt een diepe zucht. 'Ja, dat klinkt goed.'

'Zou jij dat ook hebben gezegd?'

'Ik zou er nog één ding aan toevoegen: ze zal ervan uitgaan dat jij na de vorige keer iets wilt bewijzen. Ze zal verwachten dat je er meteen op los zal slaan. En daarom moet je juist terughoudend spelen en tegelijkertijd de indruk wekken dat je je uiterste best doet, en dan zal op een gegeven moment tot haar doordringen dat je pas net bent begonnen.'

'Oké,' zeg ik. 'Ja, dat moet werken.'

Dat is wat Cortez tegen mij deed in Melbourne.

'En dan? Wie is de volgende?' vraagt mijn vader.

'Chan.'

'Niet Cortez?'

'Chan zal Cortez in de halve finale verslaan, terwijl ik tegen Antonovich speel.'

'Oké, dus ervan uitgaande dat ik gelijk heb – wat natuurlijk compleet onmogelijk is...'

Ik lach.

'Dan sta jij daar over twee weken met je tiende zilveren schaal in je handen.'

'Zo simpel is het dus?'

'Helemaal niet simpel, *pichona*. Maar als iemand het kan, ben jij het. En ik zal het allemaal vanuit huis bekijken.'

'Gracias, papá.'

'Bowe wil je nog even spreken,' zegt hij. 'Hij pakt gewoon de hoorn uit mijn hand. Nou ja.'

'Hoi,' zegt Bowe. Zijn stem klinkt warm en ik wou dat hij hier bij mij was in plaats van duizenden kilometers ver weg.

'Hoi,' zeg ik. 'Hoe gaat het met je ribben?'

'Prima. Beter. Je vader en ik zijn samen een mooi paar.'

'Dank je voor alles wat je doet. Ik geloof niet dat ik het zou aankunnen om hier te zijn als jij niet daar was.'

'Ach, vanzelfsprekend toch?' zegt hij. 'Maar luister, ik wilde je iets vragen.'

'Oké...' Ik ben bang dat hij wil vragen of ik wil dat hij me hier komt opzoeken, of hoe het met ons verder moet als ik terug ben. En daar wil ik nu helemaal niet over nadenken.

'Heb je nog nagedacht over dat Zelf 1 en Zelf 2?' vraagt hij.

'Hè?'

'Al die strategieën waar jij en je vader het over hadden...'

'Ja en?'

'Luister, jij bent een van de besten op de baan. En dan bedoel ik niet alleen vroeger, maar nu.'

'Ik hoop dat je gelijk hebt. Ik weet het niet. Laten we zeggen dat ik het nodig heb dat je gelijk hebt.'

Ik sta bij het raam en kijk naar een rondvaartboot op de Theems. Mijn vader en ik hebben ook een keer zo'n rondvaart gedaan, toen ik nog heel jong was en we hier waren voor mijn eerste Junior Wimbledon. Ik viel toen in slaap en later vertelde hij me alle dingen die ik had gemist, zoals de geschiedenis van de Tower. 'De volgende keer moet je wakker blijven,' zei hij. 'Je krijgt de hele wereld te zien, *pichona*. En die kans krijgen niet veel mensen.' Zelfs toen wist ik niet hoe ik hem moest uitleggen dat ik te moe was om bezienswaardigheden te bekijken, dat dat een luxe was die ik niet had en ook niet wilde. Ik had alles wat ik had nodig voor waar we mee bezig waren; ik had niet nog iets over voor andere dingen.

'Het klopt dat jij de beste bent. Maar dat is meteen het probleem,' zegt

Bowe. 'Je moet het weten in plaats van het steeds te moeten bewijzen. Je moet je Zelf 1 het zwijgen opleggen en je Zelf 2 zijn ding laten doen.'

'Oké. Oké.'

'Ik weet dat je er niet op zit te wachten om te horen wat ik ervan vind,' begint hij, maar ik onderbreek hem.

'Juist wel,' zeg ik. Ik ga bij het raam zitten en pak pen en papier om aantekeningen te maken. Hij heeft gelijk. Ik moet mijn rust bewaren, naar mijn intuïtie luisteren. Ik moet dat stemmetje in mijn hoofd het zwijgen opleggen. 'Zeg maar. Ik luister.'

Het is de ochtend van mijn eerste partij, tegen Cami Dryer. Ik heb een stuk hardgelopen en kom net onder de douche vandaan wanneer er op de deur wordt geklopt.

Ik trek mijn badjas aan en doe open. Ik verwacht eigenlijk roomservice met mijn ontbijt, maar het is Gwen. Ze draagt een groenfluwelen pak en kijkt me stralend aan.

'Hoi,' zegt ze.

Haar aanblik neemt alle spanning bij me weg. Voordat ik goed en wel weet wat ik doe, werp ik me in haar armen.

Ze omhelst me stevig en maakt zich dan weer los. 'Oké, zo kan het wel weer. Kleed je eerst maar eens aan.'

Ik trek haar mijn suite in. 'Ik wist helemaal niet dat je zou komen. Goh.'

'Ali is er ook. We wilden je verrassen. Ze is nog in ons hotel.'

'Wauw.'

'Je weet toch dat ik dol ben op Londen? En op jou? Dus daarom ben ik hier.'

'Wat lief van jullie.' Ik merk dat mijn stem trilt en ik probeer mezelf weer onder controle te krijgen.

'Nou ja, ik heb mijn jaarlijkse portie aardbeien met room natuurlijk ook nodig.'

Wanneer ik aangekleed en wel de slaapkamer weer uit kom, heeft ze zich geïnstalleerd in mijn woonkamer. Ze foetert iemand uit door haar mobieltje. Nadat ze het gesprek heeft beëindigd, kijkt ze me aan, en haar blik is zo intens dat ik wat meer rechtop ga zitten.

'Hoe gaat het?' vraagt ze fronsend.

'Nou, ik voel me beter dan ik me in jaren heb gevoeld.'

Ze knikt. 'Fantastisch. Mooi zo. Dat wilde ik horen.'

'Maar... om hier te moeten spelen zonder mijn vader... ik weet niet.'

Ze knikt.

'Het voelt weer precies als eind jaren tachtig. Zonder mijn vader spelen, terwijl het er nu juist om ging om het mét mijn vader te doen. Nog een laatste seizoen samen.'

Gwen knijpt in mijn hand. 'En daarom moet je hier winnen, zodat je je schaal mee naar huis, mee naar hem, kunt nemen.'

Wimbledon
1995

IN DE HAL VAN HET CENTRE COURT IN WIMBLEDON STAAT BOVEN de dubbele deuren die naar het gras leiden een inscriptie die uit het gedicht 'If' van Rudyard Kipling komt.

If you can meet with triumph and disaster
And treat those two impostors just the same.

Het gedicht heeft me nooit veel gedaan. Iedere keer dat ik de baan van Wimbledon op liep, beschouwde ik triomf als het belangrijkste. En wanneer ik de triomf in mijn handen hield, voelde het helemaal niet als bedriegerij.

Maar terwijl Gwen en ik vanochtend de hal in lopen, zegt ze: 'Ik heb dat altijd een mooie quote gevonden.'

'Weet je,' zeg ik terwijl we doorlopen naar het clubhuis. 'Ik heb het gedicht jaren geleden een keertje helemaal gelezen omdat ik die inscriptie beter wilde begrijpen. Maar dat hielp niet. Ik herinner me nog dat ik dacht dat ik de eerste regel van het gedicht beter snapte dan die quote, maar nu weet ik niet eens meer hoe die ging.'

Gwen glimlacht. '"*If you can keep your head when all about you / Are losing theirs en blaming it on you.*"'

Ik kijk haar aan. 'Ja, dat is 'm. Heb je soms Engels gestudeerd of zo?'

Ze recht haar hoofd. 'Ja.'

'Nee, echt?'

'Ja, eerst Stanford en daarna aan de UCLA.'

'O, dat wist ik niet. Leuk.' Zelf heb ik niet eens de middelbare school afgerond en ik heb nog nooit een voet op een campus gezet. En ik weet bijna zeker dat dit gebrek aan opleiding, ondanks alles wat ik heb bereikt, zich manifesteert op manieren waar ik me niet van bewust ben.

'Ach, of het leuk is weet ik niet. Het komt niet vaak van pas om het hele gedicht "If" van Rudyard Kipling uit mijn hoofd te kennen.'

'Toch ben ik er diep van onder de indruk,' zeg ik terwijl ik naar de kleedkamer loop.

'Oké,' zegt Gwen. 'Ik moet even wat mensen bellen en dan zie ik je straks in de spelersbox.'

'Oké.'

'Succes, Carolina,' zegt ze.

Onwillekeurig moet ik glimlachen. 'Dank je.'

Ik loop weg, maar dan draai ik me nog een keer naar haar om. 'En bedankt dat je er bent,' roep ik naar haar. 'Bedankt dat je me zo hebt gesteund dit jaar, meteen vanaf het begin al. Hoewel het een belachelijk idee was om terug te willen komen.'

Ze lacht. 'Weet je welke regels van "If" nu heel toepasselijk zijn? "*If you can make a heap of all your winnings / And risk it on one turn of pitch-and-toss, / And lose, and start again at your beginnings / And never breathe a word about your loss.*"'

Houdt ze me nou voor de gek? Ze begrijpt toch zeker wel dat ze net mijn grootste angst heeft beschreven? Maar nee, aan haar gezicht kan ik zien dat ze oprecht denkt dat ik zo moedig ben, dat ik dit doe omdat ik het aankan om op een verschrikkelijke manier ten onder te gaan. En niet omdat ik doodsbang ben dat ik sowieso zal verliezen.

Even ben ik met stomheid geslagen: de kloof tussen wie ik ben en hoe mensen me zien is immens.

Ik ben zoveel kleiner dan de Carrie Soto in Gwens hoofd.

Soto tegen Dryer

Wimbledon 1995

Eerste ronde

WANNEER IK DE BAAN OP STAP, SLAAT DE HITTE VAN DE ZON ME IN het gezicht. Ik hoor het geroezemoes van het publiek. De tribunes zitten vol met goedgeklede Britten met grote hoeden en sjaaltjes. Ik word overspoeld door de vertrouwde geur van Wimbledon: pas gemaaid gras en Pimm's en citroenlimonade.

Ik ben thuis.

Ik wip op mijn tenen, voel het gras en het zand onder mijn witte Break Points.

Ik kijk naar Cami Dryer aan de andere kant van het net. Ze is jong, nog geen achttien.

Glimlachend geef ik haar bij het net een hand.

Ze is een schatje, enthousiast en gretig. De manier waarop ze opgetogen mijn hand schudt, doet me denken aan hoe ik vroeger was. En ineens daalt er een gevoel van tevredenheid op me neer.

Voor geen goud zou ik terug willen naar de tijd toen ik zeventien was. Op mijn zeventiende was mijn talent slechts latent aanwezig, bestond er nog geen bewijs voor. De wereld was een reusachtige verzameling van onbekende factoren en ik had nauwelijks een verleden waaraan ik me kon optrekken.

Ik ben op dit moment zo dankbaar voor iedere partij en iedere overwinning en iedere nederlaag en iedere les die achter me ligt. Het voelt op dit moment zo goed om zevenendertig te zijn. Om in elk geval een paar dingen te snappen.

Om de grond onder mijn voeten te kennen.

De arme Cami Dryer weet niet wat haar te wachten staat. Ze wint de toss en wil als eerste serveren. Ik neem mijn positie in en pak haar in twee sets.

Transcript

BBC Sports Radio London
SportsWorld met Brian Cress

En in het vrouwentoernooi hebben we nu bijna twee weken van fantastische overwinningen en verpletterende nederlagen achter de rug.

Londens eigen Nicki Chan heeft zich probleemloos door haar partijen heen geslagen. Net zoals favorieten als Ingrid Cortez en Natasha Antonovich. Voor stokebrand Carrie Soto is het echter een thriller geweest. Ze heeft zich door de vijf rondes heen moeten vechten: in de eerste en tweede partij heeft ze de Britse tennissters Cami Dryer en Lucy Cameron verslagen, in de derde de Zweedse Celine Nystrom, en in de vierde baseliner Carla Perez uit Baltimore.

En nu heeft ze de Italiaanse Odette Moretti verslagen bij de laatste zestien. Wat haar in de halve finale brengt, waar ze het hoofd zal moeten bieden aan het Russische fenomeen Natasha Antonovich.

Transcript

SportsHour USA
The Mark Hadley Show

Mark Hadley: En wauw, Carrie Soto.
Gloria Jones: Carrie gaat naar de halve finale! We kunnen nu niet meer ontkennen dat ze nog steeds ontzettend sterk is. Briggs, je mag haar noemen wat je wilt, maar je zult moeten toegeven dat dit erg leuk is om te zien. Dit is een speelster die een fantastische show opvoert voor het publiek terwijl ze zich een weg naar de finale vecht.
Briggs Lakin: Luister, ik ben de eerste om toe te geven dat ik ernaast zat. Eerder dit jaar heb ik gezegd dat Carrie Wimbledon niet eens zou halen, en ik heb ongelijk gekregen. Maar achteraf gezien is het ook logisch, toch? Natuurlijk was dit haar zet. Natuurlijk is Wimbledon haar enige echte kans op een titel dit jaar.
Hadley: En zal het haar lukken? Gloria?
Jones: Ik denk dat het lastig wordt. Ze krijgt nu met de drie beste speelsters te maken. Haar volgende tegenstandster is Antonovich. En dit mag dan wel Carries beste ondergrond zijn, hetzelfde geldt voor Antonovich.
Lakin: In sommige opzichten is het een interessante partij tussen die twee. Natasha Antonovich… haar manier van spelen, het hoge tempo, de fantastische volleys… Ze heeft veel aan Carrie Soto's stijl te danken.

Dat zagen we ook in Parijs. Ik zei toen: 'Natasha is de nieuwe Carrie.' Het is bijna alsof dit Carries kans is om op haar beste ondergrond tegen haar oude ik te spelen.
Jones: Als Carrie wil bewijzen dat er maar één Carrie Soto is, dan is dit haar kans.

IK ZIT MET MIJN OGEN DICHT IN DE KLEEDKAMER EN LUISTER NAAR de golven van mijn ademhaling. Ik pak mijn mobiel en bel mijn vader.

Hij neemt meteen op. 'Niet aan je strategie denken nu. Dat is geweest. Dit is het moment voor intuïtie.'

'Ik weet het.' Ik adem diep in. 'Ik weet het.'

'Je bent er klaar voor. Vertrouw op je voorbereiding.'

'Ik weet het.'

'Niet naar Zelf 1 luisteren,' zegt hij.

Ik lach zonder mijn ogen te openen. 'Je hebt naar Bowe geluisterd.'

'Wees Zelf 2.'

'Niet denken, doen,' zeg ik.

'Niet denken,' zegt hij. 'Gewoon spelen!'

Soto tegen Antonovich

Wimbledon 1995

Halve finale

NATASHA ANTONOVICH STAAT AAN DE ANDERE KANT VAN DE BAAN aan haar zonneklep te friemelen. Op dit moment staat ze met haar voeten stevig op de achterlijn geplant, maar we weten allebei dat ze, zodra ze dat wil, over de baan zal vliegen.

Ze slaat een kickservice. De bal stuit hoog op en ik sla hem terug over het net. Ik zie haar duiken, maar de stuit is zo laag dat ze er niet bij kan.

Love-15.

Ik glimlach naar Gwen en Ali in de spelersbox terwijl ik terugloop naar de baseline.

Ik weet dat mijn vader kijkt. Ik weet dat Bowe bij hem is. Ik weet dat ze voor me juichen, al kan ik hen dan niet horen.

Nog geen uur later sta ik op breakpoint in de eerste set. Het staat 6-5 voor mij. Zij moet serveren.

Ze stuurt een snelle vlakke bal mijn kant uit en ik ren ernaartoe. Ik zie dat ze zich niet naar het midden van de baan toe beweegt. Ze verwacht dus een cross-court forehand.

Ik pak de bal snel uit de lucht en stuur hem vlak langs de lijn. Ze duikt eropaf en glijdt over het gras. Het lukt haar niet de bal te retourneren.

De eerste set is voor mij.

Ik zie dat Gwen klapt en dat Ali brult. Ik vraag me af of Bowe voor de tv zit te juichen.

Wat mijn vaders reactie is, hoef ik me niet af te vragen. Ik weet dat hij klapt en een grijns van oor tot oor op zijn gezicht heeft, want voor deze ene keer hoeft hij zich niet druk te maken om hoe hij overkomt op camera.

Antonovich leert sneller dan prettig voor me is. Ze begint mijn opslagen te snappen. Ik moet beter worden in het vermommen van mijn opgooi.

En dat moet snel gebeuren, want het lukt me niet meer om aces te slaan. Ik zie dat haar zelfvertrouwen groeit naarmate ze meer van mijn steeds wisselende opslagen retourneert.

Het staat 6-6 in de tweede set.

Zij serveert voor de set. Ze slaat drie kickservices op een rij en iedere bal stuit anders. Dat haalt me uit mijn flow.

De tweede set is voor haar.

Het is de laatste set, 4-4.

Het zweet loopt me over mijn rug, mijn voorhoofd, de achterkant van mijn knieën. Ik voel een onrust, iets fladderigs, in mijn buik. Ik kan het publiek nauwelijks horen. Het overheersende geluid is de stuwende en boze ruis van mijn hartslag in mijn eigen oren.

Mijn knie brandt.

Mijn strategie is doorzien. Ik had gehoopt Antonovich af te matten, maar de games gaan te snel. De rally's zijn zo kort dat ze niet moe wordt.

Tijdens de baanwisseling ga ik zitten en drink water. Ik adem diep in en sluit mijn ogen. Ik moet mijn strategie heroverwegen. Antonovich doorziet mijn spel. Ze beweegt zich slimmer.

Ik moet een manier bedenken om haar weer aan het rennen te krijgen, om haar van haar stuk te brengen.

Wanneer ik opsta, kijk ik automatisch naar de spelersbox, op zoek naar mijn vader. Maar natuurlijk zit hij daar niet. Alleen Gwen en Ali zitten er en ze lachen naar me.

Wat zou mijn vader zeggen? Ik geef mezelf nog een seconde voordat ik de baan weer op loop.

Het spel vertragen.

Ik loop de baan op en neem mijn positie in, terwijl mijn eigen stem door mijn hoofd kolkt. Laat dit niet uit je vingers glippen, Soto. Je bent er verdomme zo dichtbij. En als je deze verknalt, is het drie-nul.

Ik knijp mijn racket bijna fijn.

Ik ben bang.

Ik ben bang dat ik verlies. Ik ben bang voor hoe dat overkomt. Ik ben bang dat deze partij de laatste partij zal zijn die mijn vader me ziet spelen. Ik ben bang dat dit alles met een nederlaag eindigt. Ik ben voor zoveel dingen bang.

Ik hou mijn racket wat losser vast. Ik maak mijn hoofd leeg. Ik laat het gaan. Ik moet wel.

In plaats van snel mijn volgende service te slaan, neem ik even de tijd op de baseline. Ik zie voor me hoe ik serveer. Ik stel me voor hoe het in mijn kuiten zal voelen als ik hoog op mijn tenen sta, ik stel me de zwaai van mijn arm voor, de manier waarop mijn ribben de lijn van mijn schouder zullen volgen.

Mijn lichaam weet wat het te doen staat. En ik hoef dat alleen maar toe te laten.

Wanneer ik mijn ogen open, zie ik haar ineengedoken wachten. Mijn blik gaat naar haar schoenen. Ik ga haar kwaad maken. Ik gooi de bal op en sla mijn eerste service op zo'n manier dat hij na de stuit recht op haar tenen af zal gaan. Ze springt aan de kant en mist de bal.

Ace. 15-love.

Hoofdschuddend neemt ze haar positie weer in.

Het werkt. Deze keer wacht ik zo lang mogelijk voordat ik de volgende bal serveer. Ik stuiter continu met de bal en ze kan nergens aan zien wanneer ik hem eindelijk de lucht in zal gooien. Dan sla ik exact dezelfde service. Ze neemt al een iets betere positie in, maar het lukt haar niet te retourneren.

30-love.

Ze bijt op haar onderlip, balt haar vuist, zakt weer door haar knieën.

Ik wacht opnieuw en serveer pas op het allerlaatste moment. Een korte serve die net over het net valt. Ze duikt eropaf, maar mist. 40-love.

Bij de volgende service raak ik het net. Terwijl ik me gereedmaak voor de tweede service, zie ik haar ontspannen omdat ze ervan uitgaat dat mijn tweede opslag minder gewaagd zal zijn.

Ik sla de bal echter in de hoek. Ze slaat terug, maar dan sla ik hem weer terug langs de andere lijn en de bal zoeft langs haar heen.

De game is van mij. We staan nu op 5-4. Als ik nu haar service weet te breken, win ik de partij.

Ik zie dat ze haar knokkels knakt terwijl ze terugloopt naar de baseline. Tegen een andere tegenstandster zou ze misschien minder nerveus zijn. Per slot van rekening mag zij serveren.

Maar ik ben Carrie Soto. Breakpoints zijn mijn specialiteit. Het bewijs daarvan draag ik aan mijn voeten.

Ik zie dat Antonovich' spieren zich tot het uiterste spannen. Ze had niet verwacht dat het zover zou komen, dat ze zo dicht bij een nederlaag zou komen die haar hele 1995-seizoen bedreigt.

Haar eerste service is snel en hard. Er zit meer vuurkracht achter dan achter al haar slagen tot nu toe. Toch pak ik het punt. Love-15.

Ze beent terug naar de baseline. En slaat dan met haar racket tegen de grond voordat ze zich kan beheersen.

Ik glimlach. Ze is kwaad. Ze is ontzettend kwaad.

Bij de volgende opslag maakt ze een voetfout. Daarna slaat ze de bal in het net. Love-30.

Ik geef haar een knipoog. Haar gezicht verstrakt nog meer.

De volgende game mondt uit in een rally, tot ze een te hoge lob slaat en de bal achter de baseline belandt.

Matchpoint.

Ik kan het. Ik doe het. Ik moet gewoon op mezelf vertrouwen.

Ze slaat een hoge kickservice. Ik haal hem halverwege al uit de lucht. Ze slaat hem snel terug, precies zoals ik hoopte. Weer haal ik de bal vroeg en snel uit de lucht; een dropshot, vlak over het net.

Hij valt met zo'n prachtig, heerlijk, zacht bonsje op het gras.

Antonovich is te laat. Ze valt op de grond.

Ik spring in de lucht en schreeuw het uit. Gwen en Ali zijn gaan staan. Het publiek brult.

Heel even kijk ik recht de tv-camera's in, in de wetenschap dat mijn vader terugkijkt.

Eindelijk klinken door de luidspreker de woorden waar ik zo lang op heb gewacht: 'Carrie Soto gaat door naar de finale.'

MIJN VADER SCHREEUWT TEGEN ME DOOR DE TELEFOON. 'JE WAS weergaloos! Dynamisch! Je was heel boeiend vandaag, *hija*. Boeiend! Je speelde op zo'n manier dat we allemaal aan de tv gekluisterd zaten.'

Ik lach en ga op de bank zitten. Toen ik mijn kamer in kwam, ging meteen de telefoon. Ik heb nauwelijks tijd gehad om mijn spullen neer te zetten. 'Dank je, pap.'

'Ik overdrijf niet! Laat me je iets vertellen... Aan het eind van de tweede set was het een nek-aan-nekrace. Ik keek naar je tijdens de baanwisseling. Ik zag dat je nadacht. En ik wist het! Ik zei tegen Bowe, ik zei: "Ze weet wat ze moet doen." En dat was zo. O, hij was zo trots op je. Hij zat helemaal te stralen.'

'Waar is hij?' vraag ik.

'Hij heeft nog even op je telefoontje gewacht, maar ik geloof dat hij genoeg kreeg van het gezelschap van een oude man als ik. Maar maak je niet druk. We hebben het uitgebreid gehad over je briljante spel van vandaag. Ik zei tegen hem, ik zei: "Op de baan weet ze precies wat ze wil en zorgt ze ervoor dat ze dat krijgt, maar in het echte leven niet. In het echte leven moet je geduld oefenen."'

'Waar heb je het over? En waarom heb je het met hem over mij? Dat wil ik niet.'

'O Carrie, dat is een gepasseerd station. Hij komt iedere dag langs en dan schaken we en hebben we het over zijn strategie voor de US Open... en dan wat? Moeten we het dan over het weer hebben? Dit is Los Angeles. Hier schijnt de zon altijd.'

'Komt hij iedere dag?' vraag ik. Ik laat mijn blik over de menukaart glijden alsof ik niet allang weet dat ik de gegrilde kip ga bestellen.

'Ja, iedere dag. Hij brengt me ontbijt en blijft tot na de lunch. Of hij brengt me lunch en blijft dan tot na het avondeten. Eerlijk gezegd vind ik het wel logisch dat hij hier zo vaak is. Wist je dat zijn eigen vader zich ervoor schaamde dat hij tennisser werd in plaats van professor of zo?'

'Ik weet er een beetje van.'

'Echt niet te geloven. Niet te geloven dat je zo'n verwaande kwast bent dat je je schaamt voor een zoon die tenniskampioen is!'

'Rustig maar,' zeg ik.

'Ik mag hem graag, Carrie. Zelfs met al die woedeaanvallen van hem.'

'Dat merk ik.'

'Nee, ik bedoel: ik mag hem voor jou. Ik vind dit echt heel interessant, jullie twee.'

'Pap, hou op.'

'En hij vindt dat ook.'

'Hou op, anders hang ik op!' roep ik.

'*Bueno, pero tengo razón,*' zegt hij. 'Wanneer speelt Chan?'

'Vanavond. Zo meteen.' Ik kijk op mijn horloge. 'Nu.'

'*Ay,*' zegt hij. Ik hoor dat hij naar de afstandsbediening grabbelt. Ik hoor dat hij de tv aanzet. Ik zet de mijne ook aan. Ik zap tot ik bij de partij ben aanbeland, die net begint.

Nicki maakt een stoere indruk zoals ze daar staat. Ze draagt een fris wit tennisrokje en een tanktop. Haar schoenen zijn haar eigen 130's, ook felwit.

Ik kijk naar haar terwijl ze op de baseline op de ballen van haar voeten staat te wippen en haar schouder strekt. Ze heeft een enorme grijns op haar gezicht, alsof dit het moment is waar ze altijd al naartoe heeft geleefd.

Ingrid Cortez' gezicht straalt een en al concentratie uit.

'Het is zover,' zegt mijn vader. 'Chan wint dit en dan versla jij haar. En dan is het ineens een heel ander verhaal.'

'Ik weet het,' zeg ik terwijl ik naar haar eerste opslag kijk. 'Ik heb laatst wat met haar gedronken. Ik... ik mocht haar wel.'

Nicki slaat haar eerste service. Ik voel het in mijn eigen schouder wanneer ik Cortez de bal zie retourneren.

'Je hebt het toch niet met haar over je strategie gehad?' wil mijn vader weten.

'Pap, heb een beetje vertrouwen in me.'

'Je weet wat ik altijd zeg over vriendschap sluiten met je tegenstandsters.'

'Eerlijk gezegd weet ik dat niet,' zeg ik met een diepe zucht. 'Want je zei alleen maar dat ik dat niet moest doen.'

'Nou, ja,' zegt hij. '*Exacto, hija*. Maar als je het dan toch doet, mag je het nooit over strategieën hebben, nooit zeggen dat je ergens bang voor bent en ook niet zeggen wat je sterke punten zijn. En je vertelt ze al helemaal niet hoe erg je het vindt om te verliezen.'

'O, is dat alles?' zeg ik. Nicki en Ingrid strijden nog steeds om het eerste punt.

'En ook niet zeggen wat je als ontbijt hebt gegeten. Want dat zouden ze tegen je kunnen gebruiken.'

'Hoor je zelf wel hoe krankzinnig je klinkt?'

'Ieder genie klinkt krankzinnig.'

Nicki slaat een groundstroke naar Cortez' backhand en Cortez mist de bal. Eerste punt voor Nicki.

'O wauw,' zegt mijn vader. 'Moet je die twee eens bezig zien.'

'Ze zijn behoorlijk aan elkaar gewaagd,' zeg ik.

'Twee van de beste speelsters ter wereld,' zegt mijn vader. 'Die vechten om wie er straks tegen jou moet.'

Ik lach, laat me achterovervallen op de bank en leg mijn voeten op de tafel.

De hele partij blijven mijn vader en ik aan de telefoon. Heel vaak zegt hij dat hij zich zorgen maakt over de kosten van het gesprek, maar hij moet van mij aan de lijn blijven. We kijken en analyseren. Soms zijn we met stomheid geslagen over de spanning tussen Nicki en Cortez. Ze ontlopen elkaar niet veel. Dan staat Cortez voor, dan Nicki. Ze breken elkaars services. Op een zeker moment glijdt Cortez over de baan en schaaft ze haar knie. En dan komt Nicki verkeerd op haar enkel terecht.

'Au,' zeg ik.

'Waar is ze nou mee bezig?' zegt mijn vader. 'Hoe kun je nou op je slechte enkel landen? Als ze zo blijft spelen, gaat ze niet lang meer mee.'

'Ik weet het.'

Het is de derde set. 5-5. Het kan beide kanten uit gaan.

Wanneer Cortez serveert, loopt Nicki na ieder punt hinkend terug naar de baseline. De game is voor Cortez.

'Ze speelt erdoorheen,' zegt mijn vader. 'En dat is toch indrukwekkend. Ze laat zich er niet door tegenhouden. Maar ik wou dat ik haar door de tv kon toeschreeuwen dat ze zo niet lang meer kan blijven tennissen.'

Wanneer Nicki aan de beurt is om te serveren, lukt het haar niet om de hoogte te halen die nodig is. Ik hap naar adem wanneer het 30-40 voor Cortez wordt. Matchpoint.

'O nee,' zegt mijn vader.

De volgende service van Chan slaat Cortez terug op de zijlijn. Nicki kan niet hard genoeg meer lopen om hem te halen.

Het is voorbij.

Ik kijk naar Nicki, die zich op haar knieën op het gras laat vallen, en word overspoeld door medelijden.

'Nee, dat kan niet,' zegt mijn vader.

Ik sluit ongelovig mijn ogen.

Ik speel niet tegen Nicki in de finale, ik speel tegen Ingrid Cortez.

'Eigenlijk is dit fantastisch,' zegt mijn vader.

Ik kan mijn stem nauwelijks in bedwang houden. 'Waarom is dit fantastisch? Het is helemaal niet fantastisch! Ik wilde tegen Nicki spelen. Ik wilde voorgoed een einde aan dit gedoe maken.'

'Onzin,' zegt mijn vader. 'Je zult winnen van Cortez, want zij is veel voorspelbaarder. En je hebt in Melbourne ook al tegen haar gespeeld.'

'En toen heb ik verloren.'

'Maar nu weet je wat je moet doen. En dan versla je haar, net zoals je Antonovich de tweede keer hebt verslagen. Dit is goed nieuws,' zegt hij. 'Dit is het. Dit is je volgende slam.'

De nacht voor de finale lig ik te woelen in bed.

Klaarwakker staar ik naar de schaduwen op het plafond en denk aan wat me morgen te wachten staat.

Hoe meer ik denk dat het belangrijk is dat ik ga slapen, hoe onmogelijker het wordt. Hoe harder ik de slaap najaag, hoe meer hij me ontglipt.

Ik sta op en kijk hoe laat het is. In L.A. is het vroeg in de avond. Ik overweeg even om mijn vader te bellen, maar dan bel ik Bowe.

'Hoi,' zeg ik.

'O,' zegt hij. 'Hoi.'

Ik zeg net 'Ik kan niet slapen' als hij 'Je zou moeten slapen' zegt.

'Slaap je wel vaker slecht voor een belangrijke partij?' vraagt hij.

'Nee, bijna nooit.'

'Zelfs niet toen je in 1983 tegen Stepanova moest?'

'Nee, ik heb die nacht als een roos geslapen. Ik had zoveel getraind en was daardoor zo moe dat ik nauwelijks wakker kon blijven.'

Na een korte stilte vraagt hij: 'En welk Zelf houdt je nu wakker?' vraagt hij dan.

Ik begrijp meteen wat hij bedoelt. 'Oké,' zeg ik. 'Ik snap het.'

'Laat je gedachten los,' zegt hij.

'Oké, ik zal het proberen.'

'En wat zei Coach?'

Ik lach. 'Ik heb hem niet gebeld.'

Bowe fluit als een cowboy. 'Wauw, maar je hebt mij wel gebeld dus.'

'Ja,' zeg ik. 'Ik denk dat ik het nodig had dat jij me dat vertelde. Ik wist dat je dat zou zeggen.'

'Of,' zegt hij, 'en ik doe er maar gewoon een gooi naar, hoor, maar misschien zie je wel iets in me.'

‘Zo kan het wel weer,’ zeg ik.

‘O, man,’ zegt hij. ‘Oké, naar bed jij. Blij dat ik je heb kunnen helpen.’

‘Dank je.’

‘Ja ja.’

‘Nee, Bowe, ik meen het. Dank je.’

‘Slaap lekker, Carrie. Je kunt het.’

Wanneer ik weer in bed lig, kijk ik naar de maan die boven de rivier hangt. Ik staar naar de gordijnen die wiegen in het briesje. Ik doe mijn best om niet aan Cortez in Melbourne te denken. Niet te denken aan het moment waarop ik die partij verloor. De steek in mijn maag. De schaamte die ik voelde.

Ik sluit mijn ogen en denk in plaats daarvan aan het geluid van een tennisbal. De plok van een mooie stuit. De poef van een drive-volley. De tik van een dropshot. Het werkelijk waar verrukkelijke geluid van een mooie rally. Poef, plok, poef.

Het enige wat ik kan doen, besef ik één verbazingwekkend heldere seconde lang, is mijn grasspel spelen en tevreden zijn met de uitkomst.

Onmogelijk.

Transcript

BBC Sports Radio London
SportsWorld met Brian Cress

Alle ogen zijn gericht op Carrie Soto en Ingrid Cortez, die vandaag tegenover elkaar staan in de finale van Wimbledon. Beide speelsters hebben hier in Londen een ongelooflijke vastberadenheid getoond. Carrie Soto, zevenendertig, heeft iedereen verbijsterd door de finale te halen. En Ingrid Cortez heeft op achttienjarige leeftijd krachtvrouw Nicki Chan in de halve finale weten te verslaan en zich zo van haar plek tegenover de Houwdegen verzekerd.

Eerder dit seizoen heeft Soto in Melbourne van Cortez verloren. Maar Soto is in de loop van het jaar steeds beter geworden en heeft bovendien al negen Wimbledon-titels op haar naam staan. Toch zien bookmakers een voorsprong voor Cortez van 3 tegen 2.

Het zal ongetwijfeld een opzienbarende gebeurtenis zijn: het groentje tegen de comeback.

Toen haar ernaar werd gevraagd, zei Carrie Soto (ik citeer): 'Ik heb zin om de baan op te gaan en Ingrid Cortez te laten zien waarom ik Wimbledon zo lang heb gedomineerd.'

Ingrid Cortez zei vanochtend (ik citeer): 'Ik heb haar in Melbourne verslagen en ik zal haar hier weer verslaan.'

Oef. Harde woorden van de beide dames. Pas op uw tellen, heren.
Over een paar uur zullen we weten wie de winnaar is.

Soto tegen Cortez

Wimbledon 1995

Finale

IK STA OP HET CENTRE COURT, DAT NOG MAAR TWEE WEKEN GEleden sappig groen was, maar nu bleek en kurkdroog is. Ik haal diep adem en laat mijn blik over de prachtige baan glijden waarop de finales van Wimbledon worden gespeeld. Ik moet er bijna van grijnzen, maar ik hou me in.

Ingrid Cortez staat aan de andere kant van het net en schuift haar haarband goed. Haar gouden haar glanst in de zon. Met haar lange ledematen is ze een elegante verschijning op de baseline.

Ze glimlacht naar me. Het is niet zozeer een vriendelijk gebaar als wel het ontbloten van tanden.

Ik zet mijn zonneklep recht. Ik doe mijn ogen dicht.

Dan gooi ik de bal op en sla een vlakke eerste service over het net, ver van haar backhand.

We rallyen om het punt tot ik een slice sla die ze niet kan retourneren.

Het eerste punt is voor mij.

Ik kijk naar de tribune, naar Gwen en Ali. En dan zie ik ineens prinses Diana in de koninklijke box zitten.

Nu ik haar eenmaal heb gezien, kan ik mijn ogen nauwelijks van haar afhouden. Ze draagt een lichtgele jurk en een blazer en is, zoals altijd, de elegantste vrouw die ik ooit heb gezien.

Ik weet dat veel mensen over de hele wereld een band met haar voelen.

Maar op dit moment voelt de mijne bijzonder sterk. Ik wil winnen vandaag, nu zij daar zit. Ik wil tegen haar zeggen: ze kunnen ons niet aan de kant schuiven alleen maar omdat ze genoeg van ons hebben.

Ik concentreer me op mijn volgende service.

Ik haal adem. Voordat ik zelfs maar weet wat ik doe, gooit mijn linkerarm de bal op terwijl mijn rechterarm al omhoogkomt om hem te slaan. De bal gaat in vliegende vaart langs Cortez' racket en valt precies binnen de zijlijn. Een ace.

Ik neem niet eens de moeite om naar Cortez te glimlachen, ik gun haar niet de voldoening van mijn voldoening. Ik laat niets zien, ik doe alsof dit niets voorstelt. Haar verslaan stelt niets voor.

Maar in werkelijkheid voel ik het gezoem in mijn botten een aanvang nemen.

Ik pak de set.

Aan het eind van de tweede set wordt het een tiebreak.

Het kampioenschap en het record liggen voor het oprapen.

Maar ik voel mijn spanning toenemen naarmate de overwinning dichterbij komt; het gezoem verflauwt.

Cortez pakt de tiebreak.

Derde set, 5-4, maar Cortez is aan serve.

Heel even, in een flits, terwijl Cortez de bal opgooit, denk ik dat ik wil dat dit voorbij is, dat ik wil weten hoe dit eindigt.

Zal het me lukken?

Als ik win, zal ik dan weer rust hebben in de wetenschap dat Nicki en ik gelijkstaan? Zal ik in vervoering raken terwijl ik om me heen kijk en het tot me doordringt dat ik, op mijn zevenendertigste, de oudste vrouw ben die Wimbledon wint? Dat ik een nieuw record heb gevestigd als houdster van de meeste titels hier? Zal dat een of ander gat in mijn hart vullen? Zal dat alles de moeite waard maken?

Of.

Of verspeel ik hier mijn kans om mijn record terug te pakken?

Is dit de partij waarin Ingrid Cortez haar eigen soort dominantie in het vrouwentennis versterkt, door in hetzelfde jaar zowel Melbourne als Londen te winnen, net zoals ik voor het eerst in 1981 heb gedaan?

Is dit de dag van Cortez of de mijne? Ik wil het gewoon weten.

Maar terwijl ze serveert, weet ik ineens weer dat ik, als ik wil winnen, die klotebal wel zal moeten slaan.

Hij komt razendsnel de baan over. Ik sluit heel kort mijn ogen en laat mijn lichaam het overnemen. Onwillekeurig breekt er een glimlach door op mijn gezicht wanneer ik de pure, eeuwige, bedwelmende opwinding voel van mijn arm naar achteren brengen en vervolgens mijn racket tegen de bal meppen.

De bal raakt de zijlijn precies waar ik hem wil hebben en stuitert dan de baan af.

'Punt voor Soto.'

Cortez is slim en ze is lenig. Ze kan zichzelf in positie brengen om iedere bal op te vangen die ze maar wil. Maar deze bal verrast haar. En dat komt doordat ze niet zo vaak op Wimbledon heeft gespeeld als ik. Met haar verstand mag ze misschien weten dat het gras in de loop van een partij verandert, maar ze begrijpt het niet op de manier zoals ik het begrijp.

Ze moet erover nadenken. Ik niet.

Ik ken deze baan. Ik ken de slechte stuiten. Ik ken de wind. Ik ken de plakkerigheid onder mijn voeten in deze luchtvochtigheid.

Per slot van rekening is dit mijn gras.

En het is tijd dat Ingrid Cortez van mijn baan verdwijnt.

Ze serveert, ik retourneer, ze slaat in het net. Love-30.

Ik richt op een bleke plek waar het gras is afgesleten, net achter het net. De bal stuit snel en opzij. Cortez duikt eropaf, maar de hoek is hopeloos. Haar bal komt het net niet over.

En nu is het zover. Punt voor het kampioenschap.

Mijn vader kijkt. Bowe is bij hem. Gwen en Ali zijn er. En heel even vraag ik me af of mijn moeder dit ook ziet. Waar ze dan ook is. Of ze trots op me is.

Ik weet dat Nicki Chan ook kijkt. Dit moet slopend voor haar zijn.

Ik schud alles uit mijn hoofd en adem diep in.

Cortez serveert en de bal flitst geel over de baan – de naden draaien zo snel dat ze vervagen. Ik volg de kromming ervan over het net, in het servicevak. Ik breng mijn arm naar achteren, klaar om te slaan.

En nu wil ik het volgende moment ineens niet meer versneld afdraaien. Ik wil iedere seconde ervan meemaken.

Ik sla de bal cross-court; ze retourneert over de middenlijn. Ik neem de bal met een backhand drive-volley uit de lucht en loop naar het net.

De bal komt precies voor haar voeten terecht. Ze wipt hem het net over. Ik sla een dropshot, mikkend op een zanderige plek. De bal stuit laag op, naar de zijkant.

Cortez duikt eropaf, maar het is te laat. De bal stuit nog een keer.

Cortez hapt naar adem. Haar mond gaat wagenwijd open; ongelovig slaat ze haar handen voor haar gezicht.

Een idioot moment lang zie ik de menigte voor me juichen, nog voordat ik het hoor. En dan dringt het donderende gebrul tot me door, het overvalt me volkomen. Ik val op mijn achterste terwijl ik mijn racket loslaat en naar de lucht kijk. Ik blijf liggen en voel de grond onder me trillen.

Mijn tiende Wimbledon.

Mijn eenentwintigste grand slam.

Het publiek blijft schreeuwen. Ik sta op terwijl de omroeper me uitroept tot de winnares van de 109de Wimbledon Championship. Het voelt alsof ik mijn vader kan horen juichen. Ik kan Bowe horen klappen. Het hele stadion wordt gek.

Maar het allerhelderst hoor ik mijn eigen stem die smekend zegt: laat dit alsjeblieft genoeg zijn.

Transcript

Sportshour USA
The Mark Hadley Show

Mark Hadley: En wat moeten we hiervan denken? Een schokkende omwenteling, een verbazingwekkende overwinning van onze eigen Carrie Soto.
Briggs Lakin: Ik moet hier mijn woorden terugnemen, Mark. Ze heeft er een fantastische overwinning uit gesleept.
Gloria Jones: Dit is wat we al vanaf het begin van haar carrière van Carrie Soto kennen. Ze is meedogenloos. Ze weet van geen ophouden. Ze laat zich niet opzijzetten.
Hadley: En wat een partij heeft ze ons geschonken.
Jones: Wat een toernooi, zou ik zeggen. Niet alleen een partij. Luister, als tennisfan, en ook als speelster die het vroeger een paar keer tegen Carrie heeft moeten opnemen, kan ik wel zeggen dat we uiteindelijk allemaal gaan voor de schoonheid van het spel. De pure vreugde van een fantastische partij. En Cortez en Soto hebben ons die vandaag gegeven.
Lakin: Vooral Soto heeft ons met die laatste game overrompeld. Ze is de oudste speelster ooit die Wimbledon wint en ze stonden al uren op de baan. Het kan niet anders of ze was moe. En daarom snap je ineens waarom ze bekendstond als de breakpointkampioene.

Hadley: Ze heeft dit seizoen een mooie show voor ons opgevoerd.
Lakin: Als je me vorig jaar had verteld dat Carrie Soto Wimbledon zou winnen en dat Nicki Chan niet eens de finale zou halen, had ik je voor gek verklaard. Maar daar zitten we dan.
Jones: Iemand als Carrie Soto moet je nooit onderschatten. En voor alle andere vrouwen die zich afvragen of ze niet te oud worden voor het tennis: de Houwdegen is het bewijs dat je gewoon door kunt gaan.
Hadley: Gloria, je gaat ons toch niet vertellen dat jij ook een terugkeer overweegt?
Jones (lacht): Absoluut niet. Voor geen goud ga ik weer trainen, Mark. Maar dat maakt het volgens mij des te indrukwekkender. Toen ik nog tenniste werd er gezegd: 'Carrie Soto is weliswaar een mens. Maar ze is bovenmenselijk.' En ik zou zo zeggen dat ze dat vanavond heeft bewezen.

IN MIJN HOTELSUITE TREK IK MIJN JURK AAN. HET IS EEN MOUWloze, enkellange jurk van zwart satijn, met een split tot op mijn dijbeen.

Gwen heeft hem voor me uitgekozen toen we vanmiddag aan het shoppen waren. Ik zie dat ze een goede keus heeft gemaakt.

Ik verlaat mijn kamer en ga naar de lobby, waar ik met Gwen heb afgesproken zodat we samen naar het Wimbledon Champions Ball kunnen gaan in een hotel in de buurt van Buckingham Palace.

Het is bijna middernacht en het feest moet nog beginnen. We hebben allemaal gewacht, *ík* heb gewacht, op het einde van de herenfinale, want dan kan het feest pas beginnen.

De finalisten waren Andrew Thomas en Jadran Petrovich, die geen van beiden een record zouden vestigen bij een overwinning. We leven in een wereld waarin buitengewone vrouwen moeten wachten op middelmatige mannen.

Net na elf uur 's avonds pakt Petrovich de vijfde set en mogen we blijkbaar ineens wel feestvieren.

In de lobby zie ik Gwen aan komen lopen in een felrode strapless jurk; ze heeft haar haren strak naar achteren getrokken en haar lippen zijn paarsrood.

'Wauw,' zeg ik. 'Jij ziet er goed uit, zeg!'

'Jij ook.' Ze pakt mijn arm en begeleidt me naar het bal.

Net als altijd stikt het er van de mensen. Iedereen loopt in en uit, op zoek naar mij; ze willen me een hand geven en proberen me te vertellen dat ze altijd al hebben geweten dat het me zou lukken.

Bestuursleden van de ITF vragen of ik na de US Open niet wil overwegen om verder te gaan in de sport. Een van de directeuren van de WTA vraagt of ik niet de hele tour wil doen. Iemand van de All England Club zegt dat hij, toen hij hoorde van mijn comeback, gewoon wist dat ik Wimbledon zou winnen.

'Leuk hè?' zeg ik met opeengeklemde kaken tegen Gwen. 'Allemaal mooiweervrienden erbij.'

Gwen lacht. 'Dat is precies wat ik altijd zo leuk aan je vind. Jij bent de ster die niet van de geur van bullshit houdt.'

Niet lang nadat we zijn gearriveerd, zit ik opgezadeld met een vrouw die een of andere hertogin is.

'Jouw overwinning is toch echt buitengewoon,' zegt ze. Ze neemt een klein slokje van haar drankje.

'Dank u,' zeg ik. 'Ik ben er ook behoorlijk trots op.'

'Ja,' zegt ze. 'En dat op zo'n leeftijd. Indrukwekkend. Ik heb bewondering voor je vechtlust. Dat is heel Amerikaans, hè, die koppigheid, dat altijd maar doorgaan, zelfs als je de kans loopt gezichtsverlies te lijden.'

Gwen werpt een blik op me en knikt even om me te waarschuwen dat ik die vrouw niet zeg dat ze de pot op kan. 'Ach ja,' zeg ik op luchtige toon. 'Het was inderdaad heel verleidelijk om toen ik dertig werd meteen maar dood te gaan, maar op de een of andere manier zat die Amerikaanse koppigheid me in de weg.'

Ineens pakt Gwen mijn arm en trekt me mee.

'Gewoon glimlachen en knikken,' zegt ze. 'Zo moeilijk is dat toch niet?'

'Nou, behoorlijk,' zeg ik. 'Ik haat ongeveer de helft van al deze mensen hier. Ik haat de helft van alle mensen.'

Terwijl we verder lopen, zegt Gwen: 'Maar je houdt van Wimbledon.'

'Ik hou van Londen en ik hou van winnen, maar van al die malloten die het toch al gek vonden dat ik het nog een keer probeerde, moet ik niks hebben.'

Gwen houdt ons in beweging en ik zie ineens dat ze me in de richting van Jadran Petrovich leidt, met wie ik op de foto moet. Ik hou haar heel even tegen.

'De enigen die dachten dat ik het kon, waren mijn vader en Bowe,' zeg ik. 'En dat zijn ook meteen de enigen naar wie ik luister. En naar jou, want jij hebt ook altijd achter me gestaan.'

Ze glimlacht. 'Tja, ik heb nu eenmaal altijd veel bewondering gehad voor je Amerikaanse koppigheid.'

'Dank voor al je steun. En dank dat je er bent. Echt heel fijn, nu mijn vader er niet bij kan zijn.'

Gwen knikt.

'En sorry van toen in de auto, toen we op weg waren naar Indian Wells. Ik was... onbeleefd.'

'Je bedoelt toen ik vriendelijk naar je liefdesleven informeerde en je je gedroeg als een vervelende snotaap?'

'Ja. Ik weet dat je alleen maar... dat je je graag om me wilt bekommeren. Maar ik ben geen gemakkelijk iemand om je om te bekommeren.'

Ze schudt haar hoofd. 'Nee, dat is niet waar. Je denkt wel dat je zo stoer bent, maar dat ben je niet, Carrie. Ik kijk dwars door je heen. Ik zie alle open wonden waarvan je denkt dat je ze zo goed hebt verstopt.'

Ik kijk haar aan. 'Ik haat je.'

Ze maakt een wegwerpgebaar. 'Hoe dan ook, je had het mis, maar je had wel gelijk. Toen in de auto.'

Ik weet niet goed waar ze het over heeft.

'Michael en ik gaan scheiden,' zegt ze dan. Voordat ik haar kan vragen hoe het met haar gaat of wat er is gebeurd, vervolgt ze: 'We hebben het er nog wel over, maar misschien was ik toen inderdaad wel ontevreden over mijn eigen relatie.'

Ik sla een arm om haar schouders. 'Wat rot voor je.'

Ze schudt me van zich af.

'Nou, en ik ben inderdaad met Bowe naar bed geweest,' zeg ik. 'Dus nou heb je de roddel die je wilde.'

Gwen begint ineens te lachen; ze gooit haar hoofd in haar nek en lacht zo uitbundig dat er mensen naar ons beginnen te kijken.

'Kunnen we niet gewoon weggaan?' stel ik voor.

Ze knikt. 'Ik moet nog even een babbeltje maken met een paar sponsoren. Ga jij ondertussen op de foto met Jadran, dan kunnen we daarna weg.'

Tien minuten later poseer ik met een glimlach op mijn gezicht voor de foto van Jadran Petrovich en mij. Zodra het geflits is gestopt, feliciteer ik hem met zijn overwinning.

'Dank je. Het is heel opwindend. Mijn eerste,' zegt hij.

'Dat is inderdaad spannend allemaal. Ik herinner me mijn eerste nog goed.'

'Jij hebt vaker gewonnen,' zegt hij.

'Tien keer, ja.'

'Hm, maar dat zijn driesetters.'

'Pardon?'

'Bij vrouwen gaat het om wie de beste is in drie sets. Bij ons in vijf. In het mannentoernooi.'

'Oké.'

'Dus dat kun je dan niet echt vergelijken, hè?'

Ik zie Gwen komen aanlopen. Ik kijk Jadran recht in zijn gezicht. 'Ik kan je verzekeren,' zeg ik terwijl mijn glimlach, of hij nu nep was of niet, geheel en al van mijn gezicht verdwijnt, 'dat als ik tegen jou moest spelen, of het nu een driesetter of een vijfsetter zou zijn, ik de hele baan met je zou aanvegen en je compleet zou –'

'Oké, we gaan.' Gwen geeft me een arm en rukt me bij hem weg.

Ergens rond drie uur 's ochtends openen Gwen en ik in mijn hotelsuite onze tweede fles champagne. Gwen heeft haar hoge hakken uitgetrokken, ze zit in de leunstoel en schenkt in. Ik lig, nog steeds in mijn chique jurk, languit op de bank. Ze geeft me mijn volle glas.

'Waarom kapte je me nou af bij die klootzak?' vraag ik.

'Als ik jou in het openbaar alle dingen laat zeggen die je wilt zeggen, dan zou je carrière binnen twee uur verleden tijd zijn.'

'Waarom moet ik aardig zijn terwijl de meeste mannen dat niet zijn? Vorig jaar noemde Jeff Kerr een umpire "een broodje paardenstront" en hij maakt nog steeds reclame voor ondergoed van Fruit of the Loom.'

Gwen schudt haar hoofd. 'Je weet donders goed dat er voor jou andere regels gelden. Net zoals er voor mij weer andere gelden.'

Ik kijk haar aan en het dringt tot me door dat ik dan wel mag weten hoe het is om vrouw te zijn in deze wereld, maar dat ik geen flauw idee heb hoe het is om een zwarte vrouw te zijn.

'Ja,' zeg ik. 'En dat is niet eerlijk.'

Ze haalt haar schouders op. 'Dat geldt voor de meeste klotedingen.'

Ik knik. 'Daar zit wat in.'

'En luister, misschien kan het jou niet schelen of je nog meer geld verdient, want je hebt je villa en je stichting al, maar ik wil dat geld wel! En met wat je deze week hebt gepresteerd, sta je ineens bovenaan iedereens lijstje. De bedragen die er worden genoemd... ik zou ervan met pensioen kunnen gaan.'

'O, dat doe je toch niet? Alsjeblieft?' zeg ik terwijl ik naar het plafond staar.

'Ik weet het niet.'

Ik ga rechtop zitten en kijk haar verbaasd aan.

'De tweeling gaat volgend jaar studeren. Michael gaat bij me weg. Hij heeft blijkbaar iemand anders leren kennen. Ze heet Naomi. Echt een ontzettend mooie naam. En dat irriteert me mateloos. En bovendien, weet ik veel... Ik zou graag iets... iets willen doen. Iets groots. Iets onverwachts.'

'Zoals?' Ik zet mijn glas neer.

'Dat weet ik nog niet. Maar waar is mijn midlifecrisis? Daar heb ik toch ook recht op?'

Ik knik nadenkend. 'Ja, absoluut!'

'Zo is dat.'

'Misschien neem ik er ook wel eentje,' zeg ik. 'Of misschien is dit de mijne al wel.'

'Nee, daar ben je toch nog iets te jong voor, helaas. Over ongeveer tien jaar ben jij aan de beurt voor je volgende crisis.'

'O mooi.' Ik ga weer liggen, met mijn handen op mijn maag.

'Je zou het moeten doen,' zeg ik. 'Stoppen met je werk. Iets mafs gaan doen. Een wereldreis maken of beginnen met diepzeeduiken. Of zo iemand worden die een wandeltocht dwars door het land maakt. Maar je moet natuurlijk doen waar jij zin in hebt.'

'Ik zit er echt over te denken, Carrie. Ik zei het niet voor de grap. Maar dan zou ik niet meer je agent zijn.'

'Dat snap ik, maar...' Ik wend mijn blik van haar af en kijk naar de lippenstift op het lege champagneglas naast me. 'Ik bedoel... je bent niet... Luister, er zijn niet veel mensen die ik vertrouw. Maar jij... jij bent me dierbaar. Dus het kan me niet schelen of je deals voor me sluit of niet. Jij bent meer dan dat. In mijn leven.'

Gwen reageert niet. Ze heeft zich iets omgedraaid en dept haar ogen met een zakdoekje.

'Of vind je het erg dat ik dat zeg?'

'Nee, ik vind het fijn dat je dat zegt. Voor mij ben je zoiets als een zusje. Een irritant, brutaal en bijzonder lastig zusje.' Ze buigt zich naar me toe, pakt mijn hand en knijpt erin. En dan begint ze te huilen. 'Let maar niet op me. Ik ben gewoon dronken en ik zit midden in een scheiding. Het lijkt op zwanger zijn. Dan huil je ook om de haverklap.'

'Ik vind het erg voor je dat jullie gaan scheiden,' zeg ik. 'Jullie leken altijd zo gelukkig.'

'Dat waren we ook, en tegelijkertijd ook niet. Maar als een van de twee ermee wil stoppen, dan is het voorbij.'

'Ja. Dat is zo.'

'Ik kom heus wel weer iemand tegen,' zegt Gwen. 'Dat hou ik steeds voor ogen. Al die mooie dingen van het begin. De vlinders in je buik, het gezwijmel. Dat krijg ik vast wel weer. En dat is een geschenk.'

Ik denk na over haar woorden. Ik denk aan Bowe en zijn Spaanse zinnetjes, aan hoe hij steeds dichterbij lijkt te komen, aan hoe hij iedere dag mijn vader opzoekt. Zoveel vlinders, zoveel dingen om over te zwijmelen. Maar ik hou ze stevig opgesloten in een klein doosje in mijn borst en verbied ze om eruit te komen.

'Ik vind dat moedig,' zeg ik.

'Jij hebt een comeback gemaakt met een bijna onmogelijk doel voor ogen en dat heb je waargemaakt terwijl de ogen van de hele wereld op je gericht waren,' zegt Gwen. 'Dat noem ik pas moedig.'

'Maar ik ben niet moedig in de dingen waar jij het over hebt. Niet moedig in de liefde.'

'O godsamme, Carrie,' zegt ze hoofdschuddend. 'Je hebt net op je zevenendertigste Wimbledon gewonnen, terwijl iedereen dacht dat dat je nooit zou lukken, en dan ga jij lopen emmeren over de makkelijke dingen?'

'Ik vind dat helemaal geen makkelijke dingen,' zeg ik.

Ze staat op en legt een hand op mijn schouder. 'Verliefd worden is echt heel makkelijk. Wil je het geheim weten? Het is hetzelfde als we iedere dag weer met het leven doen.'

Ik kijk haar aan.

'Gewoon niet aan het einde denken.'

Ik word wakker met een kater en met uitgelopen make-up. Ik heb in mijn jurk geslapen.

Omdat mijn vlucht halverwege de ochtend gaat, sta ik op om mijn koffers te pakken. Ik neem een douche. Ik slik drie ibuprofen. Ik kijk hoe laat het is en probeer te bedenken hoe laat het dan in Californië is, maar dat geef ik al snel weer op. En dan, net als ik mijn haar wil drogen, wordt er op de deur geklopt.

'Ogenblikje!' roep ik terwijl ik mijn badjas weer aantrek.

Wanneer ik opendoe, zie ik een bezorger staan met een bizar uitziend boeket. De meeste bloemen zijn felroze en piekerig, maar daartussen zitten allemaal kleine goudkleurige bloemetjes die op knoopjes lijken. Alles aan het boeket is vreemd.

Ik ga ervan uit dat ze niet van mijn vader zijn; hij zou rozen hebben gestuurd. Heel kort sta ik mezelf toe om te denken dat ze van Bowe zijn, maar dat vind ik eigenlijk gênant van mezelf, te gretig.

'Dank u,' zeg ik. Ik geef de bezorger een fooi en als hij weg is zet ik de vaas op de salontafel en ga op zoek naar een kaartje. Misschien is Gwen vroeg wakker geworden en heeft zij ze gestuurd.

> *Brava*, Soto! Haal diep adem en vul je longen met je overwinning, schat! Ik beloof je dat dit je laatste was. Tot in New York. XO, Chan.
>
> PS De roze bloemen zijn amaranten. Ze staan voor onsterfelijkheid en dat is toch waarvoor we het per slot van rekening allemaal doen. En de gele heten boerenwormkruid. Ze zeggen dat ze staan voor een oorlogsverklaring. Grappig, hè?

Bah. Ik haat het dat ik Nicki Chan mag.

MIJN VADER STAAT OP DE OPRIJLAAN OP ME TE WACHTEN WANNEER ik kom aanrijden. Hij heeft weer kleur op zijn gezicht en ziet er gezond en sterk uit.

Zodra hij me ziet, begint hij te stralen. Zijn hele gezicht verandert in een brede lach. Volgens mij heb ik hem jaren niet meer zo zien grijnzen. De aanblik beneemt me de adem en ik stap uit en ren naar hem toe.

Hij houdt me zo stevig vast dat ik bang ben dat hij mijn botten breekt. Mijn vader heeft altijd hetzelfde geroken; het is een geur waar ik al mijn hele leven dol op ben. Als kind dacht ik dat hij van zichzelf zo rook, tot ik op een dag, ik was inmiddels tiener, op de parfumafdeling van een winkel English Leather rook.

Ik schaam me bijna om te moeten zeggen dat ik heel even stomverbaasd was: hoe kon een flesje uit een winkel nu naar mijn vader ruiken? Maar algauw begreep ik hoe het zat. Mijn vader droeg een geurtje uit de winkel.

Op dit moment hou ik meer van zijn winkelgeurtje dan van de geur van het gras op Wimbledon of van Californische sinaasappels of van een net geopend blik tennisballen. Dit winkelgeurtje is mijn thuis.

'Ik ben nog nooit zo trots op je geweest, *cielo*,' zegt hij wanneer hij me eindelijk loslaat.

'Ik weet het,' zeg ik. 'Ik ben de oudste vrouw die ooit een grand slam heeft gewonnen. En ik sta weer gelijk met Nicki. Als ik haar weet te verslaan op de US Open, heb ik alles behaald wat ik wilde.'

Mijn vader schudt zijn hoofd. 'Daar heb ik het niet over.'

'Wat dan?'

'Heb je de partij al teruggekeken?'

'Nee. Moet dat?'

'Het was een prachtpartij, *pichona*. Iedere slag was ontspannen maar volmaakt. Je stond er. Je was er. Het was tennis op zijn mooist, het was jouw tennis op zijn mooist en ik ben nog nooit zo trots geweest op de speelster die je bent.'

'Dank je, pap,' breng ik moeizaam uit.

'En nog wat,' zegt hij. 'De hele derde set stond je te glimlachen. Gewoon te glimlachen!'

'Ik hou van winnen.'

Hij schudt weer zijn hoofd. 'Nee, je was gelukkig. Je speelde zoals je als kind speelde, blij. Ik heb het met mijn eigen ogen gezien. Het was pure vreugde.'

Later die avond, nadat ik heb uitgepakt, nemen mijn vader en ik door wat de dokters hebben gezegd toen hij naar huis mocht. Hij zegt dat ik me echt geen zorgen meer hoef te maken en gaat dan naar zijn eigen huis.

Ik neem een douche en trek daarna een T-shirt en een trainingsbroek aan. Ik kam mijn haar. Toch blijf ik onrustig. Ik pak de telefoon en draai een nummer.

'Hoi, met mij,' zeg ik. En meteen vraag ik me af of ik dat wel mag doen, 'met mij' zeggen, alsof ik de belangrijkste persoon ben die hem zou kunnen bellen.

'Hoe voel je je, kampioen?' vraagt Bowe. Zijn stem is veranderd. Hij klinkt anders, ook anders dan in onze vele telefoontjes toen ik in Londen was. Rustiger, zwaarder, dieper.

'Ik voel me goed, echt goed. En jij? Hoe gaat het met je ribben?'

'Een stuk beter,' zegt hij. 'Ik denk dat Javier en ik binnenkort weer beginnen met trainen. Ik heb zelf al wel wat getraind, maar ik zou liegen als ik zei dat het me niet leuk lijkt om weer tegen mijn eigen hitter te spelen.'

Ik lach. 'En dat ben ik? Jouw hitter?'

'Ik weet niet wat je bent,' zegt hij.

'Ik ook niet. Maar ik weet wel dat ik een beetje eenzaam ben,' zeg ik.

'O ja?' Bowes stem krijgt weer zijn oude luchtigheid, zijn levendigheid. Ik hou van allebei zijn stemmen.

'Ja, een heel klein beetje.'

'Nou, daar kan ik wel iets aan doen,' zegt hij.

De tweede helft van de zomer is als een trein die in volle vaart richting Flushing Meadows rijdt.

Er zit weinig tijd tussen Wimbledon en de US Open. Mijn vader heeft het druk; hij traint zowel mij als Bowe, dag in, dag uit.

Tijdens mijn ochtendsessies zit hij me schreeuwend bevelen te geven vanaf de bank. Ik koop een megafoon voor hem zodat het hem niet meer zoveel moeite hoeft te kosten om me iets te vertellen.

Rond lunchtijd stop ik en eet ik wat, neem ik een douche en rust uit. En dan komt Bowe meestal een paar uur trainen met mijn vader. Soms kijk ik naar hen terwijl ik me aankleed. Bowe en mijn vader zijn het altijd hartstochtelijk eens of oneens over waar Bowe verder aan moet werken. Ze kibbelen op luide toon; Bowe moet schreeuwen om boven mijn vaders megafoon uit te komen.

Terwijl de dagen verstrijken zie ik vanuit mijn raam Bowes eerste service brutaler worden en zijn tweede constanter.

Iedere dag om drie uur 's middags ga ik ook weer de baan op en dan spelen Bowe en ik een partij.

Bowe begint altijd te schelden en ik maak hem vaak in. En mijn vader geeft ons allebei suggesties voor de volgende dag.

En dan zegt Bowe 'tot morgen'. Mijn vader en ik eten wat samen. En dan zeg ik dat ik ga slapen.

Maar in plaats daarvan wacht ik tot halftien en dan doe ik mijn deur open en staat Bowe daar, iedere avond weer.

'Hoi.'

'Hoi.'

Iedere avond pak ik zijn hand en trek hem naar binnen en naar mijn slaapkamer. En iedere nacht drukt hij zich tegen me aan en kust mijn hals en krijg ik het gevoel dat ik aan de rand van een klif sta en zomaar zou kunnen springen, en dan vraag ik me af of iemand dat ooit heeft overleefd.

Een maand voor de US Open ligt Bowe midden in de nacht bij me in bed. Mijn nek ligt in het holletje van zijn arm en met zijn rechterhand tekent hij patronen op mijn bovenarm. Ik val bijna in slaap.

'Je vader weet wat er gaande is,' zegt hij.

'Hij denkt alleen maar dat jij verliefd op me bent.'

'Nee,' zegt Bowe. 'Hij weet dat ik mijn auto aan de overkant van de straat parkeer en dat ik hier slaap en dan 's ochtends om vier uur naar huis ga en doe alsof ik daar de hele nacht ben geweest.'

'Dat kan hij allemaal niet weten.'

Bowe lacht. 'O jawel. Vandaag, nadat hij klaar was met zijn commentaar over mijn backhands, vroeg hij me doodkalm of ik al wist wat ik ging doen als ik met tennis stop. En toen ik zei dat ik het nog niet precies wist, zei hij: "Nou, denk je dat je in de toekomst een nestje zult bouwen?"'

Ik schiet bijna in een kramp. 'Nietes,' zeg ik terwijl ik rechtop ga zitten, ineens klaarwakker. 'Je hebt hem vast verkeerd verstaan.'

'O nee.'

'Vast wel.'

'We zouden hem kunnen vertellen hoe het zit,' zegt Bowe terwijl hij op zijn zij gaat liggen en me aankijkt. Hij slaapt hier zo vaak dat ik me al eens heb afgevraagd of het niet handiger zou zijn om nog een nachtkastje te kopen. Maar ik heb altijd maar één nachtkastje gehad en kan mezelf gewoon niet zien als zo'n debiel die een tweede koopt.

'Toe zeg, we gaan nu geen rare dingen doen, hè? Ik wil dat hij je traint voor de US Open. Ik wil dat je die wint, verdomme. En ik wil hem ook winnen.'

'Natuurlijk.'

'Dus we weten dat we de komende maand samen zullen trainen...'

Bowe kijkt me fronsend aan, alsof hij niet goed weet waar ik naartoe wil.

'Maar we weten niet of we morgen nog met elkaar naar bed gaan.'

Hij trekt zijn arm onder mijn hoofd uit. 'Je bent echt godsonmogelijk,' zegt hij terwijl hij op zijn rug gaat liggen. 'Echt compleet onmogelijk.'

'Waar zijn we mee bezig, Bowe?' vraag ik.

'Ik weet het niet. Want jij wil het mij niet vertellen.'

'Vertel jij het mij dan!'

'Ik weet het niet!'

'Zie je nou wel. Jij hebt geen plan. Je weet niet wat je wilt.'

'Ik weet best wat ik wil,' zegt hij. 'Ik ben er toch? Je hebt me godverdomme ook al afgewezen in 1982 en bent toen iets met Randall begonnen, uitgerekend hij! Je hebt me afgewezen in Melbourne. En in Parijs ook bijna. En toch kom ik iedere avond naar je toe; je hoeft maar te roepen. Ik weet precies wat ik wil, Carrie. Dat is toch wel duidelijk.'

Ik kijk naar hem terwijl hij zijn hoofd in het kussen werpt en laat mezelf een seconde geloven dat hij het meent. Zou het kunnen dat deze keer, deze man het meent?

'Ach, laat ook maar.' Hij gaat met zijn rug naar me toe liggen en schudt kwaad zijn kussen op. En ik lach bij mezelf, want je schudt geen kussen op waarop je niet gaat slapen.

Bowe en ik trainen niet op zondag. We hebben één dag nodig om te herstellen. En soms bekijk ik dan 's ochtends videobeelden met mijn vader. Maar 's middags wil ik even niets met tennis te maken hebben en ik merk dat mijn vader dan niet goed raad weet met zichzelf.

Bowe komt tegenwoordig op zondagmiddag langs om een potje met mijn vader te schaken. Daarna gaan ze vaak samen naar Blockbuster om een of andere oorlogsfilm te huren.

Ze maken popcorn en bekijken de film in onze thuisbioscoop, en pauzeren om de paar minuten om het te hebben over historische verwijzingen naar de Tweede Wereldoorlog of de oorlog in Vietnam. En gewoonlijk zit ik in een luie stoel bij hen, zonder er helemaal met mijn hoofd bij te zijn.

Ik wist helemaal niet dat mijn vader iets met oorlogsfilms had. Maar achteraf is het pijnlijk logisch dat hij zich ertoe aangetrokken voelt.

Op een zondag zien ze dat ik aan het eind van de film tranen in mijn ogen krijg, precies op het moment dat de sergeant salueert voor zijn commandant.

Augustus 1995

Twee weken voor de US Open

IK TREK SPRINTJES OVER DE BAAN, IK TRAIN HARDER DAN OOIT TEvoren.

'De *nuevo!*' zegt mijn vader wanneer ik voor hem tot stilstand kom.

'*Sí, papá.*'

Bowe heeft een wildcard voor de US Open. Zelf heb ik geen wildcard nodig om me te kwalificeren, want ik ben nu twaalfde van de wereld.

Twaalfde. Een verrukkelijk, verlokkelijk getal, dat een hele wagonlading aan fuck-you's in zich zou kunnen herbergen.

Nadat ik klaar ben met mijn sprintje, kijk ik naar mijn vader in afwachting van de volgende opdracht. Maar in plaats van me naar de achterlijn te sturen, klopt hij op de bank naast zich.

'*Qué pasa?*' vraag ik terwijl ik ga zitten.

'Ik zie sinds Wimbledon een verandering in je die ik niet echt onder woorden kan brengen. Je bent… vrijer.'

'Ik ben minder bang om te verliezen,' zeg ik.

'Omdat je vrede hebt gesloten met dat idee?' wil hij weten.

'Omdat het onwaarschijnlijk is.'

Hij lacht. 'Nou, neem die gedachte vooral met je mee naar New York. Vooral als je tegen Chan moet. In New York is ze op haar best.'

Ik knik.

'En ik geloof dat we allebei wel weten dat ik niet met je mee kan.'

We hebben er wekenlang omheen gepraat, om het feit dat hij nog niet gezond genoeg is om te reizen. 'Ik weet het.'

'Ik zal kijken,' zegt hij. 'Ik verheug me erop dat je dat record weer op je naam kunt schrijven. En waarschijnlijk nadat je er met haar om hebt gestreden.'

Ik haal diep adem om het treurige gevoel in mijn borstkas naar beneden te duwen.

'Ik coach je gewoon vanuit huis in plaats van vanaf de tribune.'

'Ja, weet ik toch?'

'Jij gaat erheen en dan win je de US Open en dan kun je voor de tweede keer stoppen met tennis en dan kom je weer naar huis en dan geven we een feest.'

'Je doet net alsof dat zo makkelijk is.'

'Het is niet makkelijk,' zegt hij. 'Maar het lukt je wel.'

'En zo niet?'

Mijn vader kijkt me aandachtig aan, alsof hij probeert te peilen wat hij nu het beste kan zeggen.

'Je hoeft niet te raden naar wat ik zou willen horen,' zeg ik. 'Ik wil gewoon de waarheid horen: als ik niet win, wat dan?'

'Nou, als je de US Open niet wint, dan maakt dat mij helemaal niets uit. Dat is de waarheid.'

Ik begin te lachen. 'Ongelooflijk.'

'Je zei dat je de waarheid wilde horen. En voor mij maakt het niet uit of je wint of verliest. Het zal mijn leven niet veranderen.'

'Nou ja, het doet er toch wel een beetje toe?'

'Voor jou misschien. Maar voor mij? Mij ging het daar nooit om.'

Ik leg mijn hoofd op zijn schouder en laat zijn woorden tot me doordringen. Ik kijk naar de heldere, oneindige Californische lucht, naar de palmen die wiegen in de bries.

'Hij houdt van je,' zegt mijn vader dan.

Ik maak me niet van hem los. Ik verstar zelfs niet.

'En hij weet dat je een betere speler bent dan hij,' vervolgt mijn vader. 'Daar heb ik me altijd zorgen om gemaakt. Want alleen een tennisser zou jou kunnen begrijpen, en hoeveel spelers zouden er nu tegen kunnen om hun meerdere te moeten erkennen in jou? Maar hij gaat er goed mee om. Wat ongeveer het grootste compliment is dat ik kan bedenken. Ik vind dat enorm sterk van hem.'

'Dat hij zijn meerdere kan erkennen in een vrouw?'

Mijn vader geeft me een knipoog. 'Dat hij zich op zijn gemak voelt bij je, terwijl hij weet dat jij beter bent.'

Ik voel beide zijden van dat zwaard: het compliment en het scherpe randje dat voor mij is bedoeld.

'Hij is een goede man,' zeg ik.

Mijn vader knikt. 'Zelfs al glipt hij dan stiekem iedere avond jouw huis in als een soort *pirata*.'

Ik lach. 'Nou, dat ligt aan mij,' zeg ik. 'Ik... Ik weet niet of ik een toekomst voor me zie met hem en ik wil het niet te belangrijk maken.'

'Wegstoppen dan maar, omdat het makkelijker is om te doen alsof je het niet wilt.'

Ik kijk hem aan.

Hij trekt me tegen zich aan. 'Alsjeblieft, *pichona*, zet je hart toch eens op een kiertje. Mijn huwelijk met je moeder heeft mijn leven veranderd. Door haar kreeg ik plezier in mijn leven, een doel. We werden een gezin. Tennis kan daar niet tegenop.'

'Maar toen ging ze dood. En jij had zoveel verdriet. En ik... ik weet niet hoe dat moet... op die manier leven,' zeg ik.

'Als je niet zou weten hoe je iets op de baan moest doen, zou je net zo lang puzzelen tot je erachter was.' Hij pakt mijn hand. 'Toen je moeder stierf, was ik er zo kapot van dat ik mijn hart in het zand heb begraven. En ik heb jou geleerd hetzelfde te doen. Ik dacht dat ik je daarmee liet zien hoe je verder kon gaan met je leven, maar ik heb je alleen maar laten zien dat je je nooit moet openstellen voor een ander. Daar heb ik verkeerd aan gedaan. Maar nu weet je dat en is het aan jou om er iets aan te veranderen. Oké?'

'Ja pap. Ik wist het al. Maar dank je.'

'Ik weet dat je het wist. Soms ben je veel slimmer dan ik. En veel sterker ook. Je bent net een heldere diamant, een glanzende, keiharde...'

'Bitch,' opper ik.

Hij lacht. 'Zo is dat. Een glanzende, keiharde bitch.'

Ik lach ook en hij trekt me weer tegen zich aan. '*Te amo, cielo*. Dat ik jouw vader ben, is het beste wat me is overkomen. Mijn Achilles. De grootste aller Grieken.'

'Pap...' zeg ik.

'Nee,' zegt hij. 'Accepteer dat nu maar gewoon. Laat me dat nou gewoon zeggen, want zo voel ik het. Jij bent degene die betekenis geeft aan mijn leven.'

Die middag komt Bowe en we spelen een partij terwijl mijn vader door zijn megafoon bevelen roept vanaf de zijlijn.

'Bowe, hoger op je tenen als je de bal raakt,' zegt hij. 'En Carrie, je slagen niet zo afraffelen.'

Bowe weet er een overwinning op mij uit te persen; hij wordt de laatste tijd steeds beter. En het irriteert me dat ik net niet goed genoeg was.

Aan het eind van de sessie heeft mijn vader een paar aanwijzingen voor me, maar hij richt zich eigenlijk voornamelijk tot Bowe. 'Volgens mij heb je baat bij een houding die meer open is,' zegt hij terwijl Bowe zijn racket in zijn hoes stopt. 'Zodat je gewicht op je rechtervoet komt als jij je voorbereidt op de return.'

'Ik heb je al gezegd dat ik niks meer aan mijn voetenwerk ga veranderen, want het voelt nu goed en intuïtief aan. Ik heb met mijn houding net van een van de beste speelsters ter wereld gewonnen. Dus kom op, zeg.'

'Goed is de vijand van fantastisch,' zegt mijn vader.

Bowe kijkt eerst naar mij en dan naar mijn vader. 'Echt iets wat alleen een Soto kan zeggen.' Hij hangt zijn tas over zijn schouder, en mijn vader begint tegen mij over het avondeten.

'Tot morgen,' zegt Bowe. Hij zwaait terwijl hij naar zijn auto loopt.

Ik kijk hem na; hij loopt zo nonchalant, zo zonder enige verwachting.

Dan kijk ik naar mijn vader, die me op zijn beurt ongelovig aankijkt.

Oké dan.

'Bowe!' roep ik.

Hij draait zich om.

'Waarom blijf je niet eten?'

Met een blik op mijn vader en mij vraagt Bowe: 'Echt?'

'Ja,' zeg ik. 'Ja.' Ik loop naar hem toe en pak de tas van zijn schouder. 'Blijf alsjeblieft.'

Hij kijkt naar me terwijl ik zijn spullen op de bank leg. Wanneer ik zijn blik vang, zie ik dat hij me allemaal vragen wil stellen, maar ik heb slechts één hachelijk antwoord. 'Ik wil dat je blijft.'

Hij glimlacht. 'Oké.' Dan slaat hij zijn handen ineen en zegt: 'Oké, laten we dat doen. Wat eten we? Javier, probeer me alsjeblieft geen biefstuk of iets veel te zouts in de maag te splitsen. Wat denken jullie ervan als ik gegrilde kip ga maken?'

Mijn vader lacht en loopt dan met Bowe en mij mee naar mijn huis. Wanneer Bowe heel even voor ons loopt, slaat mijn vader een arm om me heen.

'Siempre supe que no hay montaña que no puedas escalar, paso a paso.'

Ik heb altijd geweten dat jij iedere berg kunt beklimmen, voetje voor voetje.

Bowe grilt kip en we eten buiten. Daarna spelen ze een potje schaak terwijl ik naar de sterren kijk. Mijn vader omhelst me even als hij ons welterusten wenst. En niemand doet alsof Bowe zo meteen naar zijn eigen huis zal gaan.

Bowe en ik gaan naar binnen. Ik ga de afwas doen en Bowe komt achter me staan. Hij kust me en ik lach. Hij zegt dat hij van mijn lach houdt en daarna vraagt hij: 'Mag ik dat zeggen? Dat ik van je lach hou?'

'Ik weet het niet. Ik bedoel, ja, waarom niet? Natuurlijk.'

Vanuit mijn keuken kan ik het huiskamerraam van mijn vader zien. Hij doet net zijn lamp uit.

Bowe pakt mijn middel beet en draait me naar zich om.

En heel even vraag ik me af waarom ik toch altijd zo bang ben geweest om dingen kwijt te raken, terwijl er hier zoveel is.

Wanneer Bowe en ik 's ochtends wakker worden, gaat hij, in plaats van stiekem mijn huis uit te glippen, in zijn ondergoed naar beneden om een bosbessensmoothie voor me te maken. Ik drink hem op terwijl hij koffie voor zichzelf zet. Wanneer we klaar zijn, pakt hij de krant en ik ga naar de baan.

Ik stretch mijn benen. Terwijl ik aan mijn schouders begin, kijk ik op mijn horloge. Het is drie minuten over acht.

Waar blijft mijn vader?

Ineens krijg ik een akelig voorgevoel.

Ik ren naar mijn vaders huis. Ik leg mijn hand op de knop van de voordeur en draai hem om.

Daar is hij. Hij ligt op een van zijn banken met de tv op ESPN.

Hij is er en hij is er niet.

En het enige wat uit mijn mond komt is een zacht gejammer. '*Papá.*'

VANAF DAT MOMENT VOELT ALLES ONWEZENLIJK, ZO'N GEVOEL DAT je vlak voor het ontwaken weleens hebt. Ik slaap niet, maar droom op de een of andere manier nog steeds en de wereld is een dubbelzinnige combinatie van werkelijkheid en hallucinatie.

Op een gegeven ogenblik sta ik op mijn vaders stoepje naar mijn sportschoenen te staren en dan komt er iemand – ik weet niet of hij bij het ambulancepersoneel hoort of een lijkschouwer is – naar me toe lopen. Ik kijk op en merk dan pas dat Bowe naast me staat en mijn hand vasthoudt.

'Uw vader heeft gisteravond weer een hartaanval gehad en is vermoedelijk ergens tussen elf uur 's avonds en één uur 's nachts overleden,' zegt de man.

'Goh, briljant! Hoelang heb je daarvoor moeten studeren?' hoor ik mezelf schreeuwen.

Bowe neemt me in zijn armen.

Ik geloof dat iemand me een kalmerend middel toedient.

Gwen komt met eten. Bowe probeert me er wat van te laten nemen, maar wanneer ik naar hem kijk, snap ik eigenlijk niet goed wat Bowe Huntley bij mij thuis doet, waarom hij degene is die naast me zit.

Gwen zegt dat het niet lang meer zal duren voordat het bekend wordt.

'Ik zal mijn best doen het tegen te houden tot je eraan toe bent.'

Ik zeg tegen haar dat het me niks kan schelen wie het allemaal weet. Het verstoppen brengt hem niet terug.

Bowe zorgt voor mijn lunch en avondeten en voor het ontbijt de volgende ochtend. Dat weet ik omdat ik de borden opgestapeld rond mijn bed zie staan.

Ik zie mijn eigen gezicht op de tv en hoor Greg Phillips aankondigen dat 'Javier Soto, vader en coach van Carrie Soto, onverwacht is overleden. Hij was afgelopen juli niet op Wimbledon met zijn dochter en sommigen vroegen zich toen al af of het met zijn gezondheid te maken had. Hij werd echter wel verwacht op de US Open die volgende week begint.'

Bowe vertelt me later dat ik de afstandsbediening naar de tv gooide en het scherm verbrijzelde.

In de krant staat een foto van hem op Wimbledon, begin jaren zeventig. Hij ziet er jong en aantrekkelijk uit in zijn poloshirt en met zijn panamahoed op. Hij zou het fantastisch hebben gevonden. Ik probeer de foto uit de krant te scheuren om hem te bewaren, maar per ongeluk maak ik hem kapot.

Op een gegeven moment stapt Bowe in bed en houdt me vast. Iedere ochtend maakt hij een smoothie voor me. Hij geeft me altijd het verkeerde soort rietje, maar ik weet niet hoe ik hem dat moet zeggen zonder tegen hem te gaan schreeuwen en ik wil niet tegen hem schreeuwen.

Ik loop de badkamer in, in de overtuiging dat hij onder de douche staat, maar in plaats daarvan blijkt hij op de rand van het bad te zitten met de douchekraan opengedraaid. Hij kijkt op en ik zie dat zijn ogen rood zijn. Dan staat hij op en vraagt hoe ik me voel.

Ik vraag me af wanneer hij weggaat. Ik zou nu allang weg zijn geweest.

'Ik ga helemaal nergens heen,' zegt hij, hoewel ik niet goed weet of ik iets ervan hardop heb gezegd.

Na de begrafenis en de receptie ruimt Gwen al het eten op, terwijl ik alleen maar roerloos in de keuken sta. Ze vertelt me over al die keren dat mijn vader haar aan het lachen heeft gemaakt.

'Kun je godsamme eindelijk eens je mond houden?' zeg ik.

Ze stopt met plakken kaas in een Tupperware-bakje te leggen en kijkt me aan.

Ik zeg: 'Sorry.'

Ze pakt mijn hand, maar die van haar is koud en ik wil dat ze me loslaat. Maar ik weet ook dat ze dat, zelfs als ik het zou vragen, niet zal doen.

Bowe gaat iedere dag de baan op. Soms kijk ik uit het raam naar hem.

Na een bijzonder slopende training met een hitter komt hij binnen en vraagt buiten adem: 'Hoe gaat het met je?'

'Wat denk je zelf, verdomme?' Ik zie ineens dat ik mijn vaders slippers draag. En ik heb geen idee wanneer ik ze heb aangetrokken.

Later vraag ik Bowe of ik me zal terugtrekken uit de US Open en dan zegt hij dat ik het antwoord op die vraag al weet. Maar hij vergist zich. Dat weet ik niet.

Ik draag een T-shirt en Bowes boxershort wanneer Bowe de kamer in komt en zegt dat hij tegen Franco Gustavo moet. Ik moet in de eerste ronde tegen Madlenka Dvořáková.

Ik hoor mijn vaders stem zeggen: 'Ah, *será fácil*. Met haar veeg je de vloer aan.' Ik draai me naar hem om, maar hij is er niet.

Ik sta midden in mijn huiskamer en kijk naar alle boeketten die mensen me hebben gestuurd. Het huis is overwoekerd door stervende bloemen. Er zijn heel veel mensen die iets hebben gestuurd, maar die niet zelf zijn gekomen. Wat meer is dan ik voor een van hen zou hebben gedaan.

De telefoon gaat wanneer ik al in bed lig en ik neem niet op. Maar aan de manier waarop het gerinkel stopt kan ik horen dat Bowe heeft opgenomen.

Een paar seconden later loopt hij de slaapkamer in.

'Het is Nicki,' zegt hij. 'Nicki Chan.'

'Ik wil niet met haar praten,' zeg ik, maar ik neem toch de telefoon van hem over.

'Hoi.'

'Gecondoleerd, Carrie,' zegt Nicki.

'Dank je.'

'Luister, ik wilde je iets zeggen... Als jij niet meedoet aan de US Open, dan ben ik best bereid om me ook terug te trekken.'

Ik volg niet goed wat ze verder nog zegt, tot ze eindigt met: 'Laat me weten wat je ervan vindt. Ik wil een eerlijke overwinning. Een eerlijke strijd.'

'Nicki, echt, het maakt me allemaal niets uit,' zeg ik.

Nicki lacht, alsof ik een grap maak.

Mijn eerste heldere moment heb ik de volgende dag, wanneer ik eindelijk genoeg moed heb verzameld om mijn vaders huis te betreden.

Ik sta op dezelfde plek als waar ik stond toen ik hem vond. Ik kijk naar zijn spullen: zijn afstandsbedieningen en de halfvolle glazen water, zijn tijdschriften en zijn boeken op de planken, zijn films ernaast, zijn leren stoelen, zijn panamahoeden.

Ik pak een van de hoeden. Hij ruikt naar English Leather en shampoo, aards en menselijk.

Ik vraag me af of dit is hoe hij zich voelde toen mijn moeder stierf: lamgeslagen door de onmogelijkheid en tegelijkertijd onvermijdelijkheid van morgen. Ik ben ineens zo verschrikkelijk moe, geen partij voor de zwaarte van de zwaartekracht. Ik kijk naar de vloer die naar me lijkt te roepen, sterk als een magneet.

Ik ga op het tapijt liggen van het huis dat ik voor mijn vader heb gekocht. Mijn cadeau aan hem. En het voelt alsof ik daar uren zo blijf liggen.

Ik ben kwaad op mezelf omdat ik dacht dat het wel goed met hem ging.

Ik hoor toch beter te weten. Het is een les die ik al jong heb geleerd. Ik weet toch dat de wereld zich niet om je bekommert? Dat hij je het enige ontneemt wat je nodig hebt, dat hij het je zo uit je armen rukt?

Rouw is een diep, donker gat. Hij roept je als een sirene: kom, verlies jezelf hier. En je vecht ertegen en vecht ertegen, maar als je er dan eindelijk aan toegeeft en erin springt, is het gat nog dieper dan je dacht. Het voelt alsof je de rest van je leven zo zult doorleven, al vallend. Doodsbang en helemaal kapot, tot je zelf ook sterft.

Maar dat is de luchtspiegeling.

Dat is de duizelingwekkende betovering van rouw.

De val is niet oneindig. Er is een bodem.

Vandaag huil ik zo lang dat ik die bodem eindelijk onder mijn voeten voel. Ik heb hem gevonden, de bodem. En hoewel ik weet dat het gat er altijd zal zijn, voorlopig in elk geval, bekruipt me het gevoel dat ik er wel in kan leven. Ik ken nu al zijn begrenzingen en randen.

Ik sta op en voel me klaar om mijn vaders huis te verlaten. Maar als ik naar de deur loop, valt mijn blik op een notitieboek op het aanrecht. Het is het boek dat hij dit jaar is begonnen, vol trainingsaantekeningen.

Ik loop de keuken in en pak het op. Het is een zwartleren notitieboek, zo onopvallend als maar kan. Voorop staat CARRIE.

Ik blader erdoorheen en zie dat hij op iedere bladzijde een speelster uit de WTA behandelt – compleet met statistieken, speelstijl, strategieën – en de manier waarop ik haar kan verslaan.

Speelsters als Dvořáková en Flores en Martin en Carter en Zetov krijgen ongeveer een halve bladzijde per persoon. Perez en Moretti en Nystrom en Machado krijgen al wat meer ruimte toebedeeld. En dan volgen er meerdere bladzijden over Antonovich en Cortez.

Nicki Chan neemt het hele tweede deel van het notitieboek in beslag.

Het is duidelijk dat hij een paar van haar partijen heeft teruggekeken en heeft genoteerd hoe ze tegen haar tegenstandsters speelde. Hij heeft onze services en groundstrokes vergeleken. Onze slagen. Onze posities. Onze conditie.

En bovenaan de laatste bladzijde heeft hij in hoofdletters geschreven: CARRIE KAN HAAR VERSLAAN.

Zijn handschrift is een puinhoop en ik kan hele zinnen niet lezen. Hij heeft zich duidelijk niet bekommerd om iets als leesbaarheid of dat iemand anders dan hij hier iets uit zou moeten kunnen halen. En daarom weet ik dat hij dit boek niet voor mij heeft geschreven, maar voor zichzelf. Dit was zijn plan voor New York.

Ik klem het notitieboek tegen mijn borst. Ik haal diep adem. Toen mijn moeder stierf, liet ze bijna niets achter. En zelfs als ik heel erg mijn best deed, kon ik me haar niet meer voor de geest halen, kon ik haar niet vasthouden.

Maar van mijn vader is nog steeds heel veel aanwezig. Hij heeft nog steeds werk te doen. Dit is het laatste toernooi met mijn vader. Ik hou het in mijn handen.

En ik zal het verdomme winnen ook.

'Gwen,' zeg ik door de telefoon. Ik ben in mijn keuken en pak bosbessen uit de ijskast. 'Ik ga. Geef dat door aan de USTA.'

'Weet je het zeker?' vraagt ze.

'Ja,' zeg ik. 'Ik vlieg er met Bowe naartoe.'

'Oké, ik bel je terug.'

Ik hang op en loop naar boven, waar Bowe het boek zit te lezen waar hij al dagen mee rondsjouwt. Eindelijk dringt de titel tot me door: *Hoe ga je door met je leven als er iemand sterft van wie je houdt.*

'Hoi,' zeg ik.

Hij legt het boek neer en gaat rechtop zitten. 'Hoi.'

Ik staar hem aan terwijl hij me afwachtend aankijkt. Hij draagt een lichtgrijs Henley-shirt en een spijkerbroek. Zijn haar zit warrig en hij heeft behoorlijk wat stoppels.

Hij is er. Hij is niet weggegaan.

'Ik ga met je mee naar New York,' zeg ik. 'Ik speel de US Open.'

'Oké.' Hij knikt. 'Ja, te gek.'

'Mijn vader zou graag willen dat ik dat deed.'

'Dat denk ik ook.'

Ik loop naar hem toe en sla mijn armen om zijn bovenlichaam en leg mijn hoofd op zijn borst. Hier is nog iemand die mijn vader kende, iemand die weet wat ik ben kwijtgeraakt, iemand die ook iets is kwijtgeraakt.

'Ik ga ernaartoe en ik zal er winnen ook,' zeg ik terwijl ik me van hem losmaak.

'Zo mag ik het horen,' zegt hij lachend. 'Ja, ik ga precies hetzelfde doen.'

We lachen nu allebei en ik zit er totaal niet mee dat ik plezier heb zonder mijn vader op deze aarde. Dit is het piepkleine begin van een verschrikkelijk, prachtig nieuw leven.

OP DE OCHTEND VAN MIJN PARTIJ TEGEN DVOŘÁKOVÁ WORDT ER OP de deur van de hotelsuite geklopt en Bowe doet open. Gwen komt binnen met een bosbessensmoothie.

'Ik wist helemaal niet dat je zou komen,' zeg ik.

Met een lief lachje zegt ze: 'Ja, dat wist je wel, schat. Het is oké. Ik ben er.' Ze geeft me de smoothie aan.

Bowe pakt mijn tennisspullen en mijn kleren. Ineens dringt tot me door dat ik zelf helemaal niks heb ingepakt. Dat heeft hij in L.A. allemaal gedaan. En nu doet hij het hier weer.

En hij heeft niet alleen aan Gwen gevraagd om een smoothie voor me mee te nemen, hij heeft me ook op tijd gewekt, roomservice gebeld voor amandelen, de douche voor me aangedaan, me eronder gezet, en toen ik er stond, stapte hij er ook onder en waste mijn haar.

'Je moet dus tegen Dvořáková?' merkt Gwen op.

'Ja.'

Gwen kijkt naar Bowe. 'En jij tegen Gustavo?'

Bowe knikt. 'Als ik win, moet ik daarna waarschijnlijk tegen Ortega. En dan misschien Griffin of Bracher. Maar als ik verlies, zet ik er een punt achter.'

'Je stopt,' zegt Gwen.

'Ja, ik ben er klaar voor om ermee te stoppen.'

Gwen knikt. 'En jij?' vraagt ze aan mij. 'Stop jij hierna ook?'

Ik heb geen antwoord op haar vraag. Zelfs vanmiddag is al bijna te ver weg voor me.

'Oké, dan houden we rekening met alle scenario's,' zegt Gwen.

Bowe gaat weer verder met wat hij dan ook aan het doen was, maar kijkt een seconde later ineens weer op. 'O, vergeet je notitieboek niet.'

Hij geeft het me en ik snuif de geur ervan op. Sinds ik het heb gevonden, heb ik het keer op keer gelezen. Gisteravond ben ik in slaap gevallen met het boek in mijn handen. Vanochtend alleen al heb ik drie keer de bladzijde over Dvořáková doorgenomen. Ik kijk op mijn horloge. Nog maar een paar uur en dan sta ik tegenover haar.

'Wat is dat?' vraagt Gwen.

Ik open mijn mond om het uit te leggen, maar het lukt me niet. Ik krijg de woorden er niet uit.

'Dat heeft Jav geschreven,' vertelt Bowe. 'Aantekeningen over de aanpak. En Carrie gaat zijn plannen gewoon volgen en dan wint ze.'

'Fantastisch,' zegt Gwen.

'Wil je het zien?' vraag ik.

'Het plan van aanpak dat je vader voor jou heeft geschreven? Dat hoef je mij of wie dan ook niet te laten zien, hoor.'

'Maar ik wil het. Lees maar.'

Ik buig het boek open en blader het met haar door. Wanneer we bij Dvořáková zijn aanbeland, lezen we het samen.

> Sinds Carries overwinning op haar in Melbourne is ze sterker geworden. Haar baselinewerk is beter. Maar ze wil te graag een sterke baseliner zijn, hoewel ze beter is in services en volleys. Zorg dat ze op de baseline blijft. Dat vindt ze fantastisch, maar ze zal het niet volhouden.

Ik voel dat gezoem weer in mijn botten. Een heel klein beetje nog maar, als een aarzelend vlammetje. Maar ik weet dat het luider zal worden. Ik weet dat het zal gaan bulderen.

Gwen kijkt me aan. 'Je kunt het,' zegt ze.

'Ja,' zeg ik. 'En mijn vader heeft dat weliswaar niet opgeschreven, maar ik weet dat Dvořáková bang voor me is. Tot dusverre heb ik haar steeds verslagen. Dus als ik ervoor zorg dat ze meteen achter komt te staan, valt ze volgens mij als een kaartenhuis om.'

Gwen knikt. 'Je bent een slimmerd.'

'Dank je. Ik heb dan ook de beste coach gehad.'

Ze knijpt in mijn hand. 'Ja, dat is zo. En je hebt goed naar hem geluisterd.'

'Dank je.' Ik sta op terwijl zij verder bladert.

'Er staat heel veel in over Chan,' merkt ze op.

'Ja, dat stuk moet ik nog bestuderen.'

'Hoe dan ook,' zegt ze, 'ik zit bij iedere partij in de spelersbox, oké?'

Ik knik. En dan geeft ze me een kus op de wang, omhelst Bowe en vertrekt.

Ik draai me om naar Bowe. Hij heeft een marineblauwe tanktop en een witte tennisrok in zijn handen. Mijn gele Break Points heeft hij op het bed gelegd.

'Ik ben heel stom geweest. Ik ben je sokken vergeten toen ik je spullen inpakte.'

'We kopen onderweg wel even nieuwe,' zeg ik. 'Het is niet erg.'

US Open
1995

IK STA IN DE KLEEDKAMER, OMRINGD DOOR ANDERE SPEELSTERS. Martin en Carter zitten samen te geinen in een hoek. Zetov en Perez negeren elkaar. Antonovich komt lachend binnen en begroet iedereen. Als Perez me ziet staan, geeft ze me een klopje op de schouder. Flores condoleert me. Ik bedank haar.

Wanneer Madlenka Dvořáková langsloopt, vangen we elkaars blik. Ze ziet er zo kinderlijk uit in haar witte jurkje en met haar haar in twee vlechten. We knikken naar elkaar en dan sluit ik mijn locker af en ga naar de fysioruimte.

Daar is het vreemd rustig, alleen ik en een paar verzorgers. Ik geniet van de stilte terwijl ik mijn knieën en ellebogen laat intapen. Maar dan, terwijl mijn kuiten worden gemasseerd, komt Nicki Chan binnen.

Ze lacht vriendelijk en begroet de verzorgers die ze herkent, met een luchtigheid die ik raadselachtig vind. Alsof dit een gewone dag voor haar is en niet de eerste dag van een toernooi dat twee weken duurt en waarin ze misschien weer een record zal breken of het helemaal zal kwijtraken.

Wanneer ze naast me komt zitten, zeg ik: 'Altijd even vrolijk.'

'Ja, best irritant, hè? Tenminste, dat zegt iedereen.' Ze lacht terwijl de verzorger haar voet begint in te tapen. Ik neem me voor haar alle hoeken van de baan te laten zien, mocht het zover komen. Ze heeft vast last van haar enkel. Ze moet eens ophouden met er zo hard op neer te komen.

'Dank voor je telefoontje,' zeg ik zacht. 'Laatst.'

Ze knikt. 'Logisch toch?'

'Het was... aardig van je.'

Ze maakt een wegwerpgebaar. 'Zoals ik geloof ik zei: ik wil je levend verslinden en je hart als ontbijt.' Met een knipoog vervolgt ze: 'Maar dan wil ik wel weten dat ik dat heb gedaan toen jij op je sterkst was.'

Ik knik. 'Ik snap het,' zeg ik. 'En je zult je kans krijgen. En dan zul je falen en is alles weer bij het oude, precies zoals het hoort.' Ik ga iets anders zitten terwijl een van de verzorgers mijn onderarmen begint te masseren.

Nicki blijft naar de verzorger kijken die haar voeten intapet, maar haar woorden zijn voor mij: 'Ik geloof niet dat je ooit echt hebt begrepen waar ik toe in staat ben. Waar ik mee bezig ben.'

'Jawel. Ik zie het toch?'

'Ik ben beter dan jij,' zegt ze.

'Kom op, Nicki.'

'Jij denkt dat ik, als dit 1982 was, geen schijn van kans tegen je zou maken,' gaat ze verder.

'Ik wéét dat je, als dit 1982 was, geen schijn van kans tegen me zou maken. Want het is nu 1995 en je maakt geen schijn van kans tegen me.'

Ze lacht spottend. 'Je wilt het gewoon niet zien.'

'Hoe goed je bent? Ik zie heus wel hoe goed je bent.'

'Je hebt geen respect voor wat ik voor het tennis heb gedaan, niet op de manier waarop ik respect heb voor wat jij hebt gedaan.'

'Wat heb jij dan gedaan dat ik niet heb gedaan?'

Ze kijkt me aan. Haar blik is doordringend. 'Ik ben de eerste Aziatische vrouw ooit die Wimbledon heeft gewonnen. De eerste Aziatische die bijna al die dingen heeft gedaan: records breken. Want we weten allebei dat tennis het vrouwen die niet blond zijn en geen blauwe ogen hebben, niet gemakkelijk maakt.'

'Daar heb je gelijk in,' zeg ik.

'Ik heb het record voor snelste service neergezet. Tennis is een veel sneller spel geworden nadat ik die 212 kilometer per uur heb geslagen.

Bijna iedere speelster van de WTA serveert nu sneller dan we pakweg tien jaar geleden deden. Mijn forehand heeft een gemiddelde van 130 kilometer per uur. Jij komt daar niet eens bij in de buurt. Dus heb een beetje respect, Soto. Ik heb de US Open vaker gewonnen dan welke speelster ook, inclusief jij. Mijn forehand- en backhandgroundstrokes hebben meer spin dan die van welke vrouw ook – vorig jaar bereikte ik ruim tweeduizend omwentelingen per minuut. Ik ben op dit ogenblik de bestbetaalde sportvrouw ter wereld. En weet je wat dat betekent voor iemand als ik? Ik sta de meeste weken op één, en dat zijn nu driehonderdzeventien weken. Jij hebt er pas driehonderd...'

'Negen,' zeg ik.

'Precies.'

'Dus jij leert alle statistieken uit je hoofd?' vraag ik, hoewel ik weet dat het hypocriet van me is.

Nicki lacht. 'Dit is belangrijk voor me, Carrie. Ik stop mijn ziel en zaligheid in dit spel. Deze toernooien zijn belangrijk voor me. Ik heb er mijn hele leven aan gewijd.'

'Nou, ik ook,' zeg ik.

'En jij hebt je kans, de mogelijkheid, om te schitteren gehad.'

'Die heb ik gepakt,' zeg ik. 'Het is me niet in de schoot geworpen. Niemand zat erop te wachten dat ik het gezicht van het vrouwentennis zou worden. Nog steeds niet. Ik moest het opeisen. Net als nu. Dus als jij het wilt, zul je het van me moeten afpakken.'

'Nee,' zegt Nicki. 'Dat is iets wat je niet lijkt te begrijpen. Ik heb het al van je afgepakt. Ik heb het record. En als jij dat terug wilt, zul je het van mij moeten afpakken!'

Ik kijk haar aan.

'Ik ben de beste speelster ooit,' vervolgt ze. 'En daar wil ik erkenning voor. Dat verdien ik.'

'Maar je krijgt toch erkenning? Continu.'

Ze schudt haar hoofd. 'Nee, ik wil erkenning van jou! Van degene voor wie ik mijn hele leven respect heb gehad. De vrouw tegen wie ik altijd heb opgekeken.'

De lach is van haar gezicht verdwenen. Totaal. Ik kijk naar de tv. Er zijn sportcommentatoren aan het woord met het geluid uit. Volgens de kop erboven gaat het over Nicki en mij.

'Ik zie het wel,' zeg ik terwijl ik haar eindelijk weer aankijk. 'Dat ik het haat, wil zeggen dat ik het zie.'

Ze slaakt een zucht. 'Oké, Soto. Het is vechten tegen de bierkaai met jou.'

'Maar wat wil je dan van me?'

Ze kijkt me recht aan.

'Maak je toch niet zo druk om wat ik zeg,' zeg ik tegen haar. 'Kijk wat ik doe. Ik ben terug toch? Ik speel hier vandaag. En dat komt doordat jij zo goed bent.'

De verzorger is klaar. Ik sta op. Ik leg nog even een hand op Nicki's schouder.

'Succes,' zeg ik. 'Ik sta achter je tot het moment waarop ik tegenover je sta.'

Nicki glimlacht. 'Zie eerst maar eens zover te komen.'

We geven elkaar een hand.

Transcript

SportsNews Network
Wild Sports met Bill Evans

Bill Evans: Het is de eerste dag van de US Open van dit jaar en Nicki Chan heeft vanochtend in de openingspartij haar tegenstandster, de onopvallende Suze Carter, vermorzeld! Natasha Antonovich, Ingrid Cortez, Carla Perez, Odette Moretti, Josie Flores, Whitney Belgrade, Erica Staunton en nog wat speelsters gaan allemaal door naar de tweede ronde. En vanmiddag speelt Carrie Soto, Wimbledon-kampioene en regelrechte sensatie, haar eerste ronde op Flushing Meadows tegen nieuwkomer Madlenka Dvořáková. Het is nog maar twee weken geleden dat haar vader en coach, Javier Soto, is overleden. Carrie heeft gezegd dat ze ter ere van hem speelt.

Er wordt veel gesproken over wie de winnaar zou kunnen worden, maar één ding weten we zeker: er mogen dan honderdachtentwintig speelsters strijden om de winst, alle ogen zijn slechts gericht op twee ervan.

Nicki Chan en Carrie Soto maken geen geheim van hun rivaliteit. Elk van deze onvergelijkbare vrouwen wil de titel en het record dat erbij hoort.

Wie zal het worden? Het Beest of de B-I-T je-weet-wel?

Het wordt in elk geval een thriller. Volg ons de komende twee weken om te ontdekken wie de finale bereiken.

Soto tegen Dvořáková

US Open 1995

Eerste ronde

IK STA IN DE TUNNEL. IK BUK ME OM HET VUIL VAN MIJN GELE Break Points te vegen en denk aan wat mijn vader heeft opgeschreven: zorg dat ze op de baseline blijft. Dat vindt ze fantastisch, maar ze zal het niet volhouden.

Ik haal diep adem. Daar gaan we dan.

Ik heb nog nauwelijks een stap op de baan gezet of het publiek begint te juichen. Ze juichen zo hard dat ik mezelf bijna niet kan horen denken.

Ik weet wat de sportcommentatoren nu zeggen. Ze zeggen tegen de mensen thuis dat ik mijn vader net heb verloren, dat dit mijn eerste partij zonder hem zal worden.

Ik verwacht dat het gebrul zal afnemen, maar dat gebeurt niet. De menigte blijft schreeuwen terwijl ik mijn spullen uitpak. Het is bijna eng zoals hun stemmen door de lucht galmen, zoals het geluid over de baan echoot. Het is een diepe dreun waarvan het net gaat trillen.

Ik kijk om me heen. Duizenden mensen die stampen en roepen. Ik zwaai in een grote boog naar alle kanten van de tribunes en zie dat er mensen opstaan.

Bowe en Gwen zitten in de spelersbox. Gwen klapt. Bowe vangt mijn blik en we kijken elkaar aan, terwijl het publiek als een vloedgolf over de tribunes lijkt te bewegen.

Ze applaudisseren voor mijn vader. Dit ene moment voelt het alsof iedereen Javier Soto net zo erg mist als ik.

Arme Dvořáková. Ze maakt geen schijn van kans. De partij zit er na eenenvijftig minuten al op.

Transcript

SportsRadio met Grant Trumbull

Grant Trumbull: Bij ons zit de redacteur van *SportsSunday*, Jimmy Wallace, om het met ons te hebben over wat er op de US Open gebeurt. Jimmy, vertel eens hoe het ervoor staat. Laten we beginnen met de mannen.

Jimmy Wallace: Nou, het interessantste is natuurlijk het verhaal van Bowe Huntley.

Trumbull: Hij gaat als een speer.

Wallace: Er is niemand, echt niemand, die Bowe Huntley als favoriet heeft genoemd toen we aan dit toernooi begonnen.

Trumbull: Dit wordt toch zijn laatste toernooi?

Wallace: Iedereen zei: 'Die vent gaat stoppen, hij is de oudste op de baan, hij is ver over zijn piek heen'.

Trumbull: En hij moest zich afmelden voor Wimbledon vanwege een blessure.

Wallace: Op Roland-Garros, in mei, heeft hij het kraakbeen van zijn ribben gescheurd. Nee, dit was geen speler op wie ook maar iemand zou durven wedden.

Trumbull: En toch.

Wallace (lacht): En toch! Huntley stapt de baan op en geeft Franco

Gustavo tijdens de eerste ronde een complete afstraffing. Zonder ook maar een set te hoeven afstaan. Maar wij denken nog steeds: oké, dat was iets eenmaligs.
Trumbull: Maar we hadden het mis.
Wallace: Compleet. Hij pakt Ortega in de tweede ronde, weer zonder een set te verliezen. En daarna Bracher. Vervolgens Mailer.
Trumbull: En nu staat hij in de kwartfinale.
Wallace: Hij staat in de kwartfinale. Op veertigjarige leeftijd! En ik kan je één ding vertellen: het publiek staat achter hem. Ik heb in jaren niet zo'n enthousiasme gezien. En je weet dat ik een scepticus ben, Grant.
Trumbull (lacht): Jij bent zo'n eerst-zien-dan-geloven-type.'
Wallace: Maar bij Huntley zit ik op het puntje van mijn stoel. Hij heeft in mij een fan gevonden. Ik weet niet hoe dit afloopt, maar ik kan je wel vertellen dat het een fantastische show is.

Transcript

SportsHour USA
The Mark Hadley Show

Mark Hadley: Ik moet even mijn bril schoonmaken, want ik geloof mijn ogen niet. Bowe Huntley heeft net Wimbledon-kampioen Jadran Petrovich verslagen in de kwartfinale van de US Open?
Briggs Lakin: Ik zou niet zeggen 'verslagen'. Hij heeft hem vermorzeld. Het was gewoon gênant voor Petrovich. Hij is de nummer twee van de wereld en Huntley vernedert hem gewoon.
Gloria Jones: Die laatste service was echt opzienbarend.
Hadley: Laten we het even over Huntleys service hebben. Het was niet officieel, maar er wordt beweerd dat Bowe Huntley dit jaar werd gecoacht door wijlen Javier Soto. Weet een van jullie daar iets meer van?
Jones: Nou, we hebben Carrie Soto en Bowe Huntley de afgelopen maanden vaak samen gezien. Iedereen neemt aan dat ze iets met elkaar hebben. Maar dat weten we niet zeker.
Lakin: Maar we weten het toch eigenlijk ook weer wel?
Jones: Het is niet bevestigd.
Lakin: Niemand hoeft mij te bevestigen dat één plus één twee is.
Jones (lacht): Veel mensen zeggen dat Bowe Huntley en Javier Soto voor Roland-Garros al samenwerkten. Dus dan lijkt het logisch dat ze daar tot

een paar weken geleden, toen Javier Soto stierf, mee door zijn gegaan.
Hadley: Dus misschien heeft Javier Soto voor de ommekeer bij Bowe Huntley gezorgd.
Jones: Zou kunnen.
Hadley: Hij heeft in elk geval fantastisch werk verricht met Carrie Soto.
Jones: Inderdaad. Mag ik daar even iets over zeggen? We verwachten allemaal iets groots van Carrie, maar ze heeft net haar vader verloren, haar coach. En nu staan we aan de vooravond van de halve finales en tot nu toe heeft ze iedere tegenstandster moeiteloos het hoofd weten te bieden. Ook Odette Moretti, die ze nog maar een paar uur geleden heeft verslagen in de kwartfinale.
Lakin: Ze is een toonbeeld van moed tijdens dit toernooi.
Jones: Javier Soto was een fantastische coach die de geschiedenisboeken in zal gaan. En volgens mij zien we dat tijdens dit toernooi terug in Bowe Huntley en Carrie Soto. Ze tonen ons waar Javier Soto het allerbest in was. De *'beautiful fundamentals'* zoals hij zelf zou zeggen. Lees er zijn gelijknamige boek maar op na.
Lakin: Mooi gezegd, Gloria. Absoluut.

Huntley tegen Matsuda

US Open 1995

Halve finale

GWEN EN IK ZITTEN IN DE SPELERSBOX. IK KIJK OP MIJN HORLOGE, want ik moet zo weg om mijn eigen partij te gaan spelen. Maar ik kan me hier nog niet echt van losrukken.

Het is de vijfde set, 3-5. Bowe staat achter, maar hij kan nog terugkomen als hij deze game houdt en in de volgende Matsuda's service breekt.

Hij kijkt naar me en glimlacht.

Vanochtend, bij het ontbijt, zat ik *NowThis* te lezen in een poging mijn gedachten te verzetten. Op de cover ging het over een popster die was weggegaan bij een rockster en ik wilde weten of het klopte dat ze met een bepaalde acteur naar bed was geweest. Maar toen ik het blad opensloeg, keek ik naar mijn eigen gezicht.

Het was een foto van Bowe en mij op de baan, een week geleden. Ze hadden ons kussend betrapt.

Als in een reflex sloeg ik het blad dicht. Maar toen opende ik het weer.

Op de foto dragen we allebei shorts en een T-shirt. Bowe heeft zijn blauwe petje op. Hij heeft zijn arm om me heen geslagen en trekt me naar zich toe, zodat ik omhoog moet kijken om zijn kus te beantwoorden.

Ik wist niet dat er toen paparazzi waren. Anders had ik hem niet gekust. Maar toch vervult het me niet met afschuw nu die foto in dat blad staat en de hele wereld hem kan zien, want het enige wat ik zie is dat ik idioot gelukkig lijk.

Bowe wierp in het voorbijgaan een blik over mijn schouder. Aan zijn gezicht zag ik dat hij de foto al had gezien.

'Wat vind je ervan?' vroeg hij.

Ik keek nog even naar de foto. 'We zien er gelukkig uit,' zei ik toen.

Hij glimlachte. 'Ja, dat vind ik ook.'

Bowe behoudt zijn game; het staat nu 4-5. Tijdens de baanwisseling komt hij voor de spelersbox staan en knipoogt naar me. Ik lach en knipoog terug. Weer als een idioot.

Bowe loopt naar de baseline. De druk ligt nu bij hem. Als hij deze game niet wint, is dit de laatste partij uit zijn leven als proftennisser. Dat zou je echter niet zeggen als je naar hem kijkt. Hij zwaait naar het publiek, lacht wanneer iedereen begint te juichen en moedigt hen met gebaren aan om vooral door te gaan.

Afgelopen nacht vertelde hij me dat hij graag de finale zou halen. 'Dat is alles wat ik uit dit jaar wilde halen. Nog één keer iets groots doen. Ik had nooit gedacht dat ik zover zou komen, en nu sta ik hier,' zei hij in de stilte van de nacht. 'Dus waarom ophouden met dromen?' Maar vandaag, vlak voordat hij de kleedkamer in liep, zei hij het tegenovergestelde. 'Ik had nooit gedacht dat ik zover zou komen, maar nu sta ik hier. Dus de rest is alleen maar de slagroom op de taart.'

Matsuda slaat een snelle service. De bal landt vlak voor Bowes voeten en Bowe sprint naar achteren om hem terug te kunnen slaan. Hij valt net over het net. Matsuda probeert hem nog te halen, maar dat lukt hem niet.

Love-15.

Bowe glimlacht. Het publiek juicht. Het is te zien dat al dat gejuich Matsuda irriteert, en daarom spoort Bowe, tussen de services door, de mensen aan om nog harder te juichen. Matsuda schudt zijn hoofd en slaat weer een vernietigende service.

Bowe duikt ernaartoe maar retourneert de bal in het net.

15-all.

Ik kijk weer op mijn horloge. Ik moet gaan.

15-30.

30-all.

30-40.

Deuce.

Advantage Matsuda.

Deuce.

Ik moet echt weg.

Advantage Bowe.

Deuce.

Advantage Matsuda.

Deuce.

Ik heb geen tijd meer voor mijn warming-up.

Advantage Matsuda.

Deuce.

Advantage Matsuda.

Bowe is moe. Ik weet niet of Matsuda dat ziet, of het publiek dat ziet, maar ik zie het wel. Hij zit niet meer zo hoog met zijn service. Ik probeer hem wat kracht toe te seinen, een uitbarsting van energie. Alleen met twee punten op rij kan hij deze game nog redden en misschien in de finale komen.

Deuce.

Advantage Matsuda.

Matsuda serveert weer op Bowes voeten. Bowe rent zo snel mogelijk naar achteren, neemt zijn positie in en weet de bal te raken. Maar de bal komt in het net.

Een golf van teleurstelling overspoelt me. Het is voorbij.

Bowe blijft doodstil staan en sluit zijn ogen. Ik zie zijn borstkas op- en neergaan. Hij knikt en doet zijn ogen weer open.

Het publiek is vreemd stil voor het einde van een partij. Ze wilden dat hij won. Maar het is Matsuda die naar de finale gaat.

Bowe Huntley is officieel gestopt met tennis.

Ik kijk naar zijn gezicht, op zoek naar tekenen van verdriet of rouw, hoewel ik best weet dat rouw allerlei vormen kan aannemen in de komende paar maanden, misschien wel jaren. Toch is op zijn gezicht alleen

een glimlach te zien en betraande ogen. Geen driftbui te bekennen.

Ik wou dat mijn vader dit had kunnen meemaken. Dat hij had kunnen zien wat Bowe hier op de US Open heeft gepresteerd. Hij zou het hardst hebben gejuicht van allemaal.

Bowe zwaait naar de menigte.

Ineens staat het hele stadion op, ook ik. De mensen schreeuwen zo hard dat het me pijn aan mijn oren doet. Bowe wijst knikkend naar alle delen van de tribune.

Matsuda geeft hem een hand en houdt zich verder op de achtergrond. Hij gunt Bowe dit moment.

Bowe kijkt naar me en lacht. Ik lach terug. Bowe wendt zich tot het publiek en balt zijn vuisten boven zijn hoofd. En dan neemt hij zwaaiend afscheid.

Hij loopt meteen naar mij toe en ik leun over de rand van de spelersbox om even met hem te kunnen praten.

'Prachtig gedaan,' zeg ik. 'Een prachtig einde van een fantastische carrière.'

'Ik hou van je,' zegt hij.

Met grote ogen kijk ik hem aan.

'Sorry als je daarvan schrikt,' voegt hij eraan toe terwijl hij mijn hand pakt.

Ik dacht altijd dat ik, als dit moment zou komen, hem niet zou kunnen aankijken, maar dat blijkt heel gemakkelijk, angstaanjagend gemakkelijk bijna. 'Het is oké,' zeg ik. 'Dat wist ik al. Mijn vader vertelde het me.'

Hij lacht. 'O, is het zo duidelijk?'

'Nee,' zeg ik. 'Of misschien ook wel. Ik weet het niet. Moet ik nou ook zeggen dat ik van jou hou?'

'Nee,' zegt hij. 'Ik weet wie je bent. En ik weet ook dat je geen tijd meer hebt voor de warming-up.'

'Gaat het?' vraag ik terwijl ik hem een knuffel geef. 'Red je het wel?'

'Ja, hoor.'

'Oké, dan ga ik. Maar ik ook, hoor. Dat wat je net zei.'

'Dat weet ik.'

'O, is het zo duidelijk?' herhaal ik voor de grap zijn woorden.

'Niet echt, Carrie,' zegt hij lachend. 'Maar jij hebt ook zo je kleine dingetjes waaraan ik het kan merken.'

Soto tegen Cortez

US Open 1995

Halve finale

HET IS DE DERDE SET. IK BEN TWEE GAMES VERWIJDERD VAN MIJN overwinning.

Ik ben nog niet moe. Maar Cortez is kwaad. Ik voel het als ze pluisjes van de bal begint te slaan.

Ze wil in de finale staan. Ze is waarschijnlijk nog gefrustreerd over Londen. Ze is gewend dat haar woede haar verder helpt, en ik respecteer dat.

Ik denk steeds aan mijn vaders aantekeningen.

> Cortez is brutaal en snel geïrriteerd. Ze houdt er niet van om te verliezen. Ze vindt het niet prettig om het gevoel te hebben dat iemand anders beter is. Maak haar boos, dan zal ze fouten gaan maken. Komt me bekend voor.

Ik wist dat hij mij bedoelde. Maar nu ik tegenover haar sta, zie ik dat Cortez en ik misschien nog wel meer op elkaar lijken dan ik besefte. Vlijmscherp en meedogenloos, bloeddorstig. Kil maar gepassioneerd. We moeten winnen omdat we niet tegen ons verlies kunnen.

> Zorg dat Cortez niet haar spel kan spelen, maak haar van slag. Ze is een speelster met zelfvertrouwen, ondermijn dat zelfvertrouwen en dan kun je haar hebben.

Als mijn vader gelijk heeft en Cortez' hoofd werkt zoals het mijne, dan weet ik wat ik moet doen.

Ik moet zo veel mogelijk aces slaan. Ik moet haar niet de geringste kans geven om voor een punt te vechten. Als ik haar volledig buiten mijn servicegames hou, gaat ze zich ergeren en raakt ze wanhopig. En dan gaat ze fouten maken.

Ja, ik denk dat ik Ingrid Cortez heel goed ken. Het nadeel van perfectionisme is dat je gewend bent dat je het goed doet. En als het dan misgaat, stort je compleet in.

En vandaag zal ik niet degene zijn die instort.

Om aces te serveren moet je durven. Je moet het risico durven nemen om het net te raken of uit te slaan. Je moet spelen alsof je geen angst kent. Dat kan ik.

Ik gooi de bal op en sla hem ver de rechterhoek van het servicevak in. Cortez kan er niet bij. 15-love.

Ik ga door. Al snel heb ik de game.

Cortez' schouders verstijven en iedere keer als ik een punt van haar weet af te snoepen, balt ze haar vuisten. En steeds als ze naar de baseline loopt, schudt ze haar hoofd en kijkt naar haar coach.

Ik ga gestaag door. En al snel sta ik op matchpoint.

Cortez stuitert de bal, zichzelf voorbereidend op de opgooi.

Ik voel een golf van genegenheid voor haar door me heen stromen. Ze is nog zo jong. Ze heeft nog alle tijd om al die dingen te doen die ze wil doen. Maar naar de finale van de US Open van 1995 gaan hoort daar niet bij.

Ze slaat een keiharde, snelle servicebal die vroeg daalt. Ik ren naar achteren en pak hem uit de lucht; een forehand cross-court. Ze retourneert hem met een groundstroke ver naast mijn backhand.

De bal komt op me af. Ik breng mijn racket naar achteren en neem hem uit de lucht voordat hij kan stuiten en sla zo ver mogelijk buiten bereik van haar forehand.

Ze rent ernaartoe, maar de bal stuit hoog op en tolt van haar weg. Ze duikt en raakt de grond op het moment dat de bal zacht buiten haar bereik op de baan landt.

Het publiek ontploft. Bowe schiet overeind uit zijn stoel. Ik zie dat Gwen schreeuwt. Ik laat me op mijn knieën zakken; de harde ondergrond schaaft mijn huid. Ik ben niet zozeer trots als wel dankbaar.

Ahí vamos, papá, denk ik. *A la final.*

DIE AVOND ZITTEN BOWE, GWEN EN IK IN MIJN HOTELSUITE VOOR de tv. Ik doe alsof ik kalm ben, maar ik voel dat de spanning zich in mijn knieën verzamelt. Ik probeer ze te stretchen.

Bowe heeft ontzettend veel last van zijn rug en daarom ligt hij op de grond, met zijn voeten tegen de muur, tv te kijken. Gwen is de enige van ons die normaal kan zitten.

Nicki speelt tegen Antonovich in de halve finale. Ze serveert nu voor de match.

'We willen toch dat Chan wint?' zegt Gwen. 'Dat ik niet voor de verkeerde juich... Want ik vind het behoorlijk ingewikkeld.'

Ik knik en reik naar mijn tenen. Ik voel mijn hamstrings en de achterkant van mijn knieën trillen. 'Ja, we willen Chan.'

Nicki serveert een kickservice. Antonovich retourneert. Nicki slaat een groundstroke; de bal stuit op de baseline en dan de tribune in. Nicki kan beter anticiperen op de bal dan wie dan ook.

'Shit, ze is goed,' zeg ik.

Bowe knikt. 'Zeg dat wel.'

'En ze heeft geen coach,' zeg ik. 'Ze heeft niet zo'n toverstafje in haar achterzak zoals ik al die jaren heb gehad. Ze doet het helemaal zelf.'

Nicki slaat weer een service, snel en gemeen, alsof ze een bom laat vallen.

'Nicki gaat winnen,' zeg ik.

Nicki serveert; ze springt hoog op en landt hard op de baan terwijl ze haar beweging afmaakt. Ik weet niet of Antonovich erbij kan. Maar dan weet ze de bal toch op de een of andere manier te raken en terug te meppen voordat ze op de baan valt.

Bowe gaat rechtop zitten. Gwen leunt voorover. Ik ga staan.

Nicki kijkt naar de bal, die in een boog over het net aankomt. Ze rent naar achteren terwijl ze blijft kijken. Antonovich, nog steeds liggend op de baan, staart ernaar.

De bal zwiept door de lucht en zeilt dan naar beneden terwijl Nicki zich ernaartoe haast. Hij komt nog geen centimeter naast de sideline terecht. Uit.

Natasha Antonovich slaat met haar armen op de baan.

Nicki springt in de lucht.

Het is zover. Soto tegen Chan.

WANNEER IK DE VOLGENDE OCHTEND WAKKER WORD, SCHIJNT DE zon. Het is koel. Een perfecte dag om de US Open te winnen.

Bowe is al op, hoewel het nog vroeg is. En als ik het woongedeelte in kom, zit hij de krant te lezen. Op tafel naast hem staan een bosbessensmoothie en een blikje ongezouten amandelen.

'Goedemorgen, recordbreekster,' zegt hij.

'Je weet dat je dat soort dingen niet moet zeggen voordat het echt is.'

Hij schudt zijn hoofd. 'Nee, kijk.' Hij laat me de krant zien die hij aan het lezen is. De kop luidt: SOTO TEGEN CHAN GAAT HOE DAN OOK MEERDERE RECORDS BREKEN.

Ik pak de krant en lees het artikel waarin het gaat over de partij van vanavond en waarin wordt gezegd dat wie er ook wint, een van ons de oudste speelster zal zijn die de US Open tijdens de Open Era op haar naam mag schrijven. Nicki, die bijna tweeëndertig is, zal Margaret Court met negen maanden voorbijstreven. En als ik win, versla ik Margaret Court met bijna zeven jaar.

Ik ben officieel de oudste speelster die de finale van de US Open heeft gehaald. Ik sta ook op het punt om het record voor de meeste aces in één toernooi te breken, en het lijkt erop dat Soto tegen Chan een nieuw record zal vestigen wat betreft het aantal kijkers.

Van één record zijn ze nog niet op de hoogte: Gwen belde me gisteravond om te zeggen dat AmEx mijn contract bij Elite Gold wil uitkopen. En aangezien Elite Gold mijn contract wil behouden, biedt AmEx me de hoogste vergoeding die ooit aan een tennisser, man of vrouw, is uitbetaald voor het gebruik van zijn of haar naam.

Ik heb tegen haar gezegd dat ik iedere dollar ervan aan mijn fonds voor tennisscholen voor de jeugd zal doneren. Gwen zei dat zij ook zou doneren.

'Ik bedoel, het is zo'n hoog bedrag dat ik én dat kan doen én ook nog eens kan stoppen met werken.'

Ik lachte en zei dat ze dat vooral moest doen.

Op serieuze toon zei ze: 'Ik ga dat echt doen, Carrie. Ik ga mijn partners vertellen dat ik er volgend jaar mee stop. Officieel.'

'Goed zo,' zei ik.

Nu geef ik de krant terug aan Bowe. 'Wat een statistieken,' zeg ik. 'Allemachtig. Het is precies zoals mijn vader jaren geleden al zei: je kiest er eentje op goed geluk uit en besluit dat je daarvoor gaat. Maar als je een stapje naar achteren doet, dan zie je door de bomen het bos niet meer. Hoe kun je nou weten of het ene record belangrijker is dan het andere?'

Bowe neemt een slok koffie en knikt. 'Maar voor de meesten van ons zijn de slams toch wel heel belangrijk, dat kun je niet ontkennen. Je verdedigt het record dat het belangrijkst voor je is.'

Ik slaak een zucht. 'Ja,' zeg ik. 'Maar voor mijn vader was het nooit echt belangrijk. Hij wilde alleen maar dat ik mooi speelde.'

Bowe glimlacht. 'En dat doe je ook.'

Terwijl ik door de tunnel loop, kan ik de randen van de baan zien. Het publiek is al rumoerig. De lampen zijn aan, maar ze zijn nauwelijks lichter dan de avondlucht. Wanneer ik aan het eind van de tunnel ben, laat ik mijn schouders zakken. Ik draai met mijn nek. Ik veeg mijn schoenen af.

Ik haal diep adem. Ik laat de lucht uit mijn lichaam stromen alsof er een ballon leegloopt. Ik ben losjes. Ik ben er klaar voor.

Achter me staat een bewaker. En dan hoor ik voetstappen.

'Nicki,' zeg ik.

Ze draagt een wit shirt en een marineblauwe rok. Haar Nike 130's zijn wit met een blauwe swoosh. 'Carrie.'

'Hoe voel je je?' vraag ik. 'Hoe gaat het met je enkel? En met je rug? Zijn er blessures die ik kan uitbuiten?'

Ze lacht. 'Helaas voor jou voel ik me optimaal.'

'Mooi zo,' zeg ik. 'Dan zal de overwinning des te zoeter smaken.'

Ze schudt haar hoofd. 'Toen ik klein was, las ik een keer een interview met je. Je vertelde daarin dat je vader je Achilles noemde.'

'Ja,' zeg ik. 'De grootste aller Grieken.'

'Daar was ik altijd jaloers op. Dat idee van een lotsbestemming die je leek te hebben. Weet je wat Achilles tegen Hector zei nadat Hector Patroclus had gedood?'

Het is heel lang geleden dat ik *De Ilias* heb gelezen. Ik schud mijn hoofd.

Ze glimlacht. 'Hij zei: "Er kunnen geen verdragen worden gesloten tussen mannen en leeuwen. Ik zal je ten volle laten boeten voor het verdriet dat je mij hebt aangedaan."'

Soto tegen Chan

US Open 1995

Finale

Te veel mensen, misschien zelfs Nicki, denken dat Nicki het nieuwe tennis is. Dat mijn Carrie het oude tennis is. Ze beseffen niet dat ik Carrie heb geleerd alle soorten tennis te spelen. En daarom moet Carrie woest en krachtig beginnen, beginnen met een harde plons. Vanaf het begin duidelijk maken dat, op welke versie van Carrie Nicki zich dan ook heeft voorbereid, ze niet voorbereid is op deze.

Ik win de toss en kies ervoor als eerste te serveren.

Nicki's forehand is meedogenloos en daarom serveert iedereen op haar backhand. Ik niet. Mijn eerste service is laag, kort, snel en ver van haar forehand. Ze moet ploeteren om de bal te raken. Ze slaat hem net over het net. Ik wip hem terug. Ze krijgt haar racket er niet snel genoeg onder. 15-love.

Nicki kijkt me aan en knikt kalm.

Ik hou de eerste game.

Haar eerste service komt als een kogel op me af, precies zoals ik had verwacht. Ik retourneer hem naar haar backhand. Zij retourneert diep. Ik stuur hem terug met een drive-volley, haar dwingend dichter bij het net te komen.

Nicki wint vaak omdat ze mensen dwingt haar soort tennis te spelen. Op dat niveau kan Carrie haar aan, maar Nicki kan wat dat betreft niet aan Carrie tippen. Carrie moet Nicki zover zien te krijgen dat Nicki Carries soort tennis speelt, het soort tennis waarbij elke centimeter telt. Ik geloof heilig dat de beste Carrie de beste Nicki zal verslaan. En dat houdt in dat ze haar naar het net moet lokken!

Nicki rent naar voren en haalt de bal maar net. Maar haar return is te hoog. Het eerste punt in haar servicegame is voor mij. Love-15.

Toch is de game voor haar.

We houden allebei onze games; we zijn geen van beiden in staat de ander te breken. 1-1 wordt 2-2. 2-2 wordt 3-3, 4-4, 5-5.

Het wordt 6-6, een tiebreak.

Nicki hakt op me in met haar services. Mijn services mept ze keihard terug. Het staat al snel 0-4 in de tiebreak, voor Nicki. Ik moet mijn spel aanpassen.

Ik probeer de snelheid van de bal te vertragen, ik sla slices en vang haar ballen snel op. Dat werkt algauw en ik ga koppig door tot ze meedoet.

Nu staat het 4-4.

5-5.

6-6 in de tiebreak.

Het publiek wordt onrustig.

Nicki slaat een winner langs me heen waardoor ze op 6-7 komt. Maar ze moet met twee punten verschil winnen.

Ik serveer en sla een harde bal recht op haar hielen. Ze mist hem. 7-7.

Minuten later staat het 12-11 voor Nicki. Zij moet serveren.

Ik kijk naar haar, kijk hoe ze opgooit en probeer te raden waar de bal zal neerkomen. Inmiddels heb ik iets ontdekt waarmee ze zich verraadt. Wanneer ze van plan is cross-court te slaan, houdt ze haar ene schouder iets lager.

Ik kijk naar haar en zie dat ze haar schouder laag houdt. Ik weet dus dat ze schuin, op mijn backhand, zal spelen.

De bal suist zo snel door de lucht dat hij al weg is tegen de tijd dat ik hem hoor. Ik probeer er nog naar te slaan, maar het lukt me niet. Shit! Het publiek schreeuwt.

Met 13-11 in de tiebreak is de eerste set voor haar.

Tijdens de baanwisselingen heb ik niemand aangekeken. Gwen niet, Bowe niet, Ali niet. Het publiek niet. Ik hou mijn hoofd voorover. Ik concentreer me op het drinken van water, op mijn gezicht afvegen, op mijn vader in mijn hoofd houden. Op dit moment wil ik alleen zijn stem horen.

> Als Nicki de eerste set wint, heeft Carrie meer kans om de tweede te winnen. We kunnen Nicki's zelfvertrouwen – arrogantie? – nu tegen haar gebruiken. En dat moeten we ook doen. Doe je ding. Blijf dat doen. Verander er niets aan. Als we de eerste set niet pakken, kunnen we de tweede winnen.

De tweede set begint. Ik laat haar naar het net komen. Ik sla mijn ballen laag en zacht zodat ze er niet veel kracht aan kan ontlenen.

We wisselen de games af: 1-1, 2-2, 3-3.

Algauw begrijpt Nicki wat ik doe. Ze blijft dichter bij het net en slaat met meer beheersing. Onze rally's gaan tien, twaalf, soms wel vijftien keer heen en weer.

Geen van ons breekt de service van de ander.

Het begint aan te voelen als een volmaakt ritme; de bal heen en weer, wij die hem slaan. Geen onnodige fouten, geen missers. Perfecte uitvoering. Net een dans.

Soms kijk ik naar de bal en soms kijk ik naar haar. Ik voel het wanneer ze naar mij kijkt. Ik weet dat ze, wanneer ik uithaal, mijn vakmanschap ziet. Zelf kan ik nauwelijks mijn blik van de prachtige bruutheid van haar kracht afhouden. Ze slaat met een enorm geconcentreerde kracht en gilt terwijl ze dat doet.

Ik richt mijn aandacht op de gele stip die steeds opnieuw op me af tolt. Ik voel het gemak waarmee ik mijn arm naar achteren breng, steeds opnieuw. Ik voel hoe ik met mijn racket soepel mijn beweging afmaak.

Ik speel verdomme beter dan ooit tevoren, seconde na seconde, slag na slag.

Wanneer het 5-6 staat, haar service, wordt het tijd haar uit te schakelen. Ik volley de bal terug; ze rent naar het net. En net wanneer het erop lijkt dat ze zich prettig begint te voelen bij dit snelle volleytennis, sla ik een vlakke, verpletterende groundstroke langs haar heen.

En dan nog een keer en nog een keer. En wanneer ze dan wat meer achterin blijft hangen, sla ik een dropshot. En wanneer ze denkt dat ik een korte bal sla, sla ik een lange. Het is haar service, maar zij is degene die moet rennen; ze loopt steeds één stap achter terwijl ze me bij probeert te houden. 30-40.

En nu is het zover. Het moment is aangebroken waarop ik weet dat ik de set kan pakken.

Breakpoint.

Als Carrie breakpoint weet te halen, zal ze de set winnen. Ze kan heel goed dit soort momenten benutten om punten te pakken. Nicki is een goede verdedigende speelster: het lukt haar tegenspeelsters bijna nooit meer om op breakpoint tegen haar te komen. En ze is een fan van Carrie, ze kent Carrie. Ze weet dat Carrie opleeft bij een breakpoint. We hoeven Carrie alleen maar één keer in iedere set op breakpoint zien te krijgen. Dan valt de rest vanzelf op zijn plaats.

Nicki serveert. De bal komt precies op de lijn, maar valt in het vak, hoog stuiterend. Ik spring eropaf en sla een hoge smash.

Ze pakt de bal vroeg uit de lucht. En ik zie dat ze een groundstroke return verwacht; de bal heeft te veel vaart om een zachter shot te proberen. Maar in plaats van cross-court te slaan, ga ik voor een winner. Ze moet over de baan rennen om hem te halen. Ik zie haar rennen en ik zie ook dat haar enkel enigszins instabiel is wanneer ze een sliding maakt.

En ze is te laat. De bal stuit één keer op en ze kan er niet bij. Wanneer ze opstaat, zie ik dat ze last heeft van haar enkel. Gelukkig maar, want allebei mijn knieën, en dan vooral mijn zwakste, beginnen ook pijn te doen.

'Set Soto,' hoor ik uit de luidsprekers terwijl het publiek opveert. Iedereen begint te schreeuwen.

Ik glimlach naar Nicki in de verwachting dat ze terug zal lachen. Maar ze kijkt heel kwaad, lijkt op het punt te staan om met haar racket te gaan smijten. Ik kan het haar niet kwalijk nemen. Ik ken het gevoel. Ze had verwacht dat ze de partij inmiddels al wel zou hebben gewonnen.

Maar ik gris hem weg uit haar handen.

Dit is leuk, denk ik. Hoe kon ik nou vergeten zijn dat dit zo verdomd leuk is?

Ik ga op de stoel zitten en droog mijn gezicht af. Ik neem een slok water. Ik werp een blik op Nicki, die weigert me aan te kijken. Haar kaken staan strak. Ze schroeft de dop van een Gatorade en neemt een grote slok. Volgens mij zet haar enkel al wat op. De lucht boven de baan raakt bewolkt. Daardoor wordt het meteen wat koeler, waar ik blij om ben.

Gwen vangt mijn blik. Ze wijst naar me, recht naar mijn borstkas.

Ik leg mijn hand op mijn hart en wijs terug.

De beslissende set. Nicki's services worden sneller en harder. De ballen komen fluitend op me af. Het is verbazingwekkend. Maar ik probeer haar niet te overtroeven, dat heeft geen zin. Mijn services zijn tot op de millimeter precies, als de schoten van een scherpschutter.

Nicki speelt nu met alles wat ze heeft. Ze is snel en houdt mijn opgooien in de gaten. Ik moet mijn services onvoorspelbaar en scherp zien te houden.

1-1 wordt 2-2, wordt 3-3. Wanneer ik laag sla, komt ze eronder. Wanneer zij diep gaat, ben ik er. Wanneer ik kort sla, komt ze aanrennen.

Ze ademt zwaar. Ik zweet.

Het publiek wordt uitzinnig en schreeuwt bij iedere winnende bal.

4-4. 5-5.

Mijn vader had gelijk. Nicki speelt op haar krachtigst in de derde set.

Wanneer ze opnieuw een groundstroke langs me heen mept, weet ik de bal nog net op tijd te retourneren, maar ik zie tegelijkertijd dat ze zich alweer gereedmaakt voor een volgende. Ik voel ontzag voor de vuurkracht van haar arm. De manier waarop die de bal verplettert wanneer hij contact maakt. Ik heb nog nooit zoveel kracht gezien. En al helemaal geen kracht die gepaard gaat met een intuïtief weten waar de bal naartoe gaat, wat de bal zal doen.

Mijn linkerknie steekt, mijn rechtervoet begint ook al. Ik adem zwaarder dan toen ik al die maanden geleden over het strand rende. Het zweet gutst van mijn gezicht. Het wordt al bijna donker. Maar ik geef niet op. En zij ook niet. Dat zie ik aan de duistere blik in haar ogen, aan haar gespannen schouders. Zelfs haar tred lijkt kwaad wanneer ze na ieder punt hinkend wegloopt bij het net.

Nicki Chan is een grootse speelster. Maar niet groots genoeg om me zo snel te verslaan als ze wilde.

Tijdens haar volgende servicegame begint Nicki zo hard te slaan dat het wel een bomaanval lijkt.

Ik voel de vermoeidheid in mijn benen. Ik kan er bijna niet meer op staan, alle spieren trillen wanneer ik hurk. De pijn in mijn knieën is bijna niet meer te harden. Ze sluit me uit van het spel.

In mijn servicegame kan ik haar nauwelijks van mijn lijf houden. Maar het lukt me.

Het staat nu 6-6 in de derde set. Opnieuw een tiebreak.

En dan begint het te bliksemen en donderen. Ik kijk naar de lucht. De eerste druppels vallen al.

Gwen, Bowe en Ali komen allemaal naar de kleedkamer tijdens de onderbreking.

'Jongens,' zeg ik. 'Niks aan de hand. Ik heb het onder controle.'

'Je domineert de partij!' zegt Gwen. Zo intens heb ik haar nog nooit meegemaakt. 'Je bent gewoon een fucking bombardement!'

Ik lach. 'Dank je.'

Bowe glimlacht. 'Ze heeft gelijk.'

Ik kijk hem aan en glimlach ook. 'Ik moet me concentreren op het winnen van de tiebreak. Weet iemand hoelang de onderbreking duurt?'

'De storm trekt al voorbij,' zegt Ali. 'Ze schatten hooguit twintig minuten.'

'Oké, allemaal wegwezen dan,' zeg ik. En dan voeg ik eraan toe: 'Alsjeblieft.'

Bowe knijpt even in mijn schouders en loopt samen met de anderen de kleedkamer uit. Bij de deur draait hij zich nog even om. 'Dit is een prachtige partij,' zegt hij. 'Echt een prachtige partij.'

Hij wacht mijn reactie niet af. Hij tikt alleen even op de deurpost en gaat dan weg.

Ineens is het zo stil om me heen dat ik het gesuis in de buizen in de muren hoor.

Ik probeer te bedenken wat mijn vader nu tegen me zou zeggen. Ik open mijn locker en werp een blik in het notitieboek. Ik lees opnieuw zijn aantekeningen. Hij zegt niets over een tiebreak in de derde set. Ik blader het boek door, op zoek naar iets, naar wat dan ook, maar er staat niets wat ik niet al heb gelezen.

Wat zou hij zeggen als hij nu bij me was? Wat zou hij hebben opgeschreven als hij meer tijd had gehad? Er zijn nog steeds dingen die ik moet weten; ik kan zijn raad nog steeds goed gebruiken. We zijn nog niet klaar met ons werk samen.

Ik loop de strategieën na – langzaam beginnen, haar moe maken; snel op voorsprong komen om haar de pas af te snijden; kiezen voor snelle services; dit is niet het moment voor snelle services – en probeer wanhopig te bedenken welke het meest naar hem klinkt.

Maar ik weet het gewoon niet. Ik weet niet wat hij zou zeggen.

Ik heb ineens het gevoel dat ik stik. Vanaf dit moment heb ik hem niet meer bij me. Ik weet niet wat hij zou denken. Ik weet niets meer van zijn strategie, van zijn plan. Zijn logica. Zijn advies. Omdat hij er niet meer is. En hij komt ook nooit meer terug. Ik weet het niet meer.

Plotseling heb ik het gevoel dat het verdriet alleen al me de das om zal doen.

Ik pak het notitieboek en stop het terug in de locker. Als ik deze tiebreak win, dan is dat omdat ik weet hoe ik haar in mijn eentje kan verslaan. En zo niet, dan is het omdat zij de betere speelster van ons tweeën is. Dit is de test waarom ik heb gevraagd.

De deur gaat open en Nicki komt binnen. 'Ik heb in de fysioruimte gewacht,' zegt ze. 'Ik wilde je niet zien.'

'O.'

'Maar nu moeten we minstens nog tien minuten langer wachten.'

'Oké.'

Ze komt naast me op de bank zitten. Heel lang zegt ze niets. En ik ook niet. Ik zit met gesloten ogen naast haar en probeer mijn ademhaling onder controle te krijgen en de pijn in mijn knieën te negeren.

'Ik zou deze allang moeten hebben gehad,' zegt ze na een tijdje.

Ik open mijn ogen en kijk haar aan. 'Nou, zover is het nog niet, schat.'

Ze schudt haar hoofd. 'Jij bent de beste speelster tegen wie ik ooit heb gespeeld, toen en nu,' zegt ze. 'Bitch.'

Ik lach.

'Ik probeer grappig te doen om te verbergen dat ik je haat met iedere cel in mijn lichaam,' vervolgt ze.

Ik kijk naar haar gezicht; ze glimlacht niet. 'Haat me maar niet,' zeg ik. 'Dat is zonde van je tijd.'

Ze snuift.

'Jij speelt vandaag beter dan ooit,' zeg ik. 'Dankzij mij.'

Ze rolt met haar ogen. 'Oké, Soto.'

'Je verdient iedere plek in de geschiedenis die je wilt.'

Ze kijkt me recht aan. 'Ik ga je verslaan.'

'Nee, dat doe je niet.'

Onwillekeurig begint ze te lachen. Er komt een official aan die ons vertelt dat we zo weer verdergaan. We staan allebei op en Nicki legt haar hand op mijn schouder.

'Dat ik dit jaar tegen jou speel… en al die records verbeter. Dat ik met Carrie Soto speel, tegen Carrie Soto speel… dat is iets waar ik altijd van heb gedroomd.'

Ik knik alleen maar, want ik weet niet goed hoe ik haar moet vertellen dat deze partij hetzelfde voor mij betekent.

'En nu ga ik een pijl in je hiel schieten zodat ik later kan zeggen dat ik degene was die Achilles uiteindelijk heeft weten te overmeesteren.'

Daar heb ik wel meteen woorden voor: 'Dat wil ik nog weleens zien!'

De tiebreak begint.

Een punt voor Nicki, een punt voor mij.

Voor Nicki. Voor Nicki.

Voor mij. Voor mij. Voor Nicki.

En zo gaat het heen en weer. Ik heb in jaren niet zo'n lol gehad.

Dit zal het laatste toernooi zijn dat ik speel. En ondanks alles geniet ik met volle teugen.

Ik heb geen racket opgepakt om zenuwachtig te worden en bang te zijn om te falen. Ik heb hem opgepakt om de vreugde te voelen van zo hard mogelijk tegen een bal meppen. Ik heb hem opgepakt om bij mijn vader te kunnen zijn.

Dit is het. Mijn laatste moment van wat hij en ik samen zijn begonnen. Deze partij. Deze tiebreak. Van mij mag dit moment eeuwig duren.

Ik. Dan Nicki.

Dan ik. Dan Nicki.

Dan ik. Dan Nicki. Dan ik.

Ik sla mijn scherpste, dodelijkste service ooit in een poging een ace van haar af te snoepen. Maar ze slaat de bal net zo snel terug. En ik kan niet tegen haar kracht op. Punt voor haar.

Nicki slaat misschien wel de snelste service die ik ooit heb meegemaakt. Maar ik zet een tandje bij en retourneer de bal. Ze slaat zo'n hoge smash dat ik, ondanks mijn knieën, de lucht in moet springen. Maar volgens mij spring ik hoger dan ik ooit heb gesprongen en het lukt me nog net de bal te raken en ik weet hem op de een of andere manier naar een plek te sturen waar ze niet bij kan. Ik ga bijna dood van de pijn in mijn knie, maar het punt is voor mij.

Ik serveer, en zij retourneert met een groundstroke. Ik sla cross-court met mijn backhand en zie dat de bal binnen blijft. Maar zij staat te ver weg. Niemand kan in zo'n korte tijd aan de andere kant van de baan komen, en zij zeker niet met haar enkel. Ik kijk de bal na die over het net suist. Nicki rent te snel. Dat zie ik gewoon. Ze zal doorschieten. Maar de bal stuit lager dan ik had verwacht.

Hij had niet zo laag moeten stuiten. Het is een nieuwe bal en ik heb hem hard over het net geslagen. Soms krijg je echter een slechte stuit en doet de bal niet wat hij zou moeten doen. En meestal mist degene die moet retourneren dan de bal.

Nicki niet. Niet nu. Op de een of andere manier zag ze het al gebeuren voordat het gebeurde. Ze wacht hem op buiten de lijn en glijdt op haar knieën over de baan. Ze houdt haar arm ver naar achteren en weet de bal nog net te raken voordat hij langs haar heen kan zeilen; haar scheenbeen zit onder het bloed.

Ze draait zich heel iets en slaat de bal terug met een shot waar ik niet bij kan.

Punt voor haar. Het staat nu 16-15.

En voor het eerst begrijp ik iets wat zowel angstaanjagend als bevrijdend is.

Het zou kunnen dat Nicki Chan de bal beter snapt dan ik.

Ze mept een nieuwe servicebal op me af. Ik sla zo diep terug dat hij op de achterlijn valt en dan hoog de baan af stuit. Nicki springt in de lucht en retourneert met een lob.

De bal zeilt langzaam over de baan. Ik kijk toe terwijl de zwaartekracht hem naar beneden brengt. Ik zet twee stappen naar rechts, één stap naar achteren. Ik blijf op mijn tenen staan, klaar om te rennen naar waar hij dan ook mag landen. Mijn linkerknie voelt als ijzer dat over ijzer schuurt. De pijn weerkaatst door mijn hele lichaam, is allesdoordringend.

Het kan me niet schelen.

De bal zet de daling in. Ik moet besluiten of ik hem sla voor de stuit of als hij weer omhooggaat. Ik ga razendsnel mijn opties na, de shots die tot mijn beschikking staan. Maar dan, in plaats van een keuze te maken, werp ik gewoon mijn armen omhoog.

Ik pak de bal uit de lucht en sla hem keilend terug. Nicki begint te rennen.

Misschien versla ik haar wel vandaag. Als die bal in is en ze mist hem, kan ik haar verslaan.

Maar dat verandert niets aan het feit dat ze onvergelijkelijk is. En in 1996 zal ze een andere slam winnen. En daarna waarschijnlijk nog eentje, als ze wat voorzichtiger wordt met haar enkel.

En wat ga ik dan doen? Steeds weer terugkomen in een poging het record van haar af te pakken? Me vastklampen aan iets wat ik al een hele tijd geleden los had moeten laten? Wil ik dat dat mijn leven is? Wil ik blijven ontkennen wat Nicki Chan is?

Daar zit toch geen enkele schoonheid in?

Mijn bal gaat met een boog op haar af. Nicki rent naar achteren. De bal gaat over haar heen. Ze zal hem niet halen.

Ik voel gewoon dat ik dit ga winnen en dan alles kan loslaten. De rest laat ik aan haar. Daar ben ik klaar voor. Ik ben bereid haar dat te geven. Ze mag het hebben van me. Eindelijk.

Maar terwijl ik kijk, komt de bal een centimeter achter de achterlijn neer.

De lijnrechter roept dat hij uit is.

Ik kan mijn ogen nauwelijks geloven. Nicki gilt naar de lucht met haar armen omhoog. Het publiek staat juichend op.

Ik heb net de tiebreak verloren. Ik heb de partij verloren.

Ik krijg bijna geen adem.

Ik gooi mijn racket niet op de grond. Ik schreeuw niet. Ik sla mijn handen niet voor mijn gezicht. Ik kijk alleen maar naar Bowe.

Nicki Chan heeft de US Open gewonnen.

Ik heb verloren. De partij en mijn record, voor de tweede keer in een jaar.

Ik wacht tot de hemel opengaat en de schande op me neer zal regenen. Ik wacht tot mijn buik openscheurt. Op allesverterend verdriet. Maar... dat gebeurt allemaal niet.

Bowe glimlacht. En Gwen heeft haar armen uitgestoken, wachtend tot ze me kan omhelzen. Ali staat als een gek te klappen, al heb ik dan verloren.

En wat ik maar niet kan begrijpen is dat ik nog steeds dat gezoem voel. Dat gezoem in mijn botten. Dat gevoel van gewichtloosheid en onverstoorbaarheid. Het gevoel dat dit mijn dag is. Dat ik kan doen wat ik wil.

Nicki Chan kijkt naar me. En ik lach naar haar.

Ik ben niet meer de grootste tennisspeelster ter wereld.

Voor het eerst in mijn leven kan ik... iets anders zijn.

EEN JAAR LATER

Chan tegen Cortez

US Open 1996

Finale

HET STAAT 5-4 IN DE BESLISSENDE SET. ALS NICKI IN DEZE LAATSTE game Cortez' service breekt, zal ze een nieuw record vestigen.

Ik zit in de spelersbox met Bowe naast me. Nicki's ouders zitten aan mijn andere kant. Haar nieuwe vriendin, die me niet kan uitstaan, zit met een strak lachje helemaal in de hoek.

Ik kijk naar Nicki, die Cortez' zware forehand retourneert met een slice. Ik knik.

De Soto-slice was het eerste wat ik haar heb geleerd.

'Je moet je volleys verbeteren, je korte spel. Want daar heb ik je in New York bijna mee verslagen,' zei ik op onze eerste dag samen op de baan.

'Waarom zou ik dat doen, ik heb mijn baseline-spel toch?'

'Je zult Wimbledon echt niet nog een keer winnen met alleen je baselinespel en dat weet je zelf ook. Je wilt een kwart van alle slams opgeven, alleen maar omdat je je volley niet wilt perfectioneren?' vroeg ik. 'Oké, kom op, *de nuevo*!'

Hoewel ze fronste, deed ze wat ik zei. Net zoals toen ze van mij wat voorzichtiger met haar enkel moest zijn, want dan kan ze haar carrière met een paar jaar verlengen. Ze wordt vaak kwaad en geeft me een grote mond, maar ik merk dat ze altijd naar me luistert, al doet ze dan alsof dat niet zo is.

Ik moet erom lachen. Wat moet mijn vader mijn eigen boze gezicht vaak hebben gezien terwijl hij wist dat ik toch zou doen wat hij zei.

En nu zijn we hier, coach en speelster, op de US Open van 1996, ik aan de zijlijn, waar ik niets kan uitrichten en alleen maar kan hopen dat ze gebruik zal maken van alle nieuwe vaardigheden waar we aan hebben gewerkt.

Mijn god, wat moet mijn vader het altijd moeilijk hebben gehad. Om op van de zenuwen op de bank te zitten in de wetenschap dat ik het allemaal moest doen. Hij kon niet voor mij denken, hij kon niet voor mij slaan. Hij kon er alleen maar op vertrouwen dat ik zou spelen zoals hij me had geleerd.

Wat een geschenk is dat, om iemand tot een bepaald punt te kunnen begeleiden en het hem of haar dan zelf te laten afmaken. Om jouw kennis aan iemand anders te geven en dan te bidden en te hopen dat die kennis goed gebruikt wordt. Het is een vaardigheid die voor mij ook nog nieuw is en die ik tot in de puntjes wil leren beheersen.

Nicki staat nu op breakpoint. Wat betekent dat ze op championship point staat.

Ze kijkt naar me. Ik knik. Ze knikt terug. Er breekt een klein lachje door op haar gezicht.

Als ze het volgende punt weet te pakken, wint ze de US Open en vestigt ze het record van drieëntwintig gewonnen slams, iets wat nog maar een paar jaar geleden ondenkbaar zou zijn geweest. Maar dat is typisch Nicki. Onhoudbaar. Ze legt de lat hoog voor iedereen.

Cortez gooit op en mept de bal over het net.

Nicki loopt achteruit en neemt haar positie in.

'Ze heeft hem,' fluistert Bowe.

Ik kijk strak voor me uit en wiebel met mijn knieën. Hij pakt mijn hand om me rustig te krijgen. Ik buig naar voren en hoop met heel mijn hart, terwijl Nicki haar arm naar achteren brengt en uithaalt...

Woord van dank

Ik vond het heerlijk om Carrie Soto te scheppen en kon dat alleen maar doen dankzij mijn lezers. Dus ik dank iedereen die *Het feest van de eeuw* of *The seven husbands of Evelyn Hugo/De zeven echtgenoten van Evelyn Hugo* of *One True Loves* of welk boek daarvoor dan ook heeft gelezen. Dank dat jullie achter deze personages stonden.

Dit is een verhaal van een vrouw die vaak doet alsof ze het helemaal in haar eentje doet, maar in feite veel te danken heeft aan de getalenteerde mensen om haar heen. En daarom draag ik dit boek op aan mijn manager, Brad Mendelsohn, het eerste lid van het ongelooflijk goede team dat ik nu om me heen heb, en die me direct en indirect in contact heeft gebracht met de ontzettend getalenteerde mensen met wie ik nu tot mijn grote geluk samenwerk.

Allereerst dank ik mijn redacteur, Jennifer Hershey. Jij begreep Carrie en hebt me aangespoord om haar met al haar gebreken tot leven te brengen. Ik ben je erg dankbaar voor je betrokkenheid bij haar.

Mijn agent, Theresa Park, dank je dat je de lol inzag van dit boek en dat je de rit met me hebt willen uitzitten.

Verder dank ik het team van Ballantine: Kara Welsh, Kim Hovey, Susan Corcoran, Jennifer Garza, Allyson Lord, Quinne Rogers, Taylor Noel, Maya Franson, Paolo Pepe, Elena Giavaldi, Erin Kane en Sydney Shiffman. Ik vind dat ik van geluk mag spreken dat ik word uitgegeven door zo'n getalenteerde en machtige uitgeverij. Zonder jullie was ik nergens.

Ik dank ook het PFLM-team: Emily Sweet, Andrea Mai, Abigail Koons, Anna Petkovich, Kathryn Toolan, Jen Mecum en Charlotte Gillies. Zonder jullie kennis zou ik dit allemaal niet kunnen doen. Jullie zijn van onschatbare waarde en zonder jullie zou ik vast niet zo'n succes hebben gehad.

Carisa Hays en Hayley Shear: dank jullie voor jullie steun, overal en altijd.

Julian Alexander: je bent altijd zo'n vrolijke aanwezigheid op Zoom! Dank je voor je vertrouwen in mij. En Ailah Ahmed en het hele team bij Hutchinson: ik kan niet onder woorden brengen hoeveel het voor me betekent dat ik zo'n fenomenaal, stevig team achter me heb staan in Groot-Brittannië.

Leo Teti, mijn redder! Dit boek had jou nodig en ik dank je voor al je hulp.

Stuart Rosenthal en Sylvie Rabineau: dank dat jullie altijd klaarstonden, *calm, cool and collected*, voor iedere boogbal die jullie kant uit kwam.

Kari Erickson: ik geloof dat ik 2021 niet had overleefd zonder jou. En dit boek had ik beslist niet op tijd afgekregen. Jouw begrip, jouw bedachtzaamheid en jouw zorgvuldigheid zijn onmisbaar geworden. Dank je.

Ik heb dit boek geschreven tijdens een pandemie. En dat had ik niet kunnen doen als de mensen om me heen me niet hadden geholpen met de zorg voor mijn kind. Ik heb het al eerder gezegd, maar volgens mij kan ik het niet vaak genoeg zeggen: dit boek zou er niet zijn zonder mijn schoonmoeder Rose en mijn schoon-grootmoeder Sally, die er voor mijn dochter waren. Ik kan het niet alleen. En dat hoeft ook niet. Dank daarvoor. En ik dank mijn broer Jake voor zijn luisterend oor.

En ik dank natuurlijk ook mijn pinda's. Zonder jullie kan ik geen beslissingen nemen en daarom ben ik blij dat er altijd wel eentje van jullie is, op elk tijdstip van de dag.

Natuurlijk zou ik nooit een boek hebben geschreven zonder jou, Alex Jenkins Reid. Niet alleen omdat je voor onze dochter zorgt. Of omdat je me steeds in herinnering brengt dat deze dingen alleen maar boeken zijn, niet meer en niet minder. Ik dank je ook omdat ik met jouw hulp beter weet wanneer het goed is om naar anderen te luisteren en wanneer ik beter naar mezelf kan luisteren. Het is heel fijn als je dat kunt: weten wanneer je gelijk hebt en weten wanneer je het mis hebt. Jij hebt me geholpen het allemaal wat scherper te zien. En daarmee heb je me geholpen meer mezelf te worden dan ik ooit ben geweest.

Als laatste dank ik Lilah. Je hebt me nu al een tijdje over Carrie Soto horen praten. Je hebt altijd geduldig geluisterd terwijl ik probeerde uit te vogelen hoe ze in elkaar stak. En je had een bijzonder goed idee voor de titel van dit boek, een titel die ik bijna had gebruikt. Dus misschien ga je zelf ook ooit wel schrijven, ik weet het niet. Maar één ding kan ik je wel zeggen: je kunt heel veel bijzondere dingen. Ik hoop dat dat idee je, naarmate je ouder wordt, wat rust zal schenken. Zelf heb ik een groot deel van mijn leven steeds het gevoel gehad dat ik wat te bewijzen had. Ik denk echter dat de kans groot is dat jij weet dat je niemand iets hoeft te bewijzen. Mocht je ooit het gevoel krijgen dat je iets groots moet verrichten, dat je de grootste ooit moet worden, dan zal ik je tijdens die reis begeleiden. Ik zal je toejuichen bij alles wat je doet. Maar weet één ding: voor mij ben je al volmaakt. Je hoeft helemaal niets te bewijzen.